T0243924

Un LUGAR FELIZ

EMILY HENRY

Un

LUGAR FELIZ

TITANIA

Argentina • Chile • Colombia • España
Estados Unidos • México • Perú • Uruguay

Título original: *Happy Place*
Editor original: Berkley, an imprint of Penguin Random House LLC.
Traducción: Ana Isabel Domínguez Palomo y María del Mar Rodríguez Barrena

1.ª edición Abril 2024

© 2023 by Emily Henry Books, LLC
Published in agreement with the author,
c/o BAROR INTERNATIONAL, INC., Armonk, New York, U.S.A.
All Rights Reserved
© 2024 de la traducción *by* Ana Isabel Domínguez Palomo
y María del Mar Rodríguez Barrena
© 2024 *by* Urano World Spain, S.A.U.
Plaza de los Reyes Magos, 8, piso 1.º C y D – 28007 Madrid
www.titania.org
atencion@titania.org

ISBN: 978-84-19131-58-4
ISBN Edición Amabox: 978-84-19131-69-0
E-ISBN: 978-84-19936-83-7
Depósito legal: M-2.698-2024

Fotocomposición: Urano World Spain, S.A.U.

Impreso por Romanyà Valls, S.A. – Verdaguer, 1 – 08786 Capellades (Barcelona)

Impreso en España – *Printed in Spain*

Para Noosha, que logró que ser yo fuera seguro, y que acostumbra a responder con un «Porque no quiero» cuando se le pregunta «¿Por qué no?». Te quiero, siempre.

1

Un lugar feliz

Knott's Harbor, Maine

Una casita en un rocoso acantilado, con suelo de tablones de pino y ventanas casi siempre abiertas. El olor a pino y a salitre flotando en la brisa, y las cortinas de lino blanco que se agitan de forma perezosa. El borboteo de la cafetera y la primera bocanada de aire frío del océano al salir al patio enlosado, con las humeantes tazas en la mano.

Mis amigas: Sabrina, con su melena rubia ondulada, y la minúscula Cleo, con su diminuto *piercing* de plata en la nariz y sus trencitas en el pelo. Mis dos personas favoritas del mundo desde nuestro primer año en el Mattingly College.

Todavía me asombra que no nos conociéramos antes, que fuera un estirado comité en Vermont quien nos uniera. Las amistades más importantes de mi vida surgieron de una decisión tomada por unos desconocidos, al azar. Antes bromeábamos diciendo que nuestra convivencia debía de ser un experimento financiado por el Gobierno. Porque lo nuestro no tenía ningún sentido a simple vista.

Sabrina era la heredera de una importante familia, nacida y criada en Manhattan, que se vestía igualita a Audrey Hepburn y tenía las estanterías repletas de libros de Stephen King. Cleo era pintora, hija de un productor musical semifamoso y de una ensayista famosísima. Se había criado en Nueva Orleans y se presentó en Mattingly con un mono salpicado de pintura y unas Doc Martens *vintage*.

Y yo, una chica del sur de Indiana, hija de un profesor y de la recepcionista de una clínica dental, que se matriculó en Mattingly porque la diminuta y prestigiosa escuela de pregrado de Bellas Artes me ofrecía la mayor beca, y eso era importante para una futura estudiante de Medicina, que planeaba pasarse los siguientes diez años en la universidad.

Al final de nuestra primera noche de convivencia, Sabrina nos tenía en su cama viendo *Fuera de onda* en su portátil y comiendo una mezcla perfecta de palomitas de maíz y gominolas con forma de gusanos. Al final de la segunda semana, ya teníamos camisetas personalizadas, estampadas con nuestra primera broma particular.

La de Sabrina decía: «Virgen que no sabe conducir».

En la mía ponía: «Virgen que SABE conducir».

Y en la de Cleo: «No soy virgen, pero conduzco genial». Las llevábamos siempre, pero nunca fuera de la residencia. Me encantaba nuestra habitación mohosa en el laberíntico edificio de fachada blanca de madera. Me encantaba pasear con ellas por los prados y los bosques que rodeaban el campus; me encantaba el primer día de otoño cuando podíamos hacer los deberes con las ventanas abiertas, bebiendo un especiado té chai o un descafeinado endulzado con sirope de arce, aspirando el olor húmedo de las plantas que iban perdiendo las hojas. Me encantaba el cuadro que pintó Cleo para su trabajo final de la clase de dibujo de figura humana (Sabrina y yo, desnudas), que había colgado encima de la puerta para que fuera lo último que viésemos al ir a clase, y las fotos polaroids que habíamos pegado a ambos lados, las tres en fiestas, pícnics y cafeterías del pueblo.

Me encantaba saber que Cleo estaba totalmente entregada a su trabajo cuando la veía con las trenzas recogidas con el coletero verde fosforito y oliendo a trementina. Me encantaba cuando Sabrina echaba la cabeza hacia atrás para soltar una carcajada cada vez que leía algo especialmente aterrador y que se quitara los mocasines de estilo Grace Kelly usando el borde del colchón. Me encantaba leer los libros de biología, que se me gastara el rotulador fluorescente porque todo parecía muy importante y que me diera el ataque de limpiar la habitación de arriba abajo cada vez que me atascaba con un trabajo.

Al final, el silencio siempre se acababa porque empezábamos a reírnos como tontas por los mensajes de la posible nueva novia de Cleo, o chillando a pleno pulmón mientras nos tapábamos los ojos para no ver las escenas de la película de terror que había puesto Sabrina. ¡Éramos muy escandalosas! Yo jamás había hecho tanto ruido. Crecí en una casa tranquila, donde solo se gritaba cuando mi hermana llegaba a casa con un nuevo *piercing* cuestionable, con un nuevo «amigo» o con ambas cosas. Los gritos siempre daban paso a un silencio todavía más denso, así que hacía todo lo posible para evitarlos, porque odiaba a muerte el silencio, me provocaba una especie de pavor según se iba alargando.

Mis mejores amigas me enseñaron un nuevo tipo de silencio: la serena quietud de conocerse tan bien que no era necesario llenar el espacio. Y un nuevo tipo de ruido: el que se hacía para celebrar, provocado por el desbordamiento de la alegría de estar viva, de estar presente.

Jamás podría haber imaginado que sería tan feliz ni que un lugar llegaría a gustarme tanto.

No hasta que Sabrina nos trajo aquí, a la casa de verano de su familia en la costa de Maine. No hasta que conocí a Wyn.

2

La vida real

Lunes

«Piensa en tu lugar feliz», me ordena una voz fría al oído. «Imagínatelo». Veo un azul resplandeciente contra los párpados. «¿A qué huele?». A roca húmeda, a salitre, a mantequilla chisporroteando en una freidora y a unas gotas de limón en la punta de la lengua.

«¿Qué oyes?». Risas, las olas contra los acantilados, el sonido del agua al retroceder sobre la arena y las piedras.

«¿Qué sientes?». La luz del sol, por todas partes. No solo en mis hombros desnudos o en la coronilla, sino también en mi interior. Esa irresistible calidez que solo se experimenta cuando se está en el lugar adecuado con las personas adecuadas.

A mitad del descenso, el avión vuelve a sacudirse.

Ahogo un grito y clavo las uñas en los reposabrazos. No me pone nerviosa volar así en general, pero cada vez que vengo a este aeropuerto en concreto, lo hago en un avión diminuto que parece construido con chatarra y cinta adhesiva.

Mi *app* de meditación guiada ha llegado a un incómodo silencio, así que yo misma me repito las instrucciones: «Piensa en tu lugar feliz, Harriet».

Subo la persiana de la ventanilla. La vasta y luminosa extensión del cielo hace que me palpite el corazón, porque ya no tengo que imaginarme nada. Tengo unos cuantos lugares, unos cuantos recuerdos, a los que siempre recurro cuando necesito calmarme, pero este encabeza la lista.

Seguro que es algo psicosomático, pero ¡de repente puedo olerlo! ¡Oigo los graznidos de las gaviotas revoloteando y siento que la brisa me revuelve el pelo! Distingo el sabor de la cerveza helada en la lengua, de los arándanos maduros.

Dentro de unos minutos, después del año más largo de mi vida, me reuniré con mis personas favoritas del mundo, en nuestro lugar favorito del mundo.

Las ruedas del avión rebotan contra la pista. Algunos pasajeros de la parte trasera rompen a aplaudir y yo me arranco los auriculares, mientras la ansiedad me abandona como las semillas de un diente de león. A mi lado, el canoso compañero de asiento que se ha pasado roncando todo el vuelo mientras desafiábamos a la muerte, parpadea y se despierta.

Me mira por debajo de un par de pobladas cejas blancas y masculla:

—¿Vienes a la Fiesta de la Langosta?

—Mis mejores amigas y yo venimos todos los años —contesto.

El hombre asiente con la cabeza.

—No las veo desde el verano pasado —añado.

Carraspea con fuerza.

—Estudiamos juntas en la escuela de pregrado, pero ahora vivimos en sitios distintos, así que es difícil poder coincidir.

La mirada desinteresada que me echa equivale a un: «¿Y a mí qué me importa?».

Por regla general, me considero una compañera de asiento fantástica. La probabilidad de que contraiga una cistitis es mayor que la de pedirle a la persona que tengo al lado que se levante porque necesito ir al baño. Normalmente, ni siquiera la despierto si se queda dormida sobre mi hombro y me babea la pechera.

He cogido en brazos a niños de desconocidos y a perros de terapia que no paraban de tirarse pedos. Me he quitado los auriculares para complacer a hombres de mediana edad que habrían muerto de no haber compartido las historias de sus vidas, y he pedido bolsas de papel a los auxiliares de vuelo cuando el adolescente que se sentaba a mi lado después de las vacaciones de primavera empezaba a tener mal color de cara.

Soy plenamente consciente de que a este hombre no le apetece oírme hablar de la semana mágica que me espera con mis amigas, pero estoy tan emocionada que es difícil parar. Tengo que morderme el labio inferior para no ponerme a cantar «Vacation» de las Go-Go's en la cara de este gruñón mientras iniciamos el lento y doloroso proceso de desembarque.

Recojo la maleta de la pequeña cinta del equipaje del aeropuerto y salgo por la puerta principal sintiéndome como una mujer en un anuncio de tampones: encantada, despampanante y comodísima; lista para cualquier actividad física, como jugar a los bolos con las amigas o subirme a la espalda del chico mono que ha pasado el *casting* para hacer de mi novio.

Todo eso solo es para decir que ¡estoy contenta!

Este es el momento que me ha ayudado a sobrellevar los ingratos turnos hospitalarios y las posteriores noches en vela que casi siempre conllevan.

Durante la próxima semana, la vida consistirá en vino blanco fresco, cremosos bocadillos de langosta y risas con mis amigas hasta acabar llorando.

Oigo un breve bocinazo en el aparcamiento. Sonrío antes de abrir los ojos y verla.

—¡Oh, Harriet, mi Harriet! —grita Sabrina, con medio cuerpo fuera del viejo Jaguar rojo cereza de su padre.

Como siempre, parece una Jackie Kennedy Onassis en versión rubia platina, con esos brazos morenos y tonificados, y sus clásicos piratas negros, por no mencionar el pañuelo de seda *vintage* que adorna su lustrosa melena corta. Está igualita que la primera vez que la vi, con ese aspecto de estrella elegante sacada de otra época.

El efecto se atenúa un poco porque no para de dar botes con una cartulina en las manos en la que ha escrito con su horrorosa letra de asesina en serie: «DILE QUE ES GENTE CANTANDO VI-LLANCICOS», una referencia a *Love Actually* que no viene a cuento ni muchísimo menos.

Empiezo a correr por el aparcamiento iluminado por el sol. Sabrina chilla y tira la cartulina hacia la ventanilla abierta del coche, pero golpea el marco y acaba cayendo al suelo mientras ella echa a correr hacia mí.

Nos chocamos y nos damos un abrazo incomodísimo. Sabrina es lo bastante alta como para que siempre encuentre la forma de dejarme sin respiración con su hombro, pero de todas formas no desearía estar en ningún otro lugar.

Me mece de un lado a otro, mientras dice:

—Ya estás aquííí.

—¡Estoy aquí! —repito.

—Deja que te vea. —Se echa hacia atrás para mirarme con severidad—. ¿Qué es lo que ha cambiado?

—Cara nueva —contesto.

Chasquea los dedos.

—Exacto. —Me pasa un brazo por los hombros y me gira en dirección al coche, hacia el que echamos a andar envueltas en una nube de Chanel N° 5. Ese ha sido su perfume desde que teníamos dieciocho años y yo todavía llevaba una apestosa colonia de Bath & Body Works que olía a algodón de azúcar empapado en vodka—. Tu cirujano ha hecho un gran trabajo —añade—. Pareces treinta años más joven. Recién nacida, vamos.

—¡Ah, qué va! No ha sido una cirugía estética —replico—. Es un hechizo de Etsy.

—Da igual, el caso es que estás estupenda.

—¡Tú también! —chillo al tiempo que la aprieto por la cintura.

—No me puedo creer que esto sea real —dice.

—Ha pasado demasiado tiempo —admito.

Caemos en ese silencio tan cómodo; ese silencio de dos personas que vivieron juntas casi cinco años y que, pese a todo el tiempo transcurrido desde entonces, no han olvidado cómo compartir el espacio.

—Me alegro mucho de que hayas podido organizarlo todo para venir —dice cuando llegamos al coche—. Sé lo ocupada que estás en el hospital. Mejor dicho, en los hospitales, ¿no? Porque no paran de moverte de un lado para otro, ¿verdad?

—Hospitales, sí —confirmo—. Y no me lo habrían impedido de ninguna manera.

—O sea, que saliste corriendo a mitad de una cirugía cerebral —dice ella.

—¡Qué va! —protesto—. ¡Salí volando a mitad de una cirugía cerebral! Todavía tengo el bisturí en el bolsillo.

Sabrina se ríe a carcajadas; un sonido tan contrario a su sereno exterior que durante la primera semana que vivimos juntas me sobresaltaba cada vez que lo oía. A estas alturas, todas esas partes bruscas de su carácter son las que más me gustan de ella.

Abre de un tirón la puerta trasera del coche y mete mi maleta con una facilidad que choca bastante con ese cuerpo larguirucho.

—¿Qué tal el vuelo?

—El mismo piloto que la última vez —contesto.

Levanta una ceja.

—¿Ray? ¿Otra vez?

Asiento con la cabeza.

—El de las gafas de sol en la nuca.

—Nunca lo he visto sin ellas —comenta.

—Estoy segurísima de que tiene otro par de ojos en la parte posterior de la cabeza —digo.

—Es la única explicación —replica ella—. ¡Dios, lo siento mucho! Desde que dejó de beber, te juro que vuela como un abejorro moribundo.

—¿Cómo volaba cuando bebía?

—Ah, pues igual que ahora. —Se sienta al volante y yo me dejo caer a su lado, en el asiento del acompañante—. Pero te descojonabas con los chistes que contaba por megafonía. —Saca un pañuelo de repuesto de la consola y me lo arroja, un gesto considerado aunque carente de sentido en el fondo, ya que mi desgreñado moño de rizos oscuros no tiene arreglo ninguno después de tres vuelos consecutivos y de una carrera de fondo tanto en el aeropuerto de Denver como en el Logan de Boston.

—Bueno —digo—, pues hoy no ha dicho ni pío ahí arriba.

—Es una pena —replica y arranca el motor. Sale del aparcamiento dando un grito y pone rumbo al este, hacia el agua, con las ventanillas bajadas y la luz del sol acariciándonos la piel. Aunque estamos a una hora de la costa, se ven trampas para langostas en los patios, montañas de ellas en las lindes de las parcelas. Me grita por encima del rugido del motor—: ¿CÓMO ESTÁS?

Mi estómago no se decide entre la felicidad absoluta por estar en el coche con ella y el terror abyecto porque estoy a punto de estropearle los planes; es como si estuviera subido en un balancín.

«Todavía no —pienso—. Vamos a disfrutar de esto un poco más antes de que me lo cargue todo».

—BIEN —contesto, también gritando.

—¿QUÉ TAL TE VA LA RESIDENCIA? —me pregunta.

—BIEN —repito.

Me mira de reojo, con unos mechones rubios que se le han escapado del pañuelo agitándose contra su frente.

—¿HACE SEMANAS QUE CASI NO HABLAMOS Y ESA ES LA RESPUESTA QUE ME DAS?

—¿SANGRIENTA? —añado.

Agotadora. Aterradora. Electrizante, aunque no necesariamente en el buen sentido. A veces asquerosa. Desoladora en ocasiones.

Tampoco es que entre mucho en el quirófano. Llevo dos años de residencia y todavía hago mucho trabajo de base. Pero lo único que se me queda en la cabeza cuando me voy son los ratos que paso con los cirujanos adjuntos y los pacientes, como si esos minutos pesaran más que el resto.

En cambio, el trabajo administrativo se me pasa volando. La mayoría de mis colegas le tiene pavor, pero a mí como que me gusta esa sencillez. Ya de pequeña sentía una especie de paz interior y de control cuando limpiaba, organizaba e iba tachando tareas de la lista de pendientes que yo misma creaba.

Tengo que darle el alta a un paciente que está ingresado en el hospital. Hay que sacarle sangre a un paciente, y allá que voy. Hay que actualizar los informes de la base de datos, pues lo hago. Hay un antes y un después, separados por una línea gruesa, que demuestra que se pueden hacer millones de pequeñas cosas para que la vida sea un poco mejor.

—¿Y CÓMO ESTÁ WYN? —me pregunta Sabrina.

El balancín de mi estómago se sacude de nuevo. Unos ojos grises y penetrantes relucen en mi mente, y me envuelve un olor imaginario a pino y clavo.

«Todavía no», pienso.

—¿QUÉ? —grito, fingiendo no haberla oído.

Esa conversación es inevitable, pero lo ideal sería no mantenerla mientras vamos a ciento treinta kilómetros por hora en un minúsculo coche de los años sesenta. Además, preferiría mantenerla cuando estén presentes Cleo, Parth y Kimmy, para no tener que pasar por el mal rato de contarlo varias veces.

Ya he esperado todo ese tiempo, ¿qué más da esperar un poco más?

Sin inmutarse por la fuerza del viento que azota el coche, Sabrina repite:

—WYN. ¿¡QUE CÓMO ESTÁ WYN!?

«¿Electrizante, aunque no necesariamente en el buen sentido? ¿A veces asqueroso? Desolador en ocasiones».

—BIEN, CREO. —Y la parte del «creo» ayuda a que no me parezca tan falso. Porque seguramente esté bien. La última vez que lo vi, estaba casi radiante. Mejor que en meses.

Sabrina asiente con la cabeza y sube el volumen de la radio.

Comparte la casa de verano, y los coches, con unas veinticinco personas entre hermanos y primos Armas, pero todos tienen que cumplir una norma estricta que consiste en dejar la radio sintonizada en la emisora que le gusta a su padre al final de la estancia, así que nuestros viajes siempre empiezan con Ella Fitzgerald, Sammy Davis Jr. o alguno de sus contemporáneos. Ese día escuchamos «Summer Wind» de Frank Sinatra mientras recorremos la carretera flanqueada de pinos hasta la casa, situada en lo alto de un acantilado rocoso.

Nunca ha dejado de impresionarme.

No por el brillante reflejo del agua. Ni por los acantilados. Ni mucho menos por la casa.

En realidad, es más bien como si una mansión se hubiera comido una sencilla casita, y luego se hubiera puesto su gorro y hubiera imitado su voz de forma poco convincente, al estilo del Lobo Feroz. En algún momento, seguramente más cerca de 1900 que de la actualidad, fue una sencilla casa familiar. Esa parte sigue en pie. Pero detrás, y a ambos lados, se extienden las ampliaciones, cuyos exteriores encajan a la perfección con el estilo del edificio original.

A un lado hay un garaje para cuatro coches y, al otro lado, pasando el arroyo, una casa de invitados escondida entre musgo, helechos y árboles retorcidos por el azote salado del viento.

El coche se detiene justo al lado del garaje, y Sabrina apaga el motor delante de la puerta principal.

Me invaden la nostalgia, la calidez y la felicidad.

—¿Recuerdas la primera vez que nos trajiste aquí a Cleo y a mí? —pregunto—. Brayden, el tío aquel, me dejó colgada de repente, y Cleo y tú hicisteis un PowerPoint con sus peores cualidades.

—¿Brayden? —Se desabrocha el cinturón de seguridad y baja del coche de un salto—. ¿Estás hablando de Bryant?

Despego los muslos del cuero caliente y salgo tras ella.

—¿¡Se llamaba Bryant!?

—¡Estabas convencida de que ibas a casarte con él! —exclama Sabrina, encantada—. Y ahora ni siquiera te acuerdas de cómo se llamaba el pobre.

—Fue un PowerPoint poderoso —digo mientras cojo la maleta del asiento trasero.

—Sí, o a lo mejor tiene algo que ver con las sesiones gratuitas de psicoterapia que nos dio una tal señorita Cleo durante toda aquella semana. Mi padre acababa de comprometerse con la Esposa Número Tres antes de que viniéramos, ¿te acuerdas?

—Ah, claro —contesto—. La que tenía tantos perros.

—Esa es la Número Dos —me corrige Sabrina—. Y, para ser justa, no los tuvo todos a la vez. Más bien había una puerta giratoria que traía cachorritos de razas caras como por arte de magia mientras enviaba a los perros adultos directamente a la perrera.

Me estremezco.

—¡Qué horror!

—Pues sí, pero al menos ese año gané la porra del divorcio de los primos. Por eso conseguí el acceso a la casa de verano durante la Fiesta de la Langosta. La desgracia del primo Frankie nos ayudó a triunfar. —Unió las manos como si estuviera rezando una silenciosa plegaria de agradecimiento.

—Primo Frankie, dondequiera que estés, te damos las gracias por tu sacrificio.

—No malgastes tu gratitud. Creo que ahora vive en un catamarán en Ibiza. —Sabrina me arranca la maleta del codo y me coge de la mano para arrastrarme hasta la puerta principal—. Vamos. Todo el mundo está esperando.

—¿Soy la última? —pregunto.

—Parth y yo llegamos anoche —contesta—. Cleo y Kimmy llegaron esta mañana. Estábamos comiéndonos las uñas por la emoción, esperando que llegaras.

—Vaya —digo—, veo que las ganas de orgía son intensas.

Otra carcajada típica de Sabrina. Agita el pomo de la puerta.

—Supongo que debería haber especificado que las uñas eran las propias.

—Eso cambia bastante las cosas —replico.

Abre la puerta de golpe y me sonríe.

—¿Por qué me miras con esa cara? —le pregunto.

—¿Con qué cara? —replica ella.

Entrecierro los ojos.

—¿No se supone que a los abogados se os da bien mentir?

—¡Protesto! —dice ella—. Especulación.

—¿Por qué no hemos entrado todavía, Sabrina?

Abre la puerta de un empujón sin decir palabra y me hace un gesto para que pase.

—Vaaale. —Paso sigilosamente junto a ella.

En el fresco vestíbulo me golpea el olor del verano: estanterías polvorientas, verbena calentada por el sol, protector solar, el salitre húmedo que se mete en los huesos de las viejas casas de Maine y que nunca se seca del todo.

La suave voz de Cleo, seguida de la risilla de Parth, me llega desde el final del pasillo de la planta baja, la cocina americana de planta abierta (que forma parte de la ampliación).

Sabrina se quita los zapatos con un par de puntapiés y deja caer las llaves sobre la consola del vestíbulo mientras grita:

—¡Ya estamos aquí!

Kimmy, la novia de Cleo, es la primera en aparecer por el pasillo dando saltos, un remolino de curvas y pelo rubio cobrizo.

—¡Harryyy! —grita y me aferra la cara con esos dedos tatuados mientras me planta un par de sonoros besos en las mejillas—. ¿De verdad eres tú? —Me zarandea por los hombros—. ¿No me engañan los ojos?

—Seguramente estés confundida porque se ha comprado una cara nueva en Etsy —le dice Sabrina.

—¡Ah! —exclama Kimmy—. No acababa de entender qué hacía aquí Danny DeVito.

—Habrá venido por la comida —replico.

Kimmy no es que se ría a carcajadas, es que directamente se troncha. Como si le salieran las carcajadas del estómago y tuviera que doblarse por la mitad. Como si su propia alegría la sorprendiera siempre. Es la incorporación más reciente a nuestro grupito, con una diferencia de años, pero es fácil olvidar que no ha estado con nosotros desde el primer día.

—Te he echado mucho de menos —le digo al tiempo que le doy un apretón en las muñecas.

—¡Y yo a ti más! —Da una palmada y se le mueve el moño pelirrojo y dorado, como un pompón ansioso—. ¿Lo sabes?

—¿El qué?

Mira a Sabrina.

—¿Lo sabe?

—No.

—¿El qué sé? —repito.

Sabrina entrelaza un brazo con el mío.

—Tu sorpresa.

Kimmy se coloca a mi otro lado y me agarra el codo derecho. Juntas, me llevan por el pasillo.

—¿Qué sorpr...?

Me detengo con tanta brusquedad y rapidez que le clavo el codo a Kimmy en las costillas. Percibo vagamente su gruñido de dolor. Todos mis sentidos están enfocados en el hombre que se está poniendo en pie al lado de la encimera de mármol.

Pelo rubio oscuro, hombros anchos, una boca imposiblemente suave en comparación con la dureza del resto de sus facciones, y unos ojos que de lejos parecen grises pero que sé de buena tinta que tienen un borde verde musgo de cerca.

Como, por ejemplo, cuando estás abrazándolo por debajo de una sábana de color rosa claro, mientras la tenue luz de la lámpara de tu mesita de noche tiñe su piel de dorado y transforma su voz en un susurro sedoso.

Tiene los hombros relajados y una expresión tranquila en la cara, como si estar los dos en la misma habitación no fuera lo peor que puede pasarnos.

Yo, en cambio, soy prácticamente una botella de gaseosa en la que han metido un caramelo Mentos. El pánico me está sumiendo en un estado efervescente y amenaza con vomitar entre mis células.

«Vete a tu lugar feliz», pienso con desesperación, pero me doy cuenta de que ya estoy en mi lugar feliz, literalmente. Y de que él también lo está. ¡Está aquí!

La última persona que esperaba ver.

¡La última persona a la que quiero ver!

Wyn Connor.

Mi novio.

3

La vida real

Lunes

Vale, que ya no es mi novio, pero 1) nuestros amigos todavía no lo saben y 2) cuando alguien ha sido tu pareja durante tanto tiempo como lo fuimos Wyn Connor y yo, es imposible dejar de pensar en él como tu novio de la noche a la mañana.

O, al parecer, ni siquiera después de varios meses.

Que es el tiempo que hemos mantenido esta farsa.

Una farsa que debía terminar esta semana, mientras yo estaba aquí. Sin él.

Habíamos concretado los detalles en una serie de mensajes de correo electrónico que parecía una competición en cordialidad, en la que acordamos cómo turnarnos en los viajes, como si nuestros amigos fueran nuestros hijos, atrapados en las negociaciones del divorcio.

¡Fue él quien insistió en que la primera en viajar fuera yo! Así que, ¿¡qué hace aquí en la cocina, entre Parth y Cleo, como si fuera el gran premio de un concurso mal planeado!?

—¡Sorpreeesa! —canturrea Sabrina.

Me quedo boquiabierta. Ojiplática. Petrificada, mientras el balancín que llevo dentro se mueve con la fuerza de una catapulta.

El pelo le ha crecido lo bastante como para que se lo coloque detrás de las orejas, señal inequívoca de que el negocio familiar de reparación de muebles está desbordado, y también le ha crecido la barba, aunque no logra suavizar la dura línea de su mentón ni tampoco endurecer la suavidad de esos labios carnosos. Todavía me duele comprobar que la parte derecha de su arco de Cupido se levanta un poco más que la izquierda. Por lo menos la barba le tapa un poco los hoyuelos.

—Hola…, cariño —me saluda, y esa voz ronca y aterciopelada hace que el saludo parezca sacado de una obra de teatro picantona.

Ese hombre no me ha llamado «cariño» en la vida. Ni siquiera me llama Harry, como hacen nuestros amigos. En una ocasión, pillé una gripe horrorosa, y me llamó «cariño» con tanta ternura que mi cerebro febril decidió que sería un buen momento para echarse a llorar. Salvo por esa vez, siempre me ha llamado Harriet. Lo mismo daba que estuviera riendo, o frustrado, o quitándome la ropa o poniéndole fin a nuestra relación con una llamada de cuatro minutos.

Vamos, que me dijo: «Harriet, creo que los dos sabemos para qué te llamo».

—¡Oooh! —chilla Kimmy—. ¡Mírala! ¡Se ha quedado muda!

Porque mi red neuronal frontoparietal ha cortocircuitado.

—Yo…

Antes de que pueda pronunciar la segunda palabra, Wyn atraviesa la cocina, me rodea la cintura con un brazo y me pega a él.

Abdomen contra abdomen, costillas contra costillas, nariz contra nariz. Boca contra boca.

Mi cerebro sufre una combustión espontánea y, de pronto, empieza a analizar datos aleatorios que vuelan en picado hacia mí como los cuervos de Hitchcock. El sabor de la pasta de dientes con canela. Los atronadores latidos del corazón. El roce de una mejilla sin afeitar. La suave caricia de sus labios, muy decididos en esta ocasión.

«ME ESTÁ BESANDO», pienso de repente, varios segundos después de que el beso llegue a su fin. Tengo las piernas flojas y parece que mis articulaciones han desaparecido por arte de magia. El brazo de Wyn se tensa a mi alrededor cuando se aparta, y es muy probable que eso sea lo único que me ayude a no caerme de bruces al suelo de la cocina de los Armas, con sus tablones de nudoso pino.

—Sorpresa. —Sin embargo, esos ojos me dicen algo más parecido a «Bienvenida al infierno. Soy el diablo, tu anfitrión».

Todo el mundo nos mira, a la espera de que le diga algo un poco más efusivo que «Yo...».

—Pensaba que no podías escaparte —logro decir con voz chillona.

—Hubo un cambio. —Sus ojos relampaguean y tuerce el gesto, como si estuviera contrariado.

—Lo que quiere decir es que Sabrina lo ha obligado —dice Parth, que me levanta del suelo para estrecharme con tanta fuerza que me hace toser.

Sabrina arroja mi maleta al suelo.

—Me he limitado a resolver un problema. Necesitábamos que Wyn estuviera aquí. Pues aquí está.

A la gente le gusta decir que los polos opuestos se atraen, y claro que es cierto. Wyn es un hombre inquieto e insensible, hijo de una pareja de antiguos granjeros, y yo soy una residente de cirugía cuya fantasía más tórrida es pasar la mopa a oscuras.

Sin embargo, Parth y Sabrina son una de esas parejas cortadas exactamente por el mismo patrón. Al igual que su novia, Parth es un abogado competitivo y tan guapo que parece retocado con Photoshop (pelo ondulado, abundante y oscuro; mentón fuerte; sonrisa Profident perfecta), con un perfume característico desde hace mucho tiempo (Tuscan Leather, de Tom Ford). Pese a todas sus similitudes, tardaron muchísimo en aceptar que estaban enamorados.

—¡No llamas, no escribes! —se burla Parth.

—Lo sé, lo siento —me disculpo—. He estado muy liada.

—Bueno, pero ya estás aquí. —Me alborota el pelo—. Y pareces...

—¿Cansada? —sugiero.

—Esa es su nueva cara —dice Kimmy, que se sienta en un taburete y mete la mano en una bolsa de Takis Fuego que hay en la encimera.

—¡Estás divina! —exclama Cleo, que aparta a Parth para abrazarme. Su discreto olor a lavanda me envuelve mientras acomoda la cabeza justo debajo de mi barbilla. Hasta la diferencia de altura entre Cleo, Sabrina y yo me ha parecido siempre una de las pruebas que demuestran que estábamos destinadas a estar juntas, porque nos compensamos mutuamente.

—Por supuesto que está divina —replica Parth—, pero yo iba a decir «muerta de hambre». ¿Quieres un bocadillo o algo, Har?

—¿Takis? —sugiere Kimmy al tiempo que me ofrece la brillante bolsa morada.

—¡No, estoy bien! —dice mi boca.

«En realidad, estás fatal», me contradice mi cerebro.

Cleo frunce el ceño.

—¿Seguro? Pareces un poco pálida.

Sabrina agacha la cabeza.

—Tienen razón, Har. Estás blanca como la leche. ¿Te encuentras bien?

No, en realidad tengo la sensación de que voy a vomitar y a desmayarme, no estoy segura de en qué orden, y sentirme el centro de la atención (¡y de la preocupación!) de todo el mundo lo empeora todo muchísimo. Sentirme el centro de SU atención es pura tortura, para más inri.

—¡Estoy bien! —insisto.

Solo desearía haber decidido ponerme un sujetador antes de subirme al avión, o haberme peinado en condiciones, o incluso haberme echado menos mostaza encima de las tetas mientras me comía el perrito caliente del aeropuerto.

¡Ay, Dios! ¡Wyn no debería estar aquí!

La idea era que la próxima vez que lo viese, llevaría un vestido de infarto de Reformation e iría acompañada por un novio nuevo también de infarto y maquillada como una puerta. (En esa fantasía, también había aprendido a maquillarme.) Y, lo más importante, se suponía que no demostraría la menor reacción al verlo.

¡Mierda, mierda, mierda! Por más que haya deseado evitar la implosión de nuestro grupo de amigos durante los meses transcurridos desde la ruptura, ahora siento la misma necesidad de alejarme de él.

—Hay una cosa que debo…

—¡Cariño! —Wyn se acerca de nuevo y me coloca las manos en la cintura, como si estuviera preparándose para echarme encima de su hombro y huir si fuera necesario—. Sabrina y Parth tienen una noticia para ti —añade con retintín—. Para ti y para todos los demás.

Siento un hormigueo en la piel bajo su contacto. De repente, estoy convencida de que ni siquiera llevo pantalones cortos, pero no, es que siento el áspero roce de sus dedos callosos como por arte de magia a través de la tela vaquera.

Cuando intento zafarme, las yemas de sus dedos se hunden en las curvas de mis caderas.

«No te muevas», me advierten sus ojos.

«Vete al cuerno», intento responder con los míos.

La irritación hace que le tiemble la comisura derecha de los labios.

Sabrina está sacando una botella de champán del frigorífico de acero inoxidable y cristal, pero no parece tener muchas ganas de celebración. Más bien me parece abatida.

Parth se coloca detrás de ella y le pone las manos sobre los hombros.

—Tenemos un par de noticias que daros —dice—. Y Wyn ya lo sabe, porque, en fin, teníamos que darle toda la información para que entendiera por qué era tan importante que estuviese aquí esta semana. Que estemos todos.

—¡Por Dios! —exclama Kimmy, casi a voz en grito, entusiasmada—. ¿Vais a tener un…?

—¡Madre mía, no! —la corrige Sabrina—. No. ¡No! Ni de coña. Es… Es la casa. —Hace una pausa para respirar, luego traga saliva y alza la barbilla—. Mi padre va a venderla. El mes que viene.

Se hace un silencio sepulcral en la cocina. No es un silencio cómodo, sino estremecedor.

Cleo tantea para sentarse en un taburete de la encimera. Las manos de Wyn se apartan de mí y se separa varios metros al instante, ya que se ve que considera que ha pasado el riesgo de que yo confiese lo nuestro.

Yo me quedo paralizada, como una astronauta que se ha desenganchado de la nave espacial y se aleja a la deriva en el espacio. Ya he perdido a la persona con la que esperaba casarme. Ya me he mudado al otro lado del país, lejos de mis mejores amigas. Y, ahora, también voy a perder esta casa. ¡Nuestra casa! Este universo de bolsillo al que siempre hemos pertenecido. Donde, pase lo que pase, nos sentimos seguras y somos felices.

El pánico que he sentido al encontrarme atrapada aquí con Wyn se ve eclipsado al instante por este nuevo pavor.

«Nuestra casa».

La casa donde Cleo, Sabrina y yo dormimos en una hilera de colchones que arrastramos hasta el centro del salón, y que apodamos «la supercama», durante el verano de nuestro segundo año de amistad, quedándonos despiertas casi todas las noches hablando y riendo hasta que los primeros rayos del amanecer se colaban por la puerta del patio.

La casa donde Cleo susurró, como si fuera un secreto o una plegaria, «Nunca he tenido amigas así», y Sabrina y yo asentimos con solemnidad, tras lo cual nos cogimos las tres de la mano hasta que nos quedamos dormidas.

La casa en cuyo brasero exterior las tres nos quemamos el mismo punto de un dedo índice con el metal caliente, en vez de hacer un pacto de sangre (que me pareció muy peligroso por lo antihigiénico) y luego acabamos llorando de la risa mientras imaginábamos escenarios cada vez más rocambolescos para usar las cicatrices dactilares e inculparnos mutuamente de diversos delitos.

La casa en cuya escalera de madera Parth organizó una complicada carrera de trineos de cartón, y en cuya pequeña biblioteca de paredes forradas con paneles de madera Cleo nos habló por primera vez de una chica llamada Kimmy, sentadas frente a la chimenea. La casa en cuyo embarcadero sobresalía un clavo con el que, un año después, Kimmy se hizo un buen corte en un pie, y por cuya destartalada escalera la subía después Wyn en brazos mientras ella nos exigía que le arrojásemos uvas a la boca y la abanicásemos con invisibles hojas de palmeras.

¡Y Wyn!

La primera vez que lo besé.

La primera vez que lo toqué, punto. ¡Aquí!

Esta casa es lo único que queda de nosotros.

—Este será nuestro último viaje. —Sabrina se quita el pañuelo de seda de la cabeza y lo arroja a la encimera—. Nuestro último viaje aquí, me refiero.

Sus palabras flotan en el aire. Me pregunto si los demás también están buscando una solución, como si pudiéramos pasar un sombrero y, sumando las monedas que llevamos sueltas, nos resultara sencillo reunir seis millones de dólares para comprar una casa donde pasar las vacaciones.

—¿No puedes…? —pregunta Kimmy.

—No —la interrumpe Sabrina—. La Esposa Número Seis no quiere que mi padre la conserve, supongo que porque la compró con mi madre. No importa que haya cuatro esposas entre medias a las que puede convertir en el blanco de sus celos. —Pone los ojos en blanco—. Mi padre ya tiene un comprador y todo. El trato está cerrado.

Parth zarandea a Sabrina por los hombros, intentando sacarla de su triste estado de ánimo.

Mi mirada se desvía hacia Wyn, como si una parte subconsciente de mí todavía esperase que su imagen me libre del estrés.

En cambio, en cuanto nuestros ojos se encuentran, se me acelera el corazón. Aparto la mirada.

—Pero no todo son malas noticias —añade Parth—. La verdad es que también tenemos buenas noticias. Y son asombrosas.

Sabrina levanta la mirada del champán que va a descorchar.

—Vale, sí. Hay algo más.

—Vale, sí. Hay algo más —se burla Parth—. No hables de nuestro compromiso como si fuera algo secundario.

—¿¡Vuestro qué!?

Al principio, no estoy segura de quién lo ha gritado.

Yo. Lo he gritado yo.

Bueno, y también Cleo, que se levanta tan rápido del taburete que lo vuelca y tiene que sujetarlo con la cadera contra la isla para que no acabe en el suelo.

La carcajada de Sabrina está a medio camino entre la euforia y la incredulidad.

—¿Vuestro qué? —repito.

—Amiga, lo sé —contesta ella—. Estoy tan sorprendida como tú.

Kimmy le coge la mano a Sab y jadea al ver la gigantesca esmeralda que reluce en su anular.

Que es cuando más o menos me doy cuenta de que alguien se fijará en el detalle de que no llevo mi anillo de compromiso.

Me meto las manos en los bolsillos. Muy natural. Solo soy una chica con los puños metidos en los bolsillos diminutos e inútiles de unos pantalones cortos de mujer.

—¡Siempre has dicho que nunca te casarías! —protesta Cleo, que frunce el ceño indignada, mientras observa la piedra preciosa en su engarce de oro blanco—. Jamás de los jamases. Que no lo harías ni aunque te amenazaran a punta de pistola.

¿Y quién iba a culparla? Incluso dejando a un lado el rastro de exmujeres de su padre, Sabrina es abogada matrimonialista. Se pasa ocho horas al día, como mínimo, rodeada de razones para no casarse.

—Cuéntanos la historia —dice Kimmy, justo cuando Cleo añade:

—Una vez me dijiste que preferías pasar cinco años en la cárcel a estar un año casada.

—¡Nena! —Kimmy la golpea en las costillas—. Que lo estamos celebrando —dice con retintín—. Sabrina ha cambiado de opinión. La gente hace eso, ya sabes.

La gente, sí; Sabrina Armas, no.

A veces, dudo tanto sobre lo que quiero desayunar que me llega la hora del almuerzo. Sabrina desayuna el mismo yogur con muesli todos los días, con la única variación de la fruta de temporada que añade.

Sabrina le pasa un brazo por la cintura a Parth.

—Sí, bueno. Descubrir que tendríamos que decirle adiós a esta casa hizo que viera algunas cosas de otra manera. —Le tiembla un poco la voz, pero luego sigue hablando con firmeza—. Tanto si nos casamos como si no, mi relación con Parth es a largo plazo, y estoy harta de intentar ser inteligente a costa de mi propia felicidad. Quiero que lo nuestro sea para siempre y también dejar de fingir que eso no es lo que quiero.

Kimmy se lleva una mano al pecho.

—¡Qué bonito!

Parth le sonríe a Sabrina y le frota un hombro con ternura. Sus ojos se iluminan y aparece una sonrisa en esos labios, pintados con su clásico color rojo.

—Y, sinceramente, nos sentíamos un poco inspirados...

Es como el momento previo a un accidente de coche, cuando los neumáticos han empezado a patinar y sabes que es probable que suceda algo terrible, pero todavía existe la posibilidad de que encuentren agarre y nunca descubras el sufrimiento del que te has librado por los pelos.

Y entonces Sabrina añade:

—A ver, mirad a Harry y Wyn. Llevan juntos como diez años y han conseguido que lo suyo funcione, aunque tenga que ser una relación a distancia. Está claro que el amor lo puede todo de verdad.

—Ocho años —la corrige Wyn en voz baja.

Kimmy le da un apretón en el bíceps.

—Ocho años, y seguís sin poder separaros más de un metro.

Según mis cálculos, Wyn está más o menos a noventa centímetros de mí cuando dice eso, pero al oír el comentario, me echa un brazo por los hombros y dice:

—Sí, bueno, aunque llevemos juntos tantos años, Harriet consigue que me sienta como si acabáramos de conocernos.

Kimmy vuelve a llevarse la mano al corazón, sin captar la ironía que solo va dirigida a mí.

Alguien grita para celebrarlo cuando Sabrina descorcha el champán. Siento que floto sobre mi propio cuerpo. La adrenalina me está haciendo cosas raras.

Normalmente preferiría rodar por la ladera de una montaña llena de cristales rotos y tiras adhesivas atrapamoscas antes que crear conflictos, pero cuanto más dure esto, más difícil será acabar con la farsa.

—Es increíble —replico con voz aguda—, pero debo deciros...

—Harriet. —Y aquí está Wyn de nuevo, abrazándome desde atrás y apoyándome la barbilla en la cabeza. Y ahora, cuando me pasa por la cabeza la frase: «Piensa en tu p*** lugar feliz», lo único que se me ocurre es: «¡Ojalá estuviera todavía en el avión destartalado de Ray el Sobrio!»—. Ese no es el final del anuncio —añade.

Kimmy da otra palmada mientras jadea.

—Sigo sin estar embarazada —dice Sabrina.

Kimmy suspira.

Parth está esbozando su radiante e inconfundible sonrisa de «Os tengo preparada una sorpresa increíble», como la que precedió al cumpleaños temático de Nueva Orleans que organizó para Cleo, o cuando me regaló el estetoscopio grabado con mi nombre cuando me gradué en la Facultad de Medicina.

Sabrina y él comparten una sonrisa cómplice.

—Vamos —dice Cleo.

Kimmy le tira a Sabrina dos Takis a la cabeza.

Ella los aparta de un manotazo.

—¡Vale, vale! Díselo ya.

—Nos vamos a casar —dice Parth.

Los demás nos miramos con gesto confuso.

—Sí, es lo que suele pasar cuando uno se compromete —replica Cleo.

—No, quiero decir el sábado —añade—. Nos vamos a casar. Aquí. Con vosotros cuatro. Nada pomposo. Va a ser una pequeña ceremonia en el embarcadero con nuestros mejores amigos.

Siento un frío glacial en todo el cuerpo y luego un calor abrasador. Tengo la cara y las manos entumecidas.

Wyn vuelve a soltarme y, cuando mi mirada se dirige hacia la suya, veo mi propia tristeza reflejada en su cara.

Estamos atrapados aquí.

Siento un zumbido en los oídos y las voces de mis amigos se convierten en un murmullo amortiguado. Alguien me pone una copa Estelle azul de champán en los dedos, en los que siento un hormigueo, y los oídos se me aclaran para oír que Parth grita:

—¡Por el amor eterno!

Y que Sabrina añade:

—¡Y por nuestros mejores amigos para siempre! No hay mejor manera de pasar la última semana en esta casa.

«¡HARRIET, VETE A TU P*** LUGAR FELIZ! —pienso, seguido de—: ¡NO, A ESE NO!».

Demasiado tarde.

4

Un lugar feliz

Mattingly, Vermont

Una calle del centro flanqueada por edificios antiguos de ladrillo rojo. Un piso encima del Maple Bar, nuestra cafetería preferida durante nuestro penúltimo año de estudios. Cleo y yo solo hemos visto a nuestro nuevo compañero de piso, Parth, una sola vez, pero Sabrina estuvo en la misma clase de derecho internacional con él el semestre pasado, y cuando le dijo que habría habitaciones libres donde él vivía, nos lanzamos de cabeza.

Va un año por delante de nosotras, y dos de sus compañeros ya se han graduado, mientras que el tercero, que estudia Empresariales, pasará el primer semestre en Australia. Yo me quedaré con su habitación, porque en primavera me voy a Londres. El otro compañero de piso y yo podemos cambiar de habitación durante las vacaciones de Navidad sin problemas.

Mattingly College es una escuela de pregrado pequeña, así que, aunque no conocemos realmente a Parth Nayak, sí que conocemos su reputación: el rey de las fiestas de Paxton Avenue. Lo llamaban así en parte porque organizaba unas fiestas temáticas increíbles, pero también porque tenía la costumbre de aparecer en las fiestas de otros con licor de primera, un montón de amigas guapas y una lista de reproducción increíble. Era una leyenda en Mattingly.

Vivir con él era estupendo. Aunque Sabrina y él (los dos líderes natos) chocaban. El Parth real es mejor que el mito. No solo es gracioso. Es que le encanta la gente. Le encanta organizar fiestas para otros, elegir los regalos perfectos, presentar a gente que cree que debería conocerse, dar con la persona más retraída de la habitación y meterla en el meollo. El mundo nunca me ha parecido tan agradable ni tan optimista. Como si todos fueran un amigo en potencia, con algo fascinante e inteligente que ofrecer.

Cuando llega la hora de irme a Londres, casi deseo poder quedarme.

La ciudad es preciosa, claro, toda de piedra antigua y enredaderas que dan paso al elegante acero y el cristal. Y gracias al último semestre estoy más preparada que nunca para socializar con desconocidos. La mayoría de las noches al menos un grupo de los estudiantes extranjeros salimos a tomarnos unas pintas en uno de los incontables *pubs* de Westminster, o a comprarnos un cartucho de papel de periódico de *fish and chips* para comérnoslo mientras paseamos por el Támesis. Los fines de semana hay pícnics con champán en extensos jardines y excursiones a las galerías de arte, horas visitando las numerosas e icónicas librerías de la ciudad: Foyles, Daunt Books y muchas más en Cecil Court.

A medida que pasa el tiempo, las personas se van emparejando, haciendo amistades o entablando relaciones. Así es como escapo a la nostalgia constante por mis amigas y por nuestro piso situado en la esquina del bloque, con vistas al centro de edificios de ladrillo rojo de Mattingly. Empiezo a pasar cada vez más tiempo con otro estadounidense llamado Hudson, y durante las horas que pasamos estudiando (o no estudiando), dejo de imaginarme, aunque sea por un momento, el paso de las estaciones a través de la ventana mirador de Parth, Cleo, Sabrina y Compañero Misterioso, las montañas de nieve que se derriten y dejan entrever un manto de hierba verde primaveral salpicada de lirios trucha, geranios silvestres y mitellas.

Sin embargo, cuanto más se acerca el verano, menos me distrae Hudson. En parte porque los dos estamos estudiando como posesos para los exámenes y en parte porque lo que hay entre nosotros (este rollo por necesidad) está llegando a su fecha de caducidad, y los dos lo sabemos.

Mis padres me mandan mensajes unas quinientas veces más de lo normal a medida que se acerca la fecha de mi vuelo de vuelta a casa.

«Estoy deseando que me lo cuentes todo del programa en Londres dentro de unas semanas», dice mi padre.

«Las chicas de la clínica quieren invitarte a comer mientras estés aquí. El hijo de Cindy está pensando en ir a Mattingly», dice mi madre.

«Tengo en espera un documental de diez episodios sobre dinosaurios», dice mi padre.

«¿Crees que tendrás tiempo para ayudarme a limpiar el patio? Está hecho un desastre y no he tenido tiempo de nada», dice mi madre.

La idea era pasar unos cuantos días con ellos antes de regresar a Vermont, pero están demasiado emocionados. Acabo pasando dos meses en Indiana mientras cuento cada segundo, y luego vuelo directamente a Maine para encontrarme con mis amigos en la Fiesta de la Langosta.

Mi vuelo aterriza con retraso. Ya ha anochecido y al calor del día lo ha reemplazado un viento frío y húmedo. Hay un par de coches con el motor encendido y las luces apagadas, y tardo un segundo en encontrar el deportivo rojo cereza. Sabrina se sacó el carné de conducir con el único propósito de poder pasearnos con él este verano.

Sin embargo, no es Sabrina quien está apoyada en el capó, con la cara iluminada por la pantalla del teléfono. Lo veo levantar la cabeza. Mentón cuadrado, cintura estrecha, pelo rubio alborotado que lleva peinado hacia atrás, salvo por un mechón que le cae sobre la frente en cuanto nuestras miradas se encuentran.

—¿Harriet? —Tiene la voz aterciopelada. La sorpresa me provoca un escalofrío en la espalda, como si me bajaran una cremallera.

Lo he visto en las fotos de mis amigas durante el último semestre, y antes de eso en el campus, pero siempre de lejos, siempre de un lado para otro. Tan de cerca, tiene algo que me parece distinto. Menos guapo, quizá, pero más atractivo. Se le ven los ojos más claros al brillo del teléfono. Tiene unas arruguitas prematuras alrededor de los ojos. Parece que esté todo hecho de granito, salvo por la boca, que parece de arenas movedizas. Sus labios son carnosos, gruesos y con una parte del arco de Cupido más alta que la otra.

—Ha pasado un semestre entero y estás igualita, Sabrina —digo.

Aparecen dos hoyuelos simétricos, uno a cada lado de su boca.

—¿En serio? Porque me he cortado el pelo, me he puesto lentillas de colores y he crecido diez centímetros.

Entrecierro los ojos.

—Mmm, pues no lo veo.

—Sabrina y Cleo se han bebido una botella de vino de más —explica—. Por cabeza.

—Oh. —Me estremezco cuando la brisa se me cuela por el cuello de la camisa—. Siento que te haya caído el marrón de tener que llevarme. Podría haber pedido un taxi.

Se encoge de hombros.

—No me importa. Estaba deseando saber si la famosa Harriet Kilpatrick está a la altura de los rumores.

Ser el objeto de su escrutinio hace que me sienta como un ciervo delante de los faros de un coche.

O a lo mejor soy un ciervo al que persigue un coyote. Si él fuera un animal, sería eso, con esos extraños y brillantes ojos y ese físico atlético. Proyecta la seguridad reservada para los que se saltaron las fases incómodas del crecimiento.

Al contrario que yo, que me he ganado la poca seguridad que tengo con uñas y dientes después de pasarme gran parte de mi infancia con aparato dental y el corte de pelo de un desafortunado caniche.

—Sabrina suele exagerar —digo. Aunque, por raro que parezca, la descripción que hizo de él no consigue captar toda su esencia ni de lejos. O quizá, dado que yo sabía que mi amiga estaba colada por él, me esperaba algo distinto. Alguien más sofisticado, más elegante. Alguien más parecido a Parth, su mejor amigo.

Le tiemblan los labios por la risa mientras se acerca a mí. El corazón se me acelera cuando extiende una mano, como si pensara tomarme la barbilla para volverme la cara de un lado a otro y comprobar que han exagerado con mis encantos.

Sin embargo, solo me quita la bolsa del hombro.

—Me dijeron que eras morena.

La corta carcajada que se me escapa me sorprende.

—Me alegro de que hablaran tan bien de mí.

—Lo hicieron —me asegura—, pero lo único que puedo confirmar ahora mismo es que eres morena. Y no lo eres.

—Te aseguro que soy morena.

Tira mi bolsa al asiento trasero antes de mirarme de nuevo, apoyando la cadera contra la puerta. Ladea la cabeza con expresión pensativa.

—Tienes el pelo casi negro. A la luz de la luna parece azul.

—¿Azul? —repito—. ¿Crees que tengo el pelo azul?

—A ver, no azul pitufo —replica—. Negro azulado. No se ve en las fotos. Pareces distinta.

—Es verdad —confirmo—. En la vida real estoy en tres dimensiones.

—El cuadro —dice con voz pensativa—. Ese sí se te parece.

De inmediato sé a qué cuadro se refiere. Sabrina y yo estamos tumbadas como Adán y Dios; el trabajo final de dibujo de Cleo. Estuvo colgado en el edificio de exposiciones del Mattingly College durante varias semanas. Montones de desconocidos pasaron por delante a diario, y no me sentí tan desnuda como en este momento.

—Una forma muy discreta de decirme que me has visto las tetas —replico.

—¡Mierda! —Aparta la mirada y se frota la nuca—. Pues se me había olvidado que era un desnudo.

—Eso es lo que toda mujer sueña que le digan —aseguro.

—No se me ha olvidado ni mucho menos que estabas desnuda en el cuadro —aclara—. Solo se me ha olvidado que a lo mejor resulta incómodo decirle a alguien que está igualita que en el cuadro en el que sale sin ropa.

—La cosa mejora por momentos —digo.

Gime y se pasa una mano por la cara.

—Te juro que normalmente esto se me da mejor.

Y normalmente yo me esfuerzo por tranquilizar a los demás, pero hacerlo perder la compostura me resulta gratificante. Gratificante y agradable.

—¿El qué? —pregunto con voz risueña.

Se pasa una mano por el pelo.

—La primera impresión.

—Deberías probar a mandar un cuadro de un desnudo de cuerpo entero antes de conocer a alguien —digo—. A mí siempre me ha funcionado.

—Lo tendré en cuenta —replica.

—No tienes pinta de Wyndham Connor.

Levanta las cejas.

—¿Qué pinta debería tener?

—No sé —contesto—. Americana azul marino con botones dorados. Una gorra de capitán. ¿Una poblada barba blanca y un puro enorme?

—Vale, como Papá Noel pero en un yate —dice.

—O el señor del Monopoly de vacaciones —sugiero.

—Si sirve de algo, tú tampoco eres la típica imagen de una Harry Kilpatrick.

—Lo sé —reconozco—, no soy una huérfana dickensiana con gorrilla que vive en la calle.

Su carcajada hace que le brillen de nuevo los ojos. Ahora se le ven más verdes claros que grises, como el agua debajo de la niebla más que la niebla en sí.

Rodea el capó del coche y abre la puerta del acompañante.

—Bueno, Harriet… —dice, levantando la cabeza, y el corazón me da un vuelco por la sorpresa de recibir de nuevo toda su atención—, ¿estás lista?

—Sí —contesto. Y, por algún motivo, me parece que es mentira.

* * *

Wyn hace que conducir el Jaguar por las sinuosas carreteras de noche parezca un deporte o un arte. Tiene un musculoso brazo sobre el volante y la mano derecha sobre la palanca de cambios, mientras la rodilla le sube y le baja en un ritmo constante que nunca altera su control del acelerador. A medida que nos vamos acercando al agua, bajo un poco la ventanilla para respirar el familiar olor a salitre. Él hace lo mismo, y el aire le agita el pelo contra su afilado perfil. Ese rebelde mechón siempre encuentra su sitio en la parte derecha de su frente, como si estuviera conectado por un hilo invisible con su arco de Cupido.

Me pilla observándolo y levanta una ceja al tiempo que esboza una sonrisilla.

«Arenas movedizas», pienso de nuevo. El atávico instinto para reconocer a los depredadores parece darme la razón, ya que mi sistema límbico les manda órdenes a mis músculos: «Prepárate para huir. Si se acerca más, nunca te alejarás».

—Me estás mirando fijamente —dice—. Con recelo.

—Solo estoy calculando la probabilidad de que seas de verdad el compañero de piso de mis amigos y no un asesino que les roba el coche a sus víctimas —replico.

—¿Y que luego va a buscar a su amiga al aeropuerto a la hora exacta? —pregunta.

—Seguro que muchos asesinos son puntuales.

—¿Por qué crees que toda nuestra generación espera que los demás sean asesinos? —pregunta con una carcajada—. Que yo sepa, nunca he conocido a uno.

—Eso solo quiere decir que nunca has conocido a uno malo —digo.

Me mira de reojo justo cuando lo ilumina un rayo de luz.

—Bueno, por ahí andan diciendo que eres algo así como un genio, Harriet Kilpatrick.

—¿Qué te he dicho sobre Sabrina y su tendencia a exagerar?

—Entonces, ¿no eres una aspirante a neurocirujana?

—La palabra clave es «aspirante» —respondo—. ¿Qué me dices de ti? ¿Qué estudias?

Pasa de la pregunta.

—Pensaba que la palabra clave es «neurocirujana».

Eso me arranca otra carcajada. Sonríe para sí mismo con la mirada clavada en la carretera, y siento que los huesos se me llenan de helio.

Miro por la ventanilla.

—¿Y tú qué?

Tras unos segundos en silencio, dice:

—¿Qué pasa conmigo? —Parece desagradarle un poco la pregunta.

—¿Lo que me han contado de ti es cierto? —pregunto.

Mira de nuevo el retrovisor mientras se muerde el carnoso labio inferior.

—Depende de lo que te hayan dicho.

—¿Qué crees que me han dicho? —replico.

—Prefiero no adivinarlo, Harriet.

Usa mucho mi nombre. Y cada vez que lo hace es como si su voz tocara una cuerda de piano demasiado tensa en lo más profundo de mi estómago.

Lo que pasa en realidad es que mi sistema nervioso simpático ha decidido redirigir la sangre a mis músculos. No hay mariposas revoloteando en mi estómago. Solo vasos sanguíneos que se cierran y se contraen alrededor de mis órganos.

—¿Por qué no? —insisto—. ¿Crees que han dicho algo malo?

Aprieta los dientes con los ojos clavados en las luces de los faros que iluminan la oscuridad.

—Da igual. No quiero saberlo.

Ha vuelto a mover la rodilla, como si tuviera demasiada energía en el cuerpo y la estuviese expulsando.

—Me dijeron que era imposible saber si estabas intentando ligar o no.

Se echa a reír.

—Ahora intentas avergonzarme.

—Es posible. —Desde luego. No sé qué se me ha metido en el cuerpo—. Pero eso fue lo que me dijeron. —En realidad, Sabrina protestó porque era imposible saberlo y aseguraba que le caía demasiado bien como para intentar hacer algo al respecto. Eso habría alterado demasiado la convivencia.

—Da igual —dice Wyn—, porque ligar se me da muchísimo mejor de lo que eso parece indicar.

—¿Te has parado a pensar que tal vez ese sea el problema? —le pregunto mientras me inclino para colarme en su campo de visión.

Sonríe.

—Intentar ligar con alguien no es un delito mortal, Harriet.

—Es evidente que desconoces el concepto de los duelos en la época de la Regencia inglesa —replico.

—Ah, lo conozco, pero como rara vez intento ligar con la hija soltera de un poderoso duque, supongo que no me va a pasar nada.

—¿Crees que vamos a pasar de puntillas por el hecho de que estés tan versado en las costumbres de la Regencia?

—Harriet, me da la impresión de que tú no pasas de puntillas por nada —replica.

Se me escapa otra carcajada sin querer, y se le marcan más los hoyuelos.

—Hablando de damas de alta alcurnia —sigue—, ¿te enseñan a reír así en la escuela de protocolo?

—No —contesto—, eso se inculca a través de varias generaciones a lo largo de los siglos.

—Me lo creo —dice—. Yo no soy así, por cierto.

—¿No has heredado de tu familia la capacidad de reír a través de la nariz?

Inclina la cabeza y me dirige una mirada elocuente.

—Menuda impresión tienes de mí. No juego con los sentimientos de los demás. Tengo reglas.

—¿Reglas? —repito—. ¿Como cuáles?

—Como nunca contarle las reglas a alguien a quien acabo de conocer.

—¡Por favor! —protesto—. Ya somos casi amigos. Me las puedes contar sin problemas.

—En fin, en primer lugar, Parth y yo hicimos un trato para no salir nunca con nuestras amigas. Ni con las amigas del otro. —Me mira de reojo—. No sé si la regla se aplica a las casi amigas.

—Espera, espera un momento —lo interrumpo—. ¿No sales con tus amigas? ¿Con quién sales, Wyn? ¿Con tus enemigas? ¿Con desconocidas? ¿Con los espíritus malignos de la gente que ha muerto en el bloque?

—Es una buena regla —me asegura—. Evita que las cosas se tuerzan.

—Estamos hablando de relaciones sentimentales, Wyn, no de un bufé libre de carne —le suelto—. Aunque a juzgar por lo que he oído, a lo mejor para ti es lo mismo.

Me mira con los ojos entrecerrados y chasquea la lengua.

—¿Intentas avergonzarme por mi activa vida sexual, Harriet?

—¡Qué va! —digo—. ¡Me encanta la gente que tiene una vida sexual activa! Algunas de mis mejores amigas son así. Yo misma he probado un poco ese estilo de vida.

Otro rayo de luz de luna le ilumina un segundo los ojos, transformándolos en una nube plateada.

—¿No encajaba contigo? —deduce.

—No tuve la oportunidad de comprobarlo —contesto.

—Porque te enamoraste —dice.

—Porque los hombres nunca me elegían.

Se echa a reír.

—Claro.

—No lo digo por dar pena —le aseguro—. Algunos sí se interesaban una vez que llegaban a conocerme, pero de entrada, nunca iban flechados a por mí. Hace mucho que lo tengo asumido.

Me mira de arriba abajo.

—Estás diciendo que lo tuyo es una seducción lenta.

Asiento con la cabeza.

—Eso es, lo mío es una seducción lenta.

Me observa un momento.

—No eres como me esperaba.

—Tridimensional y de pelo azul —digo.

—Entre otras cosas —replica.

—Yo esperaba que fueras un Parth 2.0 —admito.

Entrecierra los ojos.

—Creías que iría mejor vestido.

—¿Que llevarías algo mejor que una sudadera rota y unos vaqueros? —pregunto—. No es posible.

Parece que no me oye mientras me mira con el ceño fruncido.

—No es una seducción lenta.

Aparto la mirada y toqueteo la radio mientras el deseo empieza a prenderme el pecho.

—Ya, en fin —digo—, lo normal es que nadie me haya visto desnuda antes de que empecemos a hablar.

—No es por eso —me asegura.

Siento el momento justo en el que aparta la mirada de mí y la clava en la carretera, pero ha dejado huella. A partir de este momento, los acantilados oscuros, el viento alborotándome el pelo, el olor a canela, a clavo y a pino… serán sinónimo de «Wyn Connor» para mí. Se ha abierto una puerta, y sé que nunca podré cerrarla de nuevo.

Aunque no estemos en la Regencia, me arruina en más de un sentido.

5

La vida real

Lunes

Seguimos atrapados en la cocina durante tres brindis más por el amor eterno antes de que Wyn por fin les pida a nuestros amigos que nos disculpen y tira de mí para «acomodarnos».

Kimmy suelta un gemido ronco y Parth choca los cinco con ella, lo que hace que Cleo se estremezca, porque ese gesto para ella es como si alguien arañara una pizarra.

Wyn y yo subimos la escalera casi corriendo, forcejeando para ver quién lleva mi maleta.

En realidad, la llevo yo hasta que él me la quita sin despeinarse y se la pasa a la mano contraria para que yo no pueda alcanzarla.

—La llevo yo —dice.

—Deja de hacerte el atento —mascullo—. Nadie nos ve.

—No lo hago —replica.

—Sí que lo haces —insisto.

—No. —Aparta la maleta todavía más cuando me abalanzo sobre ella—. Solo lo hago por el mero placer de incordiarte.

—Si es por eso —digo—, no es necesario que te esfuerces tanto. Tu presencia es suficiente.

—En fin, Harriet, siempre has hecho que quiera superarme.

Casi hemos llegado a la libertad cuando Sabrina aparece detrás de nosotros al pie de la escalera.

—Se me ha olvidado deciros que esta vez os hemos puesto en el dormitorio grande.

Wyn y yo no solo nos paramos en seco como en los dibujos animados, sino que además me agarra de la mano al punto, como si Sabrina fuese a gritar a pleno pulmón y la copa de champán se le pudiera caer por la sorpresa de habernos pillado cometiendo un extraño flagrante delito a la inversa, vestidos y sin tocarnos.

Al menos no me ha puesto la mano en el culo del tirón.

—El dormitorio grande —repite Wyn mientras me desliza la mano hasta la base de la espalda. Me inclino hacia él con tanta fuerza que tiene que apoyar el hombro en la pared para que no acabemos en el suelo.

Me pregunto si parecemos una pareja enamorada aunque sea un poquito o si estamos proyectando a gritos «rivales en un duelo de un *spaghetti western*».

—Siempre nos quedamos en la habitación de los niños —replico.

Así es como la llama la familia de Sabrina, porque tiene dos camas individuales en vez de una de matrimonio, como los otros dos dormitorios.

—Cleo y Kimmy se han ofrecido a dormir ahí esta vez —me explica Sabrina—. Vosotros solo os podéis ver una vez al mes o así, no vamos a haceros pasar todo el tiempo en camas separadas.

Mientras Wyn y yo éramos pareja, siempre juntábamos las camas.

—No nos importa —le aseguro.

Sabrina pone los ojos en blanco.

—Nunca te importa. Eres la reina del que nunca te importe. Pero resulta que a nosotros sí. Ya está decidido. Cleo y Kim ya han deshecho el equipaje.

—Pero...

Wyn me interrumpe:

—Gracias, Sabrina. Es un detalle por parte de todos. —Antes de que yo pueda protestar débilmente, me conduce hacia el dormitorio de mayor tamaño, como si fuera un perro pastor y yo una oveja más cabezota de la cuenta.

En cuanto se cierra la puerta, me doy media vuelta para mirarlo, preparada para el ataque, pero me asalta con fuerza su cercanía, la extraña intensidad de estar juntos detrás de una puerta cerrada.

El corazón se me sube a la garganta. Estamos lo bastante cerca como para ver que se le dilatan las pupilas. Su cuerpo ha decidido que soy una amenaza que necesita analizar tan rápido como sea posible. El sentimiento es mutuo.

Era fácil estar enfadada abajo, rodeados de nuestros amigos. Ahora tengo la sensación de estar desnuda sobre una plataforma iluminada para que me inspeccione.

Él es el primero que habla, con voz muy ronca y baja.

—Sé que no es lo ideal.

El ridículo comentario hace que mi cerebro empiece a funcionar de nuevo.

—Sí, Wyn. Pasar una semana encerrada en un dormitorio con mi exnovio no es lo ideal.

—Exprometido —me corrige.

Lo miro fijamente.

Aparta la mirada mientras se rasca la frente.

—Lo siento —dice—, no sabía qué hacer. —Me mira de nuevo a la cara, con expresión demasiado tierna, demasiado familiar—. Me llamó con un discursito. Me soltó que iba a ser el final de una etapa. Que nunca me había pedido nada y que nunca me lo volvería a pedir. Intenté llamarte. Solo sonó una vez, pero te dejé un mensaje de voz.

Había un buen motivo para que yo no hubiera recibido el mensaje.

—Bloqueé tu número —digo. Me cansé de pasarme las noches en vela con el pulgar sobre su contacto, casi ardiendo por el deseo de que me llamara, de que me dijera que todo había sido un error. Necesitaba eliminar esa posibilidad, liberarme de esperar que eso sucediera.

Me mira con expresión furiosa. Entreabre los labios. Mira hacia el balcón mientras frunce el ceño con fuerza. Me recuerdo que esa especie de expresión torturada es algo muy suyo.

No puede evitarlo, y desde luego que no necesita que lo consuele.

Fue él quien mandó al traste nuestra vida en común con una llamada de cuatro minutos.

Empieza a temblarle un músculo en el mentón mientras me atraviesa con esos ojos gris niebla.

—¿Qué debería haber hecho, Harriet?

«Buscar una excusa».

«Decirle que no sin más».

«No haberme roto el corazón como si solo se tratara de un cambio de última hora para la cena».

«No haber hecho que me enamorase de ti para empezar».

Meneo la cabeza.

Se acerca a mí, hasta quedarse como una especie de signo de interrogación, suspendido sobre mí.

—Te lo pregunto en serio.

Suspiro y aparto la mirada antes de masajearme las sienes.

—No lo sé. Pero ya no podemos hacer nada. No puedes cortar con alguien en una boda. Mucho menos cuando la lista de invitados se reduce a cuatro personas.

—Podemos darles esta noche —dice—. Celebrarlo todo y luego contárselo por la mañana.

Levanto la mirada al techo para ganar algo de tiempo. Quizá en los siguientes cuatro segundos se acabe el mundo y me libre de tomar esta decisión.

—Harriet… —insiste.

—Muy bien —mascullo—. Seguro que podemos soportarnos el uno al otro una noche más.

Entrecierra los ojos, limitando la cantidad de luz que entra en ellos y aguzando su enfoque para analizar mejor mi expresión.

—¿Estás segura?

«No».

—Sí —contesto—. Adelante. —Me dejo caer contra el borde de la cama.

Él sale de su ensimismamiento al cabo de un segundo.

—Me alegro de que estemos en el mismo equipo.

—Claro.

Asiente con la cabeza.

—Muy bien.

—Muy bien. —Me aparto de la cama.

Retrocede un paso para mantener la distancia entre nosotros.

—Podemos decirles que las cosas llevan mal una temporada y que ser testigos de lo felices que son ellos ha hecho que nos demos cuenta de que nos hemos distanciado.

Siento una punzada en el pecho. No es literal, pero se parece bastante a lo que me dijo hace meses: «Éramos unos críos cuando empezamos a salir y ahora las cosas han cambiado. Es hora de que lo aceptemos».

—¿De verdad crees que no van a sospechar nada?

—Harriet —dice y le relampaguean los ojos—, tardaron un año entero en darse cuenta de que estábamos liados.

Retrocedo un paso, pero choco con la cama con tanta fuerza que reboto y acabo contra él.

Nos separamos como si estuviéramos convencidos de que el otro está hecho de avispas, pero su leve olor especiado ya se me ha metido en la sangre.

—Puede que ahora sea un pelín más difícil —replico con sequedad.

Wyn se pasa una mano por el pelo y la camiseta se le sube, dejando al descubierto un trozo de la cintura, con una pose tan sensual que cualquiera diría que hay un director dando órdenes en un rincón.

Me obligo a mirarlo a la cara de nuevo.

—Podemos aguantar una noche.

Intentar que parezca que una noche no es más que la mera acumulación de minutos. Yo sé que no. Cuando estábamos juntos, el tiempo nunca pasaba a la velocidad normal.

Me froto los ojos con las manos.

—Deberíamos habérselo contado hace meses.

—Pero no lo hemos hecho —replica.

Al principio, no fue intencionado. Es que estaba demasiado sorprendida, dolida y, sí, en fase de negación. Luego, unos días después de la ruptura, me llegó una caja con mis pertenencias a casa. Sin nota, de forma tan repentina que me pregunté si no me habría dado la patada mientras iba de camino a la oficina más cercana de UPS.

Después me cabreé y le mandé por correo todas sus cosas el mismo día. Incluso metí el anillo de compromiso suelto, porque fui incapaz de encontrar su cajita de terciopelo azul.

Tres días después, llegó un segundo paquete, un pequeño bulto de papel marrón. Me había devuelto el anillo. Lo conocía lo bastante bien como para saber que intentaba hacer lo correcto, y eso me cabreó todavía más, así que volví a mandárselo de inmediato. Cuando lo recibió, me escribió un mensaje por primera vez en dos semanas:

«Deberías quedarte el anillo. Es tuyo».

«No lo quiero», repliqué. En realidad, era más bien que no soportaba tenerlo.

«Puedes venderlo», insistió.

«Véndelo tú», le contesté.

Cinco minutos después me mandó otro mensaje. Me preguntó si se lo había contado a Cleo y a Sabrina. La idea me revolvió el estómago. Contárselo destrozaría nuestro grupo de amigos, tiraría por la borda diez años de historia.

«Estoy esperando a verlas a las dos juntas», le contesté. Solo era una verdad a medias.

Se lo había dicho a un par de compañeros de trabajo en el hospital, pero con Cleo y con Sabrina casi no me mensajeaba. Estábamos todas muy ocupadas.

Sabrina y Parth trabajaban hasta tarde en sus respectivos bufetes de abogados casi todas las noches, y dado que llevar una granja implicaba levantarse muchas veces a las cuatro de la mañana, Cleo y Kimmy se acostaban temprano.

En Montana, Wyn tenía que ocuparse del negocio familiar de reparación de muebles y de ayudar a su madre.

Y luego estaba yo, en mi propio huso horario en San Francisco, después de dos años preparándome en la Universidad de California. La mayoría de los días funciono con un nivel de cansancio que supera los bostezos y la caída de ojos y llega a lo más hondo. Mis órganos están cansados. Mis huesos están agotados.

Suelo pasar el tiempo libre en el taller de alfarería del final de la manzana o viendo episodios de *Se ha escrito un crimen* mientras limpio el piso que elegimos Wyn y yo hace dos años, antes de que las cosas se fueran al cuerno con el Parkinson de su madre y regresara a Montana.

Se suponía que la relación a distancia sería temporal, solo hasta que su hermana pequeña terminase de estudiar y regresara a casa para ocuparse de Gloria. De modo que Wyn se fue y logramos que la cosa funcionara, hasta que dejó de hacerlo.

No era necesario que le preguntara si le había contado a Parth lo de la ruptura. Me habría enterado si lo hubiera hecho. Así que le pregunté por su madre.

«¿Lo sabe Gloria?».

«No es el momento adecuado», contestó. Y después de un minuto añadió: «Está intentando que vuelva a San Francisco. Se siente muy culpable de que yo esté aquí. Intentó internarse en una residencia sin decírmelo. Si le cuento ahora que hemos cortado, se sentirá culpable».

Quería a Gloria y la idea de hacerla sufrir me repateaba. Aun así, me planteé la posibilidad de decirle a Wyn que le contase la verdad. Que desde su punto de vista, de todas formas, la culpa era toda mía.

Me mandó un último mensaje: «¿Podemos esperar para contárselo a todos? ¿Solo un poco más?».

No solo accedí a su sugerencia, es que ha sido un alivio inmenso retrasar esas conversaciones, relegarlas al apartado de Problemas para la Harriet del futuro. Después de dos meses, bloqueé por fin su número después de descubrirme una noche a punto de llamarlo. Sin embargo, lo desbloqueaba de vez en cuando para interactuar con él en el chat grupal; siempre he mandado pocos mensajes, así que supuse que los demás no se darían cuenta. Un mes después de eso, inicié una conversación por correo electrónico para saber cómo encarar la excursión anual, y acordamos un plan. El que había quedado hecho trizas en algún punto de la cocina.

Eso fue hace dos meses, y ahora la Harriet del futuro tiene unas cuantas cositas que decirle a la Harriet del pasado por su desastrosa capacidad a la hora de tomar decisiones.

Ella es la culpable de que estemos en esta situación.

Me concentro en el anillo verde que rodea los iris de Wyn en vez de hacerlo en la abrumadora totalidad de su persona.

—¿Cómo lo hacemos?

Se encoge de hombros.

—Fingimos un poco más que seguimos juntos y luego decimos la verdad.

Hago ademán de cruzar los brazos por delante del pecho, pero como Wyn está tan cerca, los dejó caer a los costados con torpeza en vez de encajarlos entre nuestros cuerpos.

—Sí, eso lo entiendo. Me refiero a las reglas. —Me armo de valor para poder decir con voz casi normal—: ¿Nos tocamos? ¿Nos besamos?

Él aparta la mirada un momento, un poco avergonzado, culpable.

—Ya saben cómo soy contigo.

Una forma muy diplomática de decir que esperarán que me toque a todas horas. Que me siente en su regazo; que me eche un brazo por encima de los hombros; que me entierre una mano en el pelo y me bese mientras cenamos como si estuviéramos solos; que me acerque la cara al cuello mientras hablo o me recorra el labio inferior con los dedos si no lo hago; que me...

El asunto es que algunas personas pasan gran parte del tiempo en su cabeza (yo) y otras son seres muy físicos (Wyn).

Fantaseo por un segundo con la idea de tirarme por el balcón hacia el acantilado para caer al mar y nadar hasta Europa. Me conformaría con Nueva Escocia.

Sin embargo, como no soy una persona muy física, seguramente acabaría inconsciente por un golpe en la caída y me despertaría con un descamisado Wyn haciéndome el boca a boca.

—Nada de tocarnos cuando no haya nadie para vernos —me apresuro a decir—. Cuando estemos con los demás, haremos... lo que sea necesario.

Ladea la cabeza.

—Necesito unas instrucciones más claras.

—Ya sabes a lo que me refiero —replico.

Me mira fijamente, a la espera. Le devuelvo la mirada.

—¿Cogernos de la mano? —pregunta.

No sé muy bien por qué, de entre todas las posibilidades, esa en concreto hace que el corazón se me suba al esófago.

—Aceptable.

Inclina la cabeza a modo de confirmación.

—¿Qué puedo tocar? ¿La base de la espalda, las caderas, los brazos?

—¿Quieres que te haga un croquis? —pregunto.

—Con desesperación.

—Era una broma —aclaro.

—Lo sé —dice—. Pero eso no alivia nada mi curiosidad.

—La espalda, las caderas, la cintura y los brazos sin problemas —digo mientras el deseo me va calentando las entrañas con cada palabra.

—¿La boca? —me pregunta.

Desvío la mirada a la consola. Hay una carpeta de cuero negro apoyada encima, como la cuenta de un restaurante a la espera de que alguien la acepte.

—¿Te refieres a tocarla o a besarla?

—A cualquiera de las dos —responde—. A ambas.

Levanto la carpeta y la abro para ojearla mientras finjo leer a la espera de que mis sinapsis dejen de gritar.

—Es un itinerario. —Al ver mi evidente confusión, Wyn señala con la barbilla lo que he estado «leyendo»—. Tenemos itinerarios personalizados.

—Pero... siempre hacemos lo mismo todos los años —replico.

—Creo que esa es la idea —explica—. Es un recuerdo. Además, Sabrina ha planeado algunas sorpresas individuales el sábado, para que Parth y ella puedan pasar un rato a solas antes de la boda.

—¡Por el amor de Dios! —Leo la página con atención—. Que ha incluido descansos para ir al baño, Wyn. —Levanto la cabeza y lo pillo desprevenido.

Un recuerdo cobra vida, se alza desde el fondo de mi mente hasta imponerse en el presente: Wyn y yo saltando por las rocas mojadas del fondo de los acantilados que hay detrás de la casa. Gritando y apartándonos cuando los helados dedos de las olas se acercan a nosotros. Desde la playa nos llegan las risas de nuestros amigos, que vuelan hacia el cielo nocturno, llevadas por el humo de la fogata.

Me había ofrecido voluntaria para ir a por más cervezas a la casa, y Wyn, que nunca se queda quieto si puede evitarlo, me acompañó. Echamos una carrera por los desvencijados escalones del patio trasero de la casa, atragantados por la risa.

«Eres un bloque de músculo de metro ochenta, Wyn. ¿Cómo voy a ganarte?».

Me atrapó la mano con la suya al llegar al patio, con las baldosas del suelo relucientes por la extraña luz verde que iluminaba la piscina climatizada de agua salada. Era la primera vez que me tocaba los dedos. En aquel entonces solo nos conocíamos desde hacía unos días, estábamos en el primer viaje a la casa y todo el cuerpo me vibró por el contacto. «Casi nunca dices mi nombre», susurró.

Debí de estremecerme, porque frunció el ceño y se pasó por la cabeza la sudadera, la de Mattingly College con un roto en el cuello.

Le dije que estaba bien, aunque me castañeteaban los dientes. Se acercó a mí, despacio, me pasó la sudadera por la cabeza, inmovilizándome los brazos a los costados y alborotándome el pelo por la energía estática.

«¿Mejor?», me preguntó. Me aterrorizó y me emocionó que con esa queda palabra pudiera derretirme por dentro, pudiera sacudirme como si fuera un domo de nieve.

Cuando estábamos con los demás, casi no podía mirarlo.

Sin embargo, como Wyn y yo fuimos los últimos en llegar (o tal vez porque los demás decidieron que nuestra amistad debería comenzar con una prueba de fuego), compartiríamos la habitación de los niños toda la semana. Y todas las noches, cuando apagábamos las luces, hablábamos en susurros desde nuestras respectivas camas, cada una en un extremo de la habitación. Hablábamos durante horas.

Aunque casi nunca decía su nombre. Me parecía más un hechizo. Como si al decirlo pudiera iluminarme desde dentro y él pudiera ver lo mucho que lo deseaba, lo mucho que pensaba en él durante todo el día, como si él fuera el arañazo en un disco rayado. Como si pudiera ver que, sin intentarlo siquiera, sabía exactamente dónde se encontraba a todas horas; que podía taparme los ojos, dar unas cuantas vueltas sobre mí misma y apuntar hacia él a la primera sin problemas.

Y no podía desearlo. Porque le gustaba a mi mejor amiga. Porque se había convertido en una parte importante de las vidas de Sabrina y de Cleo, y me negaba a fastidiar eso.

Además, me dije, mi reacción hacia él no significaba nada. Solo era un imperativo biológico para procrear que disparaba fuegos artificiales por todo mi sistema nervioso. No era algo sobre lo que construir una relación duradera. Me dije que era demasiado inteligente como para creer que me estaba enamorando de él. Porque no podía. No lo haría.

Ojalá hubiera tenido razón.

En el presente, Wyn me quita el itinerario de las manos y ojea la página abierta.

—Me encanta lo organizada que es Sabrina, de verdad —digo—. Pero a veces las cosas buenas no lo son tanto. Y cuando mencionas movimientos intestinales en la agenda de tus vacaciones grupales, creo que has llegado a ese punto.

Wyn deja de nuevo la carpeta en la consola.

—Te parecerá malo, pero no se puede ni comparar con la lista que me mandó Parth. Me dijo cuánta ropa interior traer. Así que o mi «sorpresa personalizada» del sábado va a acabar fatal, o me cree incapaz de contar mi propia ropa interior.

—No te subestimes —replico—, seguro que es un poco de cada.

Se echa a reír y aparecen sus hoyuelos, dos puntitos en las mejillas que a esas alturas necesitan un afeitado. Por un segundo es como si la línea temporal se hubiera alterado y hubiéramos retrocedido un año.

Después se aparta de mí.

—Los siguientes quince minutos están dedicados a «relajarse» antes de comer —dice—, así que te dejo tranquila.

Asiento con la cabeza.

Él hace lo mismo.

Echa a andar hacia la puerta, donde titubea un segundo.

Y después se va, y yo sigo paralizada donde me ha dejado. No me relajo.

6

La vida real

Lunes

El «dormitorio grande» es un desastre. Un desastre precioso, increíble y dantesco. La habitación de los niños está al principio del pasillo y, por tanto, forma parte de la casa original. El otro dormitorio está al fondo, en la gigantesca ampliación. No hay puertas hinchadas que se atascan, ni ventanas que se tengan que mantener abiertas con un libro, ni suelo de madera que cruje aunque nadie lo pise.

Esta habitación es puro lujo. La cama grande tiene sábanas de chorrocientos mil hilos. Una puerta de doble hoja da paso a un balcón sobre la piscina de agua salada y los acantilados del fondo, y también cuenta con una enorme bañera de piedra y una ducha con capacidad para dos personas hecha de pizarra oscura y cristal.

Sin embargo, si pudiera hacer una pequeña sugerencia de diseño, sería la de poner uno de los elementos, o los dos, detrás de una puerta. Porque ahora mismo están al descubierto.

Que sí, que el inodoro está oculto en una especie de armarito, pero si voy a cambiarme de ropa en algún momento de la semana, mis opciones son 1) aceptar que lo haré delante de una audiencia de una persona, mi exnovio; 2) meterme en el cagadero y rezar para mantener el equilibrio, o 3) buscar la manera de escabullirme con discreción a la infame ducha exterior que hay junto a la casa de invitados.

Todo esto es para decir que me paso mis quince minutos de «relajación» dándome una ducha a solas mientras puedo. Después me pongo unos vaqueros y una camiseta blanca de manga corta limpia. Una de las pocas cosas en las que Wyn y yo coincidimos es en la total falta de estilo.

Su trabajo siempre ha requerido que use ropa práctica, y la mayoría de las prendas se estropean enseguida, así que no tiene sentido comprarse algo demasiado bonito.

En mi caso, que me decante siempre por los Levi's ajustados y las camisetas de manga corta se debe más a que detesto tomar decisiones. Tardé años en averiguar la ropa con la que me veía bien, y ahora no pienso cambiar.

Otro recuerdo deslumbrante, como una supernova: Wyn y yo tumbados en la cama, bañados por la luz de la lámpara, él con el pelo alborotado y ese terco mechón sobre la frente. Tiene la boca pegada a mi barriga y va camino a una cadera. Me susurra contra las partes más delicadas: «Perfecta».

Siento un escalofrío en la espalda.

Ya vale de pensar en eso.

Me hago un moño en la coronilla y bajo.

Se han reunido en torno a la mesa de madera del patio trasero. En el centro hay como un metro de productos de charcutería y, porque Sabrina es Sabrina, hay tarjetas para saber dónde sentarnos, asegurándose así de que Cleo y Kimmy se sienten delante de la comida vegetariana, mientras que yo estoy delante de una rueda de queso brie tan grande que podría servirle de repuesto a una carreta.

Wyn levanta la mirada del teléfono cuando salgo al patio. No sé si la ansiedad momentánea que le pasa por la cara son imaginaciones mías, porque en un abrir y cerrar de ojos suelta el móvil, esboza una sonrisa y extiende un brazo para rodearme la cintura y pegarme a él.

Me dejo caer, tensa, en la silla de hierro a su lado, y él cambia el brazo, de modo que me lo coloca sobre los hombros.

Sabrina se levanta de su silla en la cabecera de la mesa.

—No sé si habéis tenido oportunidad de echarle un ojo a vuestros itinerarios…

—¿Eso era? —pregunta Cleo—. Lo he usado de tope para la puerta.

Kimmy, que se ha puesto dos pepinillos en la boca como si fueran los colmillos de una morsa, añade:

—Había tanta palabrería que pensaba que era una declaración oficial.

—Solo son un par de sorpresas —replica Sabrina—. El resto de la semana lo dedicaremos a lo habitual.

Wyn le da un mordisco a una zanahoria con tal fuerza que me estremezco entera. Soy incapaz de tomar una bocanada de aire sin que cientos de terminaciones nerviosas situadas en mi torso se rocen con su cuerpo, lo que significa que apenas consigo oxígeno.

—¿Gladiadores de las Compras? —pregunta Kimmy a voz en grito.

—¿Se ha Escrito un Crimen? —dice Cleo con voz esperanzada al mismo tiempo.

—Sí y sí —contesta Sabrina, confirmando así que vamos a hacer dos de nuestras actividades habituales (y diametralmente opuestas) en Maine: una excursión a la librería local (la preferida de Cleo y la mía) y una excursión muy ridícula para comprar comida que es la obsesión de Parth y de Kimmy desde que formaron equipo hace tres años y empezaron una «racha ganadora», si es que se puede «ganar» comprando comida.

Wyn y yo debatíamos a veces sobre la posibilidad de que Sabrina se inventara el juego de los Gladiadores de las Compras porque se cansó de que tardáramos tanto en volver. Hay una pastelería maravillosa en una esquina, con toda una sección de exquisiteces locales, y yendo los seis es como si estuvieras comprando con un grupo de niños con pasta y borrachos, porque cada vez que estamos listos para irnos, siempre hay uno que se aleja en busca de algo.

—Pero he pensado que esta noche podemos nadar, comer al aire libre y todo eso —sigue Sabrina—. Solo quiero disfrutar de que estamos juntos.

—¡Por estar juntos! —exclama Parth, que inicia el quinto brindis del día.

En cuanto Wyn me quita el brazo de los hombros, aprovecho para mover la silla con la excusa de rellenarme la copa con la botella abierta de *prosecco*.

—¡Por los Gladiadores de las Compras! —brinda Kimmy.

«Por beberme mi peso en vino y rezar para despertarme y ver que todo ha sido un sueño», pienso.

Desde el otro lado de la mesa, Cleo me mira pensativa, con un delicado ceño fruncido. Me obligo a sonreír y levanto la copa hacia ella.

—Por el chico de Se ha Escrito un Crimen que todavía nos hace el descuento de estudiantes.

Cleo esboza una sonrisilla torcida, como si mi interpretación no la convenciera del todo, pero de todas formas acerca su copa (de agua en su caso, ya que ella dejó de beber alcohol hace años porque le sentaba mal) a la mía.

—Porque siempre tengamos tanta suerte y parezcamos tan jóvenes.

—Vaya, la botella está vacía —dice Sabrina desde su silla.

Me levanto de un salto antes de que Wyn se pueda ofrecer voluntario. Aun así, hace ademán de ponerse en pie, pero lo empujo para que se siente de nuevo.

—Quédate y relájate, cariño —digo, pronunciando la última palabra con excesiva dulzura—. Yo voy a por el vino.

—Gracias, Har —me dice Sab mientras voy derecha hacia la puerta trasera—. ¡La puerta debería estar abierta!

Otra de las mejoras de la casa que hizo el señor Armas: convertir el pequeño sótano de piedra en una cámara acorazada de primera calidad para su inmensa y carísima colección de vinos. Está protegida por contraseña y todo, pero Sabrina siempre la deja abierta para que cualquiera de nosotros pueda entrar a por una botella.

Encuentro enseguida una botella cuya etiqueta es idéntica a la de la mesa. Supongo que eso quiere decir que no es un *prosecco* de mil dólares, pero con Sabrina nunca se sabe. Es capaz de haber tirado la casa por la ventana para nosotros, aunque nuestros paladares sean incapaces de apreciarlo.

Siento una punzada en el pecho al pensarlo, al pensar en esa última semana perfecta que nos ha organizado y en mi absoluta incapacidad para disfrutarla.

«Un día. Déjalos disfrutar de un día perfecto y mañana se lo contaremos todo», me digo.

Cuando regreso al patio, todos están riendo y son la viva estampa de una escapada de grupo de amigos. Wyn me mira de inmediato, y su sonrisa, con los hoyuelos a la vista, no decae ni se altera.

¡Está bien! ¡No pasa nada porque su exnovia esté aquí o porque tengamos que quedarnos en una *suite* de recién casados donde parece que todas las superficies están pensadas para follar!

No hay reacción visible a mi presencia.

En esa ocasión, la sensación que me recorre la espalda no se parece a una cremallera que baja, sino más bien a la llama furiosa de un reguero de gasolina.

No es justo que Wyn esté bien. No es justo que mi presencia no lo haga sentir que tiene el corazón ensartado en una brocheta, asándose sobre las brasas, como me pasa a mí.

«Puedes hacerlo, Harriet. Si él está bien, tú también puedes estarlo. Por tus amigos».

Dejo la botella en la mesa y la rodeo para colocarme detrás de Wyn. Una vez a su espalda, le deslizo las manos por los hombros hasta el pecho, y dejo la cara detrás de su cabeza cuando siento los latidos de su corazón en las manos, pausados y tranquilos.

No es suficiente. Si esto es una tortura para mí, él también debe sufrir.

Le entierro la cara en el cuello, con su cálido olor a pino y clavo.

—Bueno, ¿a quién le apetece un chapuzón? —pregunto.

Se le pone la carne de gallina. Y la sensación que me recorre la espalda por tercera vez me parece una victoria.

* * *

—Empiezo a sospechar —dice Kimmy— que igual estamos un poco *bochachas*. *Bo-cha-chas*.

—¿Quién? ¿Nosotras? —replico mientras intento ponerme en pie despacio sobre la resbaladiza esterilla mientras Kimmy sigue agazapada en el extremo más alejado. La Esposa Número Cinco compró las esterillas especiales para el «yoga acuático» hace un par de años, y se me habían olvidado hasta esta noche.

Kimmy chilla y Parth se zambulle para apartarse cuando la esterilla vuelca, tirándonos a la piscina por sexta vez, como poco.

Los tres sacamos la cabeza del agua. Kimmy la echa hacia atrás para apartarse el enredado pelo rubio cobrizo de la cara.

—Nosotros —confirma—. Todos en realidad.

—En fin —digo mientras señalo con la cabeza hacia la mesa del patio, donde Cleo, Sabrina y Wyn están enzarzados en una partida de póquer—, puede que ellos no.

—Ah, no —replica Parth—. Sabrina lo está. Pero el afán competitivo le quita la borrachera, y su gran objetivo de la semana es conseguir ganarle a Cleo de una vez.

—Y casarse —añado.

—Eso también —dice Parth, que nada hacia el lateral de la reluciente piscina. Kimmy ya está intentando subirse de nuevo a la esterilla, pero yo lo sigo a él.

—¿Cómo habéis llegado a este punto? —le pregunto.

—¿No quieres que te lo cuente ella? —me pregunta a su vez.

—No, quiero la versión detallada —contesto—. A Sabrina se le da fatal contar historias.

—¡Te he oído! —exclama ella desde la mesa antes de dejar las cartas boca arriba—. Y no se me da mal. Soy concisa. Escalera de color.

Cleo, que está a su lado, hace una mueca y, casi con gesto culpable, dice:

—Escalera real.

Sabrina gime y apoya la frente en la mesa. Desde atrás nos llega el inconfundible sonido de otro chapuzón de Kimmy.

—Se lo pedí hace un año —me dice Parth en voz baja, y me sorprende tanto que casi le doy un guantazo.

—¿Un año? —pregunto—. ¿Lleváis un año comprometidos?

Niega con la cabeza.

—¡En aquel entonces seguía diciendo que nunca se iba a casar! Ni siquiera aceptó el anillo. Y luego, hace unas semanas, se enteró de lo de la casa y… —Mira hacia la mesa, donde siguen con la partida de póquer. Sabrina está muy ocupada barajando—. Me lo pidió.

—¿¡Cómo!?

Parth hace una mueca y se frota la nuca.

—Y le dije que no. Porque creí que era una reacción impulsiva. Ya sabes lo que significa para ella. Esta casa fue el último sitio donde sintió que tenía una familia, antes de que sus padres se separasen. Y luego, en cuanto os trajo a Cleo y a ti (y después a los demás), esta casa es el sitio que considera su hogar. Así que, cuando su padre le dijo que iba a venderla, supuse que estaba intentando anclarse a alguna parte. No me pareció un buen motivo para aceptar.

—¿Así que tú le propusiste matrimonio y ella te rechazó, y luego ella te lo propuso y tú la rechazaste? —le pregunto.

Asiente con la cabeza.

—Pero eso fue hace mes y medio, y creí que estaba enfadada conmigo. Hasta hace dos semanas. Me lo pidió de nuevo, y esa vez se lo curró de verdad. Vamos, que hasta planeó una búsqueda del tesoro y todo.

—¡Guau! —digo—. Muy al estilo Parth.

—Lo sé —afirma—. En fin, que al final hincó una rodilla en el suelo de Central Park, como una romántica de tomo y lomo, y me dijo que siempre había sabido que quería pasar la vida conmigo, pero que le asustaba tanto que fuera imposible que nunca se había permitido hablar del tema. Ya sabes, por culpa de sus padres. Y de los de Cleo. —Me pide disculpas con la mirada—. Y de los tuyos.

Fue un motivo por el que habíamos conectado desde el principio. Su padre, que pasaba de un matrimonio a otro como si fueran *thrillers* de edición limitada, y mis padres, que estaban juntos, pero que rara vez parecían contentos por estarlo.

Sabrina nunca quiso casarse por si tenía que pasar por un divorcio brutal. A mí me daba más miedo la idea de casarme con alguien que fuera incapaz de dejarme o de seguir amándome.

Por eso no me permití llorar cuando Wyn me dejó, ni pedirle explicaciones o una segunda oportunidad. Sabía que seguir juntos a sabiendas de que ya no era mío de verdad sería muchísimo más doloroso.

Parth, Wyn y Kimmy eran todos productos de matrimonios duraderos y cariñosos, y los padres de Cleo se habían separado cuando era pequeña de forma muy amistosa. Seguían viviendo a una manzana de distancia en Nueva Orleans y cenaban en familia a menudo el uno con el otro y también acompañados de sus respectivos cónyuges.

—En fin, que Sabrina decidió que había dejado que su padre influyera demasiado en su vida —continuó Parth—. No quería seguir tomando decisiones guiándose solo por la idea de no hacer lo que él hacía. Así que acepté y después planeé mi propia pedida.

—Pues claro que sí —repliqué—. Eres el rey de las fiestas de Paxton Avenue.

Se echa a reír y se aparta el pelo mojado.

—A ver, tenía que asegurarme de que supiera que yo también lo quería. A lo mejor es raro combinar la boda con este viaje de despedida, no sé. Pero necesito que esta semana sea absolutamente perfecta para ella.

Siento una opresión en el pecho. Y me arden las palmas de las manos.

—Me alegro mucho, muchísimo, por vosotros —le digo.

Esboza una sonrisa torcida y me planta un sonoro beso en la coronilla.

—Gracias, Har. No lo habríamos logrado sin Wyn y sin ti. Espero que lo sepáis.

—Por favor —protesto.

—Lo digo en serio —insiste—. Fuisteis los primeros en cruzar la línea de la amistad y demostrar que podía salir bien. Sab siempre dice que se pasó mucho tiempo preocupada por la posibilidad de que perseguir sus sueños pusiera en peligro lo que teníamos los seis y que veros a los dos enamorados todos estos años la ha ayudado en gran medida a creer que nosotros también podemos conseguirlo.

Siento un nudo en la garganta y mi mirada vuela hacia la mesa, donde siguen jugando al póquer. Wyn no está mirando, está concentrado en su teléfono, pero de todas maneras siento que el calor se extiende por toda mi cara, hasta la clavícula.

—¡Lo he conseguido! ¡Soy la mejor! —grita Kimmy a nuestra espalda justo antes de caerse de nuevo al agua.

—Creo que tengo que hacer pis —le digo a Parth al tiempo que salgo de la piscina—. O beber agua. Una de las dos cosas.

—Harry, si eres incapaz de diferenciarlas —me dice Parth mientras me alejo—, ¡creo que tienes que ir al médico!

—Parth —replico al tiempo que me detengo en la puerta—, que soy médica.

—Pues me parece un conflicto de intereses. —Se lanza hacia atrás, alejándose del borde, y nada hacia Kimmy.

Me seco con la toalla mientras me abro paso por la fresca y silenciosa casa. La cocina está hecha un desastre, así que limpio las encimeras, aparto las botellas vacías para reciclarlas y después voy al aseo que hay junto al lavadero. Nadie lo usa nunca porque lleva allí de alguna manera desde principios del siglo xx y viene a ser como de medio metro de ancho.

Me aferro al lavabo mientras intento recuperar el aliento. En el espejo, veo que ya tengo la cara quemada por el sol y el pelo, enredado por el agua salada. Anda que me ha servido de mucho la ducha. A lo mejor puedo escabullirme un ratito para darme una ducha rápida mientras los demás siguen en el patio.

A lo mejor puedo meter toda la ropa en la maleta y huir y, no sé, no arruinarles la boda a mis mejores amigos. ¡Dios mío! Vaya desastre.

Hago pipí, me lavo las manos con el lujoso jabón con olor a uva que el señor Armas usa en todos sus hoteles, tomo una honda bocanada de aire y abro la puerta.

Mi primera reacción al ver a Wyn esperando en el estrecho pasillo es cerrarle la puerta en la cara. Como si fuera una pesadilla y, al cerrar y abrir de nuevo, fuera a desaparecer.

Sin embargo, como de costumbre, mi cuerpo va dos pasos y medio por detrás de mi cerebro, así que cuando asimilo que es él y oigo las voces al fondo del pasillo, en la cocina, ya me está empujando para que entre de nuevo y cierra la puerta.

El corazón me va a mil por hora. Las piernas me arden y me tiemblan como un flan. Ya había apagado la luz y él no estira el brazo para volver a encenderla, de modo que solo nos ilumina el tenue resplandor, como el de una vela, de la luz nocturna automática que hay junto al espejo.

—¿Qué haces? —le pregunto.

—Relájate. —La oscuridad hace que su voz suene muy cerca. O quizá sea por los quince centímetros que nos separan.

—¡No puedes meter a una mujer en una habitación oscura y decirle que se relaje! —mascullo.

—No había manera de quedarme a solas contigo —dice.

—¿Y no has pensado que lo he hecho a propósito? —le pregunto.

Resopla.

—Nuestro plan no va a funcionar.

—Lo sé —digo.

Levanta las cejas.

—¿Lo sabes?

—Creo que te lo acabo de decir.

Se deja caer contra la puerta al tiempo que levanta la barbilla e inspira tan hondo que nuestros torsos se tocan. Intento retroceder un paso, pero me topo con el toallero.

—Tenemos que aguantar cinco días más —digo.

Se aparta de la puerta como impulsado por un resorte. Nuestros torsos quedan pegados el uno al otro y una furiosa corriente eléctrica salta de su piel a la mía, o tal vez sea al revés.

—Acabas de decirme que estás de acuerdo en que no podemos hacer esto.

—No, he dicho que no podemos seguir con el plan. Necesitan que esta semana sea perfecta, Wyn. Sabrina ya está hecha un manojo de nervios. Esto puede fastidiarlo todo.

—Sí, algo va a fastidiar desde luego —gruñe.

—Habla con Parth —le pido—. Si después de hacerlo sigues pensando que es buena idea cargarnos sus planes para esta semana, no podré impedírtelo. Pero sé que vas a recapacitar.

Suspira.

—Esto es horrible.

—No es lo ideal, cierto —digo, devolviéndole la expresión que usó él en el dormitorio.

Le relampaguean los ojos.

—¡Qué graciosa!

—¿Has visto? —Alzo la barbilla como si su cercanía no me intimidase en lo más mínimo. Como si no tuviera cientos de avispones revoloteando en mi pecho e intentando llegar hasta él.

Nos fulminamos con la mirada varios segundos. Creo que nunca lo había hecho antes. Y, dado que soy una persona que evita el conflicto en la medida de lo posible, me sorprende lo poderosa que me hace sentir esa mirada. Por fin he conseguido que reaccione, por fin he traspasado esa máscara de granito que usaba para mantenerme alejada.

—Muy bien —dice—. Supongo que tendremos que hacerlo. —Me toma de la mano. Tengo la sensación de que todo mi cuerpo está compuesto de cables incluso antes de notar el frío anillo de oro blanco en el dedo.

Me aparto antes de que pueda ponerme el anillo. Él me lo permite, pero el toallero vuelve a impedírmelo.

—Alguien se va a dar cuenta de que no lo llevas puesto —me recuerda.

—Todavía no lo han hecho —replico.

—Solo han pasado un par de horas —insiste—. Y Kimmy lleva casi todo el tiempo bailando y cantando con una cuchara de madera al ritmo de esa canción de Crash Test Dummies. Estaban distraídos.

—Pues controlamos la lista de reproducción —digo—. Se me ocurren por lo menos veintiséis canciones que pondrán a Kimmy en modo espectáculo.

Wyn levanta las cejas. El gesto hace que se le levanten un poco las comisuras de los labios, revelando sus dientes, que parecen muy blancos en la oscuridad. La sensación de estar en un domo de nieve me asalta de nuevo, todo me parece patas arriba, todo me parece brillantina o sirope de maíz.

—¿Por qué lo llevas encima? —le pregunto.

—Porque sabía que iba a verte —contesta—, y es tuyo.

—Te lo devolví —le recuerdo.

—Lo sé muy bien —replica—. A ver, ¿vas a ponértelo o les decimos que lo dejamos hace tiempo?

Extiendo la mano con la palma hacia arriba. De ninguna de las maneras voy a dejar que me ponga mi antiguo anillo de compromiso en el dedo.

Titubea, como si quisiera decir algo, pero después me lo deja en la palma. Me lo pongo y levanto la mano.

—¿Contento?

Se ríe, menea la cabeza y hace ademán de marcharse. Sin embargo, se da media vuelta y se apoya en la puerta.

—¿Cuánto tiempo vamos a decir que ha pasado? Me refiero a la última vez que nos vimos, por si alguien lo pregunta.

—No van a preguntar —digo.

Mis ojos se han adaptado a la oscuridad lo suficiente como para ver, con detalle, que se le marcan más las arruguitas de los ojos.

—¿Por qué no?

—Porque es una pregunta aburrida.

—A mí no me lo parece —replica—. Me muero por conocer la respuesta. Estoy que me muerdo las uñas, Harriet.

Pongo los ojos en blanco.

—Un mes.

Cierra los ojos un momento. Si supiera que iba a mantenerlos cerrados, sería incapaz de contenerme: le recorrería con un dedo la nariz, el contorno de los labios, sin llegar a tocarlo, pero deleitándome con ese casi. Detesto lo enredados que seguimos a nivel cuántico. Como si mi cuerpo nunca fuese a cejar en el intento de encontrar el camino de vuelta hasta el suyo.

Entreabre los ojos.

—¿Fui a San Francisco o viniste a Montana?

Se me escapa una carcajada.

A él le relampaguean de nuevo los ojos.

—No me ha dado tiempo ni a lavar la ropa desde hace un mes —digo—. Imposible que haya ido a Montana a dar vueltas por un rancho con un sombrero tejano.

—¿Cuántas bragas tienes? —pregunta con voz seria.

—Eso sí que estoy segura de que no te lo va a preguntar nadie —digo.

—Llevas un mes sin lavar la ropa —me recuerda—. Solo estoy calculando, Harriet.

—En fin, si me quedo sin bragas, al menos la lista que Parth te hizo para el equipaje me cubre.

—Si me hubieras visitado, no habrías estado dando vueltas por un rancho con un sombrero tejano. ¿Qué imaginas que hago durante todo el día?

—Reparar muebles —contesto al tiempo que me encojo de hombros—. Hacer de payaso en los rodeos. Puede que también te dediques al aeróbic acuático ese en el que Gloria insistía cuando íbamos a verla. —«Salir con mujeres guapas, respirar el aire de Montana y sentir un alivio enorme por haber dejado atrás San Francisco y a mí»—. ¿Y cómo está Gloria? —le pregunto.

Wyn echa la cabeza hacia atrás y la apoya en la puerta.

—Bien. —No añade nada más.

Me escuece que lo haya dicho así a propósito, que haya soltado ese recordatorio de que no merezco más información que ese monosílabo sobre su madre, sobre su familia.

Después se le suaviza la expresión y esboza una sonrisilla torcida.

—Sí que estuve en una clase de aeróbic acuático con ella.

—Sí, claro.

Se lleva una mano al pecho.

—Te lo juro.

La carcajada que se me escapa me pilla por sorpresa. Aunque lo más raro es que no me paro en una sola carcajada, sino que sigo riéndome como si tuviera palomitas explotándome en el pecho, hasta que tengo la (casi) sensación de que estoy llorando más que riendo.

Wyn sigue de pie, apoyado en la puerta, observándome con expresión guasona durante todo el rato.

—¿Has terminado, Harriet?

—De momento.

Asiente con la cabeza.

—Así que fui a verte a San Francisco. El mes pasado.

Todo rastro de humor desaparece del ambiente. Me arde la cara. Siento el deseo en las venas.

Ambos damos un respingo al oír un repentino estruendo en el fondo del pasillo.

Wyn suspira.

—Parth tiene una *app* en el teléfono que imita una sirena.

—Que el Señor nos ayude —digo.

—La usó como quince veces antes de que llegaras. Como te puedes imaginar, no se ha cansado.

Me muerdo el labio antes de que se me escape una sonrisa. Me niego a que me engatuse. Otra vez no.

—En fin. —Se aparta de la puerta—. Te dejo a lo tuyo… —Agita una mano en mi dirección, como si quisiera decir sin palabras: «Estar en un aseo a oscuras».

—Sería estupendo —replico, y se marcha.

Cuento hasta veinte antes de salir, con el corazón todavía acelerado. Después de pararme un momento en la cocina para rellenarme la copa de vino vacía hasta el borde, regreso al frío y oscuro exterior. El brasero está encendido y mis amigos están congregados a su alrededor, abrigados con una mezcla de toallas, sudaderas y mantas. Me siento junto a Cleo y ella me echa un brazo por encima antes de cubrirme las piernas desnudas con su manta de franela.

—¿Todo bien? —me pregunta.

—Pues claro —aseguro mientras me pego más a ella—. Estoy en mi lugar feliz.

7

Un lugar feliz

Knott's Harbor, Maine

La habitación de los niños. Tablones combados y ventanas torcidas, cortinas de color crema y dos camas iguales con colchas azul grisáceo, dispuestas cada una junto a una pared. Mi primera semana de vuelta con mis amigos después del semestre londinense, y estoy compartiendo habitación con un completo desconocido.

El agradable olor a humedad, suavizado por la cera de los muebles con la nota cítrica de la verbena. Por la pasta de dientes de canela. Por el aroma a pino, clavo, humo de leña y unos extraños ojos cálidos que parpadean y centellean como si fueran los de un animal nocturno. Claro que no lo estoy mirando ni mucho menos.

¡No puedo seguir mirándolo! Pero pocas horas después de conocer a Wyn Connor, me resulta evidente que tiene un campo magnético a su alrededor. No me atrevo a mirarlo de frente a plena luz del día. Cuando lo veo demasiado cerca, me pongo a meter los platos en el lavavajillas o a limpiar la piscina con la red.

Mi subconsciente se pasa todo el día buscándolo, desde las primeras horas de la mañana envueltas en bruma a las últimas de la noche.

Estoy viviendo dos semanas distintas. Una de ellas es el paraíso; la otra, una tortura. A veces es imposible distinguirlas.

Me relajo en la piscina con Cleo mientras ella lee las memorias de algún artista o una enciclopedia sobre setas. Deambulo por las tiendas de antigüedades, por las tiendas de regalos y por las pastelerías del pueblo con Sabrina. Parth y yo vamos dando un paseo al puesto que vende café y bocadillos de langosta y en donde siempre hay una cola de una hora.

Nos retamos en la piscina. Jugamos a Yo Nunca alrededor del brasero exterior mientras pasamos botellas de sauvignon blanc, rosado o chardonnay.

—¿No le molestará a tu padre que nos estemos bebiendo su vino? —dice Wyn.

Me pregunto si estará preocupado (como yo lo estuve la primera vez que Sabrina nos trajo aquí a Cleo y a mí), si se habrá dado cuenta de que ella tendría todo el derecho del mundo a pasarnos la factura al final de la semana. Una factura que ninguno de nosotros podría pagar.

—Pues claro que le molestaría —responde Sabrina—. Si llegara a darse cuenta. Pero nunca se fija en nada que no esté dentro de una cuenta bancaria suiza.

—No sabe lo que se pierde —comenta Cleo.

—Todas mis cosas preferidas están fuera de las cuentas de los bancos suizos —añade Parth.

—Todas mis cosas preferidas están aquí —digo yo.

Durante las horas más calurosas del día, nos turnamos para saltar desde el extremo del embarcadero a los pies del acantilado, jugando a no reaccionar al sentir el choque helado del Atlántico, y luego nos tumbamos en la superficie de madera calentada por el sol para ver pasar las nubes.

Sabrina planifica nuestras bebidas y comidas a la perfección. Parth encuentra la forma de convertirlo todo en un elaborado juego o competición, como en el caso del juego de saltar desde el embarcadero, al que llamamos «¡NO GRITES, JODER!». Y Cleo se pasa el día haciendo preguntas del estilo de «¿Hay algún lugar que aparezca una y otra vez en tus sueños?» o «¿Volverías a tu época del instituto si pudieras?». Parth dice que sí, porque tuvo una gran experiencia en el instituto; Cleo dice que sí, porque lo pasó fatal y le gustaría tener la oportunidad de corregirlo, y el resto estamos de acuerdo en que tendrían que ofrecernos una cantidad con muchos ceros para tentarnos a revivir las experiencias mediocres de nuestra adolescencia.

Y luego Cleo pregunta:

—Si pudieras tener otra vida completamente distinta de esta, ¿qué harías?

Parth dice directamente que se uniría a un grupo de música. Sabrina tarda un minuto en decidir que sería chef.

—Cuando mis padres todavía estaban juntos —dice— y veníamos aquí en verano, mi madre y yo preparábamos platos muy complicados. Nos pasábamos el día en la cocina. Como si no tuviéramos ningún otro sitio al que ir ni nada que hacer salvo estar juntas.

Aunque siempre ha compartido observaciones contundentes y comentarios cínicos al azar sobre su vida familiar y su pasado (como por ejemplo: «Siento si ha sonado demasiado fuerte. Es mi trauma de hija de narcisista. Todavía creo que solo tengo treinta segundos para exponer mi caso antes de que todo el mundo se aburra»), es más raro que comparta recuerdos felices.

Así que esa muestra de ternura que nos ofrece es un regalo. Es un honor que se nos confíe algo tan sagrado y poco habitual como la ternura de Sabrina.

Cleo dice que en su vida extra se dedicaría a la agricultura, y nos echamos a reír con tanta fuerza que el embarcadero de madera tiembla debajo de nosotros.

—¡Lo digo en serio! —insiste—. Creo que sería divertido.

—Sí, claro —replica Sabrina—. Vas a ser una pintora famosa y tus paisajes adornarán las paredes de todas las mansiones de los famosos de Los Ángeles.

Cuando llega mi turno de responder, se me queda la mente en blanco. He querido ser cirujana desde que tenía catorce años. Nunca me he planteado otra opción.

—Puedes hacer cualquier cosa, Harry —insiste Sabrina—. No le des muchas vueltas.

—Pero darles vueltas a las cosas es lo que mejor se me da —protesto.

Ella se ríe a carcajadas.

—Quizá en tu otra vida descubras cómo sacarle beneficios económicos.

—O quizá —dice Cleo— en nuestras otras vidas no tengamos que descubrir cómo sacarle beneficios económicos a nada. Quizá podamos limitarnos a vivir sin más.

Parth extiende un brazo sin incorporarse y choca los cinco con ella.

—Te quiero —dice Cleo—, pero nunca choco los cinco.

Él deja caer la mano hasta el abdomen, sin inmutarse, y le pregunta a Wyn qué haría con su otra vida. No miro, pero lo siento estirado bajo el sol a mi izquierda, una segunda estrella, un cuerpo celeste con su propia gravedad, luz y calor.

Suelta un suspiro soñoliento.

—Viviría en Montana.

—Eso ya lo has hecho —dice Parth—. Se supone que tienes que contestar que irías al Polo Sur a rehabilitar pingüinos o algo así.

—Pues vale —replica—. Me iría al Polo Sur, por lo de los pingüinos.

—No hay una respuesta correcta —tercia Cleo—. ¿Por qué volverías a Montana, Wyn?

—Porque en esta vida decidí no quedarme allí —contesta—. Decidí hacer algo distinto de lo que hicieron mis padres, ser alguien diferente. Pero si tuviera otra para vivir, querría explorar la oportunidad de quedarme allí.

Lo miro de reojo. Tiene la mejilla apoyada en el embarcadero de madera y nuestras miradas se sostienen lo que tardamos en respirar cuatro veces, sin que su brazo húmedo apenas roce el mío.

Mantenemos una conversación silenciosa: «Hola» y «Hola a ti también». «Me estás sonriendo» y «No, eres tú quien me sonríe».

Devuelvo los ojos al cielo y los cierro con fuerza.

Cuando nos metemos en las camas, situadas en lados opuestos de la habitación de los niños, siento una especie de corriente eléctrica en las venas.

Wyn, sin embargo, está tan quieto que supongo que se ha dormido al instante. Al cabo de un rato, su voz rompe el silencio.

—¿Por qué siempre empiezas a limpiar cuando entro en la habitación?

Mi risa es en parte sorpresa, en parte vergüenza.

—¿Qué?

—Si todos están fuera y tú estás en la cocina, en cuanto yo entro coges una bayeta.

—¡Venga ya! —protesto.

—Es verdad. —Oigo el frufrú de las sábanas cuando se pone de costado.

—Bueno, pues si es cierto, será por casualidad —digo—. Me encanta limpiar.

—Ya me lo dijeron —replica.

Me río.

—¿Cómo salió ese detalle? ¿Preguntaste por mis rasgos más aburridos?

—Unas semanas después de mudarme, el piso estaba hecho una pocilga —dice—. Tampoco te creas que yo soy muy escrupuloso, ojo. Al final, le pregunté a Sabrina, y me dijo que a lo mejor se habían acostumbrado a que fueras tú quien siempre lo fregabas todo. Creo que soy el único que ha sacado la basura durante los últimos seis meses. Cleo recoge lo que ensucia, pero no toca lo que Sabrina va dejando tirado por ahí.

Sonrío mirando el techo oscuro, con el corazón rebosante de cariño por mis dos amigas.

—A Cleo se le da muy bien poner límites. Seguro que cree que dejando las salpicaduras de pasta de dientes de Sabrina durante el tiempo suficiente, ella se dará cuenta.

—Sí, en fin, si yo no hubiera intervenido, el lavabo ya tendría más pasta de dientes que porcelana.

—No eres realista —le digo—. El piso entero sería pasta de dientes.

—No parece importarte que nuestra amiga sea una cerda que no mueve un dedo para limpiar.

—A mí siempre me ha gustado hacerlo —le aseguro—. Incluso cuando era pequeña.

—¿En serio?

—Sí —digo—. Mis padres tenían que trabajar mucho y siempre estaban estresados por el dinero, pero se aseguraban de que mi hermana y yo tuviéramos todo lo que necesitábamos. Yo no podía hacer mucho para ayudar, excepto limpiar. Y me gusta que sea tan visible, que se note de inmediato que lo que estás haciendo cambia las cosas. Cuando me pongo nerviosa, limpio, y me relaja.

Un largo silencio.

—¿Te pones nerviosa por mi culpa?

—¿Qué? Claro que no —respondo.

Otra vez el frufrú de la colcha.

—Esta noche te has puesto a reordenar los cajones cuando entré en la habitación.

—Habrá sido por casualidad —insisto.

—Así que no estás nerviosa —dice.

—Aquí nunca me pongo nerviosa —le aseguro.

Otra pausa.

—¿Cómo son?

—¿A qué te refieres?

—A tu familia —contesta—. No hablas mucho de ella. ¿Son como tú?

Apoyo la cabeza en una mano y entrecierro los ojos en la oscuridad.

—¿Y cómo soy yo?

—No sé cómo explicarlo —contesta—. No se me dan bien las palabras.

—Represéntalo si lo prefieres —le sugiero.

Se pone de nuevo boca arriba y mueve los brazos para trazar un círculo.

—Un orbe gigantesco.

Se ríe.

—Supongo que tampoco se me da bien expresarme con gestos. Lo he hecho en el buen sentido.

—Un orbe gigantesco en el buen sentido —digo.

—Bueno —dice y me mira de nuevo. En la oscuridad es más fácil mirarlo a los ojos—, ¿ellos también son orbes gigantescos?

—No sé decirte, porque no tengo ni idea de lo que significa eso. Pero mis padres son agradables. Mi padre es profesor de ciencias y mi madre trabaja en la clínica de un dentista. Siempre se aseguraron de que mi hermana y yo tuviéramos lo que necesitábamos.

—Eso ya lo has dicho —replica. Al captar mi titubeo añade—: Lo siento. No tienes por qué hablar de ellos.

—No hay mucho que contar. —Volvemos a caer en el silencio, pero al cabo de un rato, suelto de repente—: No se quieren. —Las palabras flotan en el aire. Él espera, y sin importar que yo haya decidido no hablar del tema, digo de todos modos—: Apenas se conocían cuando se casaron. Todavía estaban en la universidad, y mi madre se quedó embarazada de mi hermana. Se suponía que iba a estudiar Medicina y mi padre, Astrofísica, pero necesitaban dinero, así que ella lo dejó para criar a Eloise y él consiguió un trabajo de profesor sustituto. Cuando yo nací, ya era como un extraño matrimonio de conveniencia de finales del siglo xx.

—¿Discuten? —me pregunta.

—La verdad es que no —contesto—. Mi hermana es seis años mayor que yo, y fue bastante problemática, así que solían discutir con ella, pero no entre ellos.

Discutían porque abandonó la tutoría de orientación sin hablarlo con ellos, o porque de repente apareció con un *piercing* en el ombligo, o porque anunció que planeaba tomarse un año sabático para viajar de mochilera.

Mis padres nunca gritaban, pero Eloise sí, y cuando inevitablemente acababan enviándola a su dormitorio o ella se iba de casa cabreada, todo parecía siempre más silencioso que antes. Era un silencio peligroso, como si un simple pitido pudiera agrandar las grietas y la casa corriera el riesgo de acabar derrumbándose.

Mis padres no eran crueles, pero eran estrictos y estaban cansados. En ocasiones, uno de ellos, o los dos, tenían que buscarse un trabajo los fines de semana para cubrir el extra que suponía reparar el coche, o el diente roto de Eloise, o las facturas médicas provocadas por las radiografías de tórax necesarias para controlar la neumonía que yo contraje por culpa de un virus. A los nueve años, tal vez se me escapara el significado de la palabra «deducible», pero sabía que era una de las que se repetían cuando mis padres se sentaban a la mesa de la cocina con las facturas y empezaban a masajearse la frente entre suspiros.

También sabía que mi padre odiaba que mi madre suspirara. Y que, al mismo tiempo, mi madre odiaba que lo hiciera él. Como si ambos esperasen que el otro estuviera bien, que no necesitase consuelo.

Aquel silencio hacía que me esforzara en encontrar indicios y pistas hasta que me convertí en una experta en los estados de ánimo de mis padres. Eloise se fue de casa hace mucho tiempo, desde la bronca que se montó cuando les dijo que no iría a la universidad, y aunque las cosas estaban mucho mejor a esas alturas, mis padres no la habían perdonado del todo y ella a ellos tampoco.

—Son buenos padres —digo—. Siempre asistían a todos los actos en los que yo participaba. En quinto hice una serie de «trucos de magia» para un concurso de talentos, que en realidad eran pequeños experimentos científicos, y cualquiera diría que me habían visto dar una conferencia en la NASA. Solo comíamos fuera en ocasiones especiales, pero aquella noche fuimos a Big Pauly's Cone Shop y comimos helado. —Hablar así con Wyn es como susurrar mis secretos en una caja y cerrarla herméticamente.

Lo veo sonreír en la penumbra.

—Así que siempre has sido golosa.

—Todos lo somos. ¡Pedimos varios! —digo—. Como si fueran chupitos para celebrar un cumpleaños.

Nos quedamos en la heladería hasta que cerraron, mucho después de mi hora normal de acostarme. Uno de mis recuerdos más claros es el de esa noche, cuando me quedé dormida en el asiento trasero del coche, sintiéndome muy feliz, radiante por el orgullo que ellos me demostraban.

Vivía para esas atípicas noches en las que todo encajaba y éramos felices juntos, en las que no parecían preocupados por nada y podían divertirse sin más.

Como cuando después de ganar el concurso de la feria de ciencias en segundo de secundaria, mi padre y yo nos pasamos la noche haciendo nubes de azúcar en la cocina y viendo un documental sobre medusas. O como cuando me gradué con la segunda mejor nota de la promoción y me encargaron leer el discurso, y las compañeras de la clínica dental donde trabaja mi madre me organizaron una minifiesta, con una horrorosa tarta en forma de cerebro hecha por ella. O cuando recibí la carta del Mattingly College anunciando que me concedían la beca y los tres nos quedamos despiertos hasta tarde, estudiando concienzudamente su oferta educativa a través de su página web.

«Hija mía, vas a llegar muy lejos», recuerdo que me dijo mi madre.

«Siempre lo hemos sabido», convino mi padre.

—¿Y la tuya? —le pregunto a Wyn—. Vienes de una familia ranchera, ¿verdad? ¿Y ahora tienen un negocio de reparación de muebles? ¿Cómo son?

—Escandalosos. —No me ofrece más detalles.

Mi primera impresión sobre él ha resultado ser cierta. No le gusta hablar de sí mismo.

Sin embargo, estoy ansiosa por saber más sobre él, sobre el verdadero Wyn. Lo que hay debajo de esos ojos seductores.

—¿Escandalosos en el buen sentido o en el malo? —le pregunto.

Su sonrisa ilumina la oscuridad.

—En el bueno. —Hace una pausa—. Además, mi padre está sordo de un oído, pero insiste en hacer preguntas siempre desde la otra punta de la habitación, así que a veces son escandalosos sin más. Tengo una hermana mayor que yo y otra más pequeña. Michael y Lou. También son escandalosas sin más. Les encantarías.

—¿Porque yo también soy escandalosa?

—Porque son tan listas como tú —contesta—. Y también porque te ríes como si fueras un helicóptero.

Por desgracia, eso solo confirma lo que yo pensaba.

—En fin, no intentes ligar conmigo.

—Estás muy mona cuando te ríes —añade.

Un sonrojo de cuerpo entero.

—Vale, ahora en serio, déjalo.

—Como si fuera fácil —dice.

—Sé que lo conseguirás —le aseguro.

—Tu confianza significa mucho para mí —replica.

Me doy media vuelta y entierro la cara en la almohada, mientras masculo:

—Buenas noches, Wyn.

—Que duermas bien, Harriet.

A la noche siguiente se repite el mismo patrón. Nos metemos en la cama. Nos quedamos en silencio. Y luego Wyn se pone de costado y pregunta:

—¿Por qué neurocirugía concretamente?

Y yo contesto:

—A lo mejor porque el nombre me pareció el más rimbombante. Ahora puedo responder a cualquier cosa con la coletilla: «En fin, ni que fuese neurocirugía».

—No necesitas impresionar a nadie —me dice—. Ya eres...

—Con el rabillo del ojo lo veo mover los brazos para trazar de nuevo el enorme círculo.

—Una sandía grandísima —sugiero.

Suelta una carcajada, con la voz ronca.

—¿Por eso lo hiciste? ¿Elegiste lo más difícil e impresionante que se te ocurrió?

—Haces muchas preguntas, pero no te gusta responder a las que se te hacen —le suelto.

Se sienta contra la pared, con una sonrisa en los labios y los hoyuelos a la vista.

—¿Qué quieres saber?

Me incorporo.

—¿Por qué no quisiste adivinar lo que nuestros amigos me dijeron de ti?

Se queda quieto. No se pasa la mano por el pelo, no mueve la rodilla. Un Wyn Connor totalmente quieto es algo tan bonito que resulta impúdico.

—Porque mi mejor suposición habría sido que te dijeron que soy un buen chico que entró en Mattingly por los pelos —dice por fin—, que no consiguió los créditos a tiempo para graduarse y que, sinceramente, puede que nunca los consiga.

—Te quieren —le aseguro—. Nunca dirían algo así.

—Es la verdad. Parth empezará a estudiar Derecho el año que viene, y se suponía que yo me mudaría a Nueva York con él, pero he suspendido por segunda vez la asignatura de Matemáticas Generales. Mi graduación pende de un hilo.

—¿Quién necesita las matemáticas? —replico.

—Los matemáticos, seguramente —contesta.

—¿Piensas convertirte en matemático? —le pregunto.

—No —responde.

—Eso está bien, porque se quedarán todos sin trabajo en cuanto se ponga de moda lo de las calculadoras. ¿A quién le importa que se te den mal las matemáticas, Wyn?

Levanta la mirada.

—Quizá esperaba causarte una primera impresión mejor que esa.

—No me creo ni de coña que las primeras impresiones sean un problema para ti —le digo.

Se aparta el pelo de la frente y se lo echa hacia atrás, excepto el mechón rebelde, claro, que se empeña en volver a caer sobre la ceja.

—Quizá me pones un poco nervioso.

—Sí, claro —digo, sintiendo un cosquilleo en la columna vertebral.

—Que no me veas coger una fregona cada vez que entras en una habitación no significa que no me dé cuenta de que estás ahí.

Siento que se me encoge el estómago de repente, como si me hubiera tragado una bola enorme, y luego llegan las mariposas.

«La sangre se desvía, los vasos se contraen —me recuerdo—. No tiene importancia».

—¿Por qué? —le pregunto.

—No sé cómo explicarlo —dice— y, por favor, no me pidas que lo represente con gestos.

—Tú también me pones un poco nerviosa —admito.

Está esperando a que diga algo más, y siento el peso de su atención sobre mí. Experimento una especie de dolorcillo detrás de las costillas, como si el hecho de haber conseguido ese trocito de él hubiera convertido todas las piezas que nunca podré tener en una especie de extremidad fantasma. En un dolor donde debería estar él al completo.

—¿Por qué? —me pregunta al final.

—Eres demasiado guapo —contesto.

Pone una cara rara, como si lo hubiese decepcionado. Luego desvía la mirada.

—Bueno, eso no lo controlo.

—Ya lo sé —digo—. Esa es la cuestión. Que se supone que las personas que son tan guapísimas no son además tan...

—¿Tan...? —Levanta una ceja.

Muevo los brazos en círculo.

Él esboza una sonrisa.

—¿Esféricas?

Me aferro a la palabra más cercana que encuentro.

—Vastas.

—Vastas —repite.

—Graciosas —digo—. Interesantes. A ver, es como «Decídete por algo, colega».

Se ríe y me lanza una almohada.

—No me parecías tan esnob, Harriet.

—Pues lo soy. Soy una esnob... ¡enorme! —le devuelvo la almohada, trazando otro círculo con los brazos y cae a un metro de su cama.

—¿Qué ha sido eso?

—La almohada que me has tirado —contesto—, igual hasta te acuerdas de ella.

—Sé lo que es una almohada —dice—. Me refiero al lanzamiento.

—¿Quién es el esnob ahora? —replico—. Que no practique ningún deporte...

—Es una almohada, Harriet —me interrumpe—, no un martillo de lanzamiento olímpico, y estamos a metro y medio de distancia.

—Estamos como a tres metros —lo corrijo.

—¡Qué va! —Se levanta y atraviesa el dormitorio, contando los pasos. Me sorprendo a mí misma catalogando sus brazos y su abdomen, la marca de los huesos de sus caderas por encima de los pantalones cortos de deporte.

—Tres, cuatro, cinco...

—Estás dando pasos de gigante. —Me levanto de un salto para medir la distancia. Nuestros codos se rozan al pasar, y se me eriza todo el vello del brazo—. Uno, dos, tres, cuatro, cinco, seis, siete, ocho, nueve.

Cuando me giro, está de pie justo detrás de mí. La oscuridad se estremece entre nosotros. Se me endurecen los pezones y me aterroriza que se dé cuenta, pero también ansío que se dé cuenta, ansío sentir su mirada sobre mí.

Carraspea.

—Mañana.

—Mañana ¿qué? —pregunto con un hilo de voz.

—Mediremos la distancia —dice—. Ganará quien más se acerque.

—¿Qué ganará? —replico.

Le tiemblan los labios. Levanta uno de esos hombros perfectos.

—No lo sé, Harriet. ¿Qué quieres?

—Dices mucho mi nombre —señalo.

—Tú casi nunca dices el mío —replica—. Por eso estoy intentando que lo hagas.

Sonrío mirando al suelo y me fijo en lo cerca que estamos.

—¿Qué ganará, Wyn?

Cuando levanto la mirada, tiene los labios apretados y los hoyuelos a la vista.

—Sinceramente, ya ni me acuerdo de lo que estábamos hablando.

Otro sonrojo desde la cabeza. Mariposas en el estómago. Campanas de alarma repiqueteando en mi sistema nervioso.

—Estábamos hablando de lo mucho que necesitamos dormir —le digo. Él finge creerme. Volvemos a nuestras respectivas camas.

Durante la noche siguiente también hablamos. Le digo que todavía no me he acostumbrado a las demostraciones tan naturales de afecto entre nuestros amigos. Cleo acurrucándose a mi lado como si fuera un gato en las toallas recién salidas de la secadora; Sabrina y sus abrazos para saludar y despedirse; y Parth, que me despeina si pasa a mi lado.

—¿Prefieres que yo no te toque? —me pregunta Wyn en voz baja.

Le contesto también en voz baja:

—Tú nunca me tocas.

—Porque no sabía si querías que lo hiciera —me explica.

En mi interior, todo se retuerce y se tensa.

Dobla la almohada debajo de la oreja y se pone de costado, con el pecho desnudo y ese torso largo y delgado teñidos por los primeros rayos del sol, y las pecas de sus hombros visibles gracias a los rayos de luz.

Pierdo el hilo de mis pensamientos de repente y me quedo a solas con un Wyn Connor semidesnudo, cuando él dice:

—Para que quede claro, tú puedes tocarme cuando quieras.

Soy muy consciente de los lugares donde las frías sábanas de seda me rozan las piernas. Las sacudo.

—¡Qué oferta más generosa!

—De generosa nada —me corrige—. Me encanta el contacto físico. Nunca me parece suficiente.

—Eso he deducido —replico—. Si alguna vez conozco a alguien que necesite un contacto físico natural, le daré tu tarjeta de visita.

La expresión risueña desaparece de sus labios.

—¿Recuerdas lo que me dijiste de Sabrina?

—No, ¿el qué?

—Que suele exagerar —contesta—. Parth también lo hace.

Me incorporo más, apoyándome en el codo.

—A ver, ¿en qué ha exagerado, Wyn? ¿En la ayudante del profesor que estaba buenísima y te dejó su número de teléfono en tu último trabajo del trimestre? ¿En la asistente de vuelo que te invitó a todas las copas en el avión? ¿En las trillizas rusas que eran acróbatas?

—Las trillizas eran unas chicas que conocí en un bar —me asegura— y con las que hablé media hora. Y que conste que eran gimnastas, no acróbatas, y eran muy simpáticas.

—Veo que no has protestado por lo de la ayudante buenorra ni por la azafata.

Se sienta contra la pared. Es incapaz de mantener la misma postura más de cuarenta segundos.

—¿Qué te parece si hablamos de tu historial romántico?

—¿Por qué? —replico.

—Sabrina me dijo que estuviste saliendo con un chico estadounidense mientras estabas en Londres.

—Hudson —confirmo con su nombre.

—Nunca hablas de él —dice Wyn.

No hablo de él porque acordamos que nuestra relación era temporal, desde el principio. Sabíamos que cuando volviéramos a casa estaríamos demasiado ocupados, demasiado centrados en nuestros asuntos, como para seguir juntos. La «concentración» era la segunda cosa que Hudson y yo teníamos en común. La primera era el amor por la misma tienda de patatas fritas de Londres. No fue una gran historia de amor, pero salió bien y nadie acabó dolido.

—Soy un libro abierto —le digo—. ¿Qué quieres saber?

Wyn se mordisquea el labio inferior.

—¿Es un genio como tú?

—No soy un genio —le aseguro.

—Vale —dice Wyn—, ¿es inteligente como tú? ¿Va a ser cirujano?

«Inteligente». La palabra burbujea en mi interior.

—Quiere ser cirujano torácico —contesto—.Va a Harvard.

Wyn resopla.

—¿Te pica la garganta o algo? —le pregunto.

—¿Qué aspecto tiene? —sigue él. Mientras lo pienso, esboza una sonrisa torcida—. ¿No te acuerdas?

—Pelo oscuro, ojos azules —digo.

—Como tú —dice.

—Idéntico. —Yo también me incorporo—. Si nos poníamos juntos, la gente no nos distinguía.

Los ojos de Wyn bajan por mi cuerpo y luego suben de nuevo hasta mi cara.

—Eres una chica con suerte.

—Ya te digo —replico—. Un día no fui a clase porque estaba enferma y él fue en mi lugar.

—¿Puedo ver una foto? —me pregunta.

—¿En serio?

—Tengo curiosidad —dice.

Me inclino sobre la cama y busco el móvil en el suelo, luego me acerco a él y paso el dedo por el álbum de fotos.

Elijo una en la que se vean bien los pómulos marcados de Hudson, su barbilla puntiaguda y su lustroso pelo oscuro. Cuando alargo el brazo, Wyn me agarra de la muñeca para sujetarme la mano y observa la foto con los ojos entrecerrados. De repente, me quita el móvil de la mano y se lo acerca a los ojos.

—¿Por qué no sonríe?

—Lo está haciendo —le aseguro—. Así es como sonríe. Es sutil.

—Este tío solo sonríe cuando se mira en el espejo —replica—. Que es también como se masturba. Con la sudadera de Harvard puesta.

—¡Dios mío, Wyn! Eres el más esnob de todos nosotros. —Intento coger el móvil, pero él se tumba boca abajo, llevándoselo consigo.

Sigue ojeando mis fotos despacio, observándolas al detalle antes de pasar a la siguiente. Me tumbo a su lado y miro por encima de su hombro cuando se detiene en una foto mía en la biblioteca, inclinada sobre un cuaderno, con varias torres de libros de texto alineadas delante de mí.

—¡Qué mona! —Me mira por encima del hombro y después vuelve a la foto antes de que pueda reaccionar. Usa el pulgar y el índice sobre la imagen para ampliar mi cara. Lo observo de perfil, con la cara iluminada y el hoyuelo ensombrecido—. Estás monísima, joder —añade en voz baja.

El calor se extiende por todo mi cuerpo. Esta vez, cuando cojo el teléfono, permite que me lo lleve. Se incorpora. Nuestras caras están separadas por escasos centímetros. Huelo su desodorante con olor a clavo. Su mirada se detiene en mi boca.

—Ya te he dicho que no intentes ligar conmigo —consigo decir.

Me mira a los ojos.

—¿Por qué?

«Porque mi mejor amiga está colada por ti».

«Porque este grupo de amigos es demasiado importante como para arriesgarme a destrozarlo».

«Porque no me gusta perder el control como me pasa cuando estoy contigo. Si te acercas, solo puedo pensar en ti».

Sin embargo, le digo:

—Porque no sales con amigas.

—Tú no eres mi amiga, Harriet —dice en voz baja.

—¿Qué soy, entonces? —le pregunto.

—No lo sé —responde—. Pero mi amiga no.

Nuestras miradas se encuentran y una presión embriagadora crece entre nosotros; su deseo y el mío han empezado a superponerse, dos mitades de un diagrama de Venn que se dibujan juntas en la cama.

—No podemos —murmuro.

—¿Por Sabrina? —me pregunta.

Se me acelera el corazón.

—No. —Suena débil, poco convincente.

—No me gusta en ese sentido —me asegura.

—Te gustan todas —le digo.

—Ella no —insiste con voz firme—. De verdad que no.

—Wyn —digo en voz baja—, esto... —¿qué expresión utilizó a principios de semana?— se está torciendo.

—Lo sé —replica—. Créeme, estoy intentando no sentir lo que siento.

—Pues esfuérzate más. —Quiero parecer alegre, como si estuviera tomándole el pelo. En cambio, parezco tan angustiada como me siento.

—¿Es eso lo que quieres?

No me atrevo a mentir, así que me limito a levantarme.

—Deberíamos dormir un poco por lo menos.

Al cabo de varios segundos, dice:

—Buenas noches, Harriet.

8

La vida real

Martes

Lo primero que noto es un peso en el estómago, algo suave, como una manta pesada, pero concentrada en un lugar concreto. Una brisa fría se cuela entre las sábanas. Vuelvo a acurrucarme en el delicioso calor que siento detrás de mí. La cabeza me da vueltas por el movimiento. Se me revuelve el estómago. Algo rígido me roza la parte posterior de los muslos y un ramalazo de calor, de deseo, me atraviesa las entrañas.

¡Mierda!

Me incorporo y abro los ojos para ver la luz grisácea de la mañana y descubro que tengo la sábana y el edredón alrededor de los muslos. Estoy en el suelo.

¿Por qué estoy en el suelo?

¿¡Por qué estoy en el suelo con él!?

Busco pistas en mi entorno inmediato.

Cama de matrimonio. La ventana abierta, y el viento húmedo que entra por ella. Piernas desnudas con la carne de gallina. Y la camiseta que llevo... ¡No!

¡Mierda. Mierda. Mierda!

Fina como papel de seda. Desgastada hasta casi resultar transparente, lo bastante larga como para cubrirme el tercio superior de los muslos, pero no tanto como para que me tape bien el culo.

Con el dibujo de un caballo de rodeo montado por un vaquero en la espalda y un mensaje serigrafiado por encima con letras amarillas que dice: «Este no es mi primer rodeo».

No, no, no, no y NO. Esta camiseta no es mía.

Sí, ¡era mi camiseta preferida para dormir! Pero en cuanto apareció la caja de UPS con mis pertenencias (dos días después de nuestra ruptura), la metí (junto con cualquier otro rastro de Wyn que encontré) en la caja de Crate & Barrel de nuestra primera vajilla compartida y se la envié de vuelta.

¿Por qué le doy tanta importancia a la camiseta?

Más debería asustarme al ver que mi exnovio está acostado en el suelo a mi lado, con el torso desnudo, la cara medio enterrada en la almohada, el brazo todavía como un peso muerto sobre mi regazo y su erección pegada a mí.

—¡Oye! —exclamo al tiempo que le doy un empujón. Wyn vuelve a colocarse tal como estaba. Yo siempre he dormido fatal, mientras que él (que no para de moverse cuando está despierto), tiene un sueño tan profundo que hasta llegué a tomarle el pulso por la noche—. ¡Levántate! —Le empujo el hombro con más fuerza. Abre los ojos de golpe, pero la luz suave de la mañana lo obliga a entrecerrarlos.

—¿Qué? —refunfuña al tiempo que cierra un ojo y me mira—. ¿Qué pasa?

—¿Que qué pasa? —mascullo—. ¿Cómo ha ocurrido esto? ¿Cómo he permitido que ocurra esto? ¿¡Cómo has permitido que ocurra!?

—Un momento. —Se incorpora hasta sentarse y se echa el pelo hacia atrás—. Dime qué ha pasado.

—¿Que qué ha pasado? —Voy subiendo de tono, de manera que mi voz parece el silbido de una tetera—. ¡Que nos hemos acostado, Wyn!

Sus ojos se abren de par en par.

—¿Que nos hemos acostado? —Suelta una carcajada ronca—. ¿Cuándo, Harriet? ¿Entre que le chupabas la barriga a Kimmy mientras bebíais chupitos de tequila y que te llevé escaleras arriba en brazos?

—Pero... —miro a mi alrededor buscando todas las pruebas que he encontrado— llevo tu camiseta.

—Porque te vomitaste encima —dice—. Y, cuando fui a traerte ropa, me exigiste, con bastante claridad, «la puta camiseta de ESTE NO ES MI PRIMER RODEO».

Le miro boquiabierta, intentando recordar lo que está describiendo.

—Eso no lo he dicho yo.

—¿Estás de coña? —replica—. Una vez me dijiste que querías que te enterraran con esa camiseta. Y luego que no querías que te enterraran, así que tendría que incinerarte con ella puesta.

—Yo no exijo las cosas —digo.

—Cierto —replica—. Esa parte ha sido una agradable sorpresa.

—Espera. —Siento un dolor palpitante en la parte frontal de la cabeza. Me presiono con fuerza con las manos—. ¿Por qué estoy en el suelo?

—Porque te negaste a quedarte con la cama —me dice.

—¿Y qué haces tú en el suelo?

—Porque me negué antes que tú a quedarme con la cama. Creo que intentabas dejar algo en claro, pero perdiste el conocimiento muy deprisa, y me preocupó que volvieras a tener arcadas y te ahogaras con tu propio vómito.

—Ah. —Otro ramalazo de dolor sobre el ojo derecho. El estómago me hace un ruido como el de una zarigüeya moribunda y en celo a la vez.

Recuerdo que me bebí la copa de vino en la cocina y volví al patio.

Recuerdo a Parth eligiendo una de sus famosas listas de reproducción para fiestas que empezó a sonar por los elegantes altavoces exteriores ocultos en rocas falsas, y a los demás bailando, excepto Cleo y Wyn, que se quedaron junto al fuego, enzarzados en una conversación, y recuerdo lo asquerosamente guapo que estaba, iluminado por las llamas. Luego Parth lo arrastró a él, y luego a Sabrina, para que bailara con nosotros, y recuerdo haberle dicho que, sentado junto al fuego, parecía el demonio, y que él me dijo: «No intentes ligar conmigo, Harriet», y que yo me enfadé y luego sentí algo muy distinto. A partir de ese momento, todo me parece muy confuso. Y menos mal, porque ese último recuerdo no me gusta un pelo.

—¿Por qué no estás hecho una mierda ahora mismo? —le pregunto.

—Probablemente porque bebí la mitad de vino que tú —responde— y ninguno de los chupitos que te bebiste después de chuparle la sal de la barriga a Kimmy.

—¿En serio? —pregunto—. ¿De verdad lo hice?

—Ya te digo —me responde.

¡Qué mal!

—Cuatro veces —añade.

—¿Por qué no nos detuvisteis? —le pregunto.

—Pues porque Cleo se acostó pronto, porque Sabrina y Parth se lo estaban pasando pipa, y porque cada vez que me acercaba a ti, empezabas a restregarme el culo por el paquete hasta que me alejaba.

Me aparto de un salto de él.

—Yo no he hecho eso ni de coña.

—Tranquila —me dice—. Era evidente que lo hacías por venganza.

Me froto las cejas con las palmas de las manos.

Wyn coge el vaso de la mesita de noche que tenemos detrás.

—Bebe un poco de agua.

—No necesito agua —digo—. Necesito una máquina del tiempo.

—No tengo tanta pasta, Harriet. Solo puedo ofrecerte agua.

Le quito el vaso. En cuanto me bebo el agua, me lo quita de la mano y se pone en pie para ir al cuarto de baño de nuestro palacio del folleteo y abre el grifo. Me arrastro hacia el balcón y me pongo de rodillas para abrir la puerta, envuelta en la colcha, y empiezo a respirar hondas bocanadas del fresco aire del mar.

El sol apenas si asoma por el horizonte. Hay demasiada niebla para ver algo. Todo es de un gris resplandeciente.

—Toma.

Me estremezco al oír su voz. Wyn se coloca a mi lado y me ofrece el vaso, otra vez lleno de agua, junto con un par de pastillas de ibuprofeno que me tomo a regañadientes.

—No necesito que me cuides —digo.

—Siempre me lo has dejado claro. —Se agacha para sentarse a mi lado en la madera húmeda, con los brazos alrededor de las rodillas y la mirada fija en el agua. O donde debe de estar el agua, oculta tras esa cortina plateada—. ¿Desde cuándo bebes tanto?

—No lo hago. —Como sigue mirándome, añado—: En circunstancias normales. Pero, como recordarás, estas circunstancias no son... ideales.

Se aparta el pelo de la cara.

—¿Puedo preguntarte una cosa?

—No —le digo.

Asiente con la cabeza y clava la mirada en el horizonte invisible.

La curiosidad se apodera de mí hasta que me resulta insoportable.

—Vale. ¿Qué?

—Eres feliz, ¿verdad? —Me mira de reojo, con un rictus tenso en los labios y el ceño fruncido.

El balancín del pecho se mueve de repente y siento una sacudida, con el maravilloso añadido del turbulento océano de alcohol que llevo en el estómago.

No hay una respuesta correcta. Si le digo que acertó al cortar conmigo, tendrá su absolución. Si le digo que no soy feliz, estaré admitiendo que, incluso ahora, una parte de mí lo desea. Que ha vuelto a ser mi extremidad fantasma, un dolor incurable porque me falta algo.

Me salva la campana. Pero dicha campana es una *app* que imita una sirena a todo volumen y que resuena por el pasillo, seguida de la voz de Kimmy, que grita a lo lejos:

—¡GLADIADORES DE LAS COMPRAS, CHICOS!

Parth vuelve a darle a la sirena.

Wyn se pone en pie, olvidada su pregunta. He eludido la respuesta.

—Por lo menos alguien se acordó de hidratarse bien antes de acostarse —dice.

9

La vida real

Martes

—Ningún supermercado me gusta tanto como este —digo.

—A mí me encantan todos. —Sabrina gira con el carro en dirección a la sección de frutas y hortalizas, tan coloridas que parecen pintadas con rotulador.

—La verdad, ahora lo paso mal cuando voy a cualquier supermercado —dice Cleo—. Cuando empiezas a cultivar tus propias frutas y verduras, lo demás no tiene punto de comparación.

—¿Ah, sí? —Sabrina hace una pausa para tocar un par de mangos—. No sabría decirte.

Algo en su forma de decirlo deja claro que es una pulla. O al menos lo parece, y la respuesta de Cleo, que levanta la mirada hacia el techo pero sin acabar de ponerlos del todo en blanco, me lo confirma.

—Ya te lo he dicho —dice Cleo—, puedes visitarme en invierno. Ahora tenemos demasiado trabajo. —Me mira—. Harry, la invitación va también para vosotros. Si Wyn y tú queréis venir a la granja, nosotras encantadas de la vida.

Me concentro en examinar una caja de fresas en busca de moho. Como este precioso supermercado costero ha sido bendecido por los ángeles, no tiene ni rastro de pelusilla. Examino tres cajas más, todas sin moho.

—En serio —digo—. Esta es la mejor tienda del planeta.

—Te gusta porque no tienes que tomar ninguna decisión porque siempre vienes con nosotros, y a mí se me da bien hacer listas —replica Sabrina—. Y odias todos los demás supermercados porque no estoy yo para planificarte las comidas. Si volvieras a vivir con nosotros, podríamos solucionarlo. —Se vuelve hacia Cleo—. Y, por cierto, Parth y yo somos unos invitados increíbles. Siempre llevamos *babka* de chocolate de Zabar's.

Lo dice sin rodeos, tal como ella dice las cosas, pero la expresión de Cleo me deja claro que las pullitas están haciéndole daño.

—No hemos cancelado vuestra visita porque creamos que sois malos invitados —replica—. Las cosas se han complicado.

Antes de que Sabrina pueda replicar, intervengo y digo:

—Bueno, me alegro mucho de que Kim y tú hayáis podido venir. Es un detallazo.

La expresión de Cleo se suaviza al sonreír.

—Yo también me alegro. —Le roza con una mano el codo a Sabrina—. A ver, ¿con qué frecuencia se casan dos de tus mejores amigos?

Sabrina también sonríe, al parecer ya olvidada la irritación.

—Bueno, en este caso, al menos dos veces, ya que todavía tendremos que celebrar una gran boda familiar el año que viene. Además, si Parth se sale con la suya, seguro que habrá tres o cuatro celebraciones más en algún momento.

—Pues claro —le digo—. Tienes que asegurarte de que queda claro que os habéis casado.

Desde el otro extremo de la tienda, oigo que Kimmy les da órdenes a Wyn y Parth como si fuera un *musher* al mando de un trineo tirado por perros. Su estrategia en este pseudojuego consiste siempre en ir lo más rápido posible, lo que significa que al final tienen que recorrer los pasillos dos o tres veces, mientras Cleo, Sabrina y yo vamos despacio, probando fruta y eligiendo qué nos llevamos del impresionante expositor de quesos importados. Normalmente hasta encontramos un par de los quesos con frutos secos que le gustan a Cleo.

El juego se ha vuelto más complicado con el paso los años. A estas alturas, Sabrina hace la lista, la corta en tiras que dobla de una en una, las pone en un cuenco y nos obliga a sacar los artículos por turno y al azar, para que ambos equipos acaben con un número par de cosas que comprar.

Otra razón por la que sé que esto no es un juego de verdad es que resulta evidente que a Sabrina le importa una mierda ganar y eso que ella es supercompetitiva.

—Esperad un momento. —Cleo se escabulle por la hilera de expositores fríos y vuelve con tres envases grandes de agua de coco. Suelta dos en el carrito y me ofrece el tercero—. Tienes muy mal color de cara.

Sabrina me mira.

—Está verdosa, diría yo.

Un recuerdo me pasa fugazmente por la cabeza. Parth poniéndonos en las manos sudorosas bebidas de color verde en copas con sombrillas de papel mientras bailábamos en el patio.

Hago una mueca de dolor.

—No digas esa palabra.

Sabrina se ríe a carcajadas.

—¿Te parece mejor «morada»?

—Morada, pero tirando a rojo oscuro —añade Cleo.

—¿Como si vomitara vino tinto? —replica Sabrina.

Cojo un arándano y se lo tiro. En la parte delantera de la tienda, oigo que alguien grita y que empieza a sonar «We Are the Champions» por el altavoz de un móvil.

—Vaya —dice Sabrina, echándose a la boca un par de arándanos—. Han vuelto a ganar. ¿Quién lo iba a decir?

—¿Cómo es posible que Kimmy esté viva? —pregunto—. Y que grite y cante, además.

—Me alucina, te lo juro. Tiene superpoderes o lo que sea —responde Cleo—. Además, me despertó para contarme que habíais estado bebiendo chupitos y chupándoos la barriga, y aproveché para echarle tres litros de agua en la boca. —Frunce el ceño—. Me sorprende que a Wyn no se le ocurriera darte agua. Estaba totalmente sobrio cuando me acosté.

Me entretengo examinando una caja de arándanos.

—¡Ajá! —Me doy media vuelta—. ¿Veis eso? Moho.

—Toda rosa tiene su espina —dice Sabrina, que echa a andar con el carrito hacia la parte delantera de la tienda—. Igual que todo vaquero tiene una canción triste preferida.

Otro recuerdo fugaz. Yo, arrodillada en el suelo, encima del nórdico que Wyn ha arrastrado hasta el suelo. «Arriba los brazos, nena», me dice en voz baja. Me quita la camiseta blanca manchada y me pasa una toallita fría por las clavículas, para acabar de limpiar el vómito. Apenas puedo mantener los ojos abiertos. «¿Me has traído la camiseta de los rodeos? ¿La puta camiseta de ESTE NO ES MI PRIMER RODEO?».

«La tengo aquí —dice—. Levanta los brazos otra vez». No he debido levantarlos bastante porque me coloca las ásperas palmas de las manos en la parte inferior de los bíceps y me los sube. Luego me pasa por la cabeza la camiseta, tan suave como la mantequilla, y me la baja por los brazos hasta que me llega a la parte superior de los muslos.

«Me encanta esta camiseta», refunfuño.

«Lo sé —dice, mientras me saca el pelo por el cuello—. Por eso la he traído. Ahora a dormir».

—¿Har? —Cleo me saca de mis recuerdos—. Ahora sí que estás del color del vino tinto.

—Ni me lo recuerdes. —Me tapo la boca con la mano y salgo corriendo hacia el servicio.

* * *

En cuanto entro y oigo por encima de la cabeza la campanilla de Se ha Escrito un Crimen, me siento mil veces mejor.

A ver, que sigo hecha una mierda, pero ahora estoy hecha una mierda entre libros y ventanas calentadas por el sol. Y por mis venas corre café con leche azucarado.

Nunca he sido capaz de leerme un capítulo entero, en uno de estos viajes, mucho menos un libro, pero siempre me ha gustado venir aquí y elegir mi próxima lectura.

Wyn y Cleo se decantan por la no ficción, y Kimmy por la novela romántica. Parth se dirige al pasillo de ficción general, y Sabrina va directa a las novelas de terror. Yo soy la única que se acerca al ataúd montado en la pared con la tapa entreabierta, en cuya parte superior reza «Misterio» con letras doradas.

Paso a través del ataúd hasta la habitación del otro lado, una estancia que es casi tan grande como las demás secciones juntas.

Nunca fui una gran lectora hasta el verano anterior a empezar en el Mattingly College, cuando todas mis actividades extraescolares del instituto y los trabajos de orientación desaparecieron de repente. Ya tenía asegurada la admisión (¡y la beca!) en la escuela de pregrado de mis sueños, y por primera vez en la vida me aburría.

Encontré el libro de misterio en el antiguo dormitorio de Eloise, que entonces ya era el despacho familiar, cuando entré a buscar cinta de embalar. Me senté en el alféizar de la ventana para leer la primera página y no levanté la mirada hasta que terminé el libro. Después, fui directa a la biblioteca a por otro. Seguramente me leyera veinte novelas de misterio aquel verano.

Paso los dedos por los lomos de los libros de bolsillo, cada título con un juego de palabras peor que el anterior. Saco uno y justo entonces Cleo aparece a mi lado.

—¿No has leído ese ya?

—¿Este? —Lo levanto—. Igual te estás confundiendo con *Puja mortal*. El del subastador que asesinan en la recaudación de fondos. Este es *Greña mortal*, sobre un panadero que encuentra un cadáver dentro de un saco de harina.

—¿Un cuerpo entero?

—Es un saco muy grande —le explico—. O un cuerpo muy pequeño, no estoy segura, pero por seis dólares y noventa y nueve centavos, podría averiguarlo. ¿Has encontrado algo?

Levanta un tomo del tamaño de un diccionario con una ilustración gigante de una seta en la cubierta verde claro.

—¿No lo has leído ya? —le pregunto.

Esboza una sonrisa.

—Estás pensando en *Hongos fabulosos*. Este es *Setas milagrosas*.

—¡Qué tonta soy! —digo.

Se aparta de mí para mirar a través de la puerta hacia el otro lado de la librería.

—¿Qué te parece todo esto?

—¿El qué?

—Lo de Sabrina y Parth —contesta—. Que se casen. Dentro de cuatro días.

—Supongo que, cuando lo tienes claro, lo tienes claro. —Devuelvo el libro a la estantería y sigo ojeando títulos.

—Sí. —Al cabo de un momento añade—: Supongo que últimamente la veo un poco rara.

—¿En serio? —Yo no he notado nada, pero tampoco he estado muy presente durante los últimos meses. Sabía que la próxima vez que habláramos (que habláramos de verdad) tendría que contar lo de la ruptura.

—A lo mejor estoy viendo cosas donde no las hay —dice Cleo, que hace girar su té helado de frambuesa—. Pero el mes pasado me mandó un mensaje de repente diciéndome que Parth y ella vendrían a casa de visita. Le dije que sí, porque me pareció muy convencida. Pero luego me di cuenta de que estábamos demasiado ocupadas y le pedí cambiar la fecha. Desde entonces, casi no he sabido nada de ella. Ayer cuando llegamos, intenté hablar con ella para aclarar las cosas, pero me dio largas y hoy parece enfadada otra vez.

Detengo los dedos sobre un lomo: *Asesinato en la planta de maternidad.*

—Creo que no lleva bien lo de la venta de la casa —digo—. No creo que sea nada personal.

Cleo tuerce el gesto.

—Es posible. —Se levanta las trenzas de los hombros y las sacude para echarse aire en el cuello. En el interior de la librería no hay ventilación y sí mucha humedad—. Supongo que intentaré volver a hablar con ella esta noche. Solo quería saber si habías notado algo... diferente en ella.

—¡No! —contesto, con demasiada alegría quizá—. Me parece totalmente normal.

Cleo ladea la cabeza. Espero que de repente diga a voz en grito: «WYN Y TÚ HABÉIS CORTADO, ¿VERDAD?». En cambio, me coge del brazo y apoya la cabeza en mi hombro.

—Seguramente es porque estoy cansada —dice—. Siempre me preocupo más por las cosas cuando lo estoy.

Frunzo el ceño. He estado tan ensimismada (o borracha, o las dos cosas) que no me he dado cuenta de lo chupada que se le ha quedado la cara ni de las ojeras tan oscuras que tiene.

—Oye —le digo—, ¿y tú estás bien?

—¿Por qué no voy a estarlo? —Es una respuesta muy evasiva tratándose de Cleo.

—Porque diriges una granja —le recuerdo—. Y solo eres una delicada mujer de metro cincuenta y siete.

Esboza una sonrisa deslumbrante.

—Sí, pero se te olvida que mi novia es una diosa de ascendencia escandinava de metro setenta, capaz de beberse cuatro barriles de *whisky* casero y aun así ganar una carrera en el supermercado.

—Cleo... —protesto.

Ella mira por encima del hombro y baja la voz.

—Vale, sí, estoy estresada —confiesa—. La verdad es que Kimmy y yo nos hemos pasado las últimas tres semanas dándole vueltas a la idea de no venir este año. Cuando le dije a Sabrina que a lo mejor no veníamos, le sentó fatal, así que decidimos que vendríamos un par de días. Pero ahora, después del notición, no podemos irnos, así que estamos intentando por todos los medios que los vecinos nos ayuden con lo que hemos dejado pendiente en casa.

—Lo siento mucho —le digo—. ¿Puedo echarte una mano con algo?

—Tranquila. Solo será una semana de estrés. Bueno, más la semana entera que nos costará recuperar el tiempo que hemos estado fuera.

—¡Eh!

No sé por qué (seguramente por todas las farsas en las que estoy metida), pero doy un respingo cuando Sabrina asoma la cabeza entre nosotras.

Cleo también se sobresalta.

—No te acerques tan sigilosamente.

—A ver, que acabo de entrar —dice ella—. ¿Os he pillado pasando droga o algo? —Se coloca entre nosotras para coger el libro de Cleo y mirar la portada—. ¿Hongos? ¿Otra vez?

Cleo aprieta los labios.

—Son fascinantes.

—¿Y tú, Sab? —las interrumpo—. ¿Has encontrado algo?

—¡Dios, sí! —contesta—. Este libro es una versión ficticia de la Expedición Donner.

—¡Qué... bonito! —digo.

Se ríe a carcajadas y me quita el libro de la mano. No me había dado cuenta de que había cogido uno. Debí de sacarlo de la estantería sin darme cuenta cuando nos sorprendió.

—Harry —dice, después de leer la contraportada—, este libro es tan chungo como el mío.

—Te garantizo que no lo es —le digo.

—Un diseñador de interiores encuentra una mano detrás de una pared —lee.

—Sí, pero es acogedor. —Le quito el libro de las manos.

—¿En qué sentido te parece eso acogedor? —me pregunta.

—No, me refiero a que pertenece a ese subgénero, al del misterio acogedor —contesto—. Es un concepto difícil de explicar.

—Ah, vale. —De repente suelta un chillido porque Kimmy aparece junto a su hombro. Veo que Cleo se agarra al borde de la estantería, como si necesitara apoyarse.

—¿Por qué estáis todas tan nerviosas? —pregunta Kim.

—Sabrina está leyendo otra vez sobre los Donner —responde Cleo.

—Es ficción —dice Sabrina.

—¿Dónde están Parth y Wyn? —pregunta Cleo—. ¿Han terminado?

Kimmy se encoge de hombros.

—He dejado a Parth con los libros de moda.

—¿Qué son los libros de moda? —pregunto.

—Quiere decir que está buscando algo que el *New York Times* ha descrito como «revelador» —dice Sabrina.

—En realidad… —Parth se acerca con una bolsa de papel ya en la mano—, lo he elegido porque el *Wall Street Journal* le dedicó una crítica tan mala que necesitaba leerlo yo mismo. Es de un matrimonio que suele publicar por separado. Uno escribe tochos literarios y el otro novelas románticas.

—¡Qué dices! —Kimmy le arrebata el libro—. ¡Los conozco!

—¿En serio? —le pregunta Parth.

—Fui a la universidad con ellos en Michigan —asegura—. Aunque todavía no estaban juntos. Sus libros tienen escenas subidísimas de tono. ¿En este las hay?

—La crítica del *Wall Street Journal* no decía nada de que hubiera escenas de ese tipo —contesta Parth.

—¿Ha acabado Wyn? —pregunta Sabrina.

—Está pagando —responde Parth.

—¿Qué ha comprado, una novela de Steinbeck? —pregunta.

Parth se encoge de hombros.

—No lo sé.

Es imposible que Wyn compre una novela de Steinbeck. Me sorprende que compre un libro, punto, ya que nunca tenemos tiempo para leer durante estos viajes y él es cauto con sus gastos. Pero si fuera a comprarse un libro, no sería del Oeste americano. Se sentiría demasiado caricaturizado.

Parth y Sabrina nos conducen hasta la caja registradora. Cleo paga su libro de setas, yo compro *Diseño mortal* y salimos a la calle adoquinada. El sol está alto en el cielo y no queda rastro de niebla, solo un azul deslumbrante. Kimmy ve un carrito de flores al otro lado de la calle, delante de la floristería, y, con un chillido de alegría, arrastra a Cleo tras ella.

—Parth y yo vamos a tomar más café —dice Sabrina señalando con la cabeza hacia La Taza Caliente, la cafetería de al lado que tiene la entrada protegida por un toldo. Ya hemos estado dos veces hoy. Una antes de ir al supermercado y otra después.

—¿Quieres algo? —me pregunta.

—No, gracias —contesto.

—¿Wyn?

Él niega con la cabeza. Mientras se alejan, nos quedamos en silencio, evitando mirarnos.

—Quería decírtelo antes —dice al final—. Anoche hablé con Parth.

—¿Y?

Carraspea un poco para aclararse la garganta.

—Tienes razón. Tendremos que decírselo después de esta semana.

No sé por qué eso me inunda de alivio cuando tengo garantizado que el resto de la semana va a ser una tortura. Pero al menos Parth y Sabrina tendrán su día perfecto.

Wyn recibe un mensaje de texto. Normalmente no está muy atento al teléfono. Mientras lo mira, me inclino un poco hacia él, intentando echarle un vistazo al contenido de la bolsa de papel de Se ha Escrito un Crimen.

Vuelve a meterse el móvil en el bolsillo.

—Puedes preguntar.

—¿Preguntar el qué? —le digo.

Levanta las cejas. Le devuelvo la mirada, impasible. Muy despacio, saca el libro de la bolsa y me lo ofrece.

El estilo de los Eames: La vida y el amor detrás de la icónica silla.

—Es un libro decorativo para la mesa del sofá —digo.

—¿Ah, sí? —Se inclina para mirarlo—. ¡Mierda! Creía que era un avión.

—¿Desde cuándo compras libros decorativos? —le pregunto.

—¿Es una pregunta trampa, Harriet? —replica—. Sabes que no se necesita un permiso especial para comprarlos, ¿verdad?

—Sí, pero necesitan una mesa de centro —le recuerdo—. Y en casa de Gloria no cabe un libro tan grande. —La madre de Wyn sufre síndrome de Diógenes. No en plan chungo, sino en plan sentimental. O más bien lo sufría su padre, y Gloria no ha cambiado mucho la casa de los Connor desde que su marido murió.

La última vez que estuve allí, apenas había un centímetro de espacio en el frigorífico. Tenía una copia impresa de una foto de grupo que nos hicimos todos en la casa de verano durante nuestro primer viaje, allí pegada, justo al lado de una invitación de boda de uno de los primos de Wyn, que desde entonces se había casado, divorciado y vuelto a casar. El título de ingeniería de su hermana mayor, Michael, estaba sobre la repisa de la chimenea, justo al lado de un cuento enmarcado de una página que su hermana pequeña, Lou, escribió cuando tenía nueve años, junto a una foto enmarcada del equipo de fútbol del instituto de Wyn.

Aparte de la falta de espacio en la casa de su infancia, ese libro había debido de costarle por lo menos sesenta dólares, y Wyn nunca había sido de los que gastaban demasiado dinero. Ni en sí mismo ni en nada cuyo valor fuera simplemente estético. En el primer piso que compartimos, usó una torre hecha de cajas de zapatos como mesa auxiliar hasta que encontró una rota en la calle que pudo arreglar.

Me quita el libro de la mano y vuelve a meterlo en la bolsa. Sigo mirándolo, perpleja, intentando comprender todas las pequeñas diferencias entre el Wyn de hace cinco meses y el que tengo delante, pero él está mirando el móvil de nuevo.

Kimmy se acerca dando botes con un ramo de girasoles.

—¿Dónde están Parth y Sabrina? —pregunta mientras se protege los ojos del sol.

—Sabrina necesitaba más café —contesta Wyn—. Y Parth necesitaba más Sabrina.

—¡Oooh! —Se lleva una mano al corazón—. ¡Qué monos son! Me ponen los pelos como escarpias, pero son muy monos.

Pillo a Wyn echándole un vistazo de nuevo a la bolsa, como sonriendo para sí mismo.

Siento que el balancín del pecho se inclina de repente hacia un lado, porque le cae encima una tonelada de algo.

¡Por Dios!

La barba, que ya no esté tan musculoso, el libro decorativo de sesenta dólares. ¡Todos los mensajes de texto!

¿Está… con alguien?

¿¡Está saliendo con alguien!?

El balancín se sacude en la otra dirección. Una ráfaga de frío aire acondicionado en el que flota el olor a granos de café tostado llega hasta nosotros cuando Sabrina y Parth salen del poco concurrido interior de la cafetería.

—No sé a vosotros —dice Sabrina después de sorber de forma ruidosa con la pajita de papel—, pero a mí me vendrían bien unos *popovers*.

Normalmente, la idea de comer bollitos de pan me haría la boca agua.

En ese momento, la idea de echarme un huevo frito y mermelada al estómago, que sigue en ebullición, es peor que oír «vino tinto» mil veces seguidas.

Sonrío tan fuerte que me duelen las mejillas.

—Me parece estupendo.

—¡Oooh! Girasoles. A Sab le encantan. —Parth se inclina para olerlos.

Kimmy empuja el ramo hacia él.

—Son para ti y para Sabrina.

—Son solo una muestra —añade Cleo—. Nos hemos adelantado y hemos encargado algunos ramos para el sábado. Sé que quieres que sea sencilla, pero si no hay flores, no es una boda.

Sabrina pasa de mirar el ramo como si pudiera ser una especie de caballo de Troya relleno de diminutas enciclopedias de setas a dar una palmada mientras suelta un grito ahogado.

—¡Cleo! No teníais por qué hacer eso. —Le echa un brazo al cuello y tira de ella para abrazarla—. Son preciosos.

—Tú sí que eres preciosa —replica Cleo, que empieza a bajar por la calle, y los demás la seguimos como patitos.

—No, chicas —dice Parth—, aquí el único precioso soy yo.

Wyn se queda a mi lado y pregunta con sequedad:

—¿Qué acaba de pasar ahí dentro?

—¿En dónde? —replico.

—En tu cerebro —contesta.

—Chupitos —digo—. Tengo el cerebro lleno de chupitos.

—Una cirujana con una anomalía cerebral —comenta.

—¿Qué quieres que te diga? —replico sin más—. Es por...

—Lo sé. —Levanta el brazo para trazar un círculo—. ¡Porque eres vasta!

Se me revuelve el estómago al oír la broma privada de hace años.

—Iba a decir por la resaca.

10

Un lugar feliz

Mattingly, Vermont

Un nuevo hogar para nuestro último año, la primera planta de una casa victoriana blanca y desconchada en las afueras. Ventanas que traquetean cada vez que sopla el viento, un porche medio hundido donde Sabrina y yo nos proponemos pasar el otoño bebiendo sidra caliente con un chorrito de coñac y un trocito de jardín en un lateral donde le prometo a Cleo que la ayudaré a plantar un huerto: bróco-li, coliflor, colinabo…, plantas que puedan resistir las heladas que llegarán dentro de unos meses.

Wyn debería estar en Nueva York a esas alturas, compartiendo piso con Parth y abriéndose camino en una ciudad nueva mientras su mejor amigo estudia Derecho en Fordham. Si no hubiera suspendido esa asignatura de matemáticas por segunda vez o no hubiera pasado por alto el requisito de completar estudios de historia, todo sería distinto.

En cambio, vive con nosotros. Para ahorrar dinero, Cleo y yo compartimos la habitación más grande. Sabrina se queda con la siguiente. Wyn tiene la caja de zapatos que al principio iba a ser para mí.

La mañana posterior a la mudanza, Parth encarga unos dónuts para que nos los traigan. La nota dice: «Como no vengáis todos el año que viene a la universidad en Nueva York, os denuncio».

La realidad es que yo tendré que ir a la Facultad de Medicina que me acepte. De la misma manera que Sabrina tendrá que elegir su siguiente ciudad según quién la admita en Derecho y Cleo hará lo mismo con un máster de Bellas Artes. Pero la idea tiene su aquel, todos juntos en una nueva ciudad, aunque no sé muy bien cómo voy a sobrevivir un año entero siendo la compañera de piso de Wyn Connor.

Durante nuestra primera semana en la casa, conseguimos no quedarnos a solas. Aunque al final nos tropezamos en la diminuta cocina. El sol ha empezado a salir y él está preparando café. Llena una taza con la bandera del estado de Montana en un lateral y me la ofrece.

—Quiero que sepas que entiendo lo que dijiste —susurra—. En Maine.

Su voz, todavía ronca por el sueño, me pone el vello de la nuca de punta, como si se hubiera puesto firme. Su cercanía en el silencio de la mañana resulta abrumadora.

—No quiero que te preocupes este año —sigue—. No voy a complicar las cosas.

Consigo soltar algo que parece un «Ah…, bien» y que también parece que lo ha dicho alguien con miedo escénico y afonía mientras intenta cantar a la tirolesa en público.

Después él asiente con un gesto seco de la cabeza y sale por la puerta trasera para cortar el césped antes de que empiece a hacer demasiado calor, y una vez más me quedo a la espera de que se rompa el hechizo.

Mantiene su palabra todo el año. Un par de veces a la semana sale con chicas que las demás no conocemos. Después, en invierno, empieza a salir con una en concreto, con la que queda varias veces, llamada Alison. Es guapa. Es agradable. Pero nunca se queda más de unos minutos antes de que se vayan a pasar la noche fuera. Intento alegrarme por él. Eso es lo que haría una amiga.

«Tú no eres mi amiga, Harriet», se repite a veces en mi cabeza.

Le cuestan las matemáticas, así que me ofrezco a ayudarlo. Los martes estudiamos hasta tarde en la biblioteca dorada de Mattingly. Insiste en que su cerebro no está hecho para esas cosas.

—¿Y para qué está hecho? —le pregunto.

A lo que él responde:

—Para las plantas rodadoras. Que pasan dando vueltas y se van.

Me he dado cuenta de que suele hacer eso, rebajarse, criticarse con dureza, y de que lo hace como si fuera una broma, pero creo que lo dice en serio, y me repatea.

Mientras estudiamos para los exámenes finales, me trae café de la máquina y pequeños *muffins* con trocitos de chocolate, chocolatinas Snickers y caramelos Skittles, e incluso con todo el subidón que me provocan la cafeína, el azúcar y estar cerca de él, acabo dormida con la cara pegada a un libro de texto y me despierto cuando él me da unos toquecitos en el hombro desde el otro lado de la mesa.

Al levantar la cara, me sonríe y me limpia la tinta que se me ha pegado en la mejilla.

—Gracias —digo con voz somnolienta.

—¿Para qué están los amigos? —replica.

«Tú no eres mi amiga, Harriet».

Los cuatro juntos preparamos elaboradas recetas para cenar en la diminuta cocina, con Sabrina de jefa. Nos sentamos en el porche mientras Cleo nos dibuja en cientos de poses y, cuando nieva, Wyn y yo damos largos paseos en busca de chocolate caliente o cafés con leche y sirope de arce, aunque él casi nunca come nada dulce.

Cuando uno va a Hannaford para comprar comida, comprobamos dos veces si alguien más necesita algo y, aunque yo diga que no, cuando Wyn vuelve a casa, me deja una tarrina de helado de arándanos en la mesa delante de mí sin mediar palabra.

Y cuando Sabrina y yo recibimos nuestras cartas de admisión de Columbia —ella para la Facultad de Derecho y yo para la de Medicina— y, en un inesperado giro de los acontecimientos, Cleo anuncia que va a irse a trabajar a una granja urbana en la ciudad de Nueva York en vez de empezar un máster en Bellas Artes, ni me resisto a la idea de que los cuatro busquemos un nuevo piso con Parth en Nueva York, de compartir otras paredes con Wyn Connor.

Se está convirtiendo en mi mejor amigo tal como hicieron los demás: poco a poco, como la arena que cae tan despacio por el reloj que es imposible darse cuenta de cuándo sucede. De la misma manera, he descubierto que las partes de mi corazón que él ocupa son más numerosas que las que quedan libres y sé que nunca recuperaré un solo grano.

Wyn brilla con luz propia. Y yo soy una chica cuya vida está pintada con distintos tonos de gris.

Intento no quererlo.

De verdad que sí.

11

La vida real

Martes

Lo normal es que los martes vayamos al Acadia National Park, el sitio más bonito que he visto y, más importante todavía, donde se encuentra nuestro restaurante preferido de *popovers*.

Llevo semanas soñando con los esponjosos bollitos embadurnados de fresa, pero ahora solo quiero meterme en un agujero oscuro y fresco con un bote entero de antiácidos y una botella de dos litros de *ginger ale*.

Después de una paradita en casa para cambiarnos de ropa, hidratarnos y hacer pipí, llenamos de nuevo los coches con cosas para el pícnic. El proceso de conseguir que todos salgamos por la puerta con lo necesario es como pastorear un grupo de gatos hasta arriba de ácido. Como si los gatos fueran hasta arriba de ácido y el gato que los pastorea también.

Justo cuando Parth vuelve para usar el baño, Kimmy se da cuenta de que se ha dejado las gafas de sol y entra corriendo.

—¿No crees que las dos primeras horas de sus días en la granja consisten en Cleo mandando a Kimmy a la casa para que le lleve todas las prendas de ropa que ha olvidado ponerse? —pregunta Sabrina.

—Y otra más para cuando se pone los pantalones en la cabeza sin darse cuenta —dice Cleo desde el otro lado de los coches.

—Lo hago a conciencia, nena —replica Kimmy, que sale a la carrera—. Ojalá algún día aceptes por fin mi novedoso enfoque de la moda.

—Ponte lo que quieras —dice Cleo—. Me importa más lo que hay debajo.

—¡Ay! —Kimmy la besa en el cuello—. No sé si te has puesto cachonda o sentimental, pero me da igual.

Sabrina se da una palmada en la frente.

—El vino. ¿Puedes ir a la bodega a buscarlo?

—¿Cualquiera que sea rosado o blanco? —le pregunto.

Niega con la cabeza.

—La botella de Didier Dagueneau Silex de 2018. ¿Te importa?

—No es tanto que me importe —contesto— como que no entiendo ni la mitad de lo que has dicho.

—Silex —repite mientras agita las numerosas bolsas de lona que lleva en los hombros—. Lo pone en la etiqueta, seguido de Didier Dagueneau, y buscas el de 2018. Es un blanco.

Suelto al lado de la puerta la bolsa que yo llevo y vuelvo a salir. La puerta de la bodega está entreabierta, con la luz ya encendida. Supuestamente, hay botellas de veinte mil dólares ahí abajo. Con suerte ninguna de esas empiezan también con Silex y acaban en «eau».

Mientras bajo, me llega un leve ruido.

Al final de los escalones, doblo la esquina y me paro en seco al ver a Wyn, iluminado por la tenue luz dorada del techo como un atormentado ángel caído interpretado por James Dean.

—¿Silex no sé qué?

—Seguro que se le ha olvidado que ya te había mandado a ti a buscarlo. —Hago ademán de marcharme.

—Llevo aquí plantado diez minutos. No está.

Titubeo. Cuando me imaginé escondiéndome en una cueva oscura y fresca, no pensaba en eso precisamente, pero si Sabrina quiere ese vino en concreto, no vamos a irnos hasta encontrarlo. Lo digo literalmente. Cuando se le mete una idea en la cabeza, hay poco margen para maniobrar. Como muestra, la reacción que tuvo cuando Cleo canceló su visita con Parth a la granja.

Suelto un suspiro y me acerco a él para acuclillarme delante del estante y pasar los dedos por las etiquetas.

—He mirado por todas partes —asegura con voz gruñona.

—Básicamente si una persona busca algo durante un buen rato sin encontrarlo, la siguiente persona que aparezca para buscarlo lo verá de inmediato. Es una ley universal.

—¿Y se cumple o qué? —me pregunta.

Veo un sinfín de botellas de chardonnay, riesling, sauvignon blanc y gewürztraminers, pero ni rastro de Silex.

—¿Satisfecha? —dice.

Se me eriza el vello de la nuca al oír su tono guasón. Mi cerebro se va al peor sitio de todos en esa estancia.

Porque la bodega, para nosotros, está llena de fantasmas. Pero no de los que dan miedo, sino de los eróticos.

Me pongo en pie.

—Pilla una botella de blanco que no parezca cara.

Le relampaguean los ojos.

—Harriet, ¿quieres que busque una etiqueta de saldo?

—Elige alguna que tengan repetida —digo antes de casi salir corriendo hacia la escalera, como si Wyn fuera una corriente de la que tuviese que escapar con todas mis fuerzas.

A mitad de la escalera, me doy cuenta de que la puerta se cierra. Luego llego arriba y el pomo no gira. Es que ni se mueve un poquito.

Llamo a la puerta.

—¿Sab?

Wyn aparece al pie de la escalera con una botella de vino en la mano.

—Creo que se ha echado el pestillo —le digo.

—¿Por qué has cerrado la puerta? —me pregunta.

—En fin, esperaba que se cerrara con llave de forma automática desde fuera, para quedarme aquí atrapada contigo —contesto con fingida seriedad.

Él pasa de mi sarcasmo, sube los escalones y me aparta para intentar abrir.

—Parece bien cerrada —dice, seguramente para irritarme. Golpea la puerta—. ¿Cleo? ¿Parth? ¿Hay alguien ahí?

Noto el calor que desprende su piel. Bajo un par de escalones mientras tanteo en los bolsillos en busca del móvil. Claro que tengo unos bolsillos minúsculos y seguro que me lo he dejado en la bolsa, en la entrada.

—Llama a alguien —le digo.

Wyn menea la cabeza.

—Me he dejado el teléfono en el coche. ¿No tienes el tuyo?

—Está arriba —contesto—. Tendremos que esperar a que se harten de esperar y venga alguno para meternos prisa.

Wyn gime y se deja caer en el escalón superior, tras lo cual deja la botella junto a un tobillo. Agacha la cabeza y entrelaza los dedos en la nuca.

Al menos no soy la única a la que le está entrando el pánico.

Claro que a mí me está entrando porque estoy aquí con él y a él porque es claustrofóbico. Lo ha sido desde que era niño y se le cayó encima un armario roto en el taller de sus padres cuando no había nadie más en casa. Se quedó horas atrapado.

En cuanto se abra la puerta, se le pasará. Y yo seguiré alterada porque ha comprado un ridículo libro decorativo.

De repente, es como si la escalera se moviera cuando me doy cuenta de algo espantoso. Me aferro al pasamanos para no caerme.

—¿Qué? ¿Qué pasa? —Wyn se levanta de un salto y me sujeta por los codos. Le veo la boca detrás de los puntitos negros que bailan delante de mis ojos.

—Nos íbamos en dos coches —digo con voz chillona—. Nos íbamos en dos coches, así que pueden haberse ido los cuatro en el Land Rover.

Se le oscurecen los ojos, como si unas nubes taparan el verde.

—¿Que van a irse?

—Pueden hacerlo —replico.

—No tenemos por qué pensar que ha pasado eso. Pueden volver en cualquier momento. —Clava la vista en el techo mientras hace cálculos mentales.

Bajo el resto de los escalones en un intento por poner todo el espacio posible entre los dos. Pero me sigue.

—No es culpa mía, Harriet.

—¿He dicho que lo fuera? —pregunto.

—Te has apartado de golpe —contesta—. Eso implica algo.

Me doy media vuelta para mirarlo.

—Wyn, estamos metidos en una caja de tres metros y medio. Apartarme de golpe es imposible. No hay sitio para apartarse. Pero si lo que quieres es recordarme que yo he cerrado la puerta, me doy por enterada.

—No te estoy culpando. Es que... ¿quién tiene una puerta que se cierra desde fuera?

—Es una habitación del pánico —le recuerdo—. Eso es lo que hace el panel ese de la pared. Podríamos abrirla si supiéramos el código.

Se le despeja la mirada. Sube la escalera de tres zancadas para examinar el panel.

—Hay un botón para llamar a emergencias.

¿Cuánto tiempo pasará antes de que se den cuenta de que no volvemos? ¿Se irán a comprar los bollitos antes de la excursión sin intentar llamarnos siquiera?

Si nos llaman, ¿supondrán que no contestamos porque vamos conduciendo?

Se me revuelve de nuevo el estómago.

—¿Quieres llamar o esperar? —me pregunta Wyn.

Estoy calculando cuánto costaría reemplazar la puerta si los bomberos tuvieran que echarla abajo con hachas, volarla por los aires o lo que sea.

—Creo... —Tomo una honda bocanada de aire para tranquilizarme, para aferrarme a la parte de la versión mental de mi lugar feliz que no tiene nada que ver con esa casa ni con ese hombre—. Creo que tenemos que esperar, al menos de momento. —Es evidente que no es la respuesta que quería—. A menos que tú no puedas...

—Estoy bien —replica con voz seca al tiempo que se sienta en el escalón inferior. Aparta el vino y se quita una de las botas de senderismo.

—¡Por el amor de Dios, Wyn! —protesto—. Han pasado cinco minutos. ¿Cuánto vas a tardar en decidir en qué rincón meamos? Quita el aluminio que envuelve el corcho de la botella.

—No voy a mear en un rincón. Usaré esta botella en cuanto terminemos de bebérnosla. Tú, en cambio…, tendrás un problema a menos que aprendas a apuntar bien, y deprisita.

Descruzo los brazos para volverlos a cruzar cuando su mirada sigue el movimiento y se clava en mi pecho.

—¿Vas por ahí con un sacacorchos en el bolsillo a las diez y media de la mañana?

—No —contesta—, es que me alegro de verte.

—Me parto.

Clava los ojos en los míos mientras mete la botella de vino en la bota y golpea ambas cosas contra la pared.

Suelto un chillido.

—¿Qué haces?

Golpea la bota contra la pared de nuevo, y repite el movimiento tres veces. En la última, el corcho se desliza por el cuello de la botella un centímetro. Con otros dos rápidos golpes contra la pared, el corcho salta por completo. Me ofrece la botella abierta.

—Me preocupa que sepas cómo hacer eso —digo.

—Eso significa que no quieres. —Bebe un sorbo. Mientras baja la botella, mira de reojo el hueco de debajo de la escalera.

Siento que me arde la piel desde las clavículas al pelo.

«Ni se te ocurra. No pienses en eso».

Sé que es mala idea, pero cuando cojo la botella para beber un trago, parte de mí desea con desesperación que haya algo de verdad en eso de que el alcohol ayuda con las resacas.

Pues no. A mi estómago no le ha gustado. Le devuelvo la botella.

—Parth me enseñó el truco —dice—. No había tenido que usarlo hasta ahora.

—Ah, ¿eso quiere decir que en los últimos cinco meses no te has encontrado atrapado con más amantes abandonadas?

Resopla.

—¿Abandonada? Yo no lo recuerdo así, Harriet.

—A lo mejor tienes amnesia —replico.

—A mi memoria no le pasa nada, doctora Kilpatrick, aunque agradezco la preocupación. —Desvía de nuevo la mirada hacia el hueco de la escalera, como si quisiera recalcar sus palabras.

No puede estar saliendo con alguien. No habría aceptado fingir si ese fuera el caso. Wyn era un ligón, sí, pero nunca ha sido desleal.

A menos que sea algo muy nuevo... ¿Sin obligación de exclusividad?

Claro que si es algo muy nuevo, ¿habrá alcanzado ya el estado de relación cómoda?

Las pistas que he ido recopilando tal vez solo sean datos inconexos que yo he unido para montarme una historia.

«Pero eso no significa que no esté saliendo con nadie».

Lo cierto es que no tengo ni idea de lo que sucede en su vida. Se supone que no tengo que saberlo.

Bebe unos cuantos sorbos más. Supongo que a él tampoco le funciona, porque en cuestión de minutos se pone a andar de un lado para otro. Se pasa una mano por el pelo mientras anda en círculos por la bodega, con la frente brillante por el sudor.

—Ojalá pudiéramos traernos tu libro decorativo para la mesa del sofá.

Wyn me mira de repente con expresión penetrante.

—Así tendríamos algo con lo que entretenernos —digo.

Levanta las cejas; gesto que le mueve también los labios.

—¿Qué tienes contra mi libro decorativo, Harriet?

—Nada.

—¿Has sufrido algún trauma relacionado con un libro decorativo los últimos cinco meses?

—Ese libro cuesta sesenta dólares —le recuerdo.

Menea la cabeza y empieza a pasearse de nuevo.

—¿Es un regalo? —pregunto.

—¿Por qué iba a ser un regalo? —replica. No es una respuesta.

—Porque nunca te gastas tanto dinero en ti mismo —contesto.

Se pone un poco colorado, y yo me arrepiento, muchísimo, de habérselo preguntado. Volvemos a sentarnos en silencio. En fin, yo me siento. Él sigue trazando pequeños rectángulos a toda velocidad.

Incluso después de todo lo sucedido, me cuesta verlo así.

Cuando la defensa que es su encanto desaparece, siempre es muy expresivo. En parte, es el motivo por el que le conté tantos secretos hace años. Esa sensación de que absorbía una parte de lo que le ofrecía, de que sentía lo mismo que yo. Por desgracia, también sucedía al revés.

—Has estado en espacios mucho más pequeños —le recuerdo cuando pasa por delante de mí por décimo novena vez (es una aproximación, no he llevado la cuenta).

Desvía de nuevo la mirada un segundo hacia el hueco de la escalera.

No me refería a eso. Me arde la cara.

—Como en todos los coches en los que te has subido —explico.

—Los autobuses son más grandes que esto —replica.

—Cierto, pero también huelen peor. Aquí abajo huele de maravilla.

—Huele a humedad.

—Estamos en Maine —señalo—. Hay mucha humedad.

Echa la cabeza hacia atrás.

—Se me está yendo la pinza, Harriet.

Me levanto.

—No pasa nada. Volverán pronto.

—Eso no lo sabemos. —Me mira un momento, y la tensión de su cara deja al descubierto los hoyuelos—. Puede que crean que hemos decidido quedarnos...

Trago saliva.

—Sabrina no lo aceptaría. Se supone que tenemos que estar todos juntos.

Menea la cabeza. Le ve todos los agujeros a ese razonamiento, al igual que yo.

A lo mejor Sabrina se molesta si cree que nos hemos quedado atrás para pasar tiempo a solas, pero ya ha alterado el orden natural de las cosas al dejarnos el mejor dormitorio. Quitando eso, si llamara y no contestáramos, tampoco volvería corriendo y entraría en tromba para pillarnos en plena faena.

Pruebo otra táctica.

—Vienes aquí a menudo. Y seguramente has pasado aquí abajo mucho más tiempo, la verdad.

Intento no pensar en eso.

Intento no pensar en el recuerdo.

El verano después de que Cleo, Sabrina, él y yo nos graduáramos. Antes de mudarnos a Nueva York con Parth.

Vinimos en coche a Vermont, con todas nuestras pertenencias preparadas para la gran mudanza. Parth vino en avión, recién terminado el primer curso de Derecho en Fordham.

Fue idea suya jugar a la sardina, una especie de escondite a la inversa.

Apagamos todas las luces y después tiramos un dado para ver quién se escondía primero.

Wyn perdió. Le dimos cinco minutos para que se escondiera antes de separarnos para buscarlo en la oscuridad.

De alguna manera supe dónde estaba exactamente, como siempre.

Lo encontré en la bodega. Debajo de la escalera hay una estantería de vino que llega a la altura de la cintura, pero detrás hay un hueco oscuro y vacío, y estaba ahí metido. Casi no lo vi, pero en una segunda pasada atisbé una sombra que cambiaba de lugar.

Habíamos vivido juntos un año, pero nunca nos habíamos quedado a solas, no de esa manera. Dábamos paseos, sí, o estábamos en la biblioteca, pero siempre había alguien a la vuelta de la esquina en el mostrador.

Casi me había convencido de que habíamos llegado al punto de «amigos platónicos» hasta que, por las reglas del juego, salté por encima de la estantería para acurrucarme con él en la oscuridad, y mi desbocado corazón y mi estómago encogido demostraron que nunca había dejado de esperar ese momento, esa cercanía.

Carraspeo, pero el recuerdo parece atascado en mi garganta.

—Creo que nos tiramos aquí por lo menos una hora.

No sé si es verdad. Solo sé que cada segundo antes de que nos tocáramos me pareció una eternidad. Y que, en cuanto lo hicimos, el tiempo perdió todo el sentido. Recuerdo el documental sobre agujeros negros que vi con mi padre hace unos años, en que los astrofísicos especulaban que había lugares en el universo donde las normas del tiempo y el espacio se invertían, momentos que se convertían en un lugar donde podías quedarte para siempre.

—Entonces tuve una buena distracción —dice Wyn. Ni rastro de coqueteo, no está intentando ligar. Es el Wyn sincero. El Wyn directo.

—La misma que ahora. —Extiendo los brazos a los costados y agito los dedos.

No parece muy seguro.

—Muy bien, distráeme, Harriet.

Chasqueo la lengua.

—¿Dónde está la famosa caballerosidad de Wyn Connor?

Le brillan los ojos, pero solo le aparece el hoyuelo izquierdo.

—Por favor, distráeme, Harriet. —Baja un poco la voz.

Contengo el escalofrío que me baja por la espalda.

Bebe otro sorbo de vino y empieza a andar de un lado para otro de nuevo, apretando y aflojando los puños. Sé que las manos se le entumecen cuando lo asalta la claustrofobia.

Tengo que hacer algo, lo que sea. Solo se me ocurre una cosa.

Me levanto, lo rozo un segundo y paso una pierna por encima de la estantería que hay debajo de la escalera.

—¿Qué haces? —me pregunta.

—Ayudarte. —Con cuidado de no volcar las cerca de treinta botellas que hay en la estantería, paso la otra pierna por encima y me encorvo para no golpearme la cabeza con la parte baja de la escalera.

—Sí, los treinta centímetros cuadrados extra son un alivio enorme.

—Si te metes en un espacio más reducido dentro de la estancia —digo—, sabrás que puedes salir al otro espacio en cualquier momento.

—Pero seguimos sin poder salir de aquí —replica.

—No es una solución perfecta —digo—, pero menos da una pie-dra. Y, la verdad, si te paras a pensarlo, no estamos atrapados. En el peor de los casos, llamamos a los bomberos. Pero vamos a probar antes esto; no puedo permitirme pagar una puerta que pase los requi-sitos de Armas y no quiero que tengas que devolver el libro decora-tivo para la mesa del sofá.

Se le escapa una carcajada mientras pasa las piernas por encima de la estantería. Es una buena señal.

Me aparto para dejarle espacio, pero con el ángulo de la escalera, no basta con encorvarse tan al fondo. Me siento en el suelo para colocarme en el rincón.

—Y ahora ¿qué? —gruñe.

—¿Ahora? Ahora nos ponemos a pensar para resolver los asesi-natos del Zodíaco —contesto—. Siéntate, Wyn.

Me obedece enseguida. A esas alturas, creo que tiene tal estado mental que podría decirle que se pusiera a hacer el pino y cantara el *Ave María* y lo haría.

—Finge que estamos jugando —le digo—. Finge que tenemos que estar muy callados y muy quietos hasta que nos encuentren.

—No va a funcionar —protesta con voz entrecortada.

—Wyn...

Agacha el cuello mientras los hombros le suben y le bajan rápi-do, al ritmo de su respiración.

—¡Wyn!

—Lo siento —dice—. Estoy intentando que no se me vaya la pinza.

—No te disculpes. —Extiendo un brazo para cogerle la mano sin pensar. Después de la descarga inicial de sorpresa, de emoción, me doy cuenta de que tiene los dedos helados y de que le tiemblan. Le estrecho la mano entre las mías—. Mírame. Háblame.

Mantiene la cabeza gacha.

—Háblame —insisto.

—¿De qué? —pregunta.

—De lo que sea. De lo primero que se te venga a la cabeza.

—Quedarme atrapado debajo de un armario —dice—. Es en lo único en lo que puedo pensar. Estar convencido de que iba a morir antes de que me encontrasen. Dejar de sentir la pierna, y después que el dolor volviera con mucha más fuerza cuando se me pasó el shock.

—Muy bien, de cualquier otra cosa —me corrijo. Recuerdo mi *app* de meditación, el ejercicio de visualización que me ha salvado la vida estos últimos cinco meses—. Háblame de un sitio que te encante.

Se niega con un gesto seco de la cabeza.

—Lo siento.

—Oye. —Me acerco un poco. Nuestras rodillas se rozan—. No necesitas disculparte. Por esto no.

—Creía que ya se me había pasado esta mierda —refunfuña—. Ya estoy mucho mejor. Todo va muchísimo mejor... Creía que esto también habría mejorado.

Me escuece oír eso: «Todo va muchísimo mejor». Me desentiendo de eso y carraspeo de nuevo.

—Háblame de cuando jugamos a la sardina.

No era mi intención decir eso. O puede que sí, no lo sé. A lo mejor necesito saber que él se acuerda, que no se ha olvidado por completo de lo que sentía cuando me quería, mientras que yo sigo llevándolo grabado a fuego en el corazón, el cerebro, los pulmones y la piel.

Por fin levanta la cabeza. Se produce un segundo de absoluto silencio.

—Estaba escondido —dice con voz espesa—. Y tú fuiste la primera en bajar. Casi no me viste.

—Y después ¿qué?

—Y después me moví —sigue.

Parpadeo.

—¿Te moviste?

—Para que me vieras —me explica—. Y lo hiciste. Te acojoné viva, y me sentí mal.

—Nunca me lo habías contado —digo.

—En fin, pues lo hice —continúa—. No había estado a solas contigo, no de verdad, en todo ese año, y bajaste la escalera, y me moría por tocarte. Pero no me viste e hiciste ademán de darte media vuelta, así que me moví.

El calor se extiende por mi torso. Me llega a los muslos. Incluso las corvas se me derriten un poco, como cera junto a una llama.

—Y después oí pasos —sigue— y tú ibas a quedar totalmente expuesta, así que tiré de ti hacia el rincón conmigo, para esconderte. —Le tiemblan los dedos entre los míos. Empiezan a recuperar un poco de calor—. Te senté en mi regazo —dice con voz ronca—. Y recé para que Parth subiera sin habernos encontrado, y eso fue lo que pasó. Sentía los latidos acelerados de tu corazón, así que sabía que tú también sentías los míos, y luego me di cuenta de que la tenía dura. Joder, qué vergüenza más grande. Esperaba que te bajaras de mi regazo en cuanto nos quedáramos a solas. —Vuelve a mirarme a los ojos, con las pupilas dilatadas para ver en la oscuridad—. Pero no lo hiciste.

Se me acelera el corazón y una cálida humedad me empapa mientras lo recuerdo todo.

Que me quedé allí, en su regazo, con sus brazos a mi alrededor, aterrada por la posibilidad de que el más mínimo movimiento rompiera el hechizo. Al final, se me durmió un tobillo, así que cambié un poquito la postura, y él soltó un suspiro entrecortado por el movimiento, que hizo que tuviera la sensación de haberme tragado un ascua.

Estaba cachonda, desesperada y envalentonada a la vez.

Como siempre que estaba con él.

—Después me tocaste el mentón. —Me levanta una mano despacio y se la pone sobre el mentón áspero por la barba.

—No era mi intención —consigo decir, casi a la defensiva.

Ni siquiera sé si me refiero a aquel entonces o al momento presente. Mi pulso grita a través de mi palma y de las puntas de mis dedos sobre su piel. El recuerdo de aquel primer beso febril en la oscuridad nos asalta desde todas las direcciones.

—Creía que yo te había obligado. —Ladea la cabeza para que mi mano se deslice hacia la oreja—. Por la fuerza de mi deseo.

—Desear que pase algo no lo convierte en realidad, Wyn —replico.

Me rodea la muñeca con una mano y me acaricia la cara interna con el pulgar.

—¿Ah, no? —dice en voz baja, con un deje burlón—. ¿Y qué hizo que por fin me besaras, Harriet?

Han pasado ocho años, y mis terminaciones nerviosas se siguen revolucionando cuando recuerdo que apenas si podíamos respirar mientras esperábamos, debatiéndonos qué hacer a continuación, hasta que no pude soportar ni un segundo más sin saber qué se sentía al besarlo.

—No te besé yo —lo corrijo—. Me besaste tú.

Esboza una sonrisa torcida.

—¿Quién tiene amnesia ahora?

El resto del recuerdo me abruma. Levanté la barbilla hasta que nuestras bocas se rozaron, sin llegar a besarnos de verdad. Él entreabrió los labios, me metió la lengua en la boca, y se me escapó un suspiro que me sacudió por entero, el sonido del alivio más puro y absoluto. Al oírlo, me pegó más a él y cualquier titubeo se disolvió en mitad del ansia, del anhelo.

Se me pone la piel de gallina al recordar lo que me susurró al oído («¡Qué suave eres, Harriet!») mientras me metía las manos por debajo de la camiseta en busca de más: «A los demás no les va a hacer gracia esto».

Yo le susurré: «A mí me gusta». Y su carcajada se convirtió en un gemido y después en una promesa: «A mí también. Creo que nunca me ha gustado nada tanto».

Sabrina quería llevar a su novio Demetrios al viaje, pero Parth protestó porque eso convertiría las vacaciones en un viaje para parejas y arruinaría el propósito. Al final, todos convinimos en que era mejor para el viaje que la cosa se quedara solo entre amigos.

Dudaba mucho de que se alegraran al enterarse de que dos de dichos «amigos» se lo estaban montando en secreto en la bodega. Me daba exactamente igual. Hasta que se oyeron pasos en la escalera. Eso nos devolvió a la realidad de golpe. Nos separamos de un salto y nos colocamos la ropa a tiempo, porque Cleo encontró nuestro escondite y se unió a nosotros, según las reglas de la sardina.

Me pasé el resto de la noche preparándome para que no se repitiera. Pero cuando nos encerramos en nuestro dormitorio esa noche, Wyn me levantó en volandas y me dejó en la cómoda mientras me besaba como si no hubieran pasado ni treinta segundos.

Eso fue entonces. El misterio era lo más emocionante.

Ahora mismo sé a qué sabe, cómo me tocaría y lo rápido que se convertiría en mi necesidad primordial en la jerarquía de Maslow de necesidades personales. Razón por la que tengo que lograr que nos distanciemos de nuevo. Su gravedad es demasiado fuerte. Seguramente debería agradecer que no me haya arrancado la ropa y me haya plantado en su regazo.

—Harriet —murmura, más como una pregunta. Me coloca una mano en la mejilla y esos dedos callosos me resultan muy familiares. Me descubro inclinándome hacia su mano, dejando que cargue con parte de mi peso—. Háblame de San Francisco —me dice en voz baja.

Se me congela la sangre en las venas. La lógica consigue revivir en mi interior.

—Ya sabes cómo es —replico mientras me aparto de él, y el aire frío me roza la piel cuando me quita la mano de la cara—. Hay una tienda de Ghirardelli enorme y siempre hace un poco de frío y está húmeda.

Agacha la cabeza y su boca queda tan cerca de mí que puedo saborear el vino en su aliento.

—¿En la tienda de Ghirardelli?

—En toda la ciudad —digo.

—Háblame de la residencia —me pide.

Siento que algo me estalla en el torso. Suenan campanas de alarma. Sé adónde quiere llegar o, mejor dicho, a quién quiere llegar, y la mezcla de rabia y de náuseas me revuelve el estómago.

—¿Qué me dices del libro decorativo para la mesa del sofá? —replico.

Esboza una sonrisilla titubeante.

—¿Qué quieres que te diga?

El corazón me atruena los oídos. Siento un nudo en la garganta.

—¿Para quién es?

Me mira fijamente.

Como no me lo diga sin rodeos, supongo que tendré que preguntárselo.

—¿Estás saliendo con alguien? —pregunto entre dientes.

La expresión guasona desaparece de su cara.

—¿Qué cojones, Harriet? ¿Lo dices en serio?

—No me has contestado —señalo.

Me recorre la cara con la mirada.

—¿Qué me dices de ti? —replica con voz ronca—. ¿Estás con él?

Ahí está. Siento la bilis en la garganta. Siento que me clavan un puñal en el pecho.

Me niego a llorar. No por algo que pasó hace cinco meses. No por alguien que ya me ha dicho que no me quiere.

—¿Eso es lo que piensas de mí? —Me aparto de él hasta que noto la pared en la espalda—. ¿De verdad crees que te puse los cuernos y, además, crees que se lo haría a otra persona?

—Eso no es lo que he dicho —replica Wyn con voz ronca—. ¡No te estoy acusando de nada! Solo intento saber…

—¿Qué intentas saber, Wyn? —le pregunto con rotundidad.

—Si eres feliz —dice—. Quiero saber si tú también eres feliz.

Ahora yo soy quien lo mira con incredulidad. Sigue buscando la absolución.

¿Y qué puedo decirle? ¿Que no soy feliz? ¿Que intenté salir con otro y que fue el equivalente emocional a darte un atracón de galletitas saladas cuando querías una comida de verdad? ¿O que hay zonas enteras de la ciudad que evito porque me recuerdan a los primeros meses en California, cuando seguía viviendo conmigo? ¿Que cuando me despierto demasiado temprano por la ruidosa alarma, todavía extiendo las manos hacia su lado de la cama, como si el hecho de abrazarlo un minuto me ayudara a soportar otro día agotador en el hospital, otro más de una serie de días agotadores? ¿Que sigo despertándome mientras sueño que tengo su cabeza entre las piernas y que busco el teléfono cada vez que pasa algo muy ridículo en la última novela de misterio acogedor que estoy leyendo, pero que luego recuerdo que no puedo contárselo? ¿Que me paso más tiempo intentando no pensar en él que pensando en cualquier otra cosa? Toda esa nostalgia abrumadora y esa lujuria ardiente se convierten en combustible y estalla en rabia.

—Sí, Wyn —digo—. Soy feliz.

Hace ademán de replicar. Por encima de nosotros, se oyen una serie de pitidos rápidos, seguidos de la puerta que se abre de golpe y la voz de Sabrina:

—¿¡HARRIET!? ¿¡WYN!? ¿¡ESTÁIS BIEN!?

—Estamos bien —contesto.

Si él puede ser «feliz», desde luego que yo puedo estar «bien».

12

La vida real

Martes

Antes de cenar, Wyn «sale a correr». Estoy bastante segura de que es una excusa para usar la ducha exterior de la casa de invitados, así que aprovecho la oportunidad para cabrearme mientras me doy una buena ducha en el dormitorio. Después rebusco en mi montón de camisetas de manga corta, camisetas de tirantes, vaqueros y vestidos de verano. Básicamente metí en la maleta un montón de ropa blanca, negra y azul.

Y luego está el único toque de rojo, que metí para darle el gusto a Sabrina, no porque pensara ponérmelo. Me mandó el vestido para mi último cumpleaños, sin saber siquiera mi talla (siempre ha tenido buen ojo para esas cosas), y lo catalogué en mi mente como «el vestido para volver al mercado», aunque en mis deprimentes intentos de «volver al mercado» haya sido incapaz de ponérmelo.

Ahora me parece más el vestido demasiado corto, demasiado ceñido y demasiado rojo que te pondrías para asistir a la boda del hombre que te dejó, en la que planeas destrozar la tarta nupcial y prenderle fuego a su corbata.

En resumen, es perfecto. Me lo pongo, me hago un moño con un pasador, me pongo unos pendientes de aro que he metido en la maleta y cojo los zapatos de tacón de camino a la puerta.

En la planta baja, Sabrina comprueba el progreso de nuestro taxi en el móvil mientras obliga a todo el mundo a beber agua. En fin, a todo el mundo menos a Wyn, que no está en la cocina.

—Hidratación, hidratación, hidratación —canturrea—. Esta noche vamos a comportarnos como si tuviéramos veintiún años y estuviéramos en las vacaciones de primavera.

Kimmy empieza a reírse a carcajadas, y su melena ondulada rubio cobrizo se agita con el movimiento.

—Dad gracias que no me conocisteis con veintiuno. Las latas de Four Loko todavía llevaban cafeína.

—Por cierto, tengo unas fotos geniales de vuestros chupitos de tequila chupándoos la barriga —dice Parth—. Quedarán de lujo en el mural de fotos.

—¿Mural de fotos? —pregunto.

—Para la boda.

Siento un cosquilleo en la nuca en cuanto oigo su voz.

Me vuelvo hacia la puerta del patio por la que ha entrado Wyn, con el pelo húmedo y el mechón sobre la frente.

Lleva una camiseta gris de manga corta, medio metida en los chinos azul grisáceo, y la combinación de colores hace que el verde de sus ojos resalte mientras recorre con la mirada lo que paso a llamar «el vestido de la venganza». Da un traspiés, pero se recupera enseguida y aparta la mirada mientras echa a andar hacia el frigorífico para llenar la botella de agua.

Me pregunto si ya tengo las mejillas del mismo color que el ceñido vestido. Tardo un segundo en retomar la conversación por donde se había quedado.

—¿Qué es eso de un mural de fotos para el sábado? —consigo decir—. ¿Puedo ayudar en algo?

—No, no es para nuestra boda —replica Sabrina—. El mural de fotos es para la vuestra.

—¿No te acuerdas? —me pregunta Parth—. Conseguimos el contacto de tus padres para que nos dieran fotos tuyas de cuando eras pequeña. Llevamos años acumulándolas para montar una pared humillante.

Las mejillas ya no me arden; se me han quedado heladas.

—Pues no me suena de nada.

—Tú no estabas en esa conversación. Ese semestre estabas de ayudante del profesor —explica Wyn sin volverse.

Sabrina levanta la mirada del móvil y se fija por primera vez en el vestido, momento en el que se le ilumina la cara.

—¡Harry! ¡Booom! ¡Te dije que el rojo era tu color!

Me obligo a sonreír.

—Tenías razón. Se ha convertido en mi vestido habitual cuando quedo por la noche.

El sonido del agua al salpicar contra el suelo hace que todos nos volvamos hacia el frigorífico.

—¡Mierda! —Wyn aparta la mirada de mí de inmediato y la clava en el chorro de agua que cae de su botella llena al suelo.

Cleo chilla mientras se levanta de un salto de su taburete para subirse a la isla de la cocina, lejos de las salpicaduras. El nuevo libro sobre hongos y setas (o tal vez sea el antiguo) sale disparado de su mano.

—Lo siento —masculla Wyn mientras le da el paño de cocina con estampado de langostas que está en el tirador del lavavajillas para que pueda secarse el agua que le ha salpicado el ceñido vestido negro y las botas. Con ese modelito, podría ser la guapísima cantante de un famoso grupo *grunge* de los noventa.

Cuando Wyn se endereza después de secar el agua del suelo, Parth le coloca una mano en un hombro.

—¿Estás bien, colega? Pareces un poco ido.

—Estoy bien —contesta Wyn, que tira el paño empapado sobre la encimera—. Bien.

El segundo «bien» parece menos convincente que el primero. La cosa empieza a funcionar, sí. Paso junto a la isla para quitarle la botella de agua de la mano y lo miro a los ojos mientras bebo un buen trago.

—¿Tienes sed? —me pregunta con sorna.

Le devuelvo la botella.

—Ya no.

—¡El taxi ha llegado! —anuncia Sabrina, que se baja de un salto del taburete donde estaba sentada—. Suelta el libro, Cleo. Termínate el agua, Kimberly. Nos vamos.

* * *

Mientras subo al monovolumen que va a llevarnos, ni me preocupo de apartarle el culo casi desnudo a Wyn de la cara. Una vez sentada en el asiento trasero, encajada entre Sabrina y él, ya no me siento tan atrevida, pero por lo menos me libro de tener que hablar gracias a la lista de reproducción de éxitos de baile de principios de los 2000 que Parth ha puesto a todo volumen en el asiento delantero. Además, Wyn no se despega del teléfono en todo el trayecto.

Unos cuantos minutos después, paramos delante de nuestro antiguo bar de referencia, La Cabaña de la Langosta. Es un antro cochambroso sin letrero y sin nombre en las servilletas ni en las pegajosas cartas plastificadas, aunque de alguna manera todo el mundo sabe cómo se llama.

La primera vez que vine tenía diecinueve años y acababa de cortar con mi primer novio. Sabrina sabía que no pedían documentación para saber la edad, y fue en la época en la que Cleo era capaz de beberse seis chupitos de tequila uno tras otro y seguir en pie, espantando a los universitarios con diatribas sobre los cuadros de Modigliani.

Aquella noche cantamos, bailamos y nos bebimos todas las copas de *whisky* Fireball que aparecían como de la nada en nuestro velador del rincón, hasta que por fin dejé de mirar el móvil de forma compulsiva en busca de algún mensaje de Bryant. Cuando volvimos a casa, y Sabrina y Cleo se fueron a ducharse, la soledad me asaltó de nuevo, y descubrí que el alcohol me había bajado todas las defensas.

Me fui derecha al aseo que nadie usaba, abrí el grifo, me senté en la tapa del inodoro y me puse a llorar.

No por Bryant. Sino por la soledad, por el miedo de que nunca podría escapar de ella. Porque los sentimientos eran mudables y la gente, impredecible. No podías aferrarte a las personas solo por fuerza de voluntad.

Cleo y Sabrina me encontraron allí, y Sab insistió en que echaría la puerta abajo si no les abría.

«Después tendré que ir, no sé, a un partido de polo con mi padre para disculparme —dijo— y no dejaré que lo olvides hasta que una de las dos se muera».

Las lágrimas desaparecieron en cuanto abrí la puerta, pero el nudo que tenía en la garganta me impedía hablar. Intenté disculparme, convencerlas de que estaba bien, de que solo estaba avergonzada, mientras me abrazaban.

«No tienes que estar bien», dijo Cleo.

«Ni avergonzada», añadió Sabrina.

Me quedé en aquel diminuto aseo, dejando que me abrazaran hasta que disminuyó la opresiva sensación, el insoportable peso de la soledad.

«Nos tienes aquí», me prometieron. Y la soledad nunca encontró otro agarradero igual. Sin importar lo que pasase, siempre contaría con ellas dos. Al menos, eso era lo que pensaba.

Después de esta semana, las cosas van a cambiar. No quedará otro remedio.

«No lo pienses —me digo—. No pienses en eso todavía. Céntrate en el presente, estás en la acera delante de tu antro preferido».

Sabrina, Parth, Cleo y Kimmy ya están en la puerta de entrada.

Doy un paso para seguirlos, pero el tacón se me engancha en una grieta entre dos adoquines. Wyn aparece a mi lado y me ayuda a mantener el equilibrio, muy solícito, antes de que me parta un tobillo.

—Cuidado —dice en voz muy baja—, no estás acostumbrada a andar con estos zapatos.

La rabia se abre paso en mi interior como una bengala de emergencia, que es lo único lo bastante brillante y candente como para abrirse paso a través de la niebla de la nostalgia.

—Wyn —digo al tiempo que me zafo de su mano—, ya no tienes ni idea de a lo que estoy acostumbrada.

Echo a andar hacia las puertas con ojos de buey para entrar en el bar en penumbra, y me envuelve una versión de karaoke de «Love Is a Battlefield» a todo volumen. El olor a bacalao frito y a gajos de patata con pimentón picante impregna el ambiente, junto con el de la cerveza y el vinagre, y las luces de Navidad que cuelgan todo el año del techo bañan a la multitud en un sinfín de colores brillantes.

Cuando llego junto a Cleo, ella me mira, y las luces acentúan las motitas doradas de sus ojos y el subtono dorado de su piel oscura. Se inclina hacia mí para decirme:

—Este sitio no cambia nunca, ¿verdad?

—Todo acaba cambiando —replico y, al ver la expresión rara que pone, me obligo a sonreír y a cogerme de su brazo—. ¿Te acuerdas de cuando los bocadillos de langosta valían seis dólares o así?

No se traga mi falsa alegría. Frunce el ceño y le sale una arruga entre las cejas.

—¿Estás bien?

—Me preocupa reventar las costuras del vestido y no consigo respirar en condiciones —digo—, pero salvo por eso, bien.

Sigue sin estar muy convencida. Cleo siempre ha sido capaz de interpretar mi expresión. Cuando vivíamos juntas, la observaba pintar durante horas y pensar: «¿Cómo es posible que siempre vea las cosas con tanta claridad?». Sabía qué colores usar desde el principio y dónde, y yo no le encontraba sentido a nada hasta que, de repente, lo veía todo en su lugar.

Wyn pasa a nuestro lado y se abre paso entre la multitud en dirección a la mesa que Sabrina ya ha reclamado al fondo y que es demasiado pequeña. Cleo me pilla mirándolo.

—Hemos tenido una discusión de nada —admito, sorprendida por el alivio que siento al compartir ese resquicio de verdad con ella.

—¿Quieres hablar del tema? —me pregunta—. Te lo digo de otra manera: a lo mejor deberías hablar del tema.

—No pasa nada —le aseguro—. La verdad es que ni siquiera sé por qué ha sido.

—Ah, ya. —Cleo asiente con la cabeza—. La discusión de «Tengo hambre, o estoy cansada/estresada, o tú eres de lo peor» me la conozco bien.

Resoplo.

—Kimmy y tú no discutís.

Me apoya la cabeza en el hombro.

—Harriet, soy una introvertida muy casera que no bebe, y mi novia es una discoteca ambulante, con luces de colores y con barras para bailes eróticos. Pues claro que discutimos. —Desde el otro lado del bar, Sabrina nos hace señas con una mano para que nos acerquemos—. En fin, sin importar lo que haya pasado entre Wyn y tú —dice Cleo mientras nos abrimos paso por el atestado bar—, lo resolveréis. Siempre lo hacéis.

Se me encoge el estómago por la culpa.

—Cambiando de tema, ¿cómo te va? Tengo la sensación de que no hemos podido hablar ni un segundo todavía.

—Bien —contesta—. Estoy cansada. No estoy acostumbrada a este horario. Kim y yo solemos levantarnos entre las cuatro y media y las cinco.

—Perdona —digo—, eso acaba de devolverme la resaca.

Se echa a reír.

—No es tan malo. La verdad es que me encanta casi siempre. Me encanta levantarme antes que nadie y ver el amanecer todos los días, estar al aire libre con las plantas y el sol.

—A veces no me creo que seas una granjera —digo—. A ver, que es genial, no me malinterpretes. Es que siempre creí que acabarías con alguna obra de arte en el Met.

Se encoge de hombros.

—Todavía es posible. La vida es larga.

Eso me hace resoplar entre carcajadas.

—No creo que nadie lo haya dicho nunca.

—Es posible —replica—, pero si de verdad disfrutaran del presente, a lo mejor lo dirían.

—¡Qué sabia! —digo—. ¡Qué profunda!

—Lo leí en el envoltorio de una chocolatina Dove —bromea—. ¿Qué me dices de ti, Har? ¿Cómo te va la residencia?

—¡Bien! —Sé que lo he dicho con demasiada alegría porque levanta una ceja. De todas formas, sigo con el discurso alegre que les doy a mis padres cada vez que hablamos—: Demasiado ajetreo. Muchas horas y mucho trabajo que no tiene nada que ver con la cirugía. Pero los demás interinos son agradables, y una de las de quinto me ha acogido bajo su ala más o menos. Podría ser peor. A ver, que estoy ayudando a las personas.

Pensar en el hospital siempre me inunda el cuerpo de adrenalina, como si estuviera allí, con el pijama de quirófano y el cráneo de alguien abierto delante de mí en la camilla.

«Lugar feliz —me recuerdo—. Es donde estás. En La Cabaña de la Langosta. En Knott's Harbor».

—Siempre supe que nuestra chica iba a salvar el mundo —dice Cleo—. Estoy orgullosísima de ti, Harry. Todos lo estamos.

Aparto la mirada, sintiendo una opresión en el pecho.

—Lo mismo digo —replico—. Una granjera de los pies a la cabeza.

—Ya hemos alcanzado el máximo de nuestra capacidad. —Se explica—: Somos una granja de agricultura sostenida por la comunidad. ¿La suscripción de la cosecha que tenemos para los lugareños? Oficialmente no podemos cultivar lo suficiente para todos los que quieren una parte.

—¡En tres años! —exclamo—. Sois increíbles.

—Y pensar que no hace ni diez años estábamos bailando sobre estas mesas al ritmo de esa canción de MGMT que sonaba cada quince minutos —dice.

—Tú no bailaste sobre estas mesas jamás de los jamases —la corrijo—. Recuerdo muy bien que Sabrina nos ordenó que nos subiéramos y que tú replicaste muy tranquila: «No, gracias».

Cleo se echa a reír.

—Si hay algo que mis padres me inculcaron bien fue que estableciera buenos límites.

—¡Dios, tiene que ser espantoso! —digo—. Miles y Deandra seguro que se pasan las noches despiertos, cada uno en su casa, deseando poder empezar de cero contigo.

—Ah, seguro que sí —afirma—. Seguramente les repatea saber cuántas fiestas para bebés he debido de perderme por la sencilla razón de que no me interesaba asistir.

—¡Qué valiente! —digo—. Yo me pasé mi último día libre en el bat mitzvá de la hija de mi nueva peluquera, así que no sabría decirte.

—¡Ay, Harry! —exclama con una mueca—. Mereces honrar tus principios.

—En fin, brindé por mí en el bat mitzvá.

Sonríe, pero sigue con una ceja levantada con gesto escéptico. Creo que nunca ha comprendido el motivo de que me resulte más fácil cumplir con las expectativas de los demás que poner las mías.

Bajo su diminuto cuerpo y esa naricilla chata, Cleo siempre ha tenido una voluntad de hierro. En la universidad, era capaz de beberse una botella de Tanqueray casi entera, pero incluso así era imposible convencerla de que hiciera algo más estúpido que continuar una conversación filosófica sobre el nihilismo con un jugador de *hockey* borracho.

Y después un día decidió que no le gustaba cómo se sentía cuando bebía alcohol, y dejó de hacerlo. De la misma manera que cambió de idea sobre hacer un máster en Bellas Artes y anunció que había encontrado un trabajo en una granja urbana.

Cuando Cleo toma una decisión, la toma con todas las consecuencias.

Al llegar a la mesa, le pregunto a Sabrina:

—¿Sabes que Cleo y Kimmy ya han alcanzado su máximo de producción y no dan abasto con la demanda?

—Pues sí —contesta—. Aunque no he podido verlo en vivo y en directo.

Cleo se sienta junto a Kimmy.

—Haremos un hueco este invierno.

—Poned vosotras la fecha —replica Sabrina, casi como un desafío.

—Vivimos demasiado cerca como para pasar tanto tiempo sin vernos —tercia Parth. Cleo no dice nada, y Kimmy le dirige una miradita de reojo, esa comprobación del estado de ánimo que se hace entre dos personas que se conocen perfectamente. Cleo empieza a irritarse.

—¿Recuerdas la primera vez que viniste aquí con Kimmy? —pregunto.

Cleo se lleva la mano de su novia a la boca para besarle el dorso.

—Es verdad —dice Sabrina—. Aquí es donde nos enamoramos de ti, Kimberly.

—¡Oooh! ¡Chicos! —A Kimmy se le llenan los ojos de lágrimas de inmediato—. Siempre me habéis hecho sentir que soy de los vuestros.

—Pues claro que lo eres —digo.

—Eras el eslabón que nos faltaba. —Parth se sienta junto a Sabrina—. Necesitábamos una pelirroja para encontrar el equilibrio.

—Oye, no le quites la vista de encima a esas del pelo azul —dice Sabrina con la mirada clavada en unas mujeres que tienen unos refrescos en las manos en la mesa de al lado—. Cuando se vayan, cogeremos una de sus sillas.

—No me importa quedarme de pie —dice Wyn, que aparta la última silla disponible para que yo me siente. Me mira a los ojos—. Vamos, cariño. Descansa un poco de esos tacones.

Me pregunto si mi sonrisa falsa consigue disimular que lo estoy fulminando con la mirada muy en serio.

—En fin, que alguien se siente —dice Parth—, porque me estáis poniendo nervioso.

—Mira, se me ha ocurrido una cosa. —Le toco el bíceps a Wyn—. Me sentaré en tu regazo.

Se queda paralizado, de modo que lo empujo hacia la silla. Con la cara de alguien resignado a un destino horrible, se sienta y yo me coloco sobre sus muslos como una toga viviente.

Él me rodea la espalda con un brazo, una caricia muy impersonal, pero eso basta para que mi cuerpo recuerde, repase y reviva el momento en la bodega.

Un camarero se pasa por la mesa, y Sabrina pide una jarra de margarita, varias raciones de patatas fritas y la gaseosa con lima que Cleo se toma siempre.

—¿Me puedes traer una a mí? —le pregunto al chico mientras se aleja. Por más que desee que el alcohol interrumpa los impulsos eléctricos que me recorren las neuronas, necesito mantener la mente despejada.

El recuerdo del susurro aterciopelado de Wyn: «Arriba los brazos, nena».

Mi respuesta ebria: «¿Me has traído la camiseta de los rodeos?».

Siento un escalofrío en la columna. Se me calienta la parte posterior de los muslos.

La multitud chilla junto a Shania Twain, liderada por las integrantes de una despedida de soltera achispadas desde el escenario del karaoke en la pared del fondo.

Antes de Kimmy, Cleo salía casi siempre con personas muy modernas a las que no les interesaba salir con nosotros. Laura, que tenía una moto y un *piercing* en el puente de la nariz. Giselle, que siempre se pintaba los labios de rojo y nunca reía. Trace, que se unió a un grupo *punk* que se hizo famosísimo y después dejó a Cleo por una modelo también muy famosa hija de otra famosa modelo.

Después conoció a Kim, una guapísima y cariñosa payasa que nunca dejaba de reírse, mientras trabajaba en una granja ecológica en Quebec.

La primera vez que vino, Kimmy, Sabrina y yo nos fumamos el mejor porro de nuestra vida en el baño de la Cabaña de la Langosta y después cantamos «Goodbye Earl» juntas.

Fue una de las nuestras desde el principio. Su sitio estaba con Cleo. Con nosotros.

Tengo una sensación muy incómoda en las costillas. Me pregunto de nuevo dónde estaremos después de esa semana, cuando acabe el viaje y se venda la casita. Cuando Wyn y yo contemos la verdad.

Sabrina ya está vertiendo el contenido de la jarra en los vasos con los bordes llenos de sal, y contengo las ganas de beberme un margarita de un trago. En cambio, me inclino sobre la mesa para coger uno de los refrescos que el camarero ha dejado y, al hacerlo, pego el culo a la entrepierna de Wyn sin darme cuenta.

Él cambia de postura, incómodo. ¿Cómo lo llamó? ¿Frotamiento vengativo?

Apuro mi gaseosa como si fuera mi último trago de *whisky* casero mientras un médico del siglo xix me saca una bala del brazo y me inclino hacia delante de forma exagerada para soltar el vaso en la mesa.

Los demás están muy ocupados preparándose las bebidas, y Wyn aprovecha para pegarme los labios a la oreja.

—¿Te importa salir un momento? —me pregunta con sequedad—. Tengo que hablar contigo.

«Eso era lo que necesitaba —pienso—. Hace cinco meses».

Es demasiado tarde para hablar. Es demasiado tarde para que me pregunte si soy feliz, por cómo me va la residencia o si estoy saliendo con el hombre a quien él le achacó nuestra ruptura. No he aceptado nada de eso. He aceptado participar en este juego y ahora voy a jugar de verdad.

Le paso una mano por el pelo y me enrosco algunos mechones en los nudillos.

—¿No os encanta cómo lleva Wyn el pelo ahora? —pregunto a grito pelado para hacerme oír por encima de la música.

Parth contesta por encima del empañado borde de su margarita:

—Parece el líder atormentado de una banda de moteros.

Wyn me sujeta con fuerza de las caderas, una advertencia de que estoy jugando con fuego.

—Es que no he tenido tiempo de cortármelo, cariño —dice, pronunciando la última palabra con retintín.

—Creo que te sienta genial, Wynnie —dice Kimmy—. Y la barba.

—Esa también me la voy a afeitar —asegura él.

Lo miro con un puchero exagerado al tiempo que le rodeo el cuello con un brazo.

—Pero a mí me gusta.

Se le pone la carne de gallina por encima del cuello de la camiseta, y nuestras miradas se enfrentan para ver quién se acobarda antes y la aparta, mientras me desliza una mano por el abdomen, tan caliente que no parece normal.

—Oye, ¿os acordáis cuando juramos que esto no se convertiría en un viaje de parejas? —pregunta Parth con una carcajada.

Sabrina bebe un sorbo.

—Estoy convencida de que solo te fastidiaba a ti.

—Estoy convencida de que solo lo dijiste porque no querías que Sabrina trajera a su novio —añade Cleo.

—Eso solo fue un punto extra —reconoce Parth—. Lo principal era que quería ser joven para siempre. Los viajes de parejas me parecían cosas de viejos. Mis padres iban a Florida con mis tías y mis tíos a todas horas, y luego nos obligaban a ver cientos de fotos dentro de un Margaritaville.

Desde que lo conozco, Parth se ha opuesto moralmente a las cadenas de restaurantes. Seguro que porque, al igual que yo, creció en una urbanización del Medio Oeste y allí era lo único que había. En mi caso, las cadenas de restaurantes me resultan reconfortantes. Sabes qué esperar, no hay espacio para las sorpresas. Las cadenas de restaurantes son las reposiciones de *Se ha escrito un crimen* de la industria alimentaria.

Wyn se inclina para dejar su margarita a medio beber en la mesa.

—Vais a tener que perdonarnos —dice mientras me levanta de su regazo—. Esta es nuestra canción.

Estoy segura de que parezco muy perdida. Desde luego que nuestros amigos lo parecen.

No me da la oportunidad de discutir, se limita a cogerme de la mano y a tirar de mí hacia la multitud, mientras la voz de Sabrina nos sigue:

—¿Qué cojones dice? ¿Desde cuándo es su canción «Graduation» de Vitamin C?

13

La vida real

Martes

Una vez en la pista de baile, nos colocamos delante del escenario. Le rodeo el cuello con los brazos con el cuerpo rígido y le permito que me acerque a él, en parte porque Cleo nos está mirando y en parte porque, por lo menos así, no tengo que mirarlo a la cara.

—Estás jugando sucio —le digo.

—¿Yo? —replica—. Tú acabas de hacerme un bailecito erótico.

—¡Qué va! —digo—. Ni de coña.

—¿A que Wyn está muy bueno con el pelo así? —me imita con voz aguda.

—Yo no he dicho que estés bueno. ¿Cuándo he dicho que estés bueno?

—Fue tu tono de voz. Lo entendí perfectamente.

Pongo los ojos en blanco.

—Solo estaba interpretando mi papel.

—¿Qué papel es ese? ¿El de Marilyn Monroe cantándole el cumpleaños feliz al presidente?

—El de que se supone que estoy enamorada de ti —contesto.

Se pone un poco rígido.

—Sí, bueno, a lo mejor no lo recuerdas muy bien, pero cuando estabas enamorada de mí —dice con retintín—, no solías sentarte a horcajadas sobre mí en público.

—Bueno, teniendo en cuenta que esta noche tampoco me he sentado a horcajadas sobre ti —replico—, solo cabe suponer que ahora mismo estás empleando la psicología inversa. Lo siento, Wyn. No va a ocurrir.

Resopla, pero no dice nada.

Seguimos moviéndonos furiosos al ritmo de la música durante unos segundos más.

—¿De verdad que no vamos a hablar de lo que pasó en la bodega? —me pregunta.

—En la bodega no pasó nada —le recuerdo.

—¿Y qué piensas sobre lo que estuvo a punto de pasar?

Me viene a la mente algo que dijo hace mucho tiempo.

—Plantas rodadoras —contesto—. Eso es lo que me pasa por la cabeza ahora mismo.

Menea la cabeza una vez y me roza la sien con la comisura de los labios.

«Graduation» ha terminado. Alguien ha empezado a cantar «Wicked Game», alguien que sabe cantar de verdad. No tan bien como Chris Isaak, pero lo bastante como para que la canción resulte demoledora y erótica al mismo tiempo en un momento tan inoportuno. Es el típico giro brusco que sucede en las noches de karaoke, pero que en estas circunstancias «no es lo ideal».

Kimmy y Cleo han salido a la pista de baile y están a solo unos metros de nosotros. Wyn aprovecha para darme vueltas; yo, para respirar hondo un poco de aire que huela un pelín menos a su embriagadora mezcla de pino y clavo. Luego vuelve a acercarme, abdomen contra abdomen y pecho contra pecho, para susurrarme al oído:

—Los tacones, el vestido, el hechizo de Etsy para la cara, la admiración por el vello facial... ¿Algún otro gran cambio del que deba estar al tanto?

Le atrapo las puntas del pelo con los dedos y otra vez se le pone la carne de gallina en la parte posterior del cuello. Me emociona tener el poder de provocarle al menos alguna reacción. Aunque me dejara tocada en el sótano (y su vida sea mucho mejor sin mí en ella), eso no significa que sea más inmune que yo a lo que hay entre nosotros.

—El libro de decoración para la mesa del sofá —digo, imitándolo—. La barba, el pelo, los mensajes de texto constantes. ¿Algo más que deba saber?

En cuanto lo digo, quiero retractarme. Tengo presente lo rápido que me sacó de su vida. No me apetece saber lo rápido que sacó la metralla de su corazón.

Se le oscurece la mirada mientras sondea mis ojos en busca de la respuesta a alguna pregunta no formulada. Afloja el apretón de sus manos en mi cintura y las baja unos centímetros hasta detenerse en mis caderas. Aprieta los labios.

—Supongo que no —contesta.

Cuando termina la canción, seguimos abrazados unos segundos, sin hablar, sin movernos. Hasta que por fin nos soltamos.

* * *

De regreso a la mesa, Sabrina ha reclamado otra silla. Antes de que pueda cogerla, Wyn se sienta y me coloca sobre su regazo sin vacilar.

El mensaje es claro. Si sigo subiendo la apuesta, él seguirá igualándola.

No estoy de humor para acobardarme. Me pego a su torso y le entierro de nuevo los dedos en ese pelo tan sedoso.

Él responde deslizando una mano por la cara externa de uno de mis muslos y el calor de su palma me quema a través del chifón rojo. Siento un deseo palpitante entre los muslos, al compás de los latidos de mi corazón. Me acaricia el cuello con la nariz, sin llegar a besarme, pero dejando que sus labios se arrastren por esa piel tan sensible mientras respira hondo y suelta el aire despacio.

—¿¡Me traes una copa de vino blanco!? —grito cuando aparece el camarero con las seis raciones de patatas fritas que pidió Sabrina.

—Ahora mismo —contesta, con mucho cuidado de no mirar nuestro ridículo numerito, y se da media vuelta para regresar que se las pela a la barra.

Cuando me trae el vino, me lo bebo de un trago, porque ralentizar mi cerebro me parece la mejor de dos opciones igual de espantosas.

—¿Estás bien, Harriet? —me pregunta Wyn con su interpretación de voz sensual al estilo «Feliz cumpleaños, señor presidente».

Me vuelvo hacia él, inclinándome hasta que ese torso firme se encuentra con el mío y nuestras bocas quedan muy cerca. Le rodeo el cuello con los brazos con fuerza y su mirada baja por mi cuerpo y luego sube al tiempo que aprieta los dientes.

Respira hondo y eso nos pega más. Siento los latidos de su corazón retumbando contra mi pecho. Me coloca las manos en las caderas y me acomoda mejor en su regazo.

El poder se me sube a la cabeza y, sumado a cinco meses de rabia reprimida más la copa de vino blanco, me inclino todavía más hacia él y siento que mis pezones lo rozan mientras le acerco la boca, tal como él hizo antes, a ese punto situado debajo de una oreja.

—Mejor que nunca —contesto. Sus dedos me aprietan de forma inconsciente las caderas y bajan por mis muslos, por encima del chifón rojo, hasta llegar a la piel desnuda.

Es posible que estemos interpretando nuestros papeles, pero no es solo eso. Siento que se le pone dura debajo de mí y eso hace que todas las zonas blandas de mi cuerpo me parezcan magma. Ardientes, explosivas. Pero no seré yo quien se eche atrás.

—Han abierto la diana —anuncia Sabrina desde el otro lado de la mesa—. ¿Alguien quiere jugar?

—¡Me apunto! —grita Kimmy, que se pone en pie de un salto.

Sostengo la mirada de Wyn, esperando a que se rinda. Al final, mira a Sabrina.

* * *

—Luego a lo mejor. —Sus ojos vuelven a los míos, duros y acerados—. Ahora mismo estoy bastante cómodo.

Sabrina gana a cuatro lugareños, y a Kimmy, en una partida de dardos, y Parth y Cleo se enzarzan en una larga conversación con las chicas de la despedida de soltera sobre la manipulación de las circunscripciones electorales para obtener más votos, una práctica contra la que lucha la organización de Parth.

El grupo acepta de forma impresionante el giro que ha tomado su noche de desenfreno. Nadie como Parth Nayak para crear expectación. Además, Sabrina no para de pedir chupitos de Fireball, un *whisky* con canela, para todos.

Al final de la noche, tanto ella como Parth han intercambiado tarjetas de visita, pero en plan literal (¿Alguien sabía que las tenían? Porque yo no), con un par de mujeres del grupo, y Cleo, Wyn y yo tenemos que sacarlos a ellos y a Kimmy de La Cabaña de la Langosta a rastras y meterlos en el taxi.

Aun así, Parth encuentra la manera de poner su banda sonora tradicional para despedir la noche: la preciosa pero inquietante canción de Julee Cruise del comienzo de *Twin Peaks*.

Sabrina se desploma contra mí en el asiento trasero, medio dormida, y el efecto dominó me obliga a acercarme al pecho de Wyn. Él se agarra a mi rodilla, y me pregunto si es su pulso o el mío el que retumba entre nosotros.

De vuelta a la casita, los que estamos más sobrios llevamos a los demás a la cocina y les damos vasos de agua. Una vez arriba, nos damos las buenas noches con un abrazo y luego, con el corazón a punto de salírseme por la boca, sigo a Wyn hasta el dormitorio. De repente, estoy demasiado nerviosa para cerrar la puerta y quedarme a solas con él.

Él alarga un brazo por encima de mi hombro y la cierra. Su mano se queda allí, a la izquierda de mi cabeza.

Hay medio metro de espacio entre nosotros, pero es como si nos tocáramos. Como si estuviera sentada a horcajadas sobre él en un rincón oscuro debajo de la escalera. Como si me hubiera sentado en su regazo en un bar abarrotado.

Sus ojos me recorren la cara mientras se lame el labio inferior de forma instintiva.

—¿Hemos terminado ya? —me pregunta con voz ronca.

Levanto la barbilla.

—No sé de qué me hablas.

No sé cómo, pero nos hemos acercado. Esboza una sonrisa torcida, pero sus ojos siguen ensombrecidos, sondeándome. Su aliento me roza la boca. Una inhalación un poco más fuerte suya o mía cerraría la brecha.

—¿Por qué me castigas?

Intento reírme con rabia. No me sale. Parece demasiado serio, demasiado perdido, como si estuviera haciendo un esfuerzo desesperado por comprender.

Como si no pudiera darse cuenta de que mi amor por él no se desvaneció sin más, tal como le pasó al suyo por mí. Como si no se diera cuenta de que al haberlo canalizado y transformado en ira, porque algo tenía que hacer con él, he conseguido superar estos dos últimos días.

Eso hace que me sienta sola. Y derrotada.

Traga saliva.

—¿No podemos... hacer una tregua? —me pregunta—. ¿Ser amigos durante los próximos días?

«Amigos». La ironía de la palabra, su esterilidad, me escuece. Es como verter alcohol sobre mi corazón herido. Pero no soy capaz de aferrarme a la ira.

—Vale —replico—. Tregua.

Aparta la mano de la puerta. Luego retrocede y, al cabo de un momento, asiente con la cabeza.

—Quédate con la cama.

No puedo evitar pensar que parece tan desolado como yo.

14

Un lugar feliz

Morningside Heights, Nueva York

Un piso de cuatro habitaciones que apenas podemos permitirnos entre cinco. Un cuarto de baño compartido, con un horario inflexible para las duchas (creado por Sabrina), y un aseo al que llamamos «la caja de cerillas para las urgencias», porque solo hay un inodoro y una bombilla con cadena para encenderla, y es tétrico que te cagas.

Suelo original de madera con los tablones combados, cansados de sostener los muebles de la tienda de segunda mano que han usado muchos universitarios durante décadas. Ventanas que se atascan durante días y hay que dejarlas para intentarlo de nuevo más tarde. Cuando hace calor o cuando llueve, el olor a tabaco rancio se filtra por las paredes, recordándonos que estamos de paso, que este edificio lleva aquí desde mucho antes de que nosotros llegáramos a esta ciudad y que seguirá aquí mucho después de que nos vayamos.

Después del primer beso que Wyn y yo nos dimos en la bodega durante el verano, esperaba que no pasara nada más. Habíamos satisfecho la curiosidad, habíamos cedido a la atracción. En cambio, en cuanto se cerró la puerta de la habitación que compartíamos en la casita, me levantó, me pegó a su torso y me besó como si solo hubieran pasado unos segundos.

De todas formas, aquella primera noche nos lo tomamos con calma y nos besamos durante horas antes de quitarnos la ropa por fin. «¿Estás segura?», me susurró. Y lo estaba.

«Seguiremos siendo amigos después de esto», susurré yo y él sonrió mientras replicaba: «Para mí nunca has sido solo una amiga». Me tumbó con delicadeza en su cama y, cuando el crujido del somier amenazó con delatarnos, nos fuimos al suelo, con las manos enredadas, y seguimos susurrándonos en la boca, en las manos y en la garganta, intentando no pronunciar el nombre del otro en la oscuridad.

Las siguientes noches fueron todas iguales. Nos comportábamos como amigos hasta que se cerraba la puerta, y entonces nos convertíamos en algo totalmente distinto.

De todas formas, cuando nos mudamos al piso nuevo con los demás (para que yo pudiera empezar la carrera de Medicina; Sabrina, la de Derecho en Columbia, y Cleo pudiera incorporarse a su puesto en una granja urbana de Brooklyn), supuse que esa delicada relación acabaría.

En cambio, se intensifica. Cuando todos están cerca, encontramos la manera de disfrutar de unos segundos de intimidad, nos rozamos los hombros y las caderas, la piel desnuda justo debajo de las camisas. Y cuando estamos solos, en cuanto se cierra la puerta principal, me arrastra a su dormitorio, que es del tamaño de un armario (porque yo comparto el mío con Cleo) y, durante unos minutos, no tenemos que guardar silencio. Le digo lo que deseo. Él me dice lo que siente al complacerme. Y lo que hay entre nosotros no es un secreto.

Aunque quizá el secreto es lo que hace que sea divertido para él.

Una noche, mientras todos los demás están fuera, nos tumbamos en su cama y empieza a tirarme de los rizos, uno a uno.

—Si no somos amigos —le pregunto—, ¿qué somos?

Me observa en la oscuridad y me aparta el pelo de la frente con mucha ternura.

—No lo sé. Pero necesito más.

Vuelve a besarme, despacio y con languidez, como si por una vez tuviéramos todo el tiempo del mundo. Me pone sobre él, con esas manos suaves en mi cintura y las miradas entrelazadas. Nuestras respiraciones se acompasan y unimos las manos para aferrarnos al cabecero mientras murmura en mi boca:

—Harriet, por fin.

«Por fin». Sus palabras corren por mis venas. «Por fin. Tú. Por fin».

Estoy a punto de llorar, y no sé por qué, salvo que esto es muy intenso. Muy diferente de lo que era.

—He cambiado de opinión —me dice—. Creo que eres mi mejor amiga.

Me río contra su mejilla.

—¿Mejor que Parth?

—Oh, mucho mejor —se burla—. Después de esta noche, no podrá competir.

—Creo que deberías saber que Cleo y Sabrina son mis mejores amigas —replico—. Pero, entre los hombres, tú eres mi preferido.

Sonríe de nuevo y me besa la parte interna del codo.

—Puedo vivir con eso.

No hablamos de lo que significa esto ni de cómo acabará, pero hablamos de todo lo demás. Nos pasamos el día mandándonos mensajes, todos los días, aunque estemos en la misma habitación.

Me envía fotos de las novedades editoriales de mi género de misterio preferido mientras trabaja en Freeman's para ver si me interesan. O de muestras de telas durante su jornada en la empresa de tapicería de lujo a la que va cuando acaba en la librería, sobre todo si tienen estampados abstractos que acaban pareciéndose muchísimo a vaginas o penes.

Yo le respondo con ilustraciones de las revistas médicas que estoy ojeando, le hago diagnósticos a los estampados de sus telas o le envío capturas de pantalla de búsquedas de fotos de vaqueros en Google y le pregunto: «¿Alguno de estos es pariente tuyo?». A lo que él siempre responde: «Solo el que tiene todos los dientes de oro. Cuando muera, los voy a heredar».

Cuando va a Montana para visitar a su familia, vuelve con un montón de libros de bolsillo de diez centavos que me ha comprado en Goodwill. *La chica morirá en la montaña*, *La tragedia de la montaña púrpura*, *El asesino de los caramelos de Big Rock* y *El vaquero que me atravesó*; el último de los cuales es en realidad de vampiros, pero lo habían colocado en el estante que no era.

Cuando pasa por Trader Joe's de camino a casa desde el trabajo, me trae tarrinas de helado, de arándanos de Maine o de arce de Vermont.

Gran parte de mi vida consiste en esperar más de él, pero incluso esa tortura es la felicidad absoluta.

Una noche, después de meses de andar a escondidas, mientras todos están en casa, me ofrece una entrada de cine que le sobraba (a un amigo suyo del trabajo le ha surgido algo de última hora) y salimos juntos del piso. Fuera, me coge la mano, me la estrecha y siento su pulso golpeándome en la palma: «Tú, tú, tú».

Le pregunto qué película vamos a ver.

—No hay ninguna película —me dice—. Solo quería salir contigo.

«Salir contigo», pienso. «Esto es nuevo». Ni siquiera sabía que quería salir con Wyn Connor, pero ahora que lo ha dicho, me invade una especie de felicidad tristona que me deja sin aliento. Como si me hubiera perdido esta noche antes incluso de que empiece. Cada vez que me ofrece algo más, me resulta más difícil no tenerlo todo.

Nos pasamos horas recorriendo el barrio de la Pequeña Italia, atiborrándonos de *cannoli*, *gelato* y *capuccino* o, mejor dicho, yo me atiborro mientras él solo los prueba. No le gustan mucho los dulces.

Me dice que no creció comiéndolos, que los Connor eran «una familia de carne, patatas y salsa Miracle Whip», y luego me dice:

—¿Siempre has sido tan golosa?

—Siempre —le aseguro—. Y otra vez acabas de hacerlo.

—¿El qué?

—Lo de darme un cachito de información de tu persona y luego hacerme una pregunta sobre mí.

Se frota la nuca con el ceño fruncido.

—¿Por qué no te gusta hablar de ti mismo? —le pregunto.

—¿Recuerdas cuando me dijiste que pensabas que lo tuyo era una seducción lenta? —me pregunta a su vez.

—Hace un mes que dejé por fin de quedarme dormida dándole vueltas a ese recuerdo tan humillante —contesta—, y tú vas y me lo recuerdas.

Me pega a su costado y me pasa el brazo por los hombros mientras paseamos por la acera helada y radiante bajo la hilera de farolas. Al cabo de unos segundos, dice:

—Creo que en mi caso yo aburro en plan lento.

—Pero ¿qué dices?

Se encoge de hombros.

—No lo sé.

Le rodeo la cintura con los brazos, por debajo del abrigo.

—Explícamelo —insisto—. Explícamelo, por favor.

Titubea.

—Es que soy el tipo de hombre por el que la gente siempre se interesa más antes de conocerme.

—¿En qué te basas para creer eso? —le pregunto.

—Harriet, piensa un poco.

Frunzo el ceño y él se ríe, pero no es una risa alegre.

—He tenido como diez años para aceptarlo —dice—. La gente se interesa por mí de entrada, pero nunca dura. Ya te he dicho que no salgo con amigas, y es por eso. Porque una vez que salgo con alguien y me abro de verdad, la emoción de la novedad desaparece rápido. Ha sido así desde el instituto, cuando venían las chicas que veraneaban en la zona, y sigue siendo así. No soy muy interesante.

—¡Venga ya! —le digo—. Eso es una gilipollez y lo sabes.

—No lo es —me asegura—. Me pasó hasta con Alison. Creí que con ella funcionaría de verdad. Llegué a la conclusión de que siempre me interesaba por las chicas equivocadas, así que busqué a una que se pareciera a mí, que no tuviera grandes aspiraciones, para que no se aburriera tan rápido. Pero cortó conmigo por su instructor de yoga. Dijo que conectaban a un nivel más profundo del que yo era capaz. Soy…, no sé, ¿simple?

Parece avergonzado. Me duele el pecho, como si sintiera la pequeña herida que lleva dentro, esa espinita clavada profundamente entre las capas de músculo. Haría cualquier cosa por sacársela.

Lo agarro por las solapas del abrigo y lo miro a la cara.

—En primer lugar —le digo—, «simple» no es algo malo. En segundo lugar, «simple» no es tonto, porque tú no lo eres, y no sé por qué siempre intentas convencerte de que lo eres, pero de verdad que es una gilipollez, Wyn. Y en tercer lugar, eres todo lo contrario a aburrido a largo plazo. Ahora me gustas mucho más que cuando nos conocimos. En parte porque respondes de verdad a mis preguntas en vez de darle la vuelta a la tortilla para ligar.

Levanta una ceja.

—¿Y cuál es la otra parte?

—Por todo —respondo.

Se ríe.

—¿Todo?

—Sí, Wyn —digo—. Me gusta tu cuerpo y tu cara y tu pelo y tu piel, y me gusta que siempre estés más caliente que yo, y que nunca te quedes quieto salvo cuando intentas concentrarte de verdad en lo que alguien está diciendo, y me gusta que siempre arregles las cosas sin que te lo pidan. Eres el único del grupo que de verdad saca la basura antes de que se desparrame. Y cada vez que haces algo (ir a la tienda, poner la lavadora o prepararte el desayuno), siempre preguntas si alguien más necesita lo que sea, y me gusta saber que estás a punto de enviarme un mensaje de texto desde el otro lado de la habitación porque te veo poner esa cara que pones.

Se ríe contra mi mejilla. Desearía poder tragarme el sonido, que echara raíces en mi barriga y creciera a través de mí como una semilla.

—La cara de «¿Quiero comértelo?».

Lo abrazo más fuerte mientras nos detenemos en un semáforo en rojo para los peatones.

—No le había puesto nombre hasta ahora.

El semáforo se pone en verde, pero, en vez de cruzar, me arrastra por la esquina hasta un callejón, me besa contra una pared de ladrillo y pierdo la noción del tiempo ¡y del espacio! Nos convertimos en las dos únicas personas del mundo.

Hasta que un grupo de universitarios borrachos nos grita desde la calle, y ni siquiera entonces dejamos de besarnos, entre sonrisas y aferrados a la ropa del otro.

Cuando nos separamos, apoya su frente contra la mía, con la respiración alterada y el aliento condensado por el frío.

—Creo que te quiero, Harriet —dice.

«Me quiere —pienso—. Antes no había amor». Y nunca volveré a ser feliz sin él.

Sin pensarlo, sin preocuparme siquiera, le digo la verdad.

—Yo tengo claro que te quiero, Wyn.

Me acaricia la barbilla, con la mano un poco temblorosa, y desliza su nariz a lo largo de la mía.

—Te quiero mucho, Harriet.

Una vez en casa, reunimos a nuestros amigos alrededor de la mesa del comedor que Wyn nos hizo con partes de distintas mesas. Todas nuestras personas favoritas reunidas y asustadas en mayor o menor medida por lo que vamos a decirles. Wyn y yo también estamos asustados por su reacción.

—Estamos juntos —anuncia Wyn y, como nadie reacciona, añade—: Que estamos juntos. Harriet y yo.

Sabrina corre hacia el frigorífico y abre la puerta como si fuera a vomitar en él, pero cuando la cierra de golpe, vemos que tiene una botella de *prosecco* en la mano. Luego se aleja para coger unas cuantas copas desparejadas de la estantería situada sobre la cocina. Parth se pone en pie y tira de Wyn para abrazarlo, y luego me abraza a mí con tanta fuerza que me levanta del suelo. Me sacude de un lado a otro antes de soltarme.

—Ya era hora de que nuestro chico te dijera por fin lo que siente.

Sabrina abre la botella y empieza a llenar copas.

—Ahora que por fin estáis juntos, sabéis que no podréis cortar nunca, ¿verdad?

—No los presiones de ese modo —la regaña Cleo.

—La presión existe, lo admitamos o no —replica Sabrina—. Si cortan, esto —añade mientras agita la botella entre nosotros— implosiona.

—Mucha gente sigue siendo amiga aunque corte —señala Cleo, que acto seguido me mira para exclamar—: ¡No es que vosotros vayáis a cortar!

—Opino como Sabrina —dice Parth.

Ella levanta la botella mientras se lleva una mano a una oreja como si quisiera aguzar el oído.

—¿Qué es eso? ¿Lo que siento es el calentamiento global o que se ha congelado el infierno y Parth está de acuerdo conmigo en algo?

—Estoy de acuerdo contigo —replica Parth—, porque esta vez tienes razón. Alguna vez tenía que ocurrir.

Ella pone los ojos en blanco y sigue llenando copas.

—Harry, hablo en serio —dice Parth, que me pone las manos en los hombros—. No te atrevas a romper el corazón de este ángel tan frágil.

Sabrina resopla y protesta:

—¡Venga ya! Más le vale a Wyn no romperle el corazón a ella.

—No hace falta que les metáis tanta presión —dice Cleo.

—No le haría daño ni en un millón de años —asegura Parth dirigiéndose a Sabrina, y nos ofrece a Wyn y a mí sendas copas. Y así, vuelven a su dinámica de discutir por cualquier cosa.

—Además, lleva años obsesionada con él en secreto —añade Sabrina.

—Hablando de tensión sexual y tal —refunfuña Wyn, señalándolos con su copa—. ¿Queréis que os dejemos solos para que sigáis discutiendo o lo dejamos ya?

—¡Puaj! —exclama Sabrina.

Parth hace una mueca.

—Gracias, Sabrina.

—No digo que me resultes asqueroso —explica ella—. Lo que me resulta asqueroso es la idea de que estemos juntos. ¿Te lo imaginas? Además, a este grupo solo le faltaba otra relación sentimental.

Ya estamos jugando con fuego y, de verdad, no puedo perderos, os lo digo en serio. Esto —dice y vuelve a señalarnos con la botella— es mi familia.

También es la mía, pero no me preocupa. Tengo una cosa clara. Amaré a Wyn Connor hasta que me muera.

Esa noche, por primera vez, duermo en la habitación de Wyn. Nos quedamos despiertos hasta tarde, con las sábanas apartadas mientras se seca el sudor de nuestros cuerpos y él juega con mi pelo.

—Siempre es un completo misterio para mí —murmura— lo que estás pensando.

—Te ayudaré —le digo—. El ochenta por ciento es imaginarte desnudo.

Me besa la frente sudorosa.

—Estoy hablando en serio.

—Yo también —le aseguro.

—Eres un misterio para mí, Harriet Kilpatrick.

Mi sonrisa titubea.

—También soy un misterio para mí —replico—. No me di cuenta de lo poco que me comprendía a mí misma hasta que conocí a Cleo y a Sabrina. Las dos están segurísimas de sus emociones y sentimientos.

Tira de otro rizo hasta dejarlo liso del todo, y el suave tirón me provoca algo que siento entre los muslos.

—Bueno, deberíamos llegar a conocerte del todo —dice.

—No sabría por dónde empezar.

—Por algo pequeño —sugiere.

—¿Cómo qué?

Esboza una sonrisa torcida.

—¿Por qué te gustan los libros de misterio acogedor?

Me encojo de hombros.

—No lo sé. Porque son… sosegados.

El beso que me da en la sien acaba fundiéndose con una carcajada.

—¿Sosegados?

—Lo peor que le puede pasar a una persona sucede justo al principio de la historia —me explico—. Y sientes... una especie de seguridad. Sabes exactamente lo que va a ocurrir al final. En la vida hay muchas cosas inesperadas. A mí me gustan las cosas previsibles.

Él frunce el ceño, con la frente medio tapada por el pelo que tiene despeinado. De repente, estoy segura de haber encontrado la respuesta inaceptable a su pregunta, la que lo hace darse cuenta de que no soy la mujer guay, sensual y misteriosa con la que me ha confundido.

Se mordisquea la parte más carnosa del labio superior con los dientes.

—Puedes confiar en mí, Harriet.

En ese momento, perfora un poco más en mi corazón, abre otra puerta y descubre toda una habitación tapiada que yo ni sabía que existía.

Me pega a su torso y nuestros latidos se sincronizan. Nunca me había sentido tan segura, tan bien, tan a salvo.

15

La vida real

Miércoles

Alguien está dando martillazos dentro de mi cráneo.

Me doy media vuelta y aprieto la cara contra el mullido colchón.

PUM PUM PUM.

Una voz incorpórea irrumpe en la oscuridad.

—¿Estáis presentables?

Abro los ojos de repente y descubro que el dormitorio está bañado por el tenue gris de la luz del amanecer. El olor a piedra mojada y salitre entra por la ventana abierta, y la lluvia azota el tejado.

—¡Voy a entrar!

Sabrina. Está llamando a la puerta.

Mis ojos vuelan por la habitación y mi cerebro, que ahora mismo es como un huevo revuelto, intenta asimilar mi entorno. Estoy tumbada en medio de una cama de matrimonio, en bragas y con la camiseta de «Virgen que SABE conducir».

—En tres... —dice Sabrina.

Mi mirada se topa con el nórdico en el suelo, la pierna bronceada que sale de entre las sábanas y el brazo debajo de la melena con sus mechones dorados por el sol.

—Dos...

Le lanzo la almohada a Wyn a la cara, que se sienta de repente.

—Uno —dice Sabrina—. Ya está. Voy a entrar. Cubríos… vuestras partes —le hago un gesto frenético a Wyn— si no queréis que las vea.

Wyn se espabila de golpe y abre los ojos de par en par. Recoge las sábanas y el nórdico que tiene a su alrededor y se lanza sobre la cama, dejando tras de sí un reguero de ropa de cama.

—Buenos días —dice Sabrina mientras abre la puerta.

—¿Qué pasa? —pregunto al tiempo que tiro de las sábanas para cubrir a Wyn y también para taparme yo.

Sabrina se queda boquiabierta cuando ve el estado de la cama, con las sábanas revueltas y medio caídas por el borde, como si un arrebato de pasión las hubiera dejado así.

—El desayuno tendría que haber empezado hace veinte minutos —dice—. ¿Es que nadie se ha leído sus itinerarios?

—¿Nuestros novedosos itinerarios? —pregunta Wyn con retintín—. ¿Tan diferentes de lo que solemos hacer siempre?

Parth se asoma por la puerta, con el pelo todavía húmedo por la ducha.

—Vamos. Tenemos un horario que cumplir.

Wyn se aparta el pelo de la frente.

—¿Estáis tomando esteroides?

—Anfetaminas que le compran a algún camello —digo.

—Cocaína —añade Wyn.

—Pajitas con pica-pica y jarabe para la tos.

—Arriba, arriba, arriba —dice Sabrina al tiempo que da tres palmadas impacientes para resaltar sus palabras y me da la impresión de que las siento detrás de los ojos.

—¿Es posible tener resaca con una copa de vino? —refunfuño.

—Cuando llegas a la treintena, todo es posible —contesta Parth, y la marea que los ha traído hasta el dormitorio vuelve a llevárselos.

Wyn suelta el aire y relaja los hombros.

Tiene el torso y la cara marcados por las arrugas de las sábanas y de la funda de la almohada. Cuando se levanta y echa a andar hacia el cuarto de baño, frotándose la cara con las manos, me sorprendo estudiándolas como si fuera a hacer un examen más tarde. Él me mira por encima del hombro y me pregunta con voz ronca:

—¿Quieres ducharte?

La neblina de sueño que me quedaba se desvanece, como sucede en los dibujos animados.

—¿Ducharme?

Parece desconcertado, seguramente porque me he quedado blanca de repente.

—¿Necesitas la ducha o puedo usarla yo?

Claro. ¡Se refería a si quería ducharme sola! ¡No si quería ducharme con él! Evidentemente.

—¡Dúchate tú! —chillo—. Dame un minuto para coger mis cosas y salir.

Se ríe mientras se inclina hacia la ducha y abre el agua, que empieza a correr.

—No tengo nada que no hayas visto antes, Harriet.

Salgo de la cama y rebusco unos vaqueros en mi maleta.

—Aparte del nuevo tatuaje, me refiero —añade.

Me doy media vuelta antes de captar el deje guasón de su voz. Está empezando a quitarse los calzoncillos, así que grito y me vuelvo de nuevo hacia la maleta.

—Podrías esperar treinta segundos para empezar a desnudarte —protesto.

Otra carcajada ronca, más si cabe por el sueño.

—Si tanto te molesta, cierra los ojos.

Me pongo los vaqueros y empiezo a dar saltitos para pasármelos por el culo. Todavía no ha encendido el extractor, y el vapor se acumula detrás de mí. Me imagino las puntas de su pelo ya rizadas.

—¿Y si cierro los ojos? —dice.

—¿De qué serviría eso? —Saco una camiseta limpia.

—No sé. A lo mejor te ayuda a… —Guarda silencio justo cuando yo me quito la camiseta con la que he dormido y la tiro a la cama. Después sujeto la camiseta limpia contra mi pecho y lo miro por encima del hombro.

—¿Me ayuda a qué?

Wyn carraspea y se vuelve hacia la ducha.

—A sentir que no estoy aquí.

—No hace falta. —Me paso la camiseta por la cabeza—. Creo que ya he terminado.

No se vuelve hasta que salgo del dormitorio.

Ya en el pasillo, oigo que alguien gime «Harryyy...» y retrocedo para asomarme por la puerta abierta de la habitación de los niños.

Cleo y Kimmy están tumbadas en las camas pequeñas, que han unido en el centro de la habitación, igual que hacíamos Wyn y yo. Aunque Cleo parece limpia y descansada, con las trenzas recogidas debajo de un gorro de dormir de color marrón rojizo y la piel luminosa, Kimmy está tirada a su lado, con las extremidades pecosas extendidas a modo de estrella de mar, el lápiz de ojos que se puso la noche anterior todo corrido y el pelo recogido en lo que parece un nido sobre la cabeza. Supongo que, por lo menos, se ha acordado de quitarse las lentillas, porque lleva las gafas de montura oscura.

—Sálvanooos —gime Kimmy.

—Que te salve a ti —la corrige Cleo con suavidad—. Yo estoy estupenda.

—Sálvameee —rectifica.

Cleo da unas palmadas al espacio que hay entre ellas, y me dejo caer sobre los colchones como si fuera la mañana de Navidad y ellas fueran mis padres.

A ver, que mis padres no eran así. Durante mi infancia, el dormitorio de mis padres era como un piso franco del FBI; no se podía entrar, ni mirarlo, ni hablar de él siquiera. Seguramente porque era la única estancia de la casa donde las cosas podían estar desordenadas (si es que la ropa limpia en proceso de ser doblada se puede llamar «desorden»), y estoy bastante segura de que si le dieran a elegir entre esas dos opciones, mi madre preferiría unirse al programa de protección de testigos antes que dejar que alguien viera nuestra colada.

La familia de Wyn era distinta. Cuando Lou, Michael y él eran pequeños, los Connor cumplían a rajatabla la norma de no empezar la mañana de Navidad antes de que saliera el sol. Así que Wyn y sus hermanas se sentaban delante del árbol adornado con el espumillón, esperando justo hasta que salía el sol, y luego corrían al dormitorio de Gloria y Hank, se subían a la cama y empezaban a chillar hasta que se levantaban.

Pensar en Gloria y Hank siempre me produce una especie de morriña o algo similar. De pequeña me pasaba mucho, aunque no tenía ningún sentido, porque me sucedía cuando estaba en casa.

—Voy a contratar a un asesino a sueldo para que se cargue a Sabrina por haber pagado la última ronda de chupitos de Fireball de anoche —dice Kimmy, que se tapa la cara con un antebrazo—. Mándame tu parte del pago cuando quieras.

—Ya hasta dudaba de que supieras lo que es la resaca —replico.

—Es por los chupitos —dice Cleo—. Lo hace para beber menos y al final pierde la cuenta.

—No perdí la cuenta. Es que se emborronó todo. —Extiende el brazo para enseñarnos una ristra de marcas de pintalabios borrosas.

—Ah —dice Cleo, luchando contra una sonrisa—, siento el error.

—Necesito dormir nueve horas más —refunfuña Kimmy.

—¿Las granjeras *hippies* no estáis acostumbradas a levantaros mucho antes de...? —Me inclino sobre Cleo para ver el reloj de su mesita de noche. Está desenchufado y en el suelo, a un metro de distancia de la cama, como si lo hubieran arrancado de la pared y lo hubieran tirado—. De la hora que sea.

—¿Sabes a qué hora solemos acostarnos esas noches antes de madrugar? —replica Cleo—. A las nueve. Y no me refiero a que nos acostamos a las nueve. Me refiero a que para esa hora ya estamos de siete sueños. En la fase REM.

—No he visto REM en ninguna parte del programa de esta semana —digo.

—¡Ay, Dios! —exclama Kimmy, que se levanta tan rápido que me temo que vomite encima de la cama. En cambio, nos mira con una expresión espantada—. ¿Anoche... hice el gusano encima de una mesa?

Cleo y yo nos echamos a reír.

—No —le digo—. No lo hiciste.

—Pero seguro que pensabas que sí —añade Cleo. Kimmy jadea y finge ofenderse. Cleo se incorpora y se inclina sobre mí para besarla—. Nena, te quiero demasiado para mentirte —dice—. No podrías hacer el gusano ni aunque mi vida dependiera de ello. Eso sí, tienes otros movimientos de baile que no están nada mal.

—¡EH! —grita Sabrina desde abajo—. ¡OS QUIERO VER AQUÍ ABAJO A LA DE YA!

—Asesino a sueldo —refunfuña Kimmy.

Cleo se incorpora en el colchón y separa las piernas hasta rozar casi los extremos de ambos colchones con los pies.

—Nena, ¿quién soy? —dice, apoyando las manos en las rodillas al tiempo que empieza a girar las caderas.

—Vale, si lo hice así de bien —contesta Kimmy—, me siento mucho mejor.

En algún lugar por debajo de nosotras (quizá en las profundidades de la tierra), suena una bocina.

* * *

Normalmente, cuando comemos en Bernadette's, lo hacemos en la terraza, con sus preciosas vistas del puerto y su gran variedad de aves marinas, groseras y ladronas de comida, aunque la temperatura nos obligue a ir abrigados con forros polares.

Sin embargo, cuando llegamos al centro, al edificio de tejas rojas especializado en fritos, la tormenta ha vuelto a arreciar. Nos empapamos mientras corremos del coche a la puerta principal. Conseguimos una mesa en la parte trasera, cuyos ventanales están orientados a la terraza de losas grises, con las sombrillas de rayas cerradas y tambaleándose al viento, y los relámpagos a lo lejos, cayendo sobre las olas.

Bernie's está abarrotado de veraneantes como nosotros, que han venido para la gran inauguración del Festival de la Langosta de esta noche, y de lugareños tomando su café matinal y leyendo el *Knott's Harbor Register* mientras toleran a «los forasteros», que es como nos llaman.

Veo en la barra a mi compañero de asiento del avión y lo saludo con la mano. El hombre refunfuña algo y vuelve a mirar el periódico.

—¿Sois amigos? —me susurra Wyn al oído mientras los demás se despojan de sus empapadas capas exteriores. El roce frío de su aliento contra mi piel húmeda me provoca un estremecimiento.

Me dejo caer en la silla y lo miro.

—Supongo que depende de a quién de los dos se lo preguntes.

—¿Y eso? —me pregunta él—. ¿Te ha estado dando la tabarra para que definas vuestra relación?

—Al contrario —respondo—. Yo estoy enamorada hasta las trancas, pero él está casado con el mar…

—En fin, esas cosas pasan —replica. El contacto visual se prolonga una fracción de segundo más de la cuenta y, en ese momento, recibe la notificación de un mensaje y frunce el ceño cuando mira la pantalla—. Ahora vuelvo —dice antes de alejarse. Se detiene junto al atril del jefe de sala con el teléfono en la oreja y una sonrisa deslumbrante.

Esa expresión hace que mi corazón florezca y que se marchite con la misma rapidez. Siempre me ha sorprendido lo deprisa que puede cambiarle la cara. Es capaz de pasar de una mirada melancólica y tierna a una alegría casi infantil en un segundo. Cada vez que le veía una expresión distinta, pensaba que esa era mi preferida. Hasta que volvía a cambiar y me veía obligada a aceptar que el Wyn que tuviera delante era el que más me gustaba, sin importar el que fuese.

La camarera se acerca para anotar nuestra comanda, trayendo consigo el olor a sirope de arce, café y pino; el aroma característico de Bernie's. Si pudiera ir por la vida oliendo como huele este restaurante, lo haría.

Claro que también tendría que empezar a llevar una riñonera llena de tortitas de arándanos, y eso podría poner las cosas difíciles en el hospital. La gente se rebelaría si su cirujana llevase una bolsa de comida a medio cerrar colgada de la cintura.

Sabrina pide nuestras bebidas habituales. Café para todos menos para Cleo, que quiere un descafeinado, además de una taza con cubitos de hielo para suavizar la famosa y achicharrante mezcla de la casa.

—Deberíamos adelantarnos y pedir ya la comida —sugiere Parth y, cuando la camarera llega a mi lado, pido mis tortitas y la tortilla de clara de huevo con *sriracha* que suele pedir Wyn.

—¿Era Gloria? —le pregunto cuando vuelve a la mesa y se quita el cortavientos.

Parece un poco sorprendido, como si hubiera olvidado que yo estaba aquí.

—Ah, no —se recupera, evitando mi mirada—. Cosas del trabajo.

Wyn no es mentiroso, pero su forma de decirlo me parece una clara evasiva.

Cleo se aparta un poco de su plato, unas tortitas de patata vegetarianas, y gime mientras se masajea el estómago.

—Estoy teniendo una especie de condicionamiento pavloviano. Tres bocados de esta comida y siento el fantasma de todas mis resacas pasadas.

—Yo también lo siento —asegura Parth.

—Sí, pero Kimmy, tú y yo también bebimos anoche chupitos de algo que nos ha dejado el estómago ardiendo —le recuerda Sabrina—. Creo que en nuestro caso no es apropiado culpar a Bernie's.

Contengo una carcajada, aunque acabo resoplando por la nariz, y Parth se vuelve para darme un golpetazo entre los omóplatos.

—¡Joder, Parth! —grito.

—¡Te estabas ahogando! —exclama.

—¡Qué va! —digo.

—Vale, en fin, tú eres la médica aquí…

—¿En las páginas médicas de internet recomiendan darle un puñetazo en la nuca a la gente que se esté ahogando? —pregunta Wyn.

—No era la nuca —protesta Parth—. Más bien le he dado… en la mitad de la columna vertebral.

—Ah, sí. El primo menos conocido de la maniobra de Heimlich —replico—. El gancho de derecha.

—Lo siento, Harry —dice Parth—. ¡Me he dejado llevar por el instinto!

—Pues tienes el instinto de un celador de hospital de mujeres de la época victoriana —señala Cleo.

—La próxima vez limítate a las sanguijuelas —le digo.

Parth frunce el ceño.

—Me las he dejado en casa. ¿Estás bien?

—Sí —contesto.

—Hazme caso —dice Wyn—. Está tramando una venganza en silencio.

—¿Nuestra Harry? —se burla Parth—. Jamás.

—Sí, tú confíate mucho... —Wyn bebe un sorbo de su humeante taza—. Pero, cuando quiere, sabe bien lo que tiene que hacer para que acabes pidiendo clemencia.

Me inclino de repente hacia Sabrina.

—Bueno, ¿queda algo por hacer para la boda?

Sabrina agita una mano.

—No. Ya os he dicho que solo somos nosotros seis, además de un ministro de la Iglesia unitaria universalista que encontré por internet. Ni siquiera pensaba poner flores hasta que Cleo y Kimmy lo dijeron.

—No nos importa ayudar —replica Cleo.

—Tendrás la oportunidad de hacerlo cuando celebremos la gran boda familiar el año que viene —dice Sabrina mientras le echa un chorreón de sirope de arce a su café—. Esta semana solo quiero estar en mi lugar preferido con mi gente preferida. Quiero aprovechar cada segundo y no perderme nada. —En ese momento, se oye un trueno y se ve un relámpago, y mira hacia el ventanal—. ¿¡Se puede saber qué es esto!? Se suponía que hoy íbamos a salir a navegar.

Consulto la *app* del tiempo de mi móvil.

—Mañana hará sol y calor. ¿No podemos dejarlo para entonces?

—Que la casa se venda no significa que esta tenga que ser la última vez que los seis vengamos aquí —señala Cleo.

Intento mirar a Sabrina con una sonrisa para animarla, pero me invade la culpa. Quiero que esta semana sea perfecta, que sea lo bastante buena para compensar que será la última. No solo por lo de la casa, sino por nuestro grupo de seis. Con tregua o sin ella, no puedo ser amiga de Wyn Connor.

Sabrina se ha quedado callada y taciturna, y sé que está pensando también en la semana que viene.

Carraspea.

—Tengo una idea.

—Tatuajes a juego —dice Parth.

—Casi —replico—. Es una cosa que hacía de pequeña porque odiaba el día de mi cumpleaños.

Sabrina, una mujer totalmente entregada al concepto de «mes de cumpleaños», jadea.

—Era difícil gestionar mis expectativas —me explico—. Y siempre había algo que se torcía. —Una tubería reventaba y mis padres tenían que cargar el coste de la reparación a una tarjeta de crédito. O Eloise suspendía una asignatura y necesitaba clases particulares. O a mi padre lo llamaban de su segundo trabajo para que hiciera el turno de noche justo cuando habíamos planeado salir. Por mucho que me dijera a mí misma que no necesitaba una gran celebración, siempre me llevaba un chasco cuando las cosas se torcían, y después me sentía culpable porque sabía lo mucho que trabajaban mis padres para que saliéramos adelante—. Un par de días antes de cumplir diez años, se me ocurrió una idea —sigo—. Si elegía una cosa que estaba deseando tener, y que sabía que podía conseguir sin problemas el día de mi cumpleaños, daba igual si lo demás se torcía o no, porque el día sería perfecto.

Los dejo mudos con mis palabras.

—Eso es tristísimo —replica Sabrina.

—¡Es bonito! —protesto—. Es práctico. Tuve un cumpleaños genial.

—Cariño, es trágico —insiste ella, justo cuando Parth dice:

—Acabas de dejarme traumatizado emocionalmente.

—Creo que no lo entendéis —digo.

Sabrina suelta la taza.

—¿Te refieres a que todos los padres joden sí o sí a sus hijos de por vida, y que como es imposible evitarlo deberíamos dejar de procrear en vez de seguir fastidiándonos los unos a los otros?

Cleo pone los ojos en blanco.

—Eso no viene al caso ni es exacto.

—No podemos controlar al milímetro todo lo que vaya a pasar esta semana —señalo—. Pero hasta ahora ha sido increíble y va a seguir siéndolo. Así que si cada uno de nosotros puede elegir una cosa (que debamos hacer, o disfrutar, o ver, o comer), pase lo que pase, nos quedaremos con eso. Con lo único que de verdad necesitábamos de esta semana. Y la semana será un éxito.

Se hace un silencio mientras todos reflexionan.

—Es una buena idea —replica Wyn. Nuestras miradas se encuentran por encima de la mesa. La lluvia le ha humedecido los mechones largos que se ha colocado detrás de las orejas. Hay muchos detalles distintos en él, pero cada vez que lo miro, mi corazón sigue susurrándome en las venas: «Tú».

Los corazones pueden ser muy imbéciles.

—A mí también me gusta —dice Cleo.

Parth se encoge de hombros.

—Me apunto.

—¿Decimos cuáles son nuestros objetivos o tenemos que mantenerlos en secreto? —pregunta Kimmy.

—¿Por qué vas a mantenerlo en secreto? —pregunto.

—Para que se haga realidad —contesta.

—No es un deseo de cumpleaños —señala Sabrina.

—No, eso me gusta. —Wyn mira a Kimmy de inmediato—. Si es privado, hay menos presión.

Parth asiente en silencio con la cabeza y dice:

—Así que nadie puede decir cuál es su objetivo hasta que se cumpla.

—Os gustan demasiado las normas —replica Kimmy.

—Tú lo has empezado, Kimberly Carmichael —le recuerda Sabrina.

—Como tantas otras cosas, pero eso no las convierte en buenas ideas.

Cleo pone las manos sobre la mesa y empieza a girar las caderas, imitando de nuevo con gran acierto los movimientos de baile de Kimmy.

Sabrina la mira con los ojos entrecerrados.

—¿Qué estoy viendo y por qué tengo la sensación de que anoche tuve una pesadilla con eso?

16

La vida real

Miércoles

Mientras el resto del pueblo se agolpa en las cafeterías y los restaurantes, tomando té o comiendo sopa de marisco, nosotros seis desafiamos la lluvia para recorrer tiendas de chucherías y *boutiques* de artículos de decoración llenas de paños de cocina con lemas sobre lo bueno que está el vino, protegiéndonos solo con los brazos doblados por encima de la cabeza en vez de llevar paraguas.

—A lo mejor deberíamos volver a la casa y echar un día tranquilo —sugiere Cleo después de un trueno más fuerte de la cuenta y un rayo que cae demasiado cerca.

—¿Qué? ¡No! —protesta Sabrina.

Kimmy mira las oscuras nubes con los ojos entrecerrados.

—No creo que vaya a escampar.

—Pues nos vamos al Roxy para una sesión doble —replica Sabrina.

—¿Sabes lo que ponen por lo menos? —pregunta Cleo.

El Roxy solo tiene dos salas. Por la noche, cada una se dedica a un nuevo estreno, pero en verano las matinés se reservan para sesiones dobles de películas ambientadas en Maine. El noventa por ciento de las películas son adaptaciones de Stephen King, algo que a Sabrina le encanta, pero que no es ni mucho menos lo ideal en el caso de Cleo.

—¿Qué más da lo que pongan? —pregunta Sabrina—. Lo hacíamos siempre que nos llovía. Es tradición.

La seguimos por la manzana hasta la taquilla, donde encontramos a un adolescente aburrido.

Cleo mira la marquesina con expresión escéptica.

—*El misterio de Salem's Lot* y *Regreso a Salem's Lot*. ¿No eran miniseries?

—Mmm, no —contesta Sabrina—. *El misterio de Salem's Lot* es una miniserie de dos capítulos y *Regreso a Salem's Lot* es una secuela, pero combinadas son gloriosas. Te van a encantar.

—No creo estar preparada para cuatro horas de vampiros —dice Cleo.

Kimmy le clava un dedo en el costado.

—Pero ¿y si brillan?

—Por favor, Cleo —dice Sabrina—, no seas aguafiestas.

—Hazme el favor de no llamarme así —protesta Cleo.

Sabrina levanta las manos como si estuviera suplicándole.

—Solo digo que es la última vez que vas a entrar en una sesión doble de estas.

Miro primero a una y luego a la otra. Nos vamos de cabeza a un punto muerto.

—A lo mejor puedes ver solo la primera peli —sugiero.

—Miniserie —me recuerda Cleo.

—Y luego puedes irte a La Taza Caliente, donde nos reuniremos contigo cuando terminemos.

Kimmy le toca el codo a Cleo.

—Me vuelvo a la casa contigo si quieres, nena.

Cleo levanta su delicada y puntiaguda barbilla.

—No, no pasa nada. No quiero perdérmelo. Veré la primera película.

Sabrina chilla y se da media vuelta hacia la taquilla.

—¡Yo pago las entradas!

En los últimos treinta segundos, el taquillero se ha puesto un sombrero de copa, y Sabrina tarda un momento en recordar lo que está haciendo al descubrir enfrente la cara del adolescente huraño y lleno de pecas con un sombrero victoriano.

—¿Seis para la sesión doble? —dice ella.

—Sí, milady —contesta el chico.

De camino a la sala, Wyn se queda rezagado.

—Que sepas que no hace falta que hagas eso.

—¿El qué? —pregunto.

—Buscar un delicado compromiso cada vez que no se ponen de acuerdo en algo. Si las dejas, lo solucionarán ellas solas.

—No sé de qué estás hablando —digo.

Levanta las cejas con gesto burlón.

—¿Ah, no?

—Ni idea —insisto.

—Se lo están pasando en grande —dice—. Intenta no preocuparte.

Se me encoge el estómago. Aunque han cambiado muchas cosas entre nosotros, todavía me conoce demasiado bien.

—No me preocupo.

Ocupamos toda la primera fila de la diminuta sala y, dado que está vacía salvo por nosotros, extendemos la ropa de abrigo mojada en las butacas de detrás. Intento colarme entre Sabrina y Cleo; acabo al final de la fila, sin nadie con quien hablar salvo Wyn, que no deja de mirar el móvil (con la pantalla oculta a mis ojos con toda premeditación) hasta que se apagan las luces.

Al primer sustillo, tengo que controlar el impulso de pegarme a su costado. No me ayuda que la sala sea un congelador y que, cada vez que me apoye en el reposabrazos sin pensar, le roce el brazo, que está ardiendo en comparación con la temperatura gélida que hay.

Sabrina se inclina hacia delante y nos mira con los pulgares hacia arriba desde el otro extremo. Como llevado por el instinto, Wyn me coge la mano que tengo sobre el muslo y el corazón se me sube a la garganta.

El pulso nos late acompasado entre las palmas, un péndulo de Newton humano. Solo puedo concentrarme en eso, en ese solitario punto de contacto entre nosotros. Me doy cuenta de todos y cada uno de los minúsculos movimientos de sus dedos.

Me pregunto si él está pensando en lo de anoche, cuando estuve sentada en su regazo, rodeándole el cuello con los brazos mientras me frotaba contra él como una gata en celo y la tensión aumentaba entre nosotros.

Porque, de repente, es en lo único en lo que puedo pensar. Que las luces estén tan atenuadas nos da demasiada intimidad como para que eso parezca una interpretación, pero no lo bastante como para que podamos evitarnos por completo.

Estoy tan desconectada de la película que, cuando en la pantalla alguien acaba empalado en una pared con cornamentas, me resulta chocante.

—Vamos, Harriet —susurra mientras doy un gritito y le entierro la cara en el pecho—. Seguro que no es tu primer empalamiento por cornamenta. He visto los libros que sacas de la biblioteca.

—Es distinto —mascullo al tiempo que me aparto para mirarlo a la cara en la oscuridad—. Se llaman «acogedores» por algo.

—Eso solo quiere decir que quien encuentra el cadáver tiene un trabajo aburrido y lleva chaleco de lana.

—Que sepas que muchos dirían que tu insistencia en agarrarme la mano sugiere que a ti también te está afectando un poquito.

—Algo me está afectando, sí —reconoce—. Pero no es la película.

—Más que un intento por ligar, parece que esté resignado. Como si esto que tenemos, este último rescoldo de deseo, fuera una verdad indeseable que ha aceptado. Cuando nos miramos a los ojos, la presión aumenta entre los dos, embriagadora, potente.

Recuerdo que rompimos en cuatro minutos. Fue una ruptura abrupta, estéril, casi quirúrgica. Recuerdo limpiar de arriba abajo el piso después, frotar las juntas con un cepillo de dientes hasta que el sudor se me metió en los ojos, pero no me sentí mejor en ningún momento, no llegué a sacar la cabeza por encima de las oleadas de sorpresa y dolor.

Recuerdo todo lo que me decepcionaba de él y sus costumbres más irritantes. (Nunca he visto un lavavajillas cargado de forma más ineficiente). Pero mi mente no quiere ir por esos derroteros.

Necesito espacio. Necesito aire. Necesito horas de hipnoterapia para eliminarlo de mis terminaciones nerviosas.

—Tengo que ir al baño —digo de repente y salgo al pasillo.

17

Un lugar feliz

A una hora de Bozeman, Montana

Un camino cubierto de nieve y un coche de alquiler que es un congelador y que intenta mantener la tracción en el asfalto helado.

La cálida mano de Wyn me da un apretón. Se lleva la mía a la boca y deja que su aliento me caliente los dedos.

—Van a quererte con locura.

No estaba tan nerviosa ni antes de hacer el examen de acceso a la Facultad de Medicina. Ningún momento a lo largo de estos dos años de carrera me ha provocado tanta ansiedad. En los estudios sé lo que hace falta para tener éxito, para conseguir la aprobación de los demás. Es algo que puedes ganarte con trabajo, pero esto es distinto.

A lo mejor no les caigo bien. A lo mejor no me caen bien.

A lo mejor hablo demasiado o demasiado poco. A lo mejor los despierto con mis paseos al cuarto de baño por la noche, o guardo los platos donde no es, o los molesto de un sinfín de formas muy específicas que solo puedes aprender a evitar con el tiempo.

Las ventanas están iluminadas con una tonalidad dorada y la nieve parece morada en la oscuridad. Es todo tan bonito que me hace desear ser pintora o fotógrafa, alguien que se gana la vida capturando lo incapturable. Si estuviera aquí, Cleo sería capaz de embotellar este momento.

Antes de que Wyn pare el coche siquiera, la puerta principal se abre de par en par. Sus padres salen corriendo con pijamas de franela y batas sin cerrar, con los pantalones metidos en botas de nieve. Gloria está eufórica y parece a punto de chillar de la emoción. Hank me abraza incluso antes de presentarme.

Gloria es más alta de lo que me esperaba, casi tanto como Hank, con pelo rubio platino y unas mejillas que no pierden el rubor. Hank tiene el pelo rubio claro, ondulado y salpicado de canas, y una versión más curtida de la cara de Wyn detrás de unas gafas de montura metálica.

Sus hermanas, la diminuta Lou de pelo platino y una Michael todavía más diminuta de pelo oscuro, ya están dentro, bebiendo brandy delante de la chimenea, y Hank nos invita a entrar al caos que reina en el interior después de insistir en que él lleva nuestro equipaje.

Wyn no me quita las manos de encima ni delante de su familia. Me las pone en la cintura, en la base de la espalda o en la nuca, mientras mueve el pulgar sin parar a medida que va contestando el sinfín de preguntas que nos lanzan a toda velocidad.

El viaje en coche no ha sido muy malo.

Los vuelos desde Nueva York han sido largos y había mucha gente.

No tenemos hambre. (Mientras Gloria lo pregunta, nos ofrece platos con tarta de calabaza).

Llevamos juntos (sin ocultar lo nuestro) diez meses.

—Pero llevo enamorado de ella desde que nos conocimos —dice Wyn.

—Pues claro que sí —replica Gloria, que me da un apretón en la rodilla—. ¡Es una muñeca!

—Lo dices porque tiene el pelo rizado —replica Wyn—. En realidad, tiene mucho genio.

Me pongo colorada, pero todos se ríen mientras se interrumpen los unos a los otros, y Wyn me besa de nuevo en la sien y me pega a él en el sofá, y tengo la sensación de que por fin he llegado, de que por fin estoy en ese lugar en el que siempre he querido estar, al otro lado de las ventanas de la cocina iluminadas que veía en la calle donde crecí, donde las habitaciones están llenas de amor, de ruido y de discusiones.

—Necesita que lo lleven con mano firme —dice Michael.

—No es un caballo de trabajo —protesta Lou, que pone los ojos en blanco.

—No, claro que no —conviene Michael—. Más bien es un mulo.

Wyn me sienta en su regazo y me rodea la cintura con los brazos.

—¿Cómo sabes que Harriet no es más tozuda que yo?

—Tiene razón —les digo—. Yo soy la mula de la pareja.

—En fin, si tú eres la mula —dice Michael—, Wyn es el asno.

—Si voy a ser un asno —replica él—, me alegro de ser el tuyo.

Hank vuelve a la salita atestada con la chimenea encendida y dice:

—He dejado tus cosas en la habitación de Wyn, Har.

Y pienso: «Har. Llevo aquí diez minutos y ya soy "Har"», y me asalta la sensación de que se me está hinchando un globo en el pecho, un dolor agradable, como un músculo entumecido que se estira.

Wyn me avisó de que sus padres no nos dejarían compartir habitación, aunque vivamos juntos en la ciudad. En algunos aspectos, son excéntricos y muy modernos; y en otros, sorprendentemente tradicionales.

Más tarde, mientras sus padres terminan de fregar los platos, Wyn me lleva a su dormitorio para que me acomode. Me deja cotillear sus cosas durante horas, coger cosas, hacerle preguntas, mientras él se comporta como el guía de este museo dedicado a mi tema preferido.

Sostengo cosas en alto y él me habla de ellas. Quiero devorar todos estos retazos suyos.

Trofeos de plástico al mejor jugador de su época de futbolista; fotografías descoloridas hechas con cámaras desechables de cuando era adolescente, rodeado de chicas con las cejas depiladísimas en plan espermatozoide y el pelo amarillo pollo que se llevaba en nuestra adolescencia. Fotos de él con sus amigos en partidos de fútbol americano, con las caras pintadas, y en desfiles veraniegos e, incluso, en un par de fotos en rodeos.

Cada vez que señalo a alguien, me dice su nombre (al parecer, tenía más amigas que amigos), cómo se conocieron y dónde está ahora.

—¿Mantienes el contacto con toda esta gente?

—Es un pueblo pequeño —contesta—. Todos éramos amigos, al igual que nuestros padres. Me entero de cosas por los cotilleos. De vez en cuando alguien intenta venderme batidos de esos que en realidad son una estafa piramidal.

Me señala todas las chicas a las que ha besado después de que yo se lo pregunte, y las que solo iban a veranear y le partían el corazón cuando se volvían a casa.

Me detengo en una foto profesional que tiene en la cómoda y resoplo por la risa.

—¿Fuiste el rey del baile? ¿Y no me lo habías dicho?

Wyn mira la foto por encima de mi hombro. Lleva un traje negro y una corona de plástico torcida, y está abrazando por la cintura a una guapa morena con un minivestido plateado y una tiara a juego. En el decorado de fondo que tienen detrás se lee: «LUCES BRI-LLANTES, LA GRAN CIUDAD» sobre un reluciente horizonte donde se ve el Empire State Building de Nueva York y también la Space Needle de Seattle.

Wyn gime.

—Te juro que normalmente eso no está aquí. Seguro que mi madre la ha sacado para la ocasión.

—¿Ah, sí? ¿Quería ponerme nerviosa con tu amor de juventud? —bromeo.

Se frota la frente. Se le tiñen las mejillas de un precioso rosa.

—Cree que está presumiendo de mí.

—No me creo que te conozca desde hace tres años y medio y nunca me hayas dicho que fuiste el rey del baile de graduación.

—Sí, mi mayor logro. —Menea la cabeza—. ¡Qué vergüenza!

—¿¡Qué dices!? —Me vuelvo hacia él—. ¿Cómo puede darte vergüenza esto? Cuando yo tenía esa edad, seguía con aparato dental y un corte de pelo que parecía que había metido los dedos en un enchufe. A ti te coronaron el rey del baile y tu pareja para la noche era una modelo adolescente. —Levanto la foto para ofrecerle una prueba fría e irrefutable.

Él la coloca de nuevo en la cómoda.

—Supongo que no lo sabes porque eras un cerebrito de adolescente y ahora eres una magnífica estudiante de medicina, pero el rey del baile es el premio de consolación que se les da a los chicos que la gente cree que ya han alcanzado su cima y que seguramente se quedarán en el pueblo para vender coches en uno de los concesionarios de la zona.

—Espera, que eso lo tengo que anotar. —Hago ademán de volverme. Él me lo impide al rodearme con los brazos.

—A ver, tú no lo sabes porque en tu pueblo todos esperaban mucho de ti —dice con una sonrisa.

—No lo sé porque fui a un instituto con cuatro mil estudiantes donde nadie se sabía mi nombre y porque nunca he seguido muy de cerca el tema de los concesionarios de coches.

—Ah —dice—, ese fue tu primer error.

—Wyndham Connor —replico—, ¿no crees que esta teoría tuya es un pelín… narcisista?

Se le ensancha la sonrisa y mi corazón hace lo mismo.

—¿Porque creo que los concesionarios de coches me querrían de vendedor? Lo han hecho con el ochenta por ciento de los reyes del baile de graduación del pueblo.

—Eso no —lo corrijo—. Me refiero a la idea de que todos tus compañeros de clase te eligieron rey del baile… porque te tenían lástima.

Se encoge de hombros.

Le echo los brazos al cuello.

—Sí, seguramente fuera por eso. —Lo beso y él me estrecha con fuerza y me levanta para pegarme más a él, como si quisiera absorberme—. Seguramente no tuvo nada que ver con lo guapo, amable y gracioso que eres. Fue todo por lástima. —Lo beso de nuevo, con más pasión.

—¿Y eso? —me pregunta.

—Es que me das mucha lástima. —Le cojo el culo—. Y esto es por eso también.

—¡Guau! Pues no está tan mal ser el chico de moda venido a menos, oye.

Alguien llama al marco de la puerta. Me aparto, pero Wyn sigue abrazándome mientras inclina la cabeza hacia el pasillo.

Sus padres están en la puerta, sonriendo. Gloria tiene la cabeza apoyada en el hombro de Hank.

—Que nos vamos a acostar —dice Hank.

—¿Necesitáis algo? —pregunta Gloria.

Wyn niega con la cabeza.

—Solo le estaba dando las buenas noches.

Gloria sonríe y veo que se le entrecierran los ojos igual que le pasa a Wyn.

—Que durmáis bien.

Cuando se van, Wyn me hace retroceder hasta la cómoda y nos enrollamos unos minutos antes de que me bese en la coronilla y salga del dormitorio.

Durante los siguientes cuatro días que pasamos en Montana casi no hacemos nada. Vamos una vez a dar un paseo esquiando por el campo; comemos dos veces en un restaurante solo de tortitas que los padres de Wyn describen como «un sitio para viejos ricachones como nosotros», y paseamos por las noches con toda la familia a través de la nieve. Nos pertrechamos como astronautas y Hank insiste en que llevemos linternas de cabeza para que «no nos atropellen coches ni nos ataquen animales salvajes» en la oscura noche de Montana.

Sin embargo, pasamos casi todo el tiempo alrededor de la chimenea, disfrutando de la inagotable cantidad de comida y de bebida que circula por la habitación. Por las mañanas, Hank nos prepara uno a uno cafés por goteo, un proceso que tarda tanto que, cuando por fin termina con el último, estamos listos para la segunda taza, y él se pone en pie de un salto, sin que nadie se lo pida, y empieza de nuevo.

—Papá, que la Keurig nos vale —dice Wyn en un intento por hacerlo entrar en razón.

Su padre hace un mohín con la nariz y se va a la cocina, arrastrando las zapatillas de franela que lleva.

—Ese chisme es para emergencias, no para invitados.

Casi todas las comidas son guisos caseros. Hank no tiene la misma habilidad con la comida que con la bebida, y los platos de Gloria hacen que me sienta como un globo con patas después de cada comida.

Después de la cena de nuestra segunda noche, Lou y Michael se tumban de espaldas en la alfombra, gimiendo y frotándose la barriga.

—Mamá, papá y tú tenéis que pensaros lo de comer aunque sea un poco de verdura una vez a la semana —dice Lou.

A lo que Gloria replica:

—Las patatas son verduras.

—No —replican Michael, Lou y Wyn a la vez.

Sean verduras o no, las patatas al menos ayudan a absorber las copas de *bourbon* y de *whisky* escocés que Hank coloca en su vieja mesa de madera del comedor para que las catemos todas las noches.

—Mi padre es el rey de las bebidas —me dice Michael.

—Ahora entiendo por qué te juntaste con Parth cuando llegaste a Mattingly —le digo a Wyn.

—Ese no es el motivo de que me juntara con Parth. —Wyn me pega a él mientras se acomoda en el mullido sofá—. Me junté con él porque Parth tenía las amigas más guapas.

Lou resopla desde donde está en la alfombra, delante del fuego.

—Gracias, Harriet, por salvarlo de sí mismo.

—Eso lo dices porque todavía no me conoces —replico—. Yo también me hice amiga de Parth por sus amigos buenorros.

Wyn me besa en la coronilla. Michael y Lou se miran con una expresión que no acierto a entender.

«A lo mejor ya han visto esto antes —pienso—. A lo mejor siempre es así con sus novias».

Sin embargo, no lo creo de verdad. Estoy en esa fase del amor en la que estás convencida de que nadie ha sentido algo así jamás.

Y, durante esos cuatro días, me enamoro de nuevo. De la familia de Wyn, de todas sus nuevas partes.

Quiero quedarme despierta hasta tarde mientras rebusco en su antiguo armario, donde su madre guardó su disfraz casero de soldado imperial. Quiero quedarme cinco horas sentada en el taller, con el serrín flotando en el ambiente mientras él me cuenta las peleas que tuvo con los que acosaban a Lou en el instituto. Quiero saber dónde tiene todas y cada una de las cicatrices blanquecinas y el origen de todas las marcas grabadas en esa piel bronceada de forma permanente.

La que tiene de cuando frenó demasiado con la bici y se deslizó un trecho por la carretera. Las manchitas blancas de los codos de cuando un caballo nervioso lo tiró de la silla en el desaparecido rancho de su abuelo. La delgada línea que recuerda el lugar donde se partió el labio contra la esquina de la chimenea cuando era un bebé que estaba aprendiendo a andar.

Quiero acumular todas esas piezas suyas. La colcha que su abuela le hizo antes de nacer; sus vergonzosos diarios de preadolescente; sus espantosos dibujos de niño; el golpe en la camioneta de su madre cuando pilló un trozo de carretera helada y se estampó contra una cerca de madera con dieciséis años. Me lleva a ver el trozo donde los postes están menos estropeados, ya que los cambiaron después de que tuviera el accidente. Hank y él lo hicieron sin que nadie se lo pidiera.

Wyn corría libre por aquí y este lugar lo convirtió en el hombre que yo amo.

Pongo una mano en el poste que clavó en el suelo hace tantos años y le pregunto:

—¿Por qué te fuiste?

—Cuesta explicarlo —responde con una mueca.

—¿Puedes intentarlo? —le pregunto—. Aquí pareces muy feliz.

Suelta el aire y clava la mirada en el horizonte, como si buscase una respuesta.

—Mi familia tenía dinero después de vender el rancho que heredó mi padre. Y siempre quisieron que mis hermanas fueran a la universidad, porque ellos no pudieron.

—¿Tus hermanas? —pregunto—. ¿Tú no?

Esboza una sonrisilla torcida.

—Ya te he dicho que eran genios, como tú. Con grandes sueños. Supongo que mis padres supusieron que yo querría quedarme. Seguir trabajando con mi padre.

—Porque te encanta este sitio —digo.

Se pasa una mano por la barbilla.

—Sí. Pero no sé... Veía a toda esa gente que se iba a perseguir sus sueños y objetivos a otros sitios. Y yo no sabía lo que quería. El entrenador de fútbol de Mattingly se fijó en mí y supongo que me pareció una señal.

—Pero no te quedaste en el equipo de fútbol.

—Nunca me apasionó mucho —dice—. Y no podía mantener el ritmo de los entrenamientos y de los estudios a la vez. Era más difícil de lo que esperaba. Los trabajos de clase, la vida social.

—Todos te querían, Wyn —le recuerdo.

Me mira con los párpados entornados y una mueca en los labios.

—No, Harriet. Querían enrollarse conmigo. No es lo mismo. Nunca encajé allí.

Aparto los dedos de la helada valla y rozo el punto donde deberían estar sus hoyuelos.

—Encajas conmigo, y yo estaba allí.

—Lo sé —dice—. Creo que por eso fui, para encontrarte.

—Es una *app* de citas muy cara —replico.

—Porque lo que encuentras lo vale —dice.

Deslizo la manos hasta el cuello de su abrigo y pego el dorso de los dedos a su ardiente piel.

—¿Averiguaste al menos lo que querías?

Las motitas verdes de sus ojos relucen como trocitos de mica bajo el agua a la mortecina luz. Me rodea las muñecas con sus manos callosas y me acaricia con los pulgares la delicada piel que encuentra.

—Esto —dice—. Solo esto.

«Lo mismo digo», pienso. Soy incapaz de decirlo en voz alta, de admitir que el resto de mi vida, todo por lo que he luchado tanto, ha empezado a parecerme un accesorio. Que amarlo es lo único esencial y que todo lo demás solo son complementos.

También me enseña el taller, el lugar exacto donde el pesado armario se le cayó encima en Nochevieja mientras sus padres estaban fuera de casa y se quedó tumbado cuatro horas y media, helado, a la espera de que lo encontrasen.

Hace que se me encoja el corazón. No solo el recuerdo, sino el olor, el cedro, el serrín y ese toque que es único de Wyn para mí.

—¿No te molesta estar aquí? —le pregunto mientras recorro la mesa que están reparando, con el tablero ya lijado para volver a barnizarlo.

—Siempre me ha encantado este sitio —contesta—. Así que después del accidente, mis padres se empeñaron en traerme de nuevo antes de que empezara a obsesionarme. Funcionó bastante bien.

Me quedo quieta, con los dedos en la mesa, y lo miro.

—Me gusta verte aquí.

Acorta la distancia que nos separa y me coge las caderas con suavidad.

—A mí sí que me gusta verte aquí —replica en voz baja, un poco ronca—. Hace que esto me parezca real.

—Wyn… —Lo miro a la cara y clavo la vista en sus ojos atormentados, en su ceño fruncido y en su tenso mentón—. Pues claro que es real.

Entrelaza nuestros dedos y se lleva mi mano a la nuca mientras unimos las frentes y nuestros corazones se desbocan.

—Lo que quiero decir es que me gusta poder hacerte feliz —se corrige.

—Aquí me tienes, feliz —le prometo.

Durante nuestra última noche en el pueblo, catamos más *whisky* de Hank y jugamos una partida muy competitiva de dominó, y después nos sentamos delante de la chimenea a ver el fuego crepitar.

—Vamos a echaros de menos, chicos —dice Hank con un suspiro.

—Volveremos a casa pronto —le promete Wyn, que se lleva mi mano a la boca para besarme el dorso con suavidad.

«A casa —pienso—. Eso es nuevo».

Sin embargo, no lo es. Ese nuevo espacio en mi corazón lleva un tiempo cobrando vida; un espacio reservado para Wyn que llevo conmigo a todas partes.

18

La vida real

Miércoles

Me quedo un buen rato en los aseos verde fosforito del cine.

Me lavo las manos, después limpio el lavabo y me vuelvo a lavar las manos.

Mientras regreso por la galería de juegos recreativos con moqueta burdeos en la que están los aseos, casi me choco con Wyn.

—Perdón —decimos los dos en voz baja al tiempo que nos paramos en seco.

Bajo la mirada al montón de chocolatinas y caramelos que lleva: Twizzlers, Nerds, Red Hots, Whoppers y Milk Duds.

—¿Vas a una fiesta de pijamas? —pregunto.

—Tenía sed —contesta.

—Lo que explica el vaso de agua, nada más —replico—. Para ti las galletas de mantequilla son demasiado dulces.

—He pensado que igual te apetecía algo —dice.

Sus ojos parecen más verdes que grises en este momento. Me cuesta mirarlos, así que clavo la vista en las chocolatinas.

—Pues parece que has pensado que iba a quererlo todo.

Le relampaguean los ojos.

—¿Me he equivocado?

—No —digo—, pero no era necesario.

—No ha sido a propósito, en serio —me asegura—. He ido a por agua y, de repente, he descubierto que llevaba un contenedor de azúcar en las manos.

—En fin, eso es por la frugalidad de la familia Connor. Si compras un contenedor puedes rellenarlo gratis cuando quieras.

Su carcajada se convierte en un gemido. Se pasa el dorso de una mano por la frente.

—¡Qué resacón tengo!

—Pero si anoche solo bebiste una copa, ¿no?

—Si nos olvidamos de la media botella de vino que me bebí en la bodega —me recuerda.

—Creo que deberíamos olvidarnos de todo lo que pasó en la bodega —replico.

Me mira un momento.

—En fin, que ya no aguanto el alcohol. Ahora bebo bastante menos.

—¡Qué bien has colado la falsa modestia!

Se ríe.

—La verdad es que he estado dándole a las gominolas y los dulces de cannabis. —Al ver mi sorpresa, añade—: A mi madre le han venido muy bien, pero se avergüenza un poco. De comerlos sola, digo. Así que, un par de veces a la semana, comparto un *brownie* con ella. Te partes con ella. Nunca había probado la marihuana y le entra la risa floja. Yo creo que es más un efecto placebo, pero da igual.

Contengo una sonrisa.

—Te vas a vivir con tu madre y te colocas con ella dos veces a la semana.

—Un sueño hecho realidad —dice.

—Pues sí —replico—. La verdad es que tengo envidia.

—Es curioso —sigue—, pero está muy glotona. Creo que he engordado por lo menos tres kilos.

—Te sientan bien. —Y añado a toda prisa—: ¿Cómo está Gloria? De verdad.

Me mira de reojo.

—¿No has hablado con ella?

Estoy seguro de que sabe que sigo mensajeándome con su madre. Incluso recibo algún que otro mensaje de texto de sus hermanas. Sobre todo cuando Lou, su hermana pequeña, quiere mi opinión sobre un posible regalo para él, que invariablemente es un regalo de coña que no requiere pensar demasiado; o cuando Michael, su hermana mayor, quiere una opinión sobre un problema médico que nunca tiene nada que ver con la neurocirugía. En lo que se refiere a su familia, seguimos comprometidos.

—Sí que hablo con ella —contesto—. Pero supongo que todo lo que me cuenta es mentira.

Wyn suelta una carcajada ronca.

—Seguro que sí.

Agacha la mirada. Yo dejo que la mía se detenga en sus oscuras pestañas, en la curva de su carnoso labio superior, hasta que él la levanta de nuevo.

—Ayuda bastante. La maría. Solo que... no lo suficiente.

Las emociones se me atascan en el esófago. «Sensación de globo», me dice la mente, como si ponerle un nombre pudiera eliminar el dolor. No lo hace.

—Me alegro de que estés con ella.

Entreabre los labios, los vuelve a juntar y los separa de nuevo.

—En fin, yo... —Suelta las chucherías y el vaso en la mesa de *air hockey* que tenemos al lado y cambia el peso del cuerpo de un pie a otro. Toma una honda bocanada de aire—. Sé que no quieres hablar de todo eso —dice en voz baja, ronca—, y lo respeto. Pero ayer dijiste algo que...

Siento que me sube el sonrojo por el cuello hasta las orejas.

—Tenía un mal día, Wyn.

—No, no... No se trata de... —Menea la cabeza antes de intentarlo de nuevo—. Dijiste algo en la bodega que hizo que me diera cuenta de que crees que corté contigo por él.

«Él». La palabra me golpea con violencia.

Wyn traga saliva.

—Que crees que te culpé por lo que pasó con él.

—Pues claro que me culpaste. —Se me tensa la espalda mientras me ordeno no resquebrajarme o, mejor dicho, no permitir que vea que me resquebrajo. La verdad es que las grietas están ahí.

—No te culpé —me contradice con brusquedad—. Y no te culpo. Te lo juro. ¿Vale?

Siento una opresión en el pecho.

—Así que fue pura casualidad que te lo contara y me dejaras de inmediato.

No sé cómo interpretar su expresión estupefacta y dolida. No sé cómo interpretar nada de eso. En un universo fui al baño y cuando salí, me descubrí en otro.

—Harriet —dice con voz ronca mientras menea la cabeza—, fue más complicado que eso.

«Más complicado» que pensar que le había puesto los cuernos. No lo hizo porque estuviera cabreado. O porque no confiara en mí.

Lo hizo porque ya no me quería. Es como si mi cuerpo se estuviera convirtiendo en arena, como si en cuestión de un minuto fuera a acabar convertida en un montón informe en el suelo.

—Estaba en un lugar oscuro —sigue.

Le doy la espalda porque siento que me resquebrajo todavía más, que me escuecen los ojos.

—Lo sé. —Y lo sabía en aquel entonces. Lo he tenido claro durante cada segundo de cada día—. Pero no sabía cómo arreglarlo —consigo decir con voz estrangulada.

—No habrías podido hacerlo —me asegura.

Cierro los ojos mientras intento recuperar la compostura, aplastar de nuevo todas esas caóticas emociones.

La verdad es que sabía que él odiaba San Francisco. Me sentía culpable de que me hubiera seguido hasta allí. Culpable de retenerlo en la ciudad y, además, me mataba ser incapaz de hacerlo feliz.

Me coge de la mano y entrelaza nuestros dedos con gesto titubeante antes de tirar de mí para acercarme.

—No era solo por eso —dice—. Mi padre…

Asiento con la cabeza, ya que el dolor que noto en la garganta me impide hablar.

La muerte de Hank fue muy repentina. No sé si eso empeoró las cosas. Ningún momento habría sido bueno para perderlo. No para Wyn. No para nadie que conociera a Hank.

Todo implosionó a la vez y, de alguna manera, seguí creyendo que saldríamos adelante. Cuando prometió amarme para siempre, lo creí. Por eso me cabreé tanto con él, conmigo misma.

—No pensé que... —Me mira a los ojos mientras aprieta los dientes—. Nunca quise hacerte daño.

—Lo sé. —Pero eso no cambia nada.

—Lo único que quiero es que seas feliz —dice.

Otra vez esa palabra.

—Eso era lo que intentaba decirte en la bodega —sigue—. Que no quiero hacer nada esta semana que te complique más la vida. Y siento haber estado a punto de hacerlo.

Las piezas encajan.

—No estoy con él —digo—. No hay nada que complicar.

Separa los labios.

Me entran ganas de meterme de nuevo las palabras en la boca y tragármelas.

—Si te referías a eso.

—Vale —dice.

¿Vale? ¿Qué clase de respuesta es esa?

Tras un breve e incómodo silencio, añade:

—Yo tampoco.

Contengo una sonrisa.

—¿No mantienes una relación a larga distancia con mi compañero de trabajo al que viste una sola vez?

Un irresistible rubor le tiñe las mejillas. Golpea la pata de la mesa de *air hockey* con un pie.

—Es que no me lo puedo creer. La química era increíble, pero no fue suficiente.

Me trago una carcajada como puedo, y me mira a través de ese mechón de pelo.

—No hay nadie más —dice.

«No importa», me digo.

«No puede importar».

«No era feliz contigo».

«Te partió el corazón».

«Nunca fue tuyo, y en el fondo lo sabías».

Lo vi alejarse de mí, poco a poco, día a día, un espejismo que se desvaneció por completo.

Sin embargo, su forma de mirarme amenaza con aniquilar la razón, con borrar la historia. Si es un agujero negro, he llegado a su horizonte de sucesos.

Me duele el pecho, pero no quiero que pare. Quiero empaparme de la sensación, de esta plenitud. Por fin tengo el corazón, el cuerpo y la mente en el mismo sitio y en el mismo momento. Aquí, con él.

No quiero volver a la sala, pero algo tiene que pasar. No podemos seguir andando por esta cuerda floja, porque alguien acabará herido. Y seré yo.

Carraspeo.

—¿Cómo va la empresa de la reparación de muebles?

Le tiembla el arco de Cupido por la risa.

—Sigue siendo una empresa de reparación de muebles.

—¿En serio? —pregunto—. ¿Todavía no lo usas para vender droga y organizar timbas ilegales por las noches?

Separa los labios al sonreír.

—¿Sigues en el mismo piso?

«Nuestro piso». Todavía hay trazas de él allí. O a lo mejor es cosa mía, que arrastro conmigo su fantasma allá donde voy.

—Ajá.

—¿Cómo está tu hermana?

—Creo que bien —contesto—. Montó un negocio con su amiga peluquera. Se dedican básicamente a bodas y bailes. Todavía me llama dos veces al mes por FaceTime, habla de tonterías cinco minutos y luego se despide.

Se pasa los dientes por el labio inferior.

—Lo siento.

Es la única persona que sabe lo mucho que me apena no conocer bien a Eloise; que siempre me haya sentido tan sola en la casa de mi infancia a pesar de tener una hermana. Entre que nos llevamos seis años y sus continuas peleas con nuestros padres, no tuvimos mucho tiempo para estrechar lazos.

Me encojo de hombros.

—Algunas cosas no cambian nunca, y lo mejor es dejar de desear que lo hagan.

—Pero otras sí cambian —replica.

Aparto la mirada.

—¿Qué me dices de tus hermanas? ¿Cómo están?

—Bien —contesta con una sonrisilla—. Lou está con mi madre esta semana. Me dijo que te saludara de su parte.

Sonrío pese al aguijonazo que siento en el pecho.

—¿Y Michael? ¿Sigue en Colorado?

Asiente con la cabeza.

—Está saliendo con otro ingeniero aeroespacial que trabaja para la competencia. Se fueron a vivir juntos, pero los dos tienen contratos de confidencialidad, así que tienen prohibido entrar en el despacho del otro.

Me echo a reír.

—Típico de ella.

—Lo sé —dice—. Lou terminó su grado en Escritura Creativa en la Universidad de Iowa en mayo.

—Eso es increíble —replico.

Los tres juntos eran ruidosos, bordes y competitivos. Discutían por todo (qué cenar, quién se duchaba primero, quién comprendía bien las reglas del dominó y quién se equivocaba por completo), como si tuvieran que soltar cualquier cosa que se les pasara por la cabeza.

Sin embargo, nada se salía de madre. Las discusiones empezaban y acababan sin más; los insultos se olvidaban como si nada. Y todos volvían a bromear, a abrazarse, a pegarse y a comportarse como los hermanos de las películas.

Aunque no se lo digo, me pregunto si Lou, la hermana pequeña, solo está de visita con su madre o si ha acabado mudándose después de graduarse tal como planeaba hacer, cuando se suponía que la estancia de Wyn sería temporal. Lou iba a encargarse de cuidar a Gloria.

—Las echo de menos —admito.

—Ellas también te echan de menos.

—¿Se preguntan por qué nunca voy de visita? —pregunto.

—A veces me voy del pueblo —dice—. Por temas de trabajo.

—¿Por temas de trabajo? —repito.

Asiente con la cabeza, pero no explica nada.

—Creen que nos vemos en esas ocasiones.

Yo también asiento con la cabeza. No tengo nada que decir al respecto.

Carraspea.

—Mi madre me dijo que ibas a clases de alfarería.

—¡Ah! —exclamo—. Sí.

—Fingí que ya lo sabía —dice.

—Claro. Eso está bien.

—Pero dijo que cree que vas mejorando. Y que tu nuevo cuenco se parece menos a un culo.

La carcajada se me escapa como propulsada por un cañón.

—Es gracioso, porque deberías haber visto el mensaje de texto tan efusivo que me mandó por el cuenco con forma de culo. Fingió que era muy bueno.

—¡Qué va! —Sonríe—. No estaba fingiendo. Me dijo que estaba muy bien, pero que parecía un culo. Ya sabes cómo es.

—¿Recuerdas lo bien que aceptó el cuadro que le regalamos a modo de broma? —le pregunto—. El Velvet Elvis tan mal hecho que se parecía más a Biff, de *Regreso al futuro*.

Se le ensancha la sonrisa.

—No dejaba de repetir que era único.

—Y lo decía como si ese «único» fuera algo bueno. Las opiniones de Gloria están llenas de matices.

—El matiz es que sabe muy bien cuando algo es espantoso —replica—, pero como provenga aunque sea remotamente de un miembro de la familia, tiene que ser superespecial sí o sí.

La idea de formar parte de la familia de Gloria, de ser «superespecial», se me clava en el alma.

—Vivir con ella ha sido muy divertido, aunque raro —dice.

—No tiene nada de raro —le aseguro—. Gloria es la caña.

Sonríe para sí mismo.

—Me parece raro porque me pasé mucho años convenciéndome de que tenía que irme. Vi a mis hermanas encontrar lo que les gustaba y vi que planeaban irse, y a mis padres muy orgullosos de que fueran a labrarse un porvenir, de que fueran a abrirse camino por sí solas o lo que fuera. Y creí que yo también tenía que hacerlo.

Echo la vista atrás varios años, hasta el día que los cinco (sin Kimmy) trazamos nuestros caminos en la vida en el porche de los Armas; recuerdo que ya entonces Wyn usó su otra vida hipotética para regresar a la que había dejado atrás. Una parte de él sabía que aquel era su sitio.

Cuando fui a casa con él la primera vez, cuando conocí a Hank, a Gloria, a Lou y a Michael, cuando vi el taller de carpintería y el dormitorio de adolescente que demostraba una infancia feliz y llena de amor, una parte de mí también supo que aquel era su sitio.

De todas maneras, intenté aferrarme a él. Observé, durante todos esos meses en San Francisco, cómo se le caían las paredes de la casa encima…, y me destrozó verlo tan hecho polvo, tan atormentado, pero no fui lo bastante valiente como para liberarlo. A lo mejor eso también formaba parte de la rabia que ardía en mi interior. La decepción de no quererlo lo suficiente como para hacerlo feliz ni tampoco para dejarlo marchar.

—En fin, si alguien me hubiera dicho a los veintidós que acabaría durmiendo en mi habitación de la infancia y haciendo crucigramas con mi madre durante el desayuno, me lo habría creído, pero me habría quedado de piedra al enterarme de que soy feliz en estas circunstancias.

—¿Haces crucigramas? —pregunto—. Nunca querías hacer crucigramas cuando vivíamos juntos. Intenté que los hicieras cada vez que llovía.

—Y yo siempre decía que sí —contesta.

—Pero nunca los terminábamos —protesto.

—Harriet —dice y me mira a los ojos con un brillo elocuente—, es que nunca era capaz de estar mucho tiempo sentado delante de ti sin tocarte.

La sangre se me agolpa en las mejillas y en el pecho, y me corre por los muslos.

Sin darme cuenta, nos hemos ido acercando el uno al otro. A lo mejor es como la resaca condicionada de Bernie's de la que hablaba Cleo. Una respuesta pavloviana que siempre hará que nos atraigamos.

—Y yo que creía que eran los crucigramas los que te ponían cachondo —digo.

—Pues resulta que lo que me pone cachondo no es escribir letras en casillas diminutas —replica.

—Menos mal —consigo decir—, porque si no, los desayunos con Gloria iban a ser muy incómodos.

El aire del ventilador me agita el pelo y me cae sobre la cara un rizo que él atrapa y retuerce entre sus callosos dedos. El corazón se me acelera y todas las células de mi cuerpo insisten en que me acerque a él.

La puerta de la sala se abre a nuestra espalda. Nuestros amigos salen hablando entre risas. Ha empezado el intermedio.

Echo a andar hacia ellos, pero Wyn me coge de la muñeca.

—Me gusta el cuenco —dice—. Mi madre me enseñó una foto. Me pareció precioso.

19

La vida real

Miércoles

—Creía que no pensabais quedaros a la segunda película —le susurro a Cleo mientras volvemos a acomodarnos en nuestros asientos. Esta vez Wyn y yo estamos en medio, y no puedo evitar preguntarme si Sabrina nos ha empujado a estos asientos para que no volvamos a huir.

Cleo se encoge de hombros.

—Está claro que esto significa mucho para Sab. Además, no quiero que me eche en cara que me fui antes de tiempo.

—Shhh —nos silencia Kimmy, que se inclina hacia delante desde el otro lado de Cleo y me ofrece una bolsa de plástico.

Miro el contenido con los ojos entrecerrados.

—¿Intentas venderme droga?

—Claro que no —contesta—. Intento darte droga, que no es lo mismo. —Agita las gominolas rojas con forma de osito delante de la cara de Cleo y me las tira al regazo.

—Eres muy discreta —le digo.

—No necesito serlo —me recuerda—. Aquí es legal.

Wyn se inclina hacia delante.

—¿Kimmy vende droga?

—¿Quieres? —le pregunta.

Sabrina nos manda callar con los ojos clavados en la pantalla mientras se mete palomitas en la boca.

Wyn me mira y luego vuelve a mirar a Kimmy.

—Si Harriet se apunta, yo también.

—¿Son muy fuertes? —susurro.

Kimmy se encoge de hombros.

—No mucho.

—¿No mucho para ti o no mucho para mí? —replico.

—A ver —me dice—, vas a pasártelo muy bien, pero no me obligarás a llamar al hospital para preguntarles si vas a morir. Otra vez.

En fin… Donde fueres, haz lo que vieres.

Los tres cogemos una y las golpeamos a modo de brindis antes de comérnoslas.

—Oye —dice Sabrina a todo volumen—, ¿os estáis drogando por ahí?

—Estamos tomando gominolas pequeñitas de maría —contesto.

—¿Tienes más? —pregunta Sabrina—. Hace mucho que no me pillo un colocón.

Kimmy les pasa la bolsa, y Parth y Sabrina cogen una cada uno. Cleo rechaza la oferta.

—Ya ni la fumo, en serio.

—Yo también estoy recortando —dice Kimmy—. Así que lo que sobre esta semana os lo podéis quedar para vosotros.

—Vale, ¿es posible que esto ya me esté dando hambre? —pregunta Sabrina.

—No —contestamos al unísono Cleo, Wyn y yo.

Alguien nos manda callar desde el fondo de la sala. Todos nos agachamos en nuestros asientos.

—¡Mierda! —mascula Kimmy—. ¿Alguien sabía que había más gente ahí detrás?

Parth echa una mirada furtiva por encima del hombro.

—Creo que es un fantasma.

—No es un fantasma —susurro.

—¿Cómo puedes estar segura? —replica Parth.

—Porque lleva las gafas de sol al revés —contesto—. Es Ray. El piloto.

—Que sea piloto no significa que no sea un fantasma —señala Kimmy con gran acierto.

***

Los edificios de tejados grises de Commercial Street siguen goteando, pero la lluvia ha escampado y la calle está llena de gente para la inauguración de la Fiesta de la Langosta. Los conciertos, los concursos y el desfile de las que fueran Damas de la Langosta en anteriores años, todas vestidas de rojo, no se celebrarán hasta el viernes, pero los puestos de comida y las casetas de feria ya están abiertos, y sus luces parpadean al compás de la canción de Billy Joel que suena por los altavoces. Hay niños y niñas con las caras pintadas de langostas y de sirenas corriendo entre la multitud, muchas parejas con cortavientos a juego han empezado a bailar delante del puesto de granizados de vino y grupos de adolescentes con los ojos vidriosos se pasan sospechosas botellas de agua.

—¿Oléis eso? —pregunta Sabrina, que está pegando botes delante de nosotros—. Si existe el cielo, seguro que huele así.

Agua salada, azúcar quemada, ajo dorándose a fuego lento en mantequilla y almejas en aceite.

—Quiero una jarra de cerveza con muchísima espuma —dice con voz distraída.

—Yo quiero patatas fritas con mucho sazonador Old Bay —replica Kimmy.

Cleo hace un mohín con la nariz y se ríe.

—Yo quiero una cámara de vídeo para que mañana podáis ver el colocón que lleváis todos.

—Yo quiero ganar al Aplasta la Langosta —dice Parth, que se aleja hacia las luces parpadeantes de la caseta donde está el juego como si fuera un voluntario hipnotizado en un espectáculo de magia, y Wyn lo sigue aturdido.

Le paso un brazo por los hombros a Cleo.

—A ver, ¿no te alegras de no haberte perdido todo esto?

—La verdad es que esto no me habría importado perdérmelo —responde Cleo mientras los demás corren hacia una caseta donde se juega a lanzar botellas de leche. Señala con la cabeza las langostas de peluche y las botellas, que han pintado para que parezcan nerviosos pescadores—. ¿Cuál crees que es el mensaje? ¿Que las langostas se defiendan?

—Esperemos que no sea profético o este pueblo será el primero en desaparecer —respondo.

Se vuelve para mirarme.

—Supongo que siento que… ya ha pasado la mitad de la semana y ni siquiera hemos acabado de ponernos al día. Sé lo importante que es esto para ella, para todos. Lo de hacer todas estas cosas por última vez, y lo entiendo. Pero hace mucho tiempo que no estamos juntos, y lo de hoy me ha parecido un fastidio. Pasar horas sentados viendo películas cuando podríamos haber estado hablando.

La cojo de la mano.

—Lo siento. Tienes toda la razón.

Mira hacia atrás, hacia el lugar donde Sabrina y Parth se están retando el uno al otro delante del juego, y sonríe un poco.

—Solo quiero que esta semana sea perfecta para ellos.

—Yo también. —Le doy un apretón en la mano—. Pero, oye, la noche es joven y nosotros también. ¿Qué quieres hacer? Me subiré en cualquier atracción o jugaré a lo que te apetezca. Hasta te dejaré que me sueltes un monólogo sobre setas.

Se ríe y me apoya la cabeza en un hombro.

—Solo quiero estar aquí contigo, Har.

La maría debe de estar afectándome mucho, porque se me saltan las lágrimas al instante.

Es esa sensación de felicidad tristona, esa especie de añoranza tan dolorosa. Me hace pensar en mi semestre en el extranjero. No en las viejas calles empedradas ni en los diminutos *pubs* repletos de universitarios borrachos, sino en Sabrina y Cleo llamándome por FaceTime a medianoche para cantarme el «Cumpleaños feliz». En la sensación de estar tan agradecida por tener algo que valía la pena echar de menos.

Caminamos, hablamos, sudamos, bebemos refrescos y comemos. Pasteles de embudo, bocadillos de langosta, sándwiches de galleta rellenos de crema, brotes de helecho rebozados y fritos, mazorcas de maíz con caramelo y palomitas saladas.

—¿Alguien más tiene la sensación de que el tiempo pasa muy deprisa? —pregunto cuando me doy cuenta de que la noche ha caído por completo.

Cleo y Sabrina se miran y estallan en carcajadas.

—Estás muy colocada —dice Sabrina.

—Lo dice la mujer que se ha pasado como nueve minutos obligándonos a esperarla sin movernos mientras buscaba en Google si el maíz es un fruto seco o una verdura —replico.

—¡Quería saberlo! —grita ella con los ojos entrecerrados.

—Un fruto seco, nena —dice Cleo—. ¡Creías que el maíz era un fruto seco!

—Bueno, parecen nueces pequeñitas antes de partirlas —señala Parth, que sale en defensa de Sabrina.

Cleo se está partiendo de la risa.

Wyn echa a andar hacia la noria, con los ojos como platos.

—Tío, Wyn está a punto de ser abducido —dice Kimmy, y no sé de lo que está hablando, pero me río de todos modos.

Wyn mira por encima del hombro y dice:

—Mírala. Es preciosa.

Sabrina lo mira fijamente durante un segundo, luego echa la cabeza hacia atrás y suelta una carcajada.

Aunque Wyn (y la gominola no tan pequeña que se ha comido) tiene razón.

Todo parece menos definido, más suave, como si fuera un sueño.

Parth nos lleva a la cola de la noria. Intento emparejarme con Sabrina, pero ella me esquiva y se cambia de sitio para estar con Parth y que yo me quede con Wyn.

—Vale, vale —dice Parth—. Levanta la mano si estás colocado.

—¿Y si primero cerramos todos los ojos? —sugiere Kimmy—. Para que nadie se sienta avergonzado.

Wyn inclina la cabeza hacia mi hombro y su risa se derrama sobre mi piel y se desliza por mi columna vertebral, encendiendo todas las terminaciones nerviosas a su paso. Una metáfora mixta, sí, pero ¿cuándo voy a mezclar las metáforas si no lo hago a los treinta años, con un colocón de maría?

—¡Me siento joven! —grito y consigo que Sabrina suelte otra carcajada, extienda los brazos a los lados y dé dos vueltas.

Parth me agarra por los hombros y me dice con urgencia:

—¡Somos jóvenes, Harry! Siempre seremos jóvenes. Es un estado de ánimo.

—Ahora me parece un buen momento para decíroslo —dice Cleo—. Kim le compra las gominolas a un vecino que las hace en casa. No pasa ningún control. Así que espero que estéis todos preparados para llegar a la puta luna.

A estas alturas, los ojos de Kimmy han desaparecido por completo.

—A ver —dice—, que os lo vais a pasar genial. La luna está preciosa en esta época del año.

Normalmente, la idea de unas gominolas de maría que no han pasado ningún control me pondría un poco ansiosa. O me provocaría un ataque de pánico en toda regla. Sin embargo, la forma de decirlo de Kimmy y la cara de bobalicona que pone me hacen resoplar y reír un poco más.

—Espera —dice Wyn, que se ha puesto muy serio—, ¿cómo se hacen las gominolas en casa?

—A ver —dice Kimmy—, es un misterio.

—A ver —repite Sabrina—, me encanta.

El chico encargado de las entradas para la noria, un veinteañero muy poco impresionado, nos hace señas para que subamos los escalones metálicos hasta la plataforma de acceso.

Sabrina y Parth se suben en la góndola de la parte delantera, y Wyn me sujeta mientras subimos a la siguiente, con la respiración entrecortada.

—Estas no son las gominolas de maría de mi madre —dice.

Suelto una carcajada sobre su hombro, pero me aparto con rapidez. Bueno, la verdad, dudo mucho que haga algo con rapidez, pero sí me acuerdo de apartar la cara de su cuello, y a estas alturas eso es todo un logro.

Levantamos los brazos cuando el encargado comprueba la barra de seguridad y los volvemos a bajar cuando se aleja para hacer lo mismo con Kimmy y Cleo, que van detrás de nosotros.

—¿Recuerdas el museo marítimo? —me pregunta Wyn.

Me limpio las lágrimas con el dorso de la mano.

—Recordar lo que se dice recordar, pues no mucho. Tengo trozos de recuerdos flotando dentro de mi hipocampo como pequeñas pompas de jabón.

—Fue el viaje justo antes de tu último año en la Facultad de Medicina —dice.

—¿En serio? —Cubro su mano con la mía sobre la barra de seguridad. La retiro—. ¿Hace tanto tiempo?

Asiente con la cabeza.

—Sabrina y Parth se enrollaron por primera vez durante ese viaje.

El recuerdo parece llegarme desde otra vida. Sabrina y Parth se quedaron despiertos hasta más tarde que todos nosotros, jugando a muerte una partida de cartas de *gin rummy* para ver quién acababa ganando, ya que iban empatados. A última hora de la mañana siguiente, bajaron juntos a la cocina, malhumorados, pero radiantes.

«No digáis ni una palabra —nos advirtió Sabrina—. No vamos a hablar del tema».

Todos asentimos y disimulamos nuestras sonrisas, pero por la noche volvieron a compartir habitación.

—Aquel mismo día, más tarde, todos compartimos un porro —sigue Wyn—, y luego fuimos al museo, y te quedaste como treinta y cinco minutos viendo la explicación de la construcción de barcos sin pestañear.

—¡El hombre era un artista! —exclamo.

—Pues sí —reconoce Wyn—. Y durante unas dos horas estuviste convencida de que ibas a dejar la Facultad de Medicina para dedicarte a construir barcos.

—En aquel entonces ni siquiera me había subido a uno —digo.

—No creo que haga falta —replica.

—Seguramente tenía miedo de no poder conseguir ninguna residencia —confieso.

—Me dijiste que, si eso pasaba, ni siquiera te importaría —me recuerda—. Que sería una señal del universo.

Siento una punzada de culpa en el pecho. Como si hubiera engañado a mi futuro, como si le hubiera puesto los cuernos desde el punto de vista emocional con la construcción de barcos. Le dediqué toda mi vida adulta a la medicina, pero bastó una calada al porro adecuado para que me planteara tirarlo todo por la borda.

—Estabas monísima, joder —dice—. Le mandé un mensaje de texto a mi padre preguntándole qué necesitaríamos para que pudieras construir un barco en el taller.

—¿En serio?

—Estaba muy emocionado —me asegura él—. Incluso iba a preguntar por ahí para ver si encontraba a alguien que pudiera venir a enseñarte cómo empezar.

—No me lo habías dicho nunca —señalo.

—Bueno —dice—, no volviste a mencionar el tema, así que supuse que fue todo efecto del porro.

—Me soltó la lengua, sí —reconozco.

—¿Y la gominola? —pregunta—. ¿No te está animando a que compremos por impulso maquinaria pesada o algo así?

«Compremos», en plural. Oír que habla de los dos es como morder un arándano de Maine, y saborear el agua salada y el cielo frío y la tierra húmeda y el sol, todo a la vez. Cuando lo repito, lo veo todo:

Sus hombros iluminados por la luna mientras se apoya en el Jaguar.

Él pasándome su sudadera por los hombros y el roce de mi pelo en la cara.

Un beso en la bodega.

Dormirnos pegados en una de las camas pequeñas, con su sudor todavía en mi cuerpo.

La noche que me pidió que me casara con él.

—¿Harriet? —dice—. ¿Qué te parece? ¿Deberíamos invertir en tu sueño de construir barcos o no?

La mañana que descubrimos que Hank nos había dejado.

El profundo y doloroso silencio en nuestro piso de San Francisco.

La noche que me partió el corazón.

Me estremezco.

—¿Qué podemos perder, salvo miles de dólares que no tenemos, extremidades a las que estamos bastante acostumbrados y...? —Me agarro a su brazo mientras la noria se pone en marcha, avanzamos por la plataforma y salimos disparados hacia el cielo.

A medida que el suelo se aleja, las luces de neón iluminan con sus distintos colores la cara de Wyn, cambiando a un ritmo enloquecedor.

Durante unos segundos me quedo hipnotizada.

Vale, siendo realistas, no sé cuánto tiempo me paso hipnotizada. La maría hace que el tiempo se estire como el caramelo. Algunos colores duran siglos y otros cambian tan rápido que apenas si los veo.

La fuerte brisa salada le agita el pelo mientras nos elevamos hacia la oscuridad de la noche, con el olor a azúcar quemado todavía pegado a la ropa.

—Me estás mirando fijamente, Harriet —dice, con una sonrisa torcida.

—¿Ah, sí? —replico—. ¿O es que estás colocado?

Lo oigo reír y soy muy consciente de mis dedos, que siguen agarrados a su antebrazo, y de la textura suave y seca de su piel. Si ha estado al sol y lo miras de cerca, tiene millones de pequitas oscuras en la piel, tan pequeñas como granitos de arena. Quiero tocarlas todas. En mi estado actual, tardaría días en hacerlo.

Acurrucados como estamos, siento el aire entrando y saliendo de sus pulmones, los latidos de su corazón mandando mensajes en código Morse.

—¿Por qué me miras así? —me pregunta.

—¿Así cómo? —replico con voz ronca.

Hace un gesto con la barbilla.

—Como si quisieras comerme.

—Porque quiero comerte —digo.

Me toca la barbilla con el pulgar y el aire se carga de repente.

—¿Es el efecto de la maría o porque todavía tengo azúcar glas en la boca? —me pregunta en voz baja, guasona.

Para haberme pasado toda la vida viviendo en mi propia cabeza, me dejo llevar por las sensaciones del cuerpo con una rapidez alarmante y experimento una especie de zumbido en las terminaciones nerviosas y un hormigueo en la piel.

—Esto es confuso —susurro.

—Yo lo veo todo muy claro —replica él.

—Irás menos colocado que yo.

Esboza una sonrisa que no llega a desplegarse por completo y se queda torcida.

—Está claro que voy menos colocado que tú. Es como si te hubieras comido una bolsa de basura grande llena de hierba gatera.

—Siento la sangre —le aseguro—. ¡Y estos colores tienen sabor!

—No te equivocas —replica.

—¿A qué te saben? —le pregunto.

Wyn cierra los ojos, levanta la nariz y la brisa le agita la camiseta. Cuando abre los ojos, tiene las pupilas tan dilatadas que no se le ven los iris.

—A gominola roja.

Resoplo.

—¡Qué listo!

Le relampaguean los ojos, como si hubiera caído un rayo rodeado de ese color verde que precede a un tornado.

—Vale, de acuerdo —dice—. ¿Quieres que te diga la verdad?

—¿Sobre el sabor de estas luces? —replico—. Me encantaría.

Aparta la mano de la barra de seguridad que tenemos sobre el regazo y me desliza las puntas de los dedos por la parte exterior del muslo hasta llegar a la cadera mientras sigue el movimiento con los ojos.

—Saben como esta tela.

Hago todo lo posible por no estremecerme, por no acurrucarme contra él, porque la ligera presión de sus dedos contra el satén de mi vestido de verano tiene ahora mismo un sabor, y es delicioso.

—Es un sabor suave —continúa. Me araña con suavidad el muslo mientras desliza los dedos por el bajo del vestido hasta la piel desnuda por encima de la rodilla. Mi cabeza cae hacia atrás por voluntad propia—. Delicado. Tan ligero que se disuelve en la lengua, joder.

Sus ojos se encuentran con los míos. Vuelve a acariciarme con las uñas, trazando el camino inverso, pero esta vez con más presión. Durante varios segundos, o minutos, u horas, nuestras miradas se entrelazan mientras su mano sube y baja despacio, y repite el movimiento, hacia arriba y abajo, subiendo cada vez un poco más.

—¿Puedo ver más fotos? —me pregunta.

Me saca de la neblina de deseo así sin más.

—¿Qué?

—De tus clases de alfarería —dice.

—No se me da muy bien —le aseguro.

—No me importa —dice—. ¿Puedo verlas?

Nuestras miradas vuelven a encontrarse. Me cuesta mucho moverme a un ritmo normal. Cada vez que lo miro, todo lo demás se detiene, como si estuviéramos flotando fuera del tiempo y del espacio.

Saco el móvil a tientas y ojeo las fotos.

Salvo unos cuantos anuncios específicos de programas de televisión de misterio y asesinato que guardé porque quiero acordarme de ver, no hay mucho más antes de llegar a las fotos de los últimos objetos que he hecho. Una taza, dos jarrones, otro cuenco que no parece un culo. O que casi no lo parece por lo menos.

Le paso el teléfono y se lame el labio interior mientras va pasando las fotos despacio. Cuando llega a la última, la noria ha dado una vuelta completa y él empieza a pasarlas en sentido contrario, deteniéndose en cada una de ellas y acercándose para ver los detalles del esmalte.

—Este —dice, mirando el jarrón más pequeño, con sus tonos verdes, azules, morados y marrones, un horizonte de colores tierra.

Tengo el corazón en un puño.

—Ese se llama Hank.

Wyn levanta la mirada, con esa expresión sincera que siempre me ha recordado a las arenas movedizas, porque es capaz de arrastrarte y no dejarte escapar jamás.

—¿Le has puesto nombre? —me pregunta—. ¿El de mi padre?

—Es humillante, ¿verdad? —Intento apartar el teléfono.

Él no lo suelta.

—¿Por qué iba a ser humillante?

—Porque no soy Miguel Ángel —respondo—. Mis jarrones no necesitan nombre.

Levanta el móvil.

—Este necesita un puto nombre, y ese nombre es Hank. —Intento quitarle el móvil otra vez, pero lo aleja para que no lo alcance y vuelve a mirar la pantalla con el ceño fruncido—. Se parece a él —dice despacio.

—No hace falta que digas eso, Wyn —replico—. Es el jarrón de una aficionada.

—Parece Montana —dice—. Has usado la paleta de color exacta.

—O a lo mejor es que estás muy colocado.

—Colocadísimo, no lo dudes —reconoce—. Pero también tengo razón.

Nuestras miradas se cruzan y el deseo me abrasa las entrañas. Le tiendo la mano y él me devuelve el móvil.

—¿Se lo has enseñado a mi madre? —me pregunta.

Niego con la cabeza.

—Estaba pensando en regalárselo.

—Déjame comprarlo —dice.

Me río.

—¿¡Qué dices!? Desde luego que no.

—¿Por qué no?

—Porque no vale nada —respondo.

—Para mí sí —me asegura.

—Pues paga los gastos de envío —digo—. Será un regalo de los dos.

—Vale, yo pago los gastos de envío. —Despúes de una pausa, me dice—: ¿Cómo es que te dio por ahí?

—¿Por la alfarería?

Asiente con la cabeza.

Suelto un suspiro.

—Fue más o menos una semana después de que cortásemos. Había salido del trabajo y estaba a un par de manzanas de cas... de mi piso —me corrijo en el último segundo, pero me arde la cara de todos modos. Aquel día no quería irme a casa. Había participado en otra operación complicada. El paciente superó la intervención, pero yo me sentía mal desde que salí del quirófano. Lo único que deseaba era estar entre los brazos de Wyn y sabía que, si entraba en nuestro piso, vería sus sombras por todas partes, pero no encontraría ni rastro del auténtico. Trago saliva para deshacer el nudo que se me forma en la garganta—. Y vi una tienda. Y me recordó a este lugar, porque, ya sabes...

—¿No puedes avanzar metro y medio sin chocarte con un jarrón con conchas de nautilo? —me pregunta.

—Exacto —digo—. Nunca me han interesado mucho las tiendas de cerámica mientras estamos aquí, ¿sabes? Pero, cuando vi ese lugar, fue como... como si descubriera un trocito del hogar. O de lo que sea que signifique esta casa para nosotros, tú ya me entiendes.

—¿Así que entraste sin más? —me pregunta.

—Pues sí, entré sin más.

En sus labios aparece el asomo de una sonrisa.

—Tú no eres así.

—Ya —le digo—. Pero tenía un mal día. Y al lado había una heladería, así que me compré un cucurucho y, cuando salí, vi que llegaban los alumnos de una clase de alfarería para principiantes. La alternativa era irme a casa y ver más episodios de *Se ha escrito un crimen*, así que entré.

—Y te gustó la experiencia —replica en voz baja.

—Me gustó mucho —admito.

—Se te da bien —dice.

—¡Qué va! —lo contradigo—. Pero esa es la cuestión. No me juego nada. Si lo estropeo, da igual. Puedo volver a empezar y, para qué te voy a mentir, tampoco me importa. Porque me siento bien cuando estoy haciéndolo. No me esfuerzo por el resultado. Me gusta el proceso en sí. No necesito estar superconcentrada. Solo tengo que meter las manos en el barro y dejarme llevar. Desconecto y dejo que mi mente divague.

Debe de ver algo en mi expresión, porque me pregunta:

—¿En qué piensas?

Siento un hormigueo en las mejillas.

—No lo sé. En lugares, más que nada.

—¿En qué lugares?

Miro hacia las casetas de feria y los puestos que se extienden bajo nosotros, y veo que un niño y una niña zigzaguean entre la multitud con un par de algodones de azúcar el doble de grandes que sus cabezas.

—En cualquier sitio donde he sido feliz —contesto.

Hay una larga pausa.

—¿En Montana?

Siento un nudo en la garganta. Asiento con la cabeza.

—Ese cuenco que parecía un culo lo hice pensando en el agua de Knott's Harbor —digo—. En las olas y en lo extraño que es que en realidad no existan. El agua siempre es agua, pero la marea hace que se mueva y el viento que sopla la hace cambiar de forma, pero las olas solo son agua.

—Así que supongo que algunas cosas cambian, pero siguen igual —deduce.

Sé que estamos colocados. Sé que en realidad no ha dicho nada profundo, pero cuando esos ojos tan claros como los de un coyote se clavan en los míos, el corazón me da un vuelco y en mi interior todo da un giro de ciento ochenta grados. Es como si hubiera estado boca abajo durante todo ese tiempo y acabara de enderezarme.

—¿Has hecho algo que se parezca a nosotros? —me pregunta.

«Todo —pienso—. Tú estás en todos mis lugares felices».

«Eres el lugar al que acude mi mente cuando necesita serenarse».

Me muevo en el asiento. Siento el roce de las yemas de sus dedos en el muslo. Él es muy consciente del contacto.

Aprieta los labios mientras traza el pliegue de la tela y, aunque no me está tocando exactamente, las terminaciones nerviosas de mi cadera cobran vida y empiezan a zumbar, a arder, a burbujear.

—Deberías sentir esto, Harriet —dice con voz distraída.

Me río a carcajadas.

—Esa gominola no era pequeña.

—La parte positiva es que el tacto de esta tela es increíble —dice.

—Quieres decir que su sabor es increíble —lo corrijo.

—Sabe a gominola roja —reconoce mientras acerca la boca a mi hombro y recorre el tirante con los labios entreabiertos. Se me corta la respiración. Apoyo las manos en la barra de seguridad, desde donde estoy casi segura de que no acabarán por iniciativa propia debajo de la camisa de Wyn—. ¿Así es la seda? —me pregunta levantando la cara, con los ojos brillantes bajo las intermitentes luces moradas.

—Es satén —contesto—. La seda de los pobres.

—La seda de un hombre pobre, pero afortunado —replica—. Su tacto es como... el de la piel húmeda. Verás. —Me coge la mano de la barra de seguridad y me la coloca en mi propio muslo. Observa mi reacción mientras deja que nuestras manos se deslicen por el bajo del vestido hasta que las yemas de nuestros dedos rozan mi piel—. ¿Ves?

Asiento con la cabeza, sin aliento.

Se le oscurecen los ojos y el iris es completamente negro, salvo por el borde exterior, que es verde plateado.

—¿Recuerdas lo que me dijiste sobre tu cerebro? —le pregunto.

Deja la mano quieta.

—Me dijiste que te sentías como en una noria —sigo—. Como si todos tus pensamientos dieran vueltas constantemente y, cuando intentas detenerte en uno, te resulta difícil porque siguen girando.

Su expresión se suaviza. Dobla los dedos y siento el dorso de sus uñas en la piel.

—Menos contigo. Eres como la gravedad.

No habría podido apartarme de él ni aunque hubiera estallado en llamas.

—Todo sigue girando —dice en voz baja y ronca—. Pero mi mente siempre está pendiente de ti.

El aire de la noche se calienta entre nosotros hasta crepitar. Estamos a punto de romper la regla. Estamos a punto de besarnos sin que nadie nos vea, y me da igual. O no me da igual, pero lo necesito. Necesito su gravedad. Necesito su boca y que sus caderas me inmovilicen para anclarme en este momento, para ralentizar aún más el tiempo, como siempre ha hecho, hasta que esto se convierta en mi vida real, y todo lo demás (la caja de cerillas donde vivo, el dolor de espalda y rodillas, el sudor acumulado bajo la bata y la mascarilla, las noches en vela mirando un techo que no tiene nada que decirme) sea el recuerdo.

—¡HAR! —grita alguien por encima de nosotros. El momento desaparece.

Los dos miramos hacia arriba.

—¡CÓGELO!

No veo quién grita. Solo veo a Kimmy y Cleo (encima de nosotros mientras descendemos por la parte trasera de la noria) inclinadas sobre su barra de seguridad, riéndose histéricas, y luego algo rosa chicle que va cayendo despacio y girando hacia nosotros.

Cae justo en mi regazo.

—¡Guárdalo, ¿vale?! —grita Kimmy. Cleo está partiéndose de la risa.

Wyn agarra el objeto rosa, lo levanta y lo extiende hasta que las copas del sujetador sobresalen de su torso.

Cleo y Kimmy empiezan a chillar al verlo.

—Por esto precisamente odio que me regalen ropa —dice Wyn—. Nunca me queda bien nada.

—Por lo menos es de tu color preferido —replico.

Se ríe y menea la cabeza.

—Gracias, Kim.

Kimmy se inclina hacia delante, gritando algo entre carcajadas, pero Cleo la empuja de vuelta al respaldo del asiento.

—Perdona, Wyn. —Le quito el diminuto sujetador de las manos y lo levanto delante de mi cara—. ¿En qué universo caben las tetas de Kimmy aquí?

Wyn se queda boquiabierto, mira a Cleo y a Kimmy, que siguen muertas de la risa y luego vuelve a mirarme a mí.

—Joder —dice—. No me lo esperaba.

—Yo tampoco —le aseguro—. Siempre he pensado que Cleo era una acérrima defensora de Libera el Pezón.

—¿Qué pasa ahí arriba? —pregunta Parth desde abajo, a punto de llegar a la plataforma.

—Tenemos que hacerlo ya —dice Wyn, esperando que le lea el pensamiento. Y lo hago.

—Tú tienes mejor puntería que yo.

—Ni siquiera voy a discutir educadamente —replica antes de coger el sujetador.

Nos inclinamos hacia delante y, cuando Sabrina y Parth están a punto de llegar a la plataforma de la atracción, Wyn lanza el sujetador hacia la cabeza de Sabrina.

—¿¡QUÉ COJON...!? —grita Sabrina, pero se interrumpe cuando Parth le quita el sujetador de la cabeza y lo levanta para examinarlo a la luz de neón de la atracción, justo cuando la noria se detiene y acaban junto al sufrido empleado.

Pese a la distancia, distinguimos su gruñido («*millennials...*»), y eso hace que Wyn y yo estallemos en carcajadas hasta que acabo literalmente llorando de la risa.

—¡Lo hemos conseguido! —chillo—. Hemos sustituido a nuestros padres como la generación de «la madre que se emborracha en vacaciones».

—Perdona —me dice Wyn—, creo que te refieres a la generación de «los padres que se emborrachan en vacaciones».

Sabrina se levanta de su asiento por debajo de nosotros con la cabeza alta en plan digno. Le entrega el sujetador al empleado de la noria y dice en voz alta y lo bastante clara para que la oigamos todos nosotros, además de todas las personas que están haciendo cola:

—¿Tenéis caja de objetos perdidos? Parece que se le ha caído a alguien durante el recorrido.

—¿Estamos a punto de que nos echen de la Feria de la Langosta? —le pregunto a Wyn.

Él echa la cabeza hacia atrás y empieza a reírse de nuevo.

—En algún momento tenía que pasar.

—Es el fin de una era —digo.

—No. —Me mira de reojo—. Es un nuevo comienzo.

* * *

Todavía estamos riéndonos cuando bajamos del Land Rover delante de la casa. Sabrina tiene que apoyarse en mí y Wyn prácticamente lleva a Kimmy en brazos detrás de nosotras. Casi hemos llegado a la entrada cuando nuestra intrépida conductora (sin sujetador) echa a andar hacia el lateral de la casa.

—¿Adónde vas? —pregunta Parth, que extiende los brazos—. ¡Que las llaves las tienes tú!

Sabrina y yo intercambiamos una mirada y vamos tras ella, por el lado oscuro de la casa. Cleo abre la verja del patio de un tirón, se quita los zapatos con un par de puntapiés mientras corre y se desabrocha los pantalones.

Sabrina me golpea en el brazo para que corra más deprisa, y doblamos la esquina a tiempo de ver a Cleo, ya sin pantalones, saltar a la piscina. Los demás llegan a nuestra altura y Sabrina gira hacia Parth y lo empuja con todas sus fuerzas al agua.

Sin dudarlo, Kimmy se lanza tras él, con un zapato todavía puesto. Sabrina se abalanza sobre mí. Grito y la aparto de un manotazo.

—¡Somos demasiado mayores! —grito—. ¡No me obligues a hacer esto!

La agarro por las muñecas. Su grito se convierte en una carcajada mientras forcejeamos al borde del agua.

Alguien me levanta del suelo por detrás. Un brazo me rodea la caja torácica y distingo un olor a clavo mientras me levantan por los aires.

Caemos juntos a la piscina, aferrados el uno al otro, sin aliento. El agua nos rodea y abro los ojos mientras giro entre sus brazos. Todo brilla bajo el agua, veo una brillante extensión azul plateada y luego a él, que me parece muy pálido por la extraña luz de la piscina. El pelo se le mueve alrededor de la cara, y le salen burbujas por la nariz y por las comisuras de los labios.

Me coge de las manos y me acerca. Ni se me ocurre evitarlo. Me gustaría culpar a la maría, pero no puedo. Somos él y yo.

Deslizo los muslos sobre los suyos y le rodeo las caderas. Él se lleva mis manos al cuello y nos hundimos, alejándonos de las piernas brillantes que se agitan en el agua. Me pega a él y siento su corazón bombeando contra mi clavícula.

Hasta que llegamos al fondo de la piscina. No podemos bajar más. Wyn toma impulso contra el suelo embaldosado y nos devuelve a la superficie.

Aire frío, risas, chillidos procedentes del borde de la piscina, donde Kimmy y Cleo se han unido para tirar a Sabrina al agua.

No me siento joven. Me siento viva. Despierta. La piel, los músculos, mis órganos internos, los huesos, todo es en cierto modo más preciso en este lugar. A Wyn le brillan la cara y las pestañas. Tiene la camiseta pegada al torso. Me roza el mentón con los dedos y me acaricia el labio inferior con un pulgar mientras observa cómo lo separo. Parece que quisiera respirar dentro de mí. Nuestros pulmones se expanden, se empujan, y su mirada se clava en la mía, y aquí, donde todo el mundo puede vernos, donde no romperé la regla que he establecido, donde puedo fingir que esto es una farsa, acerco la boca a la suya.

20

No exactamente la vida real

Pero, aun así, el miércoles

Su lengua me roza primero el labio inferior, como si estuviera tanteando. Como si no tuviera intención de besarme. Sin embargo, separo los labios de todos modos, y Wyn suspira cuando nuestras bocas se unen por completo.

Me toma la cara entre las manos y me echa la cabeza hacia atrás para besarme con más pasión. El calor de su boca me abrasa en comparación con el agua.

No hay ningún pensamiento, ninguna lógica, ningún sentimiento que no sea él. Le deslizo las manos por la espalda, por encima de la camisa. Le clavo las uñas en los omóplatos y las suyas recorren mi cuerpo, apenas rozándolo, dejando estelas allí por donde pasa. Se me corta la respiración, arqueo la espalda para acercarme más a él, y sus manos me aferran los muslos por debajo del dobladillo para apretarme contra su cuerpo. El roce de su erección hace que vea estrellitas por detrás de los párpados y que se me endurezcan los pezones mientras me arqueo hacia él.

Acabo con la espalda pegada al borde de la piscina y las caderas contra las suyas mientras me recorre el cuello con la boca, besándome, mordisqueando, provocándome escalofríos.

Me arde el cuerpo allí donde deseo que me toque.

Me salvo porque no estamos solos. Porque no puedo llevar esto tan lejos como quisiera.

Detrás de nosotros, Cleo y Kimmy consiguen tirar a Sabrina a la piscina de un empujón. Se oye un chapoteo seguido de una retahíla de palabrotas. Wyn se aparta de mí y apoya la frente en mi sien, y siento que su corazón me golpea.

Lo único que quiero es irme a la cama. Soy vagamente consciente de las razones por las que esto es una idea terrible, pero me cuesta poner alguna de ellas en primer plano.

—¡Esta noche estás llena de sorpresas, Cleo! —grita Parth.

Cleo pasa por detrás, nadando de espaldas, y la veo sonreírle a la luna.

—En ese caso, creo que he cumplido mi objetivo para la semana.

Sabrina, que sigue espurreando agua y quitándose los mechones de pelo rubio de la cara, dice:

—¿Tu objetivo de la semana era tirar el sujetador desde una noria y empujarme a la piscina?

Cleo se endereza, flotando en el agua.

—Más o menos.

Kimmy nos lanza una pelota de playa y yo me aparto de Wyn, buceando, con un hormigueo en la cara, una sonrisa tan grande que hasta me duelen las mejillas y el zumbido en las terminaciones nerviosas.

Por mucho que intente volver a la realidad, al mundo más allá de la burbuja de Knott's Harbor, me descubro anclada a este lugar, donde nada más parece importar, y eso me resulta aterrador.

* * *

Después de secarnos con la toalla, subir la escalera y desearnos buenas noches, mi valentía flaquea un poco. Wyn me agarra con fuerza de la mano mientras avanzamos por el pasillo hasta nuestro dormitorio a oscuras.

En cuanto cierra la puerta, me atrapa contra ella. Apenas nos hemos quitado las manos de encima desde el primer beso en la piscina, pero ahora que estamos solos, no parecemos tan seguros. Está temblando, o a lo mejor soy yo quien lo hace (siempre ha sido difícil saber dónde acaba uno de nosotros y empieza el otro). Tenemos las manos entrelazadas y respiramos de forma superficial.

No es que crea que lo que ha ocurrido allí abajo ha sido una farsa. Pero sí que formaba parte de un acuerdo.

Esto no. Y parece que ninguno de los dos hemos decidido qué ocurrirá a continuación.

Mi cuerpo lo tiene claro. A mi cerebro no le gusta el plan.

«Te has pasado meses intentando olvidar lo que has perdido —me recuerdo—. ¿Cómo vas a sobrevivir después de recordarlo? ¿Vas a empezar a llorar otra vez por los rincones?».

Su pulso retumba en mi pecho. Me pego a él, le rozo la camiseta empapada con los pechos y él suelta un trémulo suspiro.

Me muero por él. Sin Wyn he estado varada en un desierto, con la garganta seca como un esparto, y ese primer sorbo en la piscina ha empeorado mi sed. A mi sistema nervioso no le importa que esto sea un espejismo. El zumbido es más intenso y el aire chisporrotea entre nosotros.

—¿Esto está bien? —pregunta con voz ronca.

Me elevo hacia él como una serpiente encantada y me flaquean un poco las rodillas cuando siento las palmas de sus manos en el abdomen a través del satén húmedo, acariciándome despacio. Recorre una clavícula con los labios, y su aliento se extiende sobre mi piel.

Me mira con los ojos oscurecidos por el deseo cuando sus manos llegan a mis pechos. Tiemblo bajo sus caricias. Extiende los dedos para cubrirlos por completo. Me roza los pezones con los pulgares y gime. Los atrapa entre los dedos, y me mira mientras contengo la respiración y arqueo la espalda.

Me baja un tirante por el hombro y me besa la piel desnuda. Tantea con la otra mano en busca del otro tirante y también lo baja. Echo la cabeza hacia atrás mientras intento respirar y él introduce una mano por el escote del vestido, que a estas alturas está suelto del todo, y me cubre un pecho.

Me pega a él y me separa los muslos con una rodilla. Le coloco una mano en el cuello para mantenerme en pie cuando su boca desciende hasta mi pecho y sus labios atrapan un pezón. Mi vida entera se reduce a ese punto concreto, a esa suave presión y al abrasador calor de sus labios. Me baja el vestido de un tirón para dejarme desnuda hasta la cintura, y me recorre el torso a besos, moviendo la palma de la mano para acariciarme a placer.

—Dime que te bese, Harriet —susurra con voz ronca.

No sé si es el orgullo herido, el miedo a este deseo que todo lo consume u otra cosa, pero me niego a suplicarle.

—Dime que te bese —repite al tiempo que me separa más los muslos para introducirse entre mis caderas.

Le paso las manos por la espalda y me agarro a su cintura, disfrutando de nuestra cercanía. Siento su pulso en el pubis, o tal vez sea el mío. Las líneas que nos separan se han vuelto difusas, insustanciales.

—¿Qué estamos haciendo? —me pregunta.

—Creía que era evidente —le contesto.

Mueve las caderas contra mí, y que el Señor me ayude, porque mis manos vuelan directas a su culo. Me levanta del suelo, le rodeo las caderas con los muslos mientras me sujeto a su cuello y siento el duro roce de su erección.

Lo quiero encima, debajo, detrás. Lo quiero en la boca, con su ropa en un montón en el suelo, su sudor en mi estómago y su voz ronca contra mi oído. Quiero cualquier cosa menos parar.

—¿Qué significa esto? —pregunta de forma entrecortada, sin dejar de abrazarme, besándome.

—No lo sé —respondo.

Oigo un gemido bajo y frustrado que surge del fondo de su garganta y se queda quieto, presionándome con fuerza contra la puerta.

—Es una mala idea, Harriet —dice con voz ronca al cabo de unos segundos y me deja en el suelo, aunque no se aparta ni un paso—. No podemos estar juntos.

Sus palabras me dejan sin aliento.

—Ya lo sé —le digo.

Y es cierto. Me partió el corazón, me lo destrozó. Y, aunque pudiera perdonarlo, es feliz en su nueva vida. Sé que no hay vuelta atrás.

Entonces ¿por qué al oírlo siento el pecho como un tronco partido?

Le doy un empujón en los hombros y vuelvo a subirme los tirantes.

Wyn se aparta y murmura:

—Lo siento. Se me ha ido la olla.

—No estoy segura de que hayas empezado tú —le suelto.

Se pasa una mano por la nuca, con el ceño fruncidísimo.

—No sé qué decirte.

—Supongo que yo también debería decir que lo siento —replico.

Esboza una sonrisa torcida que es cualquier cosa menos feliz. Suspira.

—Es este sitio.

«Este sitio», efectivamente. Aquí es demasiado fácil olvidarse del mundo real, de nuestras circunstancias, de las cosas que acabaron con lo nuestro.

De todas las razones por las que no podemos volver.

Apoyo las palmas de las manos en la madera lisa de la puerta.

—Nos ha arrastrado. Nada más.

Al cabo de un rato, él dice:

—No quiero hacer nada que te haga más daño.

—No lo has hecho —le aseguro.

Creo que me he hecho daño yo sola.

Clava la mirada en la puerta, por encima de mi hombro, casi con culpabilidad.

—Creo que debería dar un paseo. Refrescarme un poco.

La idea de que se aleje más de mí es un tormento. Asiento con la cabeza.

Su mirada desciende por mi cuerpo y vuelve a subir. El calor se extiende desde mi cabeza hasta los pies y siento un deseo palpitante entre los muslos.

—La cama es toda tuya —dice y pasa a mi lado. Me aparto para que pueda abrir la puerta—. No hace falta que me esperes despierta.

No es que quiera esperarlo despierta. Es que en cuanto me meto entre las sábanas, es como si no se hubiera ido, más bien parece que se ha multiplicado. Cada soplo de aire que entra por las rendijas de la ventana es su boca. Cada roce de las sábanas es su mano, moviéndose por mi muslo, por la curva de mi abdomen. Cada crujido de la casa al asentarse es su voz: «Dime que te bese».

Intento pensar en cualquier otra cosa, pero mi mente está fija en él.

Un rato antes, mientras Cleo y yo descansábamos con la barbilla sobre los brazos cruzados en el borde de la piscina, con las piernas flotando relajadamente en el agua, me preguntó: «¿Has avanzado en tu objetivo de la semana?».

Y mis ojos volaron directos a Wyn.

«Todavía no», le contesté.

Ni siquiera sé lo que necesito de esta semana. ¿Llegar al final sin derrumbarme? ¿Llegar al final sin arruinar la boda de Sabrina y Parth?

Desde que decidí dedicarme a la medicina, mi vida ha transcurrido por los mismos raíles. Ha sido fácil tomar decisiones con esa fuerza impulsora. Fuera de ese ámbito, apenas me he visto obligada a decidir nada.

Sin embargo, no quiero llegar al final de la semana y arrepentirme de algo. Quiero sentir que he aprovechado el tiempo como deseaba, aunque sea mínimamente.

Así que me duermo pensando una y otra vez en eso: «¿Qué quieres, Harriet?».

Sueño que se mete en la cama conmigo. «Arriba los brazos, nena», dice, y me quita la camiseta de «Virgen que SABE conducir».

«No hay nadie más», susurra en la curva de mi abdomen, en la parte interna de un brazo. «Perfecta», dice.

Cuando me despierto, antes del amanecer, sigo sola.

21

Un lugar feliz

West Village, Nueva York

La primera casa de Wyn y mía, solo nuestra. Un radiador que silba. Un fantasma que nunca hace gran cosa salvo abrir una ventana cuando todo está tranquilo o tirar algún libro de una estantería. Nos sentamos en el suelo y comemos fideos orientales directamente del envase de cartón porque todavía no tenemos sofá.

Mesas auxiliares que hemos recogido de las aceras y que Wyn ha reparado y dejado perfectas. Una estantería encima de nuestra cama, donde se alinean los libros de bolsillo de James Herriot que Hank solía leerles a Wyn y a sus hermanas cuando eran pequeños. Además de una novela romántica en particular, que ninguno de los dos recuerda de dónde ha salido. (Wyn dice que seguramente sea del fantasma). Nuestro primer lugar juntos, solo para los dos, y es agridulce.

Hace semanas, cuando se acercaba el final del contrato de alquiler del piso de Morningside Heights, Cleo nos sentó a todos en el mullido sofá de Parth para anunciarnos que se mudaba.

No solo que se iba del piso o de Nueva York.

Es que se iba a Belice, a trabajar en una granja ecológica.

«Se llama WWOOFing —nos explicó—. Y dan alojamiento a cambio de trabajo».

Al principio, nadie dijo nada. Hasta entonces habíamos estado viviendo en una especie de realidad suspendida. Como si fuéramos a quedarnos así, juntos para siempre, y nada fuera a cambiar.

«Es solo temporal —siguió—, un contrato de seis meses», pero estaba llorando.

Todos lo sabíamos: era el fin de una era.

Así que nos sentamos en la alfombra y la envolvimos con nuestros brazos como si fuéramos una alcachofa gigante y ella fuera el corazón.

La víspera de su marcha, Parth organizó una presentación de diapositivas a modo de despedida, colgando en la pared nuestros recuerdos favoritos de los últimos tres años, y lloramos un poco más, pero por la mañana pusimos cara de valientes y nos despedimos con un abrazo en el aeropuerto JFK. «Nos vemos pronto», prometimos.

Intentamos encontrar otro piso donde los cuatro restantes pudiéramos acomodarnos.

Fue imposible.

Así que Parth se fue a vivir con un amigo de Fordham, Sabrina se instaló en Chelsea, en un piso vacío de uno de sus primos, y Wyn y yo reunimos lo suficiente para alquilar el pisito situado sobre la librería en la que había estado trabajando.

Me pasé la primera noche encerrándome cada dos por tres en el cuarto de baño para llorar. Echaba tanto de menos a Cleo que me dolía. Temía que aquello fuera el final. Que mis amigos fueran figuras pasajeras en mi vida, que la familia se convirtiera en un grupo de desconocidos.

Después de la última llorera, salí del cuarto de baño y alguien gritó:

—¡SORPRESA!

Wyn había llamado a Parth y Sabrina, que llegaron con *pizza* y champán.

—Teníamos que bautizar el lugar —dijo Parth.

—Además, quiero ver si hay algún fantasma, porque tiene toda la pinta —añadió Sabrina.

Después de esa noche, el piso se convirtió en un hogar.

Aquí somos felices.

Parth y Sabrina vienen una vez a la semana a cenar y, aunque supuestamente seamos adultos de verdad, a veces se quedan a dormir en el sofá y en el colchón inflable, y por la mañana desayunamos antes de irnos a nuestras respectivas clases o, en el caso de Wyn, a la librería.

Cuando estamos solos, no nos aburrimos. Cada pedacito que Wyn me ofrece de sí mismo es un tesoro que guardar y examinar desde todos los ángulos.

Las últimas palabras que oigo cada noche son «Te quiero mucho». A veces le toca a él decirlo el último, otras veces lo digo yo. A veces competimos, diciéndolas una y otra vez como si tuviéramos catorce años, en plan «No, cuelga TÚ primero».

Empiezo la carrera de Medicina y soy la asistente de mi profesor favorito. El sexo disminuye, pero el afecto y las caricias no. El amor de Wyn es firme, constante. Más fácil que respirar, porque respirar es algo en lo que si piensas demasiado, acabas olvidando cómo funcionan tus pulmones y sucumbes al pánico.

Jamás podría olvidarme de cómo amar a Wyn.

A veces, cuando estoy tumbada a su lado en la cama, con mis pies helados metidos entre sus cálidas pantorrillas, las palabras revolotean por mi mente, como si vinieran de otro lugar, como si mi alma oyera su susurro en sueños: «Este es tu lugar».

Los sábados por la mañana, nos tomamos el café en el sofá junto a la ventana y hacemos crucigramas. O empezamos crucigramas. Porque lo de empezarlos y abandonarlos se convierte en una especie de tradición.

Cada semana intento encontrar al menos una palabra más que la anterior, mientras Wyn intenta descarrilarnos cada vez antes.

—Ocho horizontal —le digo, mientras me besa el cuello—. Es *El rival más débil*.

—¿Ese no era el concurso en el que tiraban a la gente por una trampilla cuando quedaban eliminados? —murmura contra mi clavícula.

—Nunca lo he visto —contesto—, pero te juro que nada más decirlo se me ha venido eso a la cabeza, pero parece imposible, ¿verdad? Es demasiado ridículo.

Se encoge de hombros y me arrastra hasta su regazo, pero yo sigo aferrada al portátil y tecleo «trampilla del rival más débil» en Google.

Los primeros resultados son de foros. Gente que recuerda el programa exactamente como nosotros, aunque las demás búsquedas arrojan el resultado de que no había trampilla.

—¿Cómo es posible que todos lo recordemos mal? —pregunta Wyn.

Le hablo del efecto Mandela, de la idea de que a veces grandes grupos de población recuerdan mal algo y todos se equivocan en lo mismo. Los científicos explican esos falsos recuerdos compartidos como confabulaciones, o ejemplos de la teoría del rastro difuso, según la cual los recuerdos son maleables y poco fiables, mientras que otros se preguntan si el efecto Mandela demuestra que vivimos en un multiverso.

Wyn sonríe mientras se enrosca uno de mis rizos alrededor de una mano.

—Me gusta cómo me hablas, como si esperaras que entendiera lo que dices.

Frunzo el ceño.

—Pues a mí no me gusta que siempre minimices tu propia inteligencia.

—No lo hago —protesta.

—Sí que lo haces —insisto—. Que una persona no sepa algo no significa que sea estúpida, Wyn.

—Ah —dice con deje guasón—. Y ¿qué significa entonces?

Tras pensarlo un momento, digo:

—Que le falta voluntad para aprender.

—Yo estoy deseando. —Me quita el portátil de encima y tira de mí para acercarme, posando las manos en mis muslos—. Háblame de este multiverso y de lo que tiene que ver con *El rival más débil*.

—Bueno, si existen múltiples universos, es posible que nuestras conciencias se muevan a veces por ellos. Tal vez pasemos años en una realidad y luego saltemos a otra en la que solo haya una pequeña diferencia. Como un concurso que utilizaba una trampilla para eliminar a los concursantes. Y hay universos infinitos, donde todo lo que alguna vez pudo ocurrir, ha ocurrido y ocurrirá.

Wyn se lleva una de mis manos a la boca, con expresión seria.

—¿En cuántos universos crees que estamos juntos?

—En más de los que podemos contar.

Esboza una sonrisa torcida.

—Y tú llegas hasta un número bien alto.

—Es verdad —replico—. Así es como deciden quién entra en la Facultad de Medicina. Te pones delante de un tribunal de médicos y cuentas hasta el número más alto que sepas.

Le tiemblan los labios.

—¿Te dejan usar los dedos?

—En las buenas universidades está prohibido.

Me aprieta la mano entre sus palmas.

—Me alegro de estar en uno de esos universos —dice—. Me siento mal por todos los Wyn de esos universos en los que estás con tíos como Hudson el de Harvard. Ahora mismo lo están pasando fatal.

—Y yo por las Harriet de los universos en los que estás con bailarinas que se llaman Alison —digo.

—No —susurra—. Para mí solo estás tú en todos los universos. Aunque no te fijes en mí.

Así no es como funciona.

Aunque me da igual.

Wyn (¡mi Wyn!) lo dice en serio.

Soy más feliz que nunca. Todavía desconozco que existe un nivel de felicidad aún más profundo, tan intenso que duele casi tanto como la pérdida o el dolor. Una felicidad tan radiante y ardiente que sientes que podría incinerarte. Lo descubro esa noche, cuando Wyn sale a comprar comida china y vuelve empapado por la lluvia.

Al oír el clic de la puerta que se cierra, levanto la mirada del crucigrama que he retomado, me levanto del sofá y voy corriendo a ayudarlo con las bolsas de papel mojadas por la lluvia. Pongo la tetera al fuego y le quito las bolsas de los brazos. Mientras las dejo sobre la encimera, él me coge por la muñeca y me mira con tal ternura y vulnerabilidad que me asusto, segura de que ha ocurrido algo terrible. Luego, en voz baja, murmura:

—Cásate conmigo, Harriet.

—Sí —digo con un hilo de voz.

Se queda quieto. Parpadea, como si intentara descifrar lo que acabo de decir. La tetera ha empezado a silbar. Le aferro el mentón con una mano.

—Wyn, sí.

Frunce el ceño.

—Espera.

—No quiero esperar —protesto.

Tantea en su chaqueta.

—¡Mierda! Espera un segundo. No te muevas.

Se da media vuelta y corre hacia el dormitorio mientras yo me quedo temblando, escuchando el roce de los cajones de la cómoda. Cuando vuelve, me ofrece una cajita de terciopelo azul con mano temblorosa.

Es un anillo antiguo de oro blanco con un zafiro cuadrado en el centro.

—Pensé que se parecía a ti —dice con deje titubeante—, pero no era caro. Así que si no te gusta, lo cambiaremos en cuanto pueda permitírmelo.

Veo su cara borrosa por las lágrimas.

—¿Lo tenías comprado?

—Quería esperar al momento perfecto —contesta, casi disculpándose.

—Pues este es —digo—. Este es el momento perfecto.

—Es que no podía seguir esperando —replica, todavía un poco avergonzado.

De repente, me asaltan las dudas.

—¿Y si te hartas de mí? —susurro.

—Harriet —me dice, con un deje serio y tierno a la vez—, ¿y si tú te aburres de mí?

Suelto una carcajada compungida que más bien parece un sollozo.

—Nunca.

Me toma la cara entre las manos, con una sonrisa en los labios y el ceño fruncido.

—Pues entonces cásate conmigo.

—Hecho —digo.

Me besa, todo dientes, lengua y emoción descarnada. Nos arañamos por el ansia de tocarnos, nuestros cuerpos se acercan, decididos a convertirse en uno solo.

Nunca he pensado cómo sería mi pedida, pero, de haberlo hecho, no se parecería en nada a esto.

No habría acabado con nosotros comiendo la comida china para llevar que compramos una vez a la semana y haciendo el amor en el desvencijado sofá de Ikea, riéndonos cada vez que su cabeza choca con la pared, pero sin movernos a la cama.

Esto es mejor. Todo es mejor con él.

Cuando volvemos a Maine en verano, Sabrina, Parth y Cleo —que ha conseguido regresar de Belice— nos organizan una fiesta de compromiso, que incluye un vídeo con imágenes de nuestra relación (ilustrado en gran parte con figuras hechas con palitos que Parth ha dibujado con Microsoft Paint).

No importa lo ajetreada que haya sido la vida, ni cuánto tiempo hayamos pasado sin vernos. Reunirnos los cinco en la casita es como ponerse tu sudadera favorita, desgastada a la perfección.

El tiempo no transcurre igual cuando estamos aquí.

Las cosas cambian, pero nosotros nos estiramos, crecemos y nos hacemos sitio los unos a los otros.

Nuestro amor es un lugar al que siempre podemos volver y estará esperando, sin haber cambiado.

«Este es tu lugar».

22

La vida real

Jueves

Sabrina prácticamente va dando saltitos por el muelle hacia el elegante barco blanco de alquiler.

Wyn me pasa rozando para seguir a Parth, y mis piernas se olvidan por completo de lo que están haciendo y se paran en seco por culpa de su repentina cercanía.

Cuando bajé esta mañana, él ya estaba comiendo fruta y tostadas en el patio trasero, con el pelo húmedo y otra ropa. Debió de entrar a hurtadillas en algún momento de la noche y salir sin hacer ruido antes de que yo me despertara. Desde entonces, nos hemos estado evitando con mucha educación.

Cleo se detiene para sacar de su mochila un bote con pastillas para el mareo.

—¿Quieres una?

—¿Te las has traído porque sí? —le pregunto—. Y yo que estaba orgullosa de haberme traído el hilo dental.

Cleo encoge un hombro.

—Por el viaje en coche. Me mareo cuando leo.

Wyn embarca y después se da media vuelta para ofrecerle una mano a Cleo mientras ella salta al barco. Hace ademán de ayudarme a mí también, pero finjo no darme cuenta y salto sola.

Justo en ese momento, el tráfico marítimo del puerto provoca una ola bajo el barco, y se me doblan las piernas. Wyn tiene que sujetarme por las caderas y la presión de su cuerpo desde el pecho hasta las caderas es…, uf, mil millones de veces peor que lo que habría sentido al aceptar su mano.

—¿Estás bien?

—¡Mmm! —Es lo único que soy capaz de responder.

Cleo se sienta en uno de los mullidísimos bancos.

—¿Adónde vamos exactamente?

Sabrina ya está en su puesto, al timón cromado, y Parth no deja de moverse por el barco, soltando amarras. Al menos, es lo que supongo que está haciendo. Lo único que sé de embarcaciones lo aprendí estando muy colocada, así que no estoy segura.

—Allá donde nos lleve el viento —contesta Parth por encima del hombro.

—Así que vamos a morir —replica Cleo.

—Es posible —dice Sabrina—. Pero antes vamos a ver algunos frailecillos y algunas focas.

Parth suelta el último cabo y la brisa nos aparta del muelle mientras Sabrina gira el timón para enfilar hacia mar abierto; el salitre se vuelve más penetrante a medida que el viento nos salpica agua sobre la piel.

En la parte posterior del barco, Wyn está contemplando cómo nos alejamos del puerto. La camiseta se le agita, dejando al descubierto la parte baja de su espalda y también los brazos, y luego vuelve a cubrirlo.

Las nubes se mueven en el cielo, y el pelo de Sabrina y la tela blanca de su top atado al cuello y de sus pantalones cortos brilla al sol en contraste con su piel bronceada. Parth se reúne con ella al timón, también con un conjunto blanco, con el primer y el último botón de la camisa desabrochados para restarle formalidad, de manera que parecen estar grabando un anuncio de Tom Ford, o como si los dos fueran estrellas de cine en la costa ibicenca.

Mientras tanto, yo parezco la descompuesta monitora de un campamento que intenta seguir con vida hasta que acabe el verano. No dista mucho de lo que siento en realidad.

—Creo que la guía del itinerario de «llevar ropa cómoda» podría haber sido un pelín más específica —le digo a Cleo.

Sabrina me sonríe por encima del hombro.

—¡Te has leído el itinerario!

Cleo se inclina hacia mí y el sol se refleja en el pendiente de aro que lleva en la nariz.

—¡Ay, Harriet! —dice—. Sabrina no puede evitar sentirse más cómoda vestida de Gucci.

La aludida resopla.

—No digas tonterías. Es un Chanel.

—¡Por el amor de Dios! ¿Lo dices en serio? —Kimmy se deja caer en el banco que tenemos enfrente—. ¿Llevas ropa de Chanel? ¿En un barco?

Wyn se sienta a su lado y yo lo señalo con la cabeza.

—Wyn también.

Es la primera vez que nos miramos a los ojos en todo el día y me invade la sensación de que el bañador que llevo debajo de la ropa se está desintegrando.

—¿En serio, Wyn? ¿Chanel? —pregunta Kimmy—. No tenía ni idea de que fueras tan elegante.

Él clava los ojos en los míos un segundo antes de mirarla.

—Solo los calzoncillos.

—En fin, pues creo que todos os habéis arreglado más de la cuenta —replica Kimmy—. El itinerario decía «ropa cómoda» y, para estar cómodo, la ropa interior sobra, por eso yo no llevo.

—Opino igual —tercia Parth.

Sabrina ni se inmuta.

—¿De verdad no llevas ropa interior?

Parth se deja caer junto a Wyn.

—¿Qué pasa, para Kimmy está bien, pero no para mí?

—Kimmy no lleva unos pantalones blancos que parecen papel de fumar —responde Wyn.

Parth se lleva una mano al paquete con gesto protector antes de suspirar, resignado.

—Da igual. Todos los que estáis aquí me habéis visto desnudo en algún momento.

—La verdad es que yo no —lo corrige Kimmy con sinceridad.

—En fin, Kimberly, puede que hoy sea tu día de suerte.

Wyn me mira a los ojos otro segundo. Se me enciende un motor en el pecho.

* * *

Navegamos entre el sinfín de islas que salpican la costa, dejamos atrás dos faros distintos y, cuando vemos la primera manada de focas tomando el sol en las rocas, nos detenemos encantados para hacerles fotos. Pronto nos damos cuenta de que el mar está lleno de ellas. Una multitud de focas, una manada.

—Deprisa —le dice Kimmy a Cleo—, ayúdame a coger una para llevármela a casa.

—No puedo decir que sea mi especialidad —replica Parth—, pero supongo que hay leyes que lo prohíben.

—Sí, y por encima hay leyes divinas que estipulan que ciertas caritas con bigotes necesitan besos —suelta Kimmy, que se inclina por la borda hacia una foca que o se está rascando la espalda con la roca, o seguramente intenta subir por ella rodando—. Además, llevarme una foca a casa era mi objetivo secreto para esta semana.

—A veces, lo mejor es dejar que los seres queridos se marchen —dice Cleo mientras le da un apretón en el hombro a Kimmy.

Tengo que controlarme para no mirar a Wyn.

—¡Adiós, chico! —le grita Kimmy a la foca mientras nos alejamos—. ¡O chica! ¡O lo que sea!

A la hora de la comida, atracamos en una de las islas de la comunidad veraniega y subimos por la escarpada orilla mientras vemos a los cangrejos herradura escabullirse en los turbios bajíos.

—Estos bichos me dan yuyu —dice Parth.

—Parecen sacados de *Jurassic Park* —replica Wyn, que me roza un poco los codos cuando se inclina sobre mí para ver. La brisa hace que su olor me envuelva como la seda.

—A mí me encantan —asegura Cleo.

—Te dejaré que te lleves uno a casa —dice Kim— si volvemos a por mi foca.

—Lo siento, cariño, es que creo que esa clase de responsabilidad no tiene cabida en nuestras vidas.

—Si la vida es demasiado ajetreada como para que te visiten tus mejores amigos —suelta Sabrina—, no tienes tiempo para crear una reserva de cangrejos herradura.

—¿Te importa dejar de pincharme? —pregunta Cleo.

Sabrina pone los ojos como platos.

—Era broma.

—Pues no tiene gracia —replica Cleo.

—Vale, vale —dice Sabrina—. ¡Lo siento!

Cleo se da media vuelta y sube por la orilla hacia el bosque de árboles retorcidos, y Sabrina mira a Kimmy.

—Ahora mismo tiene mucho estrés —dice mientras menea la cabeza—. No la agobies más. —Es lo más cerca de un reproche que le he oído a Kimmy, que sube por el sendero detrás de Cleo sin esperar la réplica de Sabrina.

Sabrina se da media vuelta y clava la mirada en el agua, con los hombros firmes y los brazos cruzados. Menea la cabeza con fuerza una sola vez y suelta una carcajada a caballo entre el hartazgo y la ofensa.

—A lo mejor deberíamos comer —sugiero.

—Una idea genial —dice Parth, que salta a la vista que tiene tantas ganas como yo de que se tranquilice la cosa.

—Voy a por la cesta de pícnic —anuncio mientras echo a andar por las rocas cubiertas de algas hacia el barco anclado. Me quito las sandalias y subo.

—¿A qué ha venido eso? —pregunta Wyn.

Me doy media vuelta y lo descubro andando por el muelle. Miro a los demás. Sabrina y Parth están manteniendo una animada conversación en la orilla, y Cleo y Kimmy están paseando por el bosque, medio ocultas por las retorcidas ramas llenas de oscuras agujas de pinos y hojas amarillentas.

—Según lo que he oído —respondo al tiempo que aparto la mirada, antes de que su cercanía se me meta en la sangre—, Sabrina va detrás de una invitación a la granja y Cleo está molesta por su insistencia.

—¿Y Kimmy? —pregunta Wyn.

—Está molesta con Sabrina por estar molesta con Cleo.

El barco se mece bajo mis pies cuando él se sube.

—¿Y dónde encajamos nosotros?

—No lo sé, supongo que yo podría estar molesta con Kimmy por estar molesta y luego eso podría molestarte a ti...

—Tú nunca me molestas —me asegura.

Levanto la cabeza y lo pillo mirándome.

Se me escapa una carcajada ronca, trémula.

—Los dos sabemos que eso no es verdad.

Me mira un segundo con el ceño fruncido.

—Puede que me frustres. Pero no me molestas.

—¿Qué diferencia hay? —pregunto.

Baja la mirada a mis piernas antes de subirla de nuevo.

—Cuando estás molesto, no quieres estar cerca de una persona. —Inclina la barbilla hacia la izquierda, sin llegar a menear la cabeza—. Yo siempre quiero estar contigo.

Me encantaría decirle que es un mentiroso, sacar todos esos momentos cruciales de nuestra relación que lo desmienten por completo. Pero soy incapaz. Recuerdo lo que hace el fascículo arqueado en el cerebro humano, pero no cómo usarlo para formar palabras.

—A ver —dice al tiempo que extiende las manos hacia la nevera—, yo la cojo.

—Puedo hacerlo yo —replico mientras la levanto contra mis pantorrillas.

—Harriet...

Doy pasos laterales haciendo un gran esfuerzo.

Se echa a reír.

—Ya estamos otra vez con esto, ¿no?

—¿Con qué? —pregunto.

Entrecierra los ojos contra el sol y el labio superior se le levanta como si tuviera un hilo enganchado en el arco de Cupido.

—Discutiendo por todo, por insignificante que sea.

—¿Esto es discutir? —pregunto.

—Harriet, comparado con el resto de nuestra relación, nos estamos peleando a puñetazos —dice.

Miro hacia la orilla. Parth ha rodeado a Sabrina con un brazo mientras suben los escalones podridos desde la playa hasta el bosque de la colina y se reúnen con Cleo y con Kimmy. Contengo las ganas de salir corriendo hacia ellos, de asumir el papel de amortiguador o de árbitro.

—No —dice Wyn con ternura.

Lo miro de nuevo, y a estas alturas me duelen los riñones.

—¿A qué te refieres?

—No vayas detrás de ellos —contesta mientras se acerca.

Trago saliva.

—¿Por qué no?

Me quita la nevera de las manos y la deja en un banco.

—Porque estamos hablando.

—Dirás que nos estamos peleando a puñetazos —replico.

Le tiemblan los labios por la risa.

—¿No deberíamos dejar de pelearnos ahora que hemos cortado? —pregunto.

Hace una mueca triste.

—Harriet, nunca nos peleamos cuando estábamos juntos. De haberlo hecho…

Deja la frase en el aire, sin asestar el golpe mortal. De todas maneras lo siento; un cuchillo que se me retuerce en el corazón.

Desde la orilla, se oye el sonido de un cuerno tres veces, una detrás de otra.

Ninguno de los dos se mueve, ni siquiera aparta la mirada. El deseo es palpable.

—¡Mierda! —dice Wyn mientras menea la cabeza—. Me repatea no poder tocarte.

Aparto la mirada. Ahora siento el corazón como si tuviera una herida abierta en él, demasiado sensible, demasiado delicado. Ojalá Wyn hubiera sentido lo mismo antes. Ojalá yo hubiera tenido algún indicio de lo que se había torcido, de por qué lo había perdido. Ojalá hubiera creído que había alguna manera de arreglarlo. Pero él no es el único que ha hecho cosas que no se pueden deshacer. Y recordar lo que sucedió solo aviva el dolor.

El cuerno suena de nuevo. Carraspeo.

—Tú coges la nevera y yo llevo la cesta de pícnic.

Asiente con la cabeza durante varios segundos y luego levanta la nevera con los brazos y se da media vuelta.

23

Un lugar infeliz

A una hora de Indianápolis, Indiana

Una tranquila casa de una planta al final de una tranquila calle sin salida. Un lugar donde todo me resulta conocido, pero donde nada me pertenece. Árboles demasiado inmóviles en la sofocante humedad. El zumbido de los mosquitos, las polillas congregadas alrededor de las farolas, el chirrido de las cigarras procedente del bosque.

He conseguido aplazar esto durante mucho tiempo, pero ya no podía hacerlo más. Era demasiado importante para Wyn.

En la puerta, pregunto:

—¿Y si nos vamos? Podemos fingir que se ha retrasado nuestro vuelo.

—¿Qué ha podido retrasarlo? —me pregunta él—. Estamos en junio.

—Demasiado sol —respondo—. Los pilotos no podían ver con tanta luz.

Me toma la cara entre las manos con el ceño fruncido.

—Los padres se me dan genial, Harriet. Hablar con personas mayores es uno de los poquísimos talentos que me ha dado Dios.

Estoy demasiado nerviosa como para corregir ese comentario crítico.

—No eres tú quien me preocupa.

Me entierra los dedos en el pelo.

—Si quieres salir corriendo, podemos hacerlo. Pero no tengo miedo.

—Por mi culpa parecen horribles —susurro—, y no lo son. No sé por qué me pone tan nerviosa estar aquí.

Me roza la sien con los labios.

—Yo también estoy aquí. Cuentas con mi apoyo.

Las palabras se disuelven contra mi piel, un alivio instantáneo.

—Tú… Tú sigue queriéndome después de esto, por favor.

Se aparta un poco y me mira desde arriba.

—¿Tienes pensado apuñalarme o algo?

—Solo si no hay otra manera mejor de ahorrarte sufrimiento.

—Harriet —dice mientras desliza los labios hacia una ceja y después hacia la otra—, si pudiera dejar de quererte, lo habría conseguido el primer año que lo intenté con desesperación. Estoy aquí. Para quedarme.

—En fin, de haber sabido que necesitabas ayuda para olvidarme, te habría traído a Indiana mucho antes.

Sin apartar la mirada de mí, extiende un brazo por encima de mi hombro y pulsa el timbre.

Mis padres abren la puerta como los personajes cansados de un cuadro de Norman Rockwell. Mi madre lleva un delantal y mi padre tiene un libro de David Baldacci en una mano, la confirmación inmediata de que estaban en habitaciones distintas tres segundos antes.

Se turnan para estrecharle la mano con gesto tenso a Wyn, y a pesar de haberme preparado para una recepción incómoda, me avergüenzo de todas formas por el enorme contraste entre un fin de semana con los Connor y la bienvenida de la familia Kilpatrick.

—¿Ha podido venir Eloise? —pregunto después de varios segundos en la puerta.

—Está en la cocina —dice mi madre, nuestro pie para entrar.

Ya en el comedor, Eloise le estrecha la mano a Wyn desde tan lejos que los dos tienen que inclinarse para conseguirlo, y luego nos sentamos directamente a comer. Hay mucho movimiento de cuchillos y tenedores, chirridos desagradables contra los platos.

Me imagino que Wyn se está preguntando si no será un grupo de desconocidos que he contratado para que se hagan pasar por mi familia.

Sin embargo, él muestra un entusiasmo convincente por todo: el dulce y afrutado riesling de Ohio, el stroganoff tan insulso e incluso la conversación.

Le cuenta a mi familia cómo nos conocimos, como si lo hubieran preguntado, y describe nuestro parque preferido en la ciudad. Habla de lo mucho que echamos de menos a Cleo desde que fuimos a verla a su nuevo trabajo en una granja al norte de Montreal.

Seguramente que en algún momento les he hablado de la aventura granjera internacional de Cleo, pero como no conocen a mis amigos en persona, dudo mucho que recuerden quién es Cleo. De todas maneras, asienten con la cabeza.

—Y tú eres cosmetóloga, ¿verdad? —le pregunta Wyn a Eloise, que lo mira fijamente un segundo como si intentase recordar quién es o cómo han llegado allí los dos.

—Exacto.

—En fin, está en una «escuela» de cosmetología —dice mi madre.

Eloise coge el tenedor y sigue comiendo.

—Es muy buena —afirmo—. Cuando estaba en el instituto, siempre me maquillaba para los bailes. —Fueron algunos de los pocos momentos entre hermanas que tuvimos. Casi no hablábamos, pero de todas formas son recuerdos agradables: que me moviera la cabeza arriba y abajo mientras me aplicaba el polvo bronceador en las mejillas y me enseñaba a utilizar las sombras para que mis pequeños ojos almendrados parecieran enormes.

Era el único momento en el que sentía que tenía una hermana.

—Esta chica era lista como ella sola —dice mi padre al tiempo que señala a Eloise con el tenedor cargado de fideos enrollados—. Incluso se saltó un curso. Quería ser astronauta, como yo de niño. Pero empezó a salir con malas compañías en el instituto.

Eloise ni siquiera pone los ojos en blanco. Ni se inmuta mientras corta el stroganoff con el cuchillo y se mete otro trozo en la boca. Yo siento el sudor en el nacimiento del pelo.

—A mí nunca se me dio bien el colegio —dice Wyn—. Y no puedo culpar a las malas compañías, porque éramos como cuarenta alumnos en mi clase.

—Pero fuiste a Mattingly —dice mi madre—. Evidentemente eres listo.

—Lo es —le aseguro.

—Conseguí una beca deportiva —dice él al mismo tiempo.

—En fin, al menos entraste en Medicina —replica mi padre.

Me estremezco por completo, pero Wyn me da un apretón en la rodilla para tranquilizarme.

—La verdad es que no estoy estudiando Medicina —dice.

—Está estudiando Derecho, Phil —señala mi madre, irritada.

—Esos son Sabrina y Parth —la corrijo—. Wyn trabaja en una librería y repara muebles.

«Ya sabes, el hombre con quien estoy comprometida», pienso. Pero lo pienso con una sonrisa que con suerte transmite: «No pasa nada porque no recuerdes ni un detalle del amor de mi vida».

—Ah. —Mi madre intenta esbozar una sonrisa agradable. Mi padre y ella se miran durante una milésima de segundo, aliados por un instante.

—¿Habéis pensado ya en la boda? —pregunta Eloise.

—Oh, estoy segura de que es demasiado pronto para eso —dice mi madre—. A Harriet todavía le quedan un par de años de estudios. Y luego tendrá una larga residencia por delante.

La ansiedad se apodera de mi estómago.

—Lo estamos viendo.

Por debajo de la mesa, Wyn me busca una mano y entrelaza nuestros dedos. Me acaricia con el pulgar el callo donde me quemé el índice durante nuestro primer viaje a la casita con Sabrina y Cleo. «Cuenta con mi apoyo».

—No tenemos prisa —dice Wyn—. No quiero hacer nada que interfiera con la carrera de Harriet.

Es la respuesta perfecta para mis padres. Se me relaja el pecho al ver la sonrisa complacida de mi madre. Eloise suelta en la mesa la copa de vino y también la servilleta.

—Debería irme ya —dice—. Mañana madrugo para trabajar.

—¿Quién se maquilla por la mañana temprano? —pregunta mi madre, como si fuera una pregunta inocente y no la expresión velada de dos décadas de decepción.

—Las novias. —Eloise coge la chaqueta de cuero del respaldo de su silla—. Como Harriet.

—Al menos deja que te prepare parte de las sobras para que te las lleves —dice mi madre, que hace ademán de levantarse.

Eloise le dice que no e insiste en que va a estar muy ocupada los próximos dos días y no estará en casa para comérselas, y mi madre deja caer los hombros, pero cede. Después de despedirse con la mano y de varios «Un placer conocerte», mi hermana se va.

—¿Más vino? —pregunta mi madre.

Nos tomamos otra copa, sentados a la mesa ya recogida. Parte de la incomodidad desaparece a medida que vamos bebiendo, básicamente porque Wyn saca el tema de la plaza de investigación que he conseguido para el verano, de lo orgulloso que está de mí.

—Ten claro que nunca tuvimos que preocuparnos por Harriet —dice mi padre—. Nunca tuvo una fase rebelde.

—Nunca la castigaron en el colegio —añade mi madre—, sacaba las mejores notas y conseguía un montón de becas. Por estresante que fuera cualquier otra cosa, siempre sabíamos que Harriet estaba bien.

Wyn me mira con una expresión que no consigo descifrar, con un gesto tierno de los labios, pero con el ceño fruncido por la preocupación.

También se le da bien que hablen de sí mismos: mi madre habla de su trabajo como recepcionista en una clínica dental: «Por supuesto, no hay que ser un portento —dice con jovialidad—, pero es un trabajo ajetreado y me mantiene ocupada»; y mi padre le habla de su experiencia impartiendo clases de ciencia a niños de segundo de secundaria.

—No era el plan —le dice—, pero ha merecido la pena. Nuestra Harriet va a cambiar el mundo.

Me hace sonreír de oreja a oreja y consigue que me duela todo.

Es como si el universo se cerrara a mi alrededor al mismo tiempo que se expande algo en mi caja torácica. Soy la culminación de los sueños rotos de mis padres, de las vidas que pudieron tener y, al mismo tiempo, están orgullosos de mí.

Antes de que se acuesten a las diez menos cuarto (la hora a la que llevan acostándose desde que tengo uso de razón), sigo a mi madre a la cocina para terminar de recoger los platos.

—Bueno —digo—, ¿qué te parece?

—¿El qué? —pregunta.

—Wyn.

—Es un chico muy agradable —contesta.

Espero a que añada algo más. Durante un minuto, nos quedamos secando los platos y guardándolos. Al final, me mira y esboza una sonrisa desvaída.

—Pero no te apresures. Tienes toda la vida por delante, toda tu carrera. Y ya sabes, los sentimientos van y vienen. Tu carrera no lo hará. Es algo que siempre estará ahí.

Me obligo a sonreír.

—Pero ¿te cae bien?

Ella suspira y suelta el paño de cocina para mirarme con el ceño fruncido.

—Es un encanto, cariño —dice en voz baja mientras mira de reojo hacia la puerta—, pero, la verdad, no lo veo.

El corazón me da un vuelco.

—¿El qué?

—Que pueda hacerte feliz —responde—. Que tú puedas hacerlo feliz.

—Soy feliz —le aseguro.

—Ahora. —Asiente con la cabeza y mira de nuevo hacia el comedor—. Pero es la clase de hombre que querrá volver a su casa y tener hijos. Y querrá a una mujer que se quede en casa, que lleve una vida como la suya. Te imaginaba con alguien con un poco más de perspectiva, que no esperara de ti más de lo que puedes ofrecer.

Parpadeo para contener el escozor de los ojos, el calor que siento en toda la cara.

Mi madre se ablanda un poco.

—Quizá me equivoque. —Coge el paño y sigue secando platos—. Es la primera vez que lo vemos. Pero ándate con ojo, Harriet. —Me da otro plato, y yo lo seco con gestos mecánicos.

Por dentro, tengo la sensación de que soy un tronco que han cortado de un solo hachazo.

Echo de menos a Wyn, aunque esté en la habitación de al lado. Echo de menos nuestro piso con el radiador que no deja de hacer ruido y el fantasma benigno que tira los libros de las estanterías. Echo de menos sentarme en las rocas de Maine, temblando por el frío con los brazos de Cleo a mi alrededor, las dos acurrucadas en las viejas sudaderas de Mattingly mientras Parth y Sabrina discuten sobre la mejor manera de preparar los s'*more* con las galletas y las nubes de azúcar.

«Dorados a la perfección», según Parth. «Quemadísimos», si se lo preguntas a Sabrina.

Los cuatros nos damos las buenas noches en el salón y, después, cuando cierran la puerta de su dormitorio y Wyn y yo nos quedamos solos, me dejo caer contra su pecho, y él me abraza un buen rato, mientras me besa la cabeza y me mece de un lado a otro.

—Te he echado de menos —le digo.

Me toma la cara entre las manos.

—¿Desde la cocina?

Asiento con la cabeza entre sus manos.

—Yo también.

—Quiero irme a casa —digo.

Me estrecha con más fuerza.

—Nos iremos —me asegura—. Los dos. Dentro de dos días. Pero primero quiero verlo todo.

—¿Mis tetas? —bromeo.

—También —contesta—. Pero estaba pensando en los pósteres de los grupos de chicos y los diarios bochornosos.

—Pues te vas a quedar con las ganas —digo—. La tabla periódica era mi póster de grupo musical de chicos.

Gime.

—¡Dios, eras una empollona!

Le entrelazo los dedos en la nuca, más cálida de lo normal.

—Pero ¿te sigo gustando?

—Tú eres mi tabla periódica —responde.

Me río contra su pecho.

—No sé qué significa eso.

—Significa que, cuando volvamos a casa, voy a cubrir las paredes con fotos tuyas guarrillas tamaño póster.

—Siempre es divertido meterse en un proyecto de redecoración.

Recorrer la planta baja, examinar los detalles de mi casa con él, es una versión horripilante de nuestro viaje a Montana. En vez de un frigorífico cubierto de felicitaciones antiguas y de dibujos amarillentos, hay una lisa superficie de acero inoxidable con un pizarrín blanco encima donde está escrita la lista de la compra con la pulcra letra de mi madre.

—Yogur —lee Wyn al tiempo que le da un golpecito a la lista—. Fascinante.

—En fin, no creerías que todo esto —digo al tiempo que me señalo— podría salir de una casa sin yogur, ¿verdad?

Me besa el dorso de una mano.

—Todavía no tengo ni idea de dónde ha salido todo esto.

Tira de mí para llevarme de nuevo al salón iluminado por una lámpara. En vez de fotos mías y de mi hermana con nuestros disfraces caseros de Halloween en marcos hechos con macarrones, como las que vi de Wyn, Michael y Lou en su casa familiar, solo está mi diploma enmarcado, en un lado, no en el centro. Ya hay un marco vacío al otro lado, a la espera de mi título en Medicina. Lo compraron en cuanto los llamé para decirles que me habían aceptado en Columbia.

—¿Dónde están las fotos de cuando eras pequeña? —me pregunta Wyn.

—Hay una caja con álbumes en el sótano —le contesto.

—¿Podemos cogerlas?

De modo que bajamos, encendemos la bombilla del techo y rebuscamos hasta dar con la caja correcta, tras lo cual nos llevamos un par de álbumes a mi dormitorio.

La historia de mis padres ha sido desde el principio un tablón de fotos mentales salteadas, y el álbum de fotos ayuda poco a rellenar los huecos. Hay un montón de fotografías de la época en la que estuvieron saliendo en la universidad y luego un par del embarazo sorpresa de mi madre. Fotos que ocupan cinco páginas para capturar la boda de penalti, en las que se le nota la barriga porque le tiraba de las costuras del vestido, y unas pocas más para cubrir la infancia de Eloise. Mis padres parecían cansados, pero felices. Enamorados. Si bien no el uno del otro, al menos de Eloise.

Sin embargo, después las fotos son más esporádicas (un par de cumpleaños y de Navidades, un viaje con mi tía y su primer marido) y el cansancio de mis padres se ha transformado.

No es el agotamiento de pasar la noche en vela por un bebé llorando, sino la fatiga de estar hasta la coronilla de su nuevo papel. En sus ojos casi se ven reflejados los sueños perdidos.

Hay un hueco bastante grande sin fotos y después nazco yo. Mis padres parecen felices de nuevo, enamorados de nuevo, mientras acunan mi arrugado cuerpecito de bebé en un pelele rosa demasiado grande. A lo mejor no están tan felices como la primera vez. En seis años, mi madre ha pasado de ser una adolescente de mejillas sonrosadas a una adulta de expresión seria. Mi padre ha engordado un poco y tiene cierto rictus tenso en las comisuras de los labios. Parece distraído incluso mientras me tiene en brazos, con Eloise cogida de la mano libre, sonriendo delante de las jirafas en el zoo.

Que no desdichado. Más bien como si no fuera suficiente. Como si mi madre y él supieran que hay universos en los que ellos eran más, más importantes, más felices.

Mientras pasamos varias páginas y épocas, Eloise va pareciendo cada vez más enfurruñada, siempre apartada, mientras que yo empiezo a sonreír como si mi vida dependiera de lo mucho que se me veían los dientes.

Wyn se detiene en una foto mía con el trofeo del primer puesto en la feria de ciencias, sonriendo pese a las mellas.

—Tan pequeña y ya eras un genio. —Toca el borde de la foto—. Ojalá que nuestros hijos tengan tu pelo.

«Hijos», pienso. Me deja sin aliento. Su forma de decirlo, con tanta naturalidad, con tanto amor. La conocida nostalgia, el anhelo, cobra vida de repente. Pero lo que mi madre me ha dicho también se me cuela en la cabeza, un susurro en la periferia.

—¿Y si se me da mal? —pregunto—. Lo de ser madre.

Me aparta el pelo del cuello.

—Eso no va a pasar.

—No lo sabes —protesto.

—Sí que lo sé —afirma.

—¿Cómo?

—Porque se te da bien amar —contesta—. Y es lo único que tienes que hacer.

Siento un nudo en la garganta. Me escuecen los ojos.

—Cuando era pequeña, siempre tuve la sensación de estar manteniendo el equilibrio en el filo de algo —confieso—. Como si todo fuera… muy inestable y se pudiera derrumbar en cualquier momento.

—¿A qué te refieres? —me pregunta en voz baja.

—A todo —contesto—. A mi familia.

Me recorre la columna con una mano y empieza a trazar círculos en la base de mi espalda.

—Nunca había dinero suficiente —explico—. Y mis padres siempre estaban agotados por sus trabajos. A ver, esta noche ha sido la vez que mejor han hablado de su trabajo. Y luego, cuando Eloise creció, tenían unas peleas tremendas con ella y le decían que no tenía ni idea de lo que habían sacrificado por ella y que lo estaba despreciando. Luego Eloise se marchaba, cabreada, y ellos se iban cada uno a una habitación, y yo me quedaba convencida de que ya estaba. De que Eloise no volvería. O de que mis padres se separarían. Siempre esperaba que sucediera algo espantoso.

Wyn me desliza de nuevo la mano por la columna hasta dejarla en mi cuello. Me escucha, espera y, como siempre pasa, su presencia me arranca la verdad. «Como susurrar mis secretos en una caja y cerrarla herméticamente», solía pensar.

—Hacía muchos pactos con el universo —digo y esbozo una sonrisilla por la ridiculez—. En plan de que si sacaba sobresalientes, todo iría bien. O si ganaba la feria de ciencias por segunda vez. O si nunca llegaba tarde al colegio, o si siempre lavaba los platos antes de que mi madre volviera a casa del trabajo, o si le compraba el regalo de cumpleaños perfecto o lo que fuera. Y sé que mis padres me quieren. Siempre lo he sabido —digo con voz tensa—. Pero la verdad es que...

Wyn me da un apretón en la nuca: «Cuentas con mi apoyo».

—Me he pasado toda la vida intentando compensarlos.

Me coloca un mechón de pelo detrás de la oreja, tan paciente y tranquilo, tan cálido y seguro, como siempre.

—Estaba convencida de que les costábamos mucho —añado—. De que no consiguieron las vidas que querían por nuestra culpa. Pero si yo podía ser lo bastante buena...

—Harriet... —dice al tiempo que me pega con fuerza a su pecho y me estrecha entre sus brazos; una barricada humana—, ¡no! —Su voz se vuelve más ronca—. A veces, cuando hacemos cosas que salen mal, es fácil culpar a los demás. Porque eso simplifica las cosas. Nos quita la responsabilidad de las manos. Y no sé si tus padres os hicieron eso a tu hermana y a ti o si en algún momento tú asumiste la culpa por tu cuenta, pero no es culpa tuya. No tienes la culpa de nada. Tus padres tomaron sus propias decisiones, y no digo que su situación fuera fácil o que no lo hicieran lo mejor posible, pero no fue suficiente, Harriet. Si has llegado a pensar eso, si has llegado a preguntarte si se arrepintieron de tenerte, es que no hicieron lo suficiente, joder.

Sin embargo, no lo entiende. Han hecho todo lo posible. Ahorraron para tutores, pagaron las cuotas de todos los clubes en los que me inscribí, me llevaron y me trajeron, me ayudaron a estudiar cuando estaban agotados de trabajar, me avalaron los préstamos para estudiar Medicina.

Mis padres no son mucho de hablar, pero sacrificaron muchísimo. Eso es amor, y detesto querer más de ellos. Que no pueda sentirme agradecida por todo lo que me han dado, porque en todo momento soy consciente de lo que les costó.

—Tú eres lo mejor que me ha pasado en la vida —dice Wyn con pasión—. Y han tenido suerte de tenerte como hija. Habrían tenido suerte aunque no hubieras hecho el pino con las orejas para que se sintieran orgullosos de ti, porque eres lista y graciosa, y te preocupas por las personas que te rodean, y haces que todo mejore, ¿vale?

Al ver que no contesto, repite con énfasis:

—¿Vale?

—¿Cómo puede acabar así el amor? —pregunto con voz pastosa—. ¿Cómo es posible querer a alguien tanto y que todo desaparezca?

La idea de sentir ese rencor por Wyn es una tortura. La idea de que él sienta ese rencor por mí es incluso peor. De lastrarlo, de impedirle conseguir lo que desea.

—A lo mejor nunca desaparece por completo —dice—. A lo mejor resulta más fácil pasar de todo, o convertirlo en otro sentimiento, pero sigue ahí. En el fondo. —Me toma la cara entre las manos y me besa las lágrimas cuando se me escapan—. ¿Quieres que te prometa que siempre te querré, Harriet? —susurra—. Porque lo haré.

Un subidón helado de adrenalina, un escalofrío de terror, el cuerpo en tensión y todos los músculos contraídos para evitar que las palabras se me claven en el corazón.

Porque dará igual.

Porque puede prometerme lo que quiera, pero al final, los sentimientos van y vienen, y seremos incapaces de detener el cambio.

—Lo único que te pido es que me prometas que cortaremos antes de que las cosas se pongan así —digo.

Una expresión dolida asoma a su cara. Quiero retirar las palabras, pero no lo hago.

Es lo único que puedo ofrecerle, lo único que puedo ofrecerme a mí misma; una minúscula protección.

La única manera que soporto de amar tanto a alguien es saber que nunca se convertirá en veneno. Saber que renunciaremos el uno al otro antes de destruirnos.

—Si nos hacemos infelices el uno al otro —sigo con toda la serenidad de la que soy capaz—, no podremos seguir juntos. No soportaría vivir todos los días sabiendo que me guardas rencor.

—No lo haré —replica en voz baja—. Sería incapaz.

—Por favor, Wyn. —Le acaricio el mentón—. Necesito saber que nunca vamos a hacernos daño el uno al otro de esta manera.

Me recorre la cara con los ojos.

—No voy a dejar de luchar por ti, Harriet.

Se me nubla la vista por las lágrimas. Tira de mí y me abraza con fuerza.

—No voy a dejar de amarte.

Esa no es la respuesta que le he pedido. Es lo que deseo con desesperación.

Años después, bien entrada la noche y sin dormir por el dolor fantasma que siento en el pecho, busco ese recuerdo y lo repaso. Y pienso: «Hicimos lo correcto. Nos dejamos marchar el uno al otro». Eso también es una especie de consuelo.

24

La vida real

Jueves

Estamos sentados con los dedos de los pies metidos en el agua helada y nos comemos el queso, la fruta y el pan que hemos llevado de casa. Nos echamos una siesta al sol y vemos pasar las nubes. Después subimos por el sendero cubierto de agujas de pino que recorre el bosque, con el musgo y los helechos relucientes por el rocío, y la tierra blanda y hueca.

Cleo parece haber superado por completo el momento de tensión, pero Sabrina está más callada de la cuenta y no deja de mirar hacia la retaguardia del grupo mientras caminamos. Sin embargo, cada vez que aminoro el paso para hablar con ella, parece acelerar y participar de la conversación que están manteniendo los demás.

Llegamos a la orilla, pero no estamos listos para irnos, así que nos tumbamos en las rocas rojizas y vemos a los pájaros lanzarse hacia las crestas de las olas a lo lejos.

—Decid una cosa que vayáis a echar de menos de estas escapadas —dice Cleo.

—La Taza Caliente —empieza Parth—. Me encanta ir andando para comprar un café mientras todavía hace frío y no ha salido el sol y las calles están vacías. Y Sab y yo no decimos ni una sola palabra porque todavía no nos hemos metido el chute de cafeína, pero es agradable. En casa siempre llevamos mucha prisa por la mañana.

—Yo también echaré eso de menos —dice Kimmy—. Y sentarme en un banco junto a la ventanilla donde se hacen los pedidos, acariciando a todos los perros que pasan. Y todas las tiendas de segunda mano y los mercadillos. Cada vez que vengo, acabo intentando convencer a Cleo de que alquile una furgoneta de mudanzas para la vuelta.

—Un jardín lleno de trampas para langostas tiene un efecto estético distinto en el estado de Nueva York —replica Cleo.

—Sí, pero al menos podríamos cubrir las paredes con letreros de madera quemada que digan «Esto es la caña».

—Bueno, ya sabemos qué regalarte para tu cumpleaños —digo.

—¿Nos hacemos tatuajes que pongan «Esto es la caña»? —bromea Parth.

—Podemos hacer algo mucho mejor —dice Sabrina.

—Langostas gigantes —sugiere Wyn.

—Sirenas con pintas de muñecas Bratz —añado.

—Ya se me ocurrirá algo. —Sabrina apoya la barbilla en una mano mientras agita el agua con la otra.

—Dime algo que vayas a echar de menos, Harry —me pide Cleo—. Un detalle nada más.

—Ver a todo el mundo tan feliz —digo.

Ella me da una palmada en la pierna.

—Algo para ti.

Me lo pienso.

—Supongo que… irme a dormir.

Parth estalla en carcajadas.

—¡Lo digo en serio! —exclamo.

—Tu parte preferida de este maravilloso viaje que he planeado es… irte a dormir.

—No. —Lanzo con fuerza una concha hacia una brillante ola—. Es irme a dormir muy cansada, pero en plan bien. Sentirme contenta, agotada y relajada, pero también emocionada por levantarme y seguir aquí. —Me encuentro con la mirada de Wyn y aparto la vista—. Es como si aquí no pudiera pasar nada malo. Al menos en cuanto te bajas del avión de Ray.

Sabrina me da un apretón un pelín más fuerte de la cuenta, pero después me suelta la mano con un suspiro.

—Yo también voy a echar de menos eso. Joder, incluso echaré de menos a Ray.

—Yo echaré de menos Bernie's —dice Cleo.

—¿Aunque te provocó una resaca imaginaria? —le pregunta Wyn.

—Que yo sepa, ha sido la última resaca que voy a tener —replica Cleo—. ¡Qué menos que atesorarla!

Volvemos al barco cuando se empieza a poner el sol. El agua brilla como un diamante, el ambiente se enfría y el agua que salpica el barco está helada, pese al sol que nos calienta la coronilla.

Sabrina está deslumbrante al timón. Está donde debe estar, haciendo algo para lo que nació, y por más complicada que haya sido la semana, ahora me doy cuenta de que ha valido la pena.

Parth reparte botellines de Corona con gajos de lima (y un refresco para Cleo) y Sabrina sube el volumen de la radio, desde la que se escucha «Dancing in the Dark» de Bruce Springsteen. Da la sensación de que el tiempo se ha cancelado, se ha borrado, se ha suspendido de forma indefinida.

Mientras sigamos en el mar, con el agua salada salpicándonos la piel, no existe nada más.

Kimmy engatusa a Cleo para bailar agarradas, y Parth y yo no paramos de decirles cosas desde nuestro banco hasta que la combinación del atardecer y la cerveza me hace bostezar.

A mi lado, Wyn levanta un brazo a modo de invitación, y ya sea porque todos están mirando o porque quiero hacerlo sin más, me acurruco contra su costado antes de que me eche el cálido brazo por encima, y su sudor, su detergente, su desodorante y su pasta de dientes se funden para envolverme en mi olor preferido.

Compraría velas con olor a Wyn al por mayor si pudiera, las conservaría hasta mucho después de que se hubiera consumido el cabo, hasta que la última voluta de vapor se hubiera evaporado del cristal.

Siento una ráfaga de viento gélida, le entierro la cara en el pecho para huir del frío y me permito aspirar su aroma y sentir el subidón de dopamina que me provoca.

Solo me he bebido media cerveza, pero tengo la sensación de estar borracha. Me desliza una mano desde el abdomen hasta la cadera, me da un apretón y se me escapa el aire contra su cuello al tiempo que el calor me baja hasta ese punto entre los muslos.

—Podría ser la canción para nuestro primer baile —le dice Cleo con voz distraída a Kimmy— si alguna vez nos casamos.

«Si alguna vez nos casamos».

Me tenso por completo. Me doy cuenta de que a Wyn se le acelera el corazón, de que deja caer la mano que tiene contra mí. Delante de nosotros, el puerto se va acercando más y con él, la realidad.

—¿Y por qué motivo, Kimmy? —pregunta Cleo entre risas.

—¡Por el momento mágico que estamos viviendo! —contesta ella—. ¿Hace falta un motivo mejor?

—Supongo que no —reconoce Cleo—. Dado que la boda es totalmente hipotética, ¿por qué no hacemos que Bruce Springsteen toque en directo durante el banquete?

—¿De verdad que no quieres casarte? —le pregunta Parth, que no parece muy seguro.

—Cleo tiene sentimientos encontrados en lo que respecta a la institución del matrimonio —explica Kimmy—, y a mí me da un poco igual mientras lo tengamos claro. Pero creo que una boda sería divertida. Solo es un fiestón carísimo. Sin ánimo de ofender.

Me incorporo y me aparto, con la mirada clavada en una bandada de gaviotas que revolotea en círculos.

—No, tienes razón —reconoce Parth—. Es una excusa para organizar la mejor fiesta de tu vida, con todos tus seres queridos en el mismo lugar.

—Nosotros seis —dice Wyn.

Sabrina se encoge de hombros y nos acerca más al puerto.

—Eso hicieron mis padres y fue perfecta.

—No sabía que asististe —replico. Sé bastante sobre la relación de sus padres, pero sobre todo del final. Al igual que los míos, sus padres llevaban muy poco tiempo juntos cuando su madre se quedó embarazada. A diferencia de mis padres, se divorciaron en cuanto su felicidad inicial desapareció.

La madre de Sabrina se quedó destrozada después de eso, más que nada porque el señor Armas no perdió tiempo para casarse con una modelo noruega. Sabrina se convirtió rápidamente en la confidente de su madre, en su red de apoyo y en su terapeuta hasta que la que fue la señora Armas empezó a salir con otros hombres.

Teniendo en cuenta lo que sé, los veranos de Sabrina en Knott's Harbor eran la única alegría en una infancia solitaria, el único lugar donde sus padres tenían tiempo para ella.

—Tenía cuatro años cuando se casaron —explica—. Estábamos pasando el verano aquí y recorrimos la costa en coche. —A sus labios asoma esa sonrisa perfecta de dientes blancos, como si incluso después de todo lo sucedido, hubiera guardado ese recuerdo en el corazón, donde nada ha podido estropearlo—. Hay una granja muy grande —sigue—, con una capilla al final de un sendero en el bosque. A ver, que igual «capilla» no es la palabra adecuada. Está en el exterior y da hacia la costa. Se ve el mar a través de los árboles. En fin, que era un martes cualquiera y mis padres decidieron que iban a casarse. Así que buscaron a un sacerdote y solo estuvimos él, ellos dos y yo en el bosque. Igual el colega no era ni sacerdote de verdad. Podría haber sido un *stripper* muy serio que mi padre encontró en las Páginas Amarillas. Pero da igual. Fuimos felices. Por lo menos durante tres años.

Se le escapa una de sus típicas carcajadas, pero entrecortada, y Parth se reúne con ella al timón para rodearle la cintura con un brazo.

—¿Sabéis ya cómo va a ser vuestra boda perfecta? —me pregunta Cleo, y el pulso se me dispara por el sentimiento de culpa.

Sin embargo, Wyn contesta como si nada:

—En el juzgado.

—Ni de coña. —Kimmy menea la cabeza—. Eres demasiado romántico. Tienes el sitio y el momento perfecto ya elegidos. Seguramente lo decidiste en el mismo momento en el que le dijiste a Harriet que la querías por primera vez, en un campo lleno de sus flores preferidas.

—¡Qué va! —dice Wyn—. A lo mejor antes pensaba que habría un momento o un lugar perfectos. Pero ahora creo que si de verdad quieres estar con alguien, no esperas a que las cosas sean perfectas.

—Me busca con la mirada—. Me habría casado con Harriet en una capilla de Las Vegas, de esas en las que entras en coche, el día después de pedírselo si ella hubiera querido.

Los ojos se le ven oscuros a la mortecina luz, ese tipo de mirada que cae como una pesada cortina, ocultándolo todo.

«Me habría casado». Ese pasado me atraviesa.

—¿Y qué mierda te lo impide? —pregunta Parth—. Hoy mismo te busco un Elvis en internet. Podemos dejarlo todo arreglado en tres cuartos de hora. Una boda tras otra.

Wyn clava la mirada en el muelle.

—Porque eso no es lo que ella quiere.

«Tú, tú, tú», grita mi corazón.

Entramos en el puerto.

25

La vida real

Jueves

Una vez de vuelta en la casa, nos separamos para lavarnos la sucie-
dad acumulada del día y la piel quemada por el sol antes de la cena.
Es Jueves de Tacos, una tradición según la cual Sabrina prepara más
comida de la cuenta mientras los demás damos tumbos, fingiendo
que somos sus casi ineptos pinches.

—Esta noche vamos a preparar una ensalada de pomelo y agua-
cate —anuncia mientras empieza a tachar los elementos del menú a
medida que entramos por la puerta—, con vinagreta de limón e hi-
nojo. Buñuelos de calabacín y maíz a la plancha. Y después tacos de
pescado para los que comemos carne y tacos de jaca mechada para
Kimmy y Cleo.

Los acompañamientos cambian, al igual que el relleno de los tacos, pero Sabrina siempre ha insistido en que lo peor de pasar las
vacaciones en Knott's Harbor es la ausencia de un buen restaurante
de tacos, y eso no lo soporta. Me quedo un rato en la planta baja
mientras los demás suben, a la espera de que Wyn vuelva con ropa
limpia y se dirija a la ducha exterior, tal como sabía que haría.

—Es todo tuyo —me dice al tiempo que señala con la cabeza
hacia la escalera principal.

—Gracias. —Los dos nos quedamos clavados en el sitio unos
segundos.

Él es el primero en moverse y se va hacia la puerta trasera.

Una vez arriba, busco en la maleta algo cómodo y lo bastante abrigado como para estar fuera en una noche tan fresca como esta, y luego voy hacia la zona de aseo del dormitorio. Mi móvil se ilumina en la mesita de noche y me acerco para cogerlo.

Mi madre me ha mandado un mensaje de texto y no tengo ni idea de lo que me está diciendo.

Sé que estás asustado, pero no puedes retrasarlo más. Cuanto más esperes, peor será. Tienes que contárselo, Wynnie...

Suelto el móvil como si fuera una serpiente.

Es su teléfono, no el mío. El mío está al otro lado de la cama.

Retrocedo un paso, con el corazón desbocado. No sé si me aterra más que Wyn me pille con su móvil o lo que pueda ver en él. No, qué va, lo tengo claro. Es lo segundo.

Me quedo sin saber qué hacer durante un minuto. Mi mente no deja de darle vueltas a las peores posibilidades, a las cosas que Gloria quiere que Wyn me diga.

Algo sobre su salud. Algo sobre la de él.

O a lo mejor ha estado preparándola para la idea de la ruptura, guiándola poco a poco hacia la idea de que ya no estamos hechos el uno para el otro y que no tiene nada que ver con la distancia física que nos han impuesto sus cuidados.

«No tiene nada que ver. Ya no». La idea rebota en mi interior, como una bola de *pinball* borracha y furiosa que va de una costilla a otra. Es feliz. Tal vez se fue a Montana por su madre, pero ahora está allí por decisión propia.

Gloria debe de ser consciente de lo feliz que es. Seguro que sabe que está preparado para dejarme marchar.

Me siento de golpe en el borde del colchón, mientras las lágrimas, que han salido de la nada, me bañan las mejillas. No sé por qué, pero es como si fuera una ruptura totalmente distinta. Acepto, por fin, la verdad. Que ha pasado página. Que todos estos momentos a los que me aferro, como salvavidas mentales, solo son recuerdos de él.

Lo cierto es que no sé qué significa el mensaje de texto.

Puedo darle vueltas y quitarle importancia todo el día, pero no es asunto mío. De la misma manera que le dije que mi vida no era asunto suyo.

No le preguntaré. No puedo. Si quiere contármelo, lo hará, pero hace mucho que Wyn dejó de contestar mis preguntas. Mucho más de cinco meses.

Tomo una entrecortada bocanada de aire, enderezo los hombros y me meto en la ducha.

Donde lloro de nuevo.

«Eres tonto, pero tonto, tonto —le digo a mi corazón—. ¿No sabes que hace mucho que dejó de ser tuyo y que no puedes llorar por él?».

26

El lugar oscuro

San Francisco, California

Un piso gris con un solo dormitorio que pensamos pintar de azul turquesa claro. Lo encontramos por internet y, pese a la estrecha cocina y a las pequeñas ventanas, creímos que podríamos convertirlo en un hogar. Será donde por fin planearemos nuestra boda, después de años aplazando el momento.

Wyn apenas si se inmutó después del primer viaje a casa de mis padres, cuando le planteé la posibilidad de esperar a casarnos hasta que yo termine la carrera. No era tanto por lo que dijo mi madre en la cocina la noche que lo conoció como por mi deseo de que viera lo equivocada que estaba.

Quería que viera que Wyn me amaba de verdad, quería que viera lo paciente, amable y bueno que era.

«Podemos tomárnoslo con calma», me aseguró, y como las cosas no cuajaron (en lo referente a la boda) durante mi último año en Columbia, resultó obvio que tendríamos que planearla después de que nos mudáramos para mi residencia.

Tardo unos meses en encontrar mi sitio en el hospital. Mejor dicho, en los hospitales. Nos hacen ir de un lado para otro, adquirir experiencia en muchos entornos diferentes. La etapa en la Facultad de Medicina se me dio fenomenal, igual que el instituto y la escuela de pregrado, pero esto es distinto. Las cosas van demasiado deprisa y me paso la vida intentando ponerme al día. Me duelen los pies y las rodillas por todas las horas que paso de pie, y parece que mi cerebro es incapaz de guardar un mapa de la planta de un hospital sin mezclarlo con otro, así que siempre llego un poquito tarde. Al cabo de cuatro semanas, una residente de cuarto año llamada Taye, con gruesos rizos oscuros y una altura similar a la de una modelo, me coge por los hombros cuando paso por su lado a la carrera.

—Respira un segundo —me dice—. Las prisas te vuelven torpe y no podemos permitirnos ser torpes.

Asiento con la cabeza, pero la seguridad me abandona un poco cuando, al separarnos, golpeo un bote de bolígrafos del mostrador de recepción.

Wyn es quien encuentra el lugar donde celebraremos la boda. Un almacén reformado con vistas a la bahía, que se inaugurará el próximo invierno.

—Si a ti te gusta —le digo—, a mí me gusta.

Entregamos la fianza. Sin embargo, a lo largo del mes siguiente avanzamos poco con respecto al resto de la planificación. Hay demasiadas decisiones que tomar, todo cuesta demasiado y, pese a su grado en Empresariales, Wyn tiene dificultades para encontrar un trabajo donde le paguen por encima del salario mínimo.

—Se me dan fatal las entrevistas —dice una noche mientras se frota la cara por el estrés después de recibir otro mensaje de correo electrónico con el mismo cuento de «Nos hemos decidido por otro enfoque diferente...».

—Porque no te vendes bien —replico al tiempo que me siento a horcajadas sobre su regazo y le rodeo el cuello con los brazos—. La próxima vez que estés en una, responde a cada pregunta como si estuvieras hablando por mí.

Asiente con seriedad.

—Vale, entonces, cuando me pregunten por mis mejores cualidades, les diré que soy increíble en la cama.

Resoplo en su cuello y aspiro su olor.

—A mí me funcionó para conseguir la residencia.

Me alisa el pelo hacia atrás y me besa en la comisura de los labios.

—Responde como responderían por ti las personas que te quieren, Wyn —le aconsejo.

Lo sigue intentando. Seguimos intentándolo.

Encuentra otro trabajo en una librería, pero apenas supera el salario mínimo y no le llega para cubrir el resto del alquiler, así que después de un par de semanas más, acepta otro trabajo a tiempo parcial, haciendo reparaciones en una empresa de tapicería.

Y una mañana llego a casa después de un turno de noche y me lo encuentro sentado a la mesa, todavía con la ropa del día anterior y el móvil en el suelo, con la pantalla rota.

—¿Wyn? —digo, con el corazón en la garganta.

Me mira y se echa a llorar. Corro hacia él, me arrodillo en el suelo y aguanto su peso mientras él se desploma sobre mí, con la frente apoyada en mi hombro y aferrándome el pijama del hospital con tanta fuerza que creo que me lo va a romper.

Tarda mucho en hablar.

En decirme que Hank nos ha dejado.

27

La vida real

Viernes

—Creo que mañana deberíamos prepararte una boda como Dios manda —digo durante el desayuno.

—Oh, menos mal que alguien lo ha dicho —replica Kimmy, que deja caer la cuchara en su cuenco de bayas de asaí.

Parth mira de reojo a Sabrina, que se limpia las manos en la servilleta de tela.

Estamos sentados a una mesa blanca de hierro forjado en el frondoso jardín del hotel Bluebell Inn, situado en una de las colinas con vistas al puerto. El camarero llega para dejarnos unos capuchinos recién hechos y luego se aleja hacia otra mesa.

—No necesitamos un bodorrio —dice Sabrina—. Esto, nosotros seis, es lo único que importa.

—No digo que tenga que ser un bodorrio —respondo. Como no pegué ojo anoche, aproveché para pensar y llegué a la conclusión de que la única manera de superar los dos últimos días sin desmoronarme pasa por darle a mi cerebro otra cosa en la que concentrarse—. Me refiero a una tarta. A un fotógrafo. ¿Y quizá algo viejo, algo nuevo y algo azul, o lo que sea?

Wyn resopla con suavidad a mi lado.

—Podría estar bien —dice Parth, que vuelve a mirar a Sabrina.

—Es mañana —me recuerda ella.

—Solo tardaríamos unas horas —replica Cleo.

—Podemos dividirnos las tareas y así acabamos antes —sugiero. Una tarea completa y tiempo a solas...; la combinación perfecta.

Sabrina ladea la cabeza mientras sorbe la espuma de su capuchino.

—Vale. —Asiente con la cabeza—. Vale, sí. Wyn y tú os encargáis de la tarta.

Me resisto.

—¿No será más rápido si nos dividimos? ¿Para hacer el doble de cosas?

—No, será caótico. Acabaremos con seis tartas.

—Seguro que por eso lo sugirió Harriet —dice Wyn.

Paso de él, me armo de valor de nuevo y vuelvo a enfrentarme a Sabrina.

—Si vamos a formar equipos, entonces tú y yo deberíamos encargarnos de la tarta. Quiero asegurarme de elegir algo que te guste.

Ella ladea un poco la cabeza y veo pasar una emoción fugaz por sus ojos.

Sabrina y yo apenas hemos estado un segundo a solas desde que me recogió en el aeropuerto y, por primera vez, me pregunto si se ha debido a mi miedo a que nos descubriera o si es que ha estado evitándome.

Mueve un poco la cabeza.

—La tarta me da igual. Lo único que me importa, además de la ceremonia, es la despedida de solteros, así que quiero encargarme de eso.

—¡De eso me encargo yo! —protesta Parth.

—Claro —dice ella—. Lo haremos juntos, y Cleo y Kim pueden intentar encontrar un fotógrafo si les apetece.

—Nos encantaría —replica Cleo.

—Pero solo tenemos dos horas, ¿vale? —dice Sabrina—. Sin importar lo que consigamos, dentro de dos horas nos vemos en la casa.

La mirada de Wyn se clava en mí y miro al suelo.

«Son solo dos horas», pienso.

«¿Qué he hecho?», pienso.

* * *

No sé si Wyn está captando mi malestar y lo está proyectando, o si de verdad está ensimismado. Quizá se deba al mensaje de Gloria o quizá sea por algo totalmente distinto. Pero apenas hablamos mientras vamos de pastelería en pastelería.

La tarde pasa volando. Ya han pasado noventa minutos de las dos horas asignadas cuando en la quinta pastelería nos dicen que no hacen tartas nupciales.

—Nadie protesta tanto como los padres de los novios —nos dice la mujer con la cara colorada.

—¿Hemos dicho «boda»? —Wyn se ríe, me mira y se lleva una mano a la frente, mientras menea la cabeza. Vuelve a mirar a la encargada y se inclina sobre el mostrador con una sonrisa arrolladora, de esas que parece que se le ha enganchado un anzuelo debajo del labio—. Quería decir «cumpleaños». Llevamos cuatro años planeando nuestra boda, así que supongo que se me han cruzado los cables o algo. Esta tarta es para un cumpleaños.

La mujer lo mira con los ojos entrecerrados.

—En todas nuestras tartas de cumpleaños pone «Feliz Cumpleaños».

—Vale, ¿y en una tarta normal? —pregunto.

—En esas también pone «Feliz Cumpleaños» —responde la mujer, decidida a no vendernos una tarta nupcial de tapadillo, supongo.

—Estupendo —dice Wyn—. Queremos una *red velvet*.

—¿Y el nombre de la persona es…?

No tiene bastante con obligarnos a comprar una tarta con un «Feliz Cumpleaños» cuando sabe perfectamente que es para una boda.

—«Feliz cumpleaños, esto es la caña» —sugiere Wyn.

—Lo normal es poner el nombre de la persona que cumple años —dice la mujer.

Las normas relativas a esta tarta son cada vez más específicas.

Wyn esboza una sonrisa torcida.

—Es una broma nuestra.

La mujer no sonríe, pero de todas formas se da media vuelta para anotar el encargo de nuestra tarta no nupcial.

Una vez en el Land Rover, volvemos a sumirnos en el silencio. Estamos a medio camino de la colina cubierta de flores silvestres que lleva a la casa cuando Wyn se detiene de repente en el arcén de gravilla que da al mar.

—Vale —dice, mirándome.

—Vale, ¿qué? —replico.

—¿Qué pasa? —pregunta.

—Nada —miento.

Echa la cabeza hacia atrás con una carcajada frustrada.

—Por favor, no hagas esto.

—¿¡El qué!? —exclamo.

—Fingir que estás bien —contesta—. Actuar como si estuvieras alejándote de mí.

—¿¡Que me estoy alejando de ti!? —Lo consigo decir todo seguido pese al nudo que tengo en la tráquea. De repente, me siento tan frustrada que me invade una especie de claustrofobia. Me desabrocho el cinturón de seguridad y abro de golpe la puerta para salir a trompicones al sol inclemente del mediodía.

Él también se baja y rodea el capó para acercarse a mí.

—Esto no es justo.

Extiendo los brazos a los lados.

—¿El qué no es justo?

—Nos llevábamos bien —contesta—. Actuábamos como amigos, y ahora...

—¿¡Amigos!? —La palabra me arranca una carcajada—. ¡No quiero ser tu amiga, Wyn!

—¡Yo tampoco quiero ser tu amigo! —grita.

Me doy media vuelta para subir la cuesta andando, pero él me coge de la mano y tira de mí para que vuelva a mirarlo. No sé cómo sucede. Estoy segurísima de que no me he «tropezado» contra su boca, pero eso es lo que me parece; porque más segura estoy de que él no ha iniciado el beso (Wyn jamás haría algo así) y no tiene sentido que lo haga yo, pero eso es lo que ha pasado.

Lo que estoy haciendo.

Le aferro la camiseta con las manos y él me coloca las suyas en la espalda. Nos besamos con pasión, con premura, como si fuera una actividad cronometrada y estuviéramos en los últimos segundos.

—Explícame lo del mensaje —susurro mientras nuestros labios se separan.

—¿Qué mensaje? —me pregunta, volviéndome hacia el coche hasta que siento el cálido metal del capó en la espalda.

—El de tu madre —contesto—. He visto un mensaje de tu madre.

—No es nada —dice mientras me levanta para sentarme en el capó.

—¡Wyn!

—Es un tema de trabajo, Harriet —dice al tiempo que me da un apretón en los muslos y me los sube para que le rodee las caderas.

—Eso no tiene ningún sentido —protesto mientras desciende por mi cuello dejándome un reguero de besos y me acaricia una oreja.

—Puedo explicártelo ahora mismo —replica— o podemos echar un polvo en el Land Rover.

Un deseo abrasador me atraviesa de repente y tenso los muslos alrededor de su cuerpo mientras él me besa con más desesperación.

—¿¡En el Land Rover!? Estamos como a kilómetro y medio de la casa.

—No sé si aguantaré tanto, Harriet.

Lo aparto dándole un empujón en los hombros mientras el resto de mi cuerpo se estira hacia él.

—Dímelo —insisto.

Se aleja un paso. Un coche pasa volando por la carretera, a nuestro lado, y él parpadea como si saliera de un trance. Al instante, la ansiedad lo hace fruncir el ceño y torcer el gesto, y estoy segura de haber tomado la decisión correcta, de que hay algo que necesito saber.

Se saca el teléfono del bolsillo trasero con un suspiro resignado y teclea algo mientras se muerde el labio inferior, un gesto que revela su preocupación. El suspense me está matando.

Al final me pasa el teléfono.

Ha buscado una tienda minimalista muy estilosa en el navegador. Un fondo blanco. Encabezados con una tipografía serif: «Galería, Contacto, Redes Sociales». Debajo, la fotografía de una enorme mesa de roble con pie central en un prado verde claro. Rodeada de sillas desparejadas con flores silvestres alrededor de las patas. Más allá del prado se elevan unas montañas de color azul lavanda hacia un cielo despejado.

Es tan bonito que me duele. Siento la misma añoranza que sentía de pequeña cuando volvía a casa en bicicleta al atardecer y, al pasar delante de las ventanas iluminadas de las cocinas, veía a la gente que había dentro riendo mientras ponían la mesa o lavaban los platos.

Toco la imagen. Aparece una opción para comprar la mesa.

—¿¡Quince mil dólares!? ¿Dólares americanos?

—Es la más barata —dice Wyn.

Levanto la mirada, atónita.

—Wyn, ¿¡vas a comprar una mesa de quince mil dólares!? Yo flipando porque has comprado un libro de adorno para la mesa del sofá, ¿y tú vas a comprarte una mesa de millonario?

—¿Qué dices? —Se ríe incómodo—. No, Harriet. No es... No voy a comprarla. La he hecho yo.

Lo miro fijamente.

—La has... —Vuelvo a mirar la mesa y luego lo miro a él—. ¿Que la has hecho tú? ¿O que la has reparado?

Se pone colorado.

—La he hecho yo. Para esa tienda de muebles que hay en Bozeman. ¿Juniper y Sage?

Juniper y Sage. Una vez fui con sus padres y Hank bromeó diciendo que ni se nos ocurriera tocar los jarrones, porque si rompíamos alguno, tendríamos que hipotecar la casa.

—Son ventas en consignación —me explica—. Las dos primeras que hice ya las han vendido. Esta la odio y parece que los millonarios de Bozeman también, porque lleva semanas a la venta y nada. Pero además he empezado a hacer encargos. Sobre todo para residencias de verano, aunque también tengo un encargo de sesenta mil dólares para un complejo turístico. Recibo pedidos cada pocos días. Los turistas quieren algo hecho en la zona. Si sigue así, pronto tendré que contratar a alguien para que me ayude y... ¿Qué pasa?

—Nada. —Aparto la mirada, hacia el agua y pestañeo para contener las lágrimas de emoción.

—¿Harriet?

—Eres... —Meneo la cabeza—. Eres increíble, Wyn. Esto es increíble.

Esboza una sonrisa torcida y clava la mirada en el agua que tenemos debajo.

—Sí, bueno, resulta que estudiar Empresariales no fue una completa pérdida de tiempo.

Ojeo las fotos de la página de inicio y él me mira de reojo, como si no pudiera soportar hacerlo de frente.

Una mesa de nogal oscuro junto a un arroyo burbujeante, con jarrones llenos de ratibidas, flores de capulín y tallos cuajados de flores moradas de penstemon de las Montañas Rocosas. Otra mesa, esta de cedro sin cantear, en un pinar. Parece el altar de una catedral hecha de árboles.

La fotografía me provoca un dolor extraño en las extremidades. Por el deseo tal vez de estar en ese lugar, o tal vez de estar detrás de la cámara con el hombre que ha hecho esa mesa.

—En su hábitat natural —digo.

Aunque lo que quiero decir es «tu hábitat natural».

Recuerdo las videollamadas que hacíamos cuando volvió a casa, a Montana, y que incluso a través de la pantalla me resultaba evidente que había recuperado sus colores después de haberse desvanecido durante meses bajo la niebla y la llovizna de San Francisco.

—A ver, que es una mesa. —Extiende un brazo para recuperar el teléfono, pero se lo impido—. Ninguna mesa vale tanto.

—Esta sí —murmuro. Levanto la mirada y lo sorprendo mirándome, con una descarnada vulnerabilidad, con esperanza—. Es increíble

—me obligo a decir—. No sabía que fabricabas muebles. ¿Cuándo empezaste?

Se rasca la nuca.

—Empecé a hacerlo en San Francisco.

—¡Venga ya! —exclamo.

—El segundo trabajo que conseguí —me explica—. No era de tapicero. Era de aprendiz de un diseñador.

En el gran esquema de las cosas, no es una revelación salaz, pero sí me desorienta. Porque me doy cuenta de que la ruptura entre nosotros empezó mucho antes de lo que yo pensaba.

—¿Por qué no me lo dijiste?

—No lo sé. Me daba vergüenza.

—Te daba vergüenza —repito, como si fuera la primera vez que oigo esa palabra. Que a lo mejor es así—. ¿Qué tiene esto de vergonzoso?

—Nunca he sido como tú —contesta—. Nunca he sido un genio. Ni he tenido un montón de objetivos que cumplir. Me he pasado los primeros treinta años de mi vida dando tumbos.

—Eso no es cierto —protesto.

—Harriet —dice y me mira con los párpados entornados, y a través de las pestañas veo toda la variedad de verdes y grises de sus ojos en pleno apogeo bajo la luz del sol que se refleja en el agua—, entré en la universidad por los pelos y me gradué por los pelos. Y luego te seguí a San Francisco e, incluso con un grado universitario, me las arreglé para no pasar ninguna de las entrevistas que hice para puestos de trabajo con buenos sueldos. No quería que me vieras fracasar también en el trabajo de aprendiz. Así que me quité presión de encima diciéndote que era otro trabajo de tapicero porque, si la cagaba, me resultaría fácil encontrar otro sin que te enterases.

Me arde la nariz. Agacho de nuevo la mirada y la clavo en la pantalla del teléfono, que veo borrosa.

—La verdad es que nunca creyó que fuera bueno —dice.

Lo miro.

—El diseñador del que fui aprendiz —me explica—. Decía que no tenía instinto.

Resoplo.

—¿Qué, como si fueras una especie de perro perdiguero? Menudo gilipollas.

Wyn esboza una sonrisilla.

—Cuando dejé el trabajo y volví a casa, estaba bastante seguro de que ya ni siquiera iba a intentarlo. Creí que seguiría con las reparaciones.

—¿Qué te hizo cambiar de opinión?

Se sienta en el capó caliente, a mi lado.

—Es difícil de explicar.

Volvemos al tira y afloja, a la información que me ofrece a cuentagotas y a las sequías posteriores.

Nunca he conseguido conformarme con esas pequeñas dosis. Una sola gota solo sirve para empeorar la sed.

—Pues yo estoy orgullosa de ti —digo con énfasis, cruzándome de brazos y adoptando una postura defensiva de la misma forma que él ha hecho conmigo.

Sus ojos vuelven a los míos.

—Puedo hacerte una si quieres.

—¿Una mesa? —le pregunto. Él asiente con la cabeza—. No tengo tanto dinero, Wyn.

—Lo sé —dice—. No me refería a que la compraras.

—No puedo aceptar algo así gratis —protesto.

—Me va muy bien, Harriet —me asegura—. Además, ahora mismo apenas tengo gastos. No sé si lo sabes, pero vivo con mi madre.

Me río.

—Creo que leí algo de eso en TMZ.

Me roza la mano que tengo apoyada en el capó y, que el Señor me ayude, porque vuelvo la palma hacia la suya. Necesito aferrarme a él en este momento, necesito sentir los callos de su palma que me sé de memoria.

—Me encantaría hacerte una —murmura—. Tengo tiempo y no necesito dinero. —Al ver mi expresión, añade—: Bueno, si no quieres una mesa...

—No es eso. —Meneo la cabeza—. Es que me resulta increíble. Verte así. Tan feliz.

Me mira con gesto penetrante, antes de apartar los ojos y asentir con la cabeza.

—Lo soy. Soy muy feliz.

Siento que el pecho se me pliega sobre sí mismo.

—Me alegro mucho.

—Tú también lo eres, ¿verdad? —me pregunta, enfrentando mi mirada.

El balancín del pecho se mueve de nuevo, desestabilizándome.

—Sí —le aseguro—. Yo también soy feliz.

—Bien —dice en voz baja.

—¿Por qué insistía tanto Gloria para que me contaras esto? —pregunto.

—Porque cree que seguimos juntos —contesta, con mirada sombría y firme—. Cree que sigues esperando a que vuelva.

A San Francisco.

A que vuelva a mi lado.

No lo estoy esperando. Hace meses que sé que no volverá.

Así que ¿por qué me duele tanto oírlo?

Suena la notificación de que he recibido un mensaje y rompo el contacto visual. Parpadeo con rapidez mientras saco el móvil y lo leo.

—Sabrina —digo con voz ronca al tiempo que me bajo del capó.

Él esboza una sonrisa torcida, poco convincente.

—Parece que se nos ha acabado el tiempo.

«Hace mucho», pienso. Aunque el dolor sigue siendo intenso.

28

El lugar oscuro

San Francisco, California

Después de la muerte de Hank, Wyn insiste en que no es necesario que aplacemos la boda. Dice que no debemos perder la reserva del local ni el dinero de la fianza. Pero apenas come, apenas duerme.

—Así será más fácil —le digo—. Tendré más tiempo para adaptarme a la residencia y luego resolveremos todo lo demás.

Pasan los meses y su tristeza no desaparece. La mía siempre está presente, siempre a la espera para hacerme tropezar. Todo me recuerda a Hank, no paro de pensar en lo que Gloria debe de estar sintiendo, en lo que Wyn debe de estar guardando en su interior.

Algo tan inocente como un anuncio de coches me deja hecha polvo. Empiezo a darme duchas largas para poder desahogarme y no agobiarlo con mi tristeza, porque bastante tiene con la suya. Wyn empieza a correr para quemarlo todo.

No pintamos el piso. Un fin de semana se ofrece a hacerlo, pero es el único día libre que tiene por culpa de sus dos trabajos y parece muy cansado.

—Ya lo haremos algún día —digo.

—Lo siento —se disculpa con voz ronca mientras me agarra por las caderas y tira de mí hacia el sofá donde está sentado, para hundir la cara en mi abdomen.

—No tienes por qué sentirlo —replico.

—Quiero mejorar por ti —dice.

—Déjalo —susurro—. No es necesario. No necesito que hagas nada. Estoy bien.

Sin embargo, no lo estoy. Vivo aterrorizada pensando que nunca volverá a ser él mismo. Que lo he apartado de sus amigos y de un trabajo que le gustaba, y de su familia. Y encima ni siquiera puedo dedicarle el tiempo que necesita.

Y luego está la muerte de Hank, el padre de mis sueños, y el sentimiento de culpa que me invade por pensar eso después de los sacrificios que hizo mi propio padre para darme esta vida.

Los sacrificios, los trabajos que ha odiado y que de todos modos ha aceptado, todo son pruebas de su amor. Pero nunca ha sido un hombre emotivo. Es cercano hasta cierto punto.

La última vez que visitamos a los Connor antes de que el padre de Wyn muriera, lo vi llorar de felicidad cuando llegamos. Aquella noche, mientras les dábamos las buenas noches, me dio un fuerte abrazo y me dijo: «Que duermas bien. Te quiero mucho, niña». Y después me encerré en el cuarto de baño y abrí el grifo para que el agua corriera mientras lloraba por razones que no comprendía del todo.

Por la nostalgia, supongo. Ese sentimiento que me provocaba ver el interior iluminado de las cocinas ajenas desde la calle.

«Te quiero mucho, niño» fue un estribillo tan constante en la infancia de Wyn que tanto él como sus hermanas se lo tatuaron con la letra de Hank cuando fuimos a Montana para el funeral. Dijeron que yo también podía hacerlo, pero no me parecía justo. Hank no me pertenecía. Y ya nunca me pertenecerá.

Los raíles de nuestras vidas se separan poco a poco, pero cuando estamos juntos, mi amor sigue siendo tan grande y arrollador que podría consumirme.

De vez en cuando, Wyn me pregunta si quiero mirar locales o ir a probar tartas. Intenta ser feliz. Yo intento darle lo que necesita en esta vida tan pequeña a la que lo he arrastrado.

—No hay prisa —le aseguro—. De todas formas, estoy muy ocupada en el hospital.

No quiero obligarlo a hacer una celebración. No quiero que sienta que debe ser feliz cuando sigue aclimatándose a un mundo sin Hank Connor.

No debería haber sido así. Hank era once años mayor que Gloria, sí, pero solo tenía setenta y pocos. ¿No se supone que los setenta son los nuevos cincuenta?

A veces, cenamos juntos entre sus dos trabajos, aunque la mayoría de las noches no nos vemos hasta que se acerca a darme un beso en la cabeza mientras leo en la cama, antes de ducharse.

A veces, cuando vuelve y cree que estoy dormida, por fin se permite llorar y suplico (aunque no sé a quién, ni por qué): «Por favor, por favor, ayúdame. Por favor, ayúdalo a superar el dolor».

Hago pactos con el universo: «Si consigo que el piso sea más acogedor. Si no me quejo del trabajo. Si aprovecho al máximo los días de lluvia constante. Si no le exijo nada, todo saldrá bien».

Lo superaremos.

Una noche, un grupo de mis compañeros residentes me invita a salir. Siempre lo hacen. Y nunca acepto. Pero Wyn lleva una temporada presionando para que lo haga.

—De todas formas, no estaré en casa —dice—. Necesitas amigos.

—Ya tengo amigos —le recuerdo.

—Aquí no —replica—. Y también los necesitas.

Así que salgo con ellos, y es agradable, divertido, pero pierdo la noción del tiempo y, cuando llego a casa, Wyn está dormido en la cama, y se me parte el corazón por haberme perdido aunque sean cinco minutos con él antes de que se duerma.

Me siento culpable. Me siento perdida. No sé cómo arreglar lo que está pasando.

A la mañana siguiente, cuando le digo que lo he echado de menos, me dice:

—La verdad, me dormí nada más llegar a casa. No te lo habrías pasado bien conmigo.

Después de eso, salgo un par de veces a la semana con Taye, la residente de cuarto año que me ha acogido como si fuera la gata callejera del hospital, y con un par de compañeros de primero de los que es tutora extraoficial, Grace y Martin. Me resulta agradable volver a tener amigos, no estar tan sola.

Al final, un día que Wyn tiene toda la tarde libre, quedamos con él en el bar del final de la calle del hospital. Me siento emocionada, nerviosa y un poco arrepentida por pasar la noche fuera en vez de estar en casa juntos, pero él insiste en que es importante.

Martin, Grace y Taye se pasan toda la noche hablando del hospital o de sus peores profesores de la Facultad de Medicina. Y me doy cuenta de que nunca hablamos de otra cosa cuando veo a Wyn alejarse, encerrarse en sí mismo, y no sé cómo recuperarlo, cómo mantenerlo aquí conmigo.

Hasta que Martin le pregunta por fin a qué se dedica, y Wyn le habla de la tapicería.

—¿Qué tipo de titulación necesitas para eso? —le pregunta.

No creo que pretendiera parecer arrogante, pero eso es lo que parece, y Wyn reacciona como siempre que detecta una insinuación de menosprecio.

Se rebaja. Bromea diciendo que se graduó en sillas, pero que le costó un año más de estudios, y todos se ríen, aunque durante los días siguientes parece distanciarse todavía más.

Mi corazón grita «Tú, tú, tú», como si lo estuviera viendo caerse a un pozo y, sin embargo, estoy paralizada, soy incapaz de encontrar la manera de llegar hasta él.

Cada vez que le pregunto qué le pasa, me coge la cara entre las manos, me besa la frente y me dice muy serio:

—Eres perfecta. —Y durante un rato nos olvidamos de todo menos de la boca y de la piel del otro, y solo más tarde, mientras está acurrucado a mi alrededor en la cama como un signo de interrogación, me doy cuenta de que no me ha respondido.

Y entonces llega la caída de Gloria. Le diagnostican párkinson o, más bien, admite que lo padece desde hace años. Pero la enfermedad ha avanzado con rapidez desde la muerte de Hank.

—¡Soy vieja! —exclama, restándole importancia con un gesto de la mano durante la videollamada que le hacemos—. Si Hank y yo hubiéramos empezado a tener hijos antes, seguiría estupenda, pero no lo hicimos y las cosas tienen que empezar a estropearse.

No es vieja. Es mayor que mis padres, sí, pero no tanto como para que Wyn, Michael y Lou tengan que pensar en perderla cuando acaban de despedirse de su padre.

Martin me ayuda a conseguir unos días libres en el hospital y Wyn y yo nos vamos a Montana. Los tres hijos de Gloria y su futura nuera se apiñan en su casita, situada al final de un largo camino de entrada. Wyn vuelve a la vida. Brilla, ¡se relaja!

Y por segunda vez me meto en el diminuto cuarto de baño de la planta alta con el agua corriendo y me tapo la boca con las manos mientras lloro, porque sé que no puedo llevármelo de vuelta a San Francisco.

Porque sé que no soporto ser la persona que lo aleje de su hogar.

Cuando le digo que creo que debería quedarse mientras su madre se recupera de la caída, me mira en silencio un buen rato.

—¿Estás segura?

—Segurísima —le contesto.

Acordamos que se quedará un mes mientras Michael, Lou y él trazan un plan a largo plazo.

Vuelvo sola a casa. En cuanto pongo un pie en el piso, siento el cambio.

De alguna manera, sé que Wyn nunca volverá a vivir en él.

Al principio, hablamos todo el tiempo. Luego empezamos a espaciar las conversaciones porque estamos ocupados. Él se pone al día con las reparaciones que su padre no pudo terminar. Yo me siento agotada después de pasar días y días entrando y saliendo de los quirófanos, siempre detrás de un círculo tan denso de cirujanos y residentes que tengo suerte si consigo ver un bisturí. Y cuando mis amigos se lamentan de eso mismo mientras nos tomamos unas copas, finjo estar de acuerdo, cuando la verdad es que ahora mismo sería hasta incapaz de ocuparme de una simple sutura.

A Lou solo le queda un año de estudios en Iowa. Después volverá a Montana. Wyn me lo cuenta como si fuera una gran noticia:

—Pronto estaré en casa.

«Ya lo estás», pienso. Me pregunto si yo también lo estaré alguna vez.

Cleo me manda un mensaje para preguntarme cómo lo llevo con Wyn lejos. Me siento demasiado culpable para decirle otra cosa que no sea una variación de «Por aquí todo va bien. Y tú, ¿qué tal?».

Taye me lleva a las horas felices y a las noches de trivial. También me uno a su fiesta para ver *Bachelor*. Pero casi todo mi tiempo libre lo paso acurrucada en la cama con una taza de té y la sudadera vieja del Mattingly College de Wyn, mientras veo adormilada episodios de *Se ha escrito un crimen*.

La víspera del viaje de Wyn, Gloria vuelve a caerse y se rompe la muñeca, y cancelamos los planes.

—No pasa nada —le aseguro—. De todas formas, iba a estar demasiado cansada este fin de semana.

Las llamadas empiezan a espaciarse. A veces, estoy tan agotada que me quedo dormida en el sofá mientras espero a que suene el teléfono. A veces, Wyn se sumerge tanto en su trabajo que pierde la noción del tiempo. Siempre se disculpa, se castiga por ello y promete hacerlo mejor.

—Wyn —le digo—, en serio, no pasa nada. Los dos estamos ocupados.

Como trabajo en Navidad, planea venir la semana siguiente. Su coche se sale de la carretera de camino al aeropuerto. No sufre ninguna herida, pero pierde el vuelo.

—Iré mañana —dice.

«Mañana» es el único día libre que tendré durante su visita y no llegará hasta por la noche.

—Claro —le digo—. Me parece estupendo.

Está en la ciudad treinta y seis horas, y después vuelve a irse.

Una parte de mí sigue esperando que si le doy espacio y tiempo, es posible que todo salga bien.

Una noche, después de cancelar en el último momento una videollamada, decido presentarme en el bar habitual de los residentes para la hora feliz, pero descubro que Taye y Grace no están.

—Grace tenía una boda familiar en Monterrey y creo que se ha llevado a Taye —me explica Martin.

Taye se crece en los grandes entornos sociales. En eso se parece a Parth; es muy buena para distinguir a la persona más tímida, más callada o más torpe de la reunión y llevarla al centro de todo. Seguramente por eso me tomó bajo su ala.

No me importa que esa noche estemos solos Martin y yo. Nos tomamos solo una copa (estoy agotada) y luego se ofrece a llevarme a casa.

Cuando llegamos, insiste en acompañarme hasta la puerta. No le doy mucha importancia. Por Wyn. ¿Cuántas veces sugirió que fuéramos en busca de Sabrina cuando estaba haciendo las prácticas en verano para que no tuviera que volver sola a casa? ¿Cuántas veces acompañó a Cleo hasta su coche, aparcado en el extremo opuesto del campus en Mattingly?

Una vez en la entrada, Martin me da las buenas noches con un abrazo. O eso es lo que creo que hace al principio, porque cuando me doy cuenta de que no es así, me sorprendo tanto que me quedo helada.

Dejo que me bese. Cuando se me ocurre que puedo apartarlo, él ya se ha dado cuenta de que ha sido un error, de que no le estaba devolviendo el beso. Parece avergonzado.

Lo que aumenta mi sentimiento de culpa. ¿Le he ofrecido algún tipo de señal? ¿He tonteado con él? No lo sé. Siento un dolor punzante detrás del ojo derecho. Tengo la sensación de que el cerebro se me está revolviendo en el cráneo.

—No estoy… disponible —balbuceo—. Ya lo sabes.

Martin se ríe.

—¿El de los muebles?

Siento que voy a vomitar.

—Wyn —lo corrijo.

—No está aquí, Harry —me suelta—. Ya nunca está aquí. Yo sí.

Me doy media vuelta y entro corriendo. Llamo de inmediato a Wyn, aunque aquí es tarde, lo que significa que en Montana es todavía más tarde. Salta el buzón de voz. Llamo de nuevo y contesta al tercer tono, con voz adormilada.

Se lo cuento todo, lo más rápido que puedo. Es un veneno que estoy dejando salir de mi torrente sanguíneo.

Después, tengo que suplicarle que diga algo. Cuando lo hace, dice con voz hueca:

—Esto ya no funciona.

Quiero retirar la súplica anterior y suplicarle que no diga nada más.

Apenas oigo el resto. Solo ciertos fragmentos que consiguen atravesar los furiosos latidos de mi corazón.

«... éramos unos críos cuando empezamos... Todo ha cambiado... Lo mejor es...».

No lloro. No es real. Me prometió que siempre me querría. No puede ser real.

Sin embargo, en lo más profundo de mi interior, oigo una voz que siempre ha estado ahí y que me dice que estábamos destinados a acabar así. Que desde el primer viaje a Indiana he sabido que nunca lograría hacerlo feliz, que no podría darle el tipo de amor que se profesaban sus padres cuando el único ejemplo que he tenido fue el que se profesaban los míos.

Dos días después de nuestra llamada, aparecen mis cosas. No hay nota. No se lo digo a nadie. No soporto decírselo a nadie.

29

La vida real

Viernes

Todos están en sus respectivos rincones de la casa, preparándose para la noche de despedida de solteros que han planeado Parth y Sabrina.

Yo también debería estar preparándome. En cambio, mi mente sigue regresando a ese oscuro precipicio del que he pasado meses apartándome. «No mires, no mires, no mires». El dolor es demasiado grande. Me absorberá y nunca podré volver a salir.

«Deja las cosas como están», me digo.

Da igual que nunca obtuviera respuestas concretas sobre lo que nos separó. Lo importante es que lo dejamos. Lo importante es que Wyn es feliz con su nueva vida.

Solo nos queda el día de mañana y luego nos separaremos. Cuando le digamos a todo el mundo que hemos cortado, podremos decir que ha sido amistoso, que estamos bien.

Sin embargo, no puedo dejar las cosas como están.

Llevo meses intentándolo y sigo sin encontrar la paz. Esta es mi oportunidad, mi última oportunidad. Puede que sea un error obtener respuestas, pero, si no lo hago, me pasaré la vida lamentándolo.

Esto es lo que necesito de esta semana, lo que justificará la tortura.

Salgo del dormitorio, avanzo por el pasillo y me acompaña el sonido del agua de las duchas y de las viejas tuberías que crujen en las paredes.

Todo me parece extraño, onírico. La escalera de madera pulida por el tiempo, suave contra mis pies descalzos. El aire fresco cuando salgo al patio trasero. El sonido de las olas sobre las rocas del acantilado. Cruzo el patio hasta la verja lateral, que sigue abierta por el repentino arrebato de Cleo de lanzarse a la piscina, y sigo el sendero para adentrarme en el denso pinar.

El sol todavía no se ha puesto del todo, pero las ramas de los árboles extienden sus sombras por el puente sobre el arroyo, mientras las luces solares iluminan el camino hacia la casa de huéspedes.

Es como si me moviera a través de gelatina, cada paso me parece lento y pesado. Veo aparecer la casa de huéspedes con su tejado de madera y doblo la esquina hacia la ducha exterior de madera de cedro.

Cuando lo veo, me sorprende. Como si no hubiera venido expresamente por él.

Por encima de las paredes de madera solo se le ven los hombros, el cuello y la cabeza. La brisa fresca arrastra las volutas plateadas de vapor. Un sentimiento de pérdida, tan denso como un saco de arena, me golpea en las entrañas.

«No puedo hacer esto —pienso—. No quiero saberlo. No quiero empeorar las cosas».

Me doy media vuelta. Se me engancha la manga en una rama baja, y toda la humedad acumulada acaba en el suelo del bosque.

Wyn se vuelve, y levanta las cejas con gesto guasón.

—¿Necesitas algo? —Parece contento de verme. Y su voz también parece alegre. En cierto modo, eso es otro golpe.

Titubeo.

—No, es que…

—¿Quieres algo? —se corrige.

—¡Solo quería hablar! —Retrocedo un paso—. Pero puedo esperar. A que estés menos…

—¿Ocupado? —sugiere.

—Desnudo —digo.

—Para el caso es lo mismo —replico.

—Será en tu caso —lo corrijo.

Frunce el ceño.

—¿Qué significa eso?

—Sinceramente, no lo sé —contesto.

Apoya los antebrazos en la pared, a la espera. De que me acerque o salga corriendo.

Ahora que tengo la oportunidad, obtener una respuesta que no me gusta me parece mucho peor que no obtener respuesta alguna.

—No es nada —digo—. Olvídalo.

—No lo haré. —Se limpia el agua de los ojos—. Pero si quieres que finja, puedo intentarlo.

Retrocedo medio paso más. Su mirada sigue clavada en mí.

Como siempre, hay algo en su cara que me hace pronunciar las palabras antes de que mi cerebro decida hablar:

—No saberlo me está matando.

Su ceño se suaviza y sus labios se entreabren en la penumbra.

—Aunque hayan pasado meses —sigo—. Me está matando estar aquí, fingiendo que todo sigue igual entre nosotros, y lo peor es que a veces no es una farsa. Porque… —Se me quiebra la voz, pero ya llevo demasiado impulso. ¡No puedo dejar de hablar! Sin importar lo frágil, necesitada y hundida que acabe pareciendo, es la verdad y está saliendo a la luz—. Porque me dejaste sin más, Wyn —sigo—. No me diste ninguna explicación. Mantuvimos una llamada de cuatro minutos, me llegó una caja con mis pertenencias y nunca he sabido qué fue lo que hice mal. Me convencí de que todo era por lo que había pasado con Martin. Porque no confiabas en mí.

Tuerce el gesto al oír el nombre, pero no me detengo.

—Llevo meses intentando enfadarme contigo —añado con voz ronca—, por haberme culpado y juzgado por algo que ni siquiera he hecho. ¡Y luego llego aquí y actúas como si de vedad me culparas! Como si me odiaras o, lo que es peor, como si no sintieras nada por mí. Y, de repente, empiezas a actuar como si no hubiera cambiado nada. Y me dices que en ningún momento pensaste que te había engañado, ¡y me besas como si me quisieras!

—Tú también me besaste, Harriet —replica en voz baja y tensa.

—Lo sé —digo—. Sé que lo hice, y ni siquiera entiendo cómo me permití hacerlo después de todo lo que ha pasado. Pero lo hice y me está matando. Esto me está matando. Vivo cada segundo de cada día con la sensación de que me han arrancado una parte de mí misma y ni siquiera me di cuenta de cuándo me la quitaron. Es una herida abierta, y no sé cómo me la he hecho. Me mata oír lo feliz que eres, sin entender siquiera cómo... cómo... —Me tiembla la voz y mi respiración es superficial—. No sé qué hice para que estuvieras tan triste.

Wyn abre la boca de golpe.

—Harriet.

Entierro la cara entre las manos mientras las lágrimas se acumulan en mis ojos. Cuando rompo a llorar, lo hago con tanta fuerza que hasta me duele la espalda.

Se oye el pestillo de la puerta de la ducha y un chirrido al abrirla. Después, el sonido de la toalla al cogerla del gancho y cubrirse con ella. Las húmedas volutas de vapor me envuelven y me estremezco al sentir la repentina calidez de las manos de Wyn, que me agarra los brazos. No me atrevo a mirarlo, no cuando me estoy desmoronando. No cuando acabo de desnudar mis sentimientos más descarnados.

—Oye —susurra mientras me acaricia los brazos con las manos húmedas—, ven aquí. —Me estrecha contra su torso y el agua de su piel resbala por mis brazos y mi espalda. Entierra los labios en mi pelo—. Tú no tuviste la culpa —me asegura—. Te lo prometo. Harriet, caí a un pozo oscuro después de perder a mi padre. Me estaba ahogando. —Me estrecha con más fuerza.

—Lo siento —digo, con la voz entrecortada—. Quería ayudarte, pero no sabía cómo. Nunca he sabido qué hacer con el dolor, Wyn. Lo único que he hecho es esconderme de él.

Me coloca una mano sobre una oreja.

—No había nada que pudieras hacer, Harriet. Tú no tienes la culpa de nada. Es que... perdí al hombre más bueno del mundo y fue como si de repente no supiera cómo existir. Como si el mundo ya no tuviera sentido. Y tú tenías esa nueva vida, ese sueño que llevabas buscando desde hacía tanto tiempo, y todos tus nuevos amigos, y... yo necesitaba que me dedicaras demasiado tiempo y me odiaba porque no podía ser feliz para ti. Me odiaba por no ser lo bastante bueno, o lo bastante listo, o por no tener la suficiente motivación.

—¡Eso es una gilipollez! —Intento apartarme de él, pero me sujeta con fuerza y se niega a soltarme, y eso me cabrea mucho, que quiera abrazarme ahora cuando ya es demasiado tarde.

—Escúchame —murmura—. Por favor, déjame hablar.

Levanto la mirada hacia la suya. Pienso en la primera vez que vi su cara de cerca, en que sus rasgos me parecieron contradictorios; una rara mezcla de magnetismo y distanciamiento: «Te quiero cerca, pero no me mires». Ahora sí que me recuerda a las arenas movedizas. Ya no es una expresión pétrea. Es un libro abierto.

—Estaba perdido —dice—. Por mucho que quisiera a mis padres (y aunque siempre supe lo mucho que ellos me querían), crecí pensando que era una decepción. Tenía dos hermanas increíbles, que nadie sabía de dónde habían salido porque no se parecían en nada a mis padres ni a nadie de nuestro pueblo, y, desde que tengo uso de razón, todo el mundo sabía que iban a llegar muy lejos. A ver, que cuando yo tenía doce años y Lou nueve, la gente ya decía que algún día ganaría el Pulitzer. A mí nadie me daba premios imaginarios.

—¡Wyn! —Habíamos recorrido este camino demasiadas veces.

—No digo que pensaran que yo era tonto —sigue—, pero así me sentía. Como si fuera el único que no tenía nada a su favor, salvo que soy agradable.

—¿Agradable? —repito con un resoplido sin poder evitarlo.

Generoso, atento, curioso hasta el infinito, empático hasta un punto doloroso, gracioso, ¡vasto! Pero no «agradable». «Agradable» es la máscara detrás de la que se oculta Wyn Connor.

—Quería ser especial, Harriet —dice—. Y, como no lo era, me conformé con intentar que todo el mundo me quisiera. Sé lo ridículo que suena, pero es cierto. Me pasé toda la vida persiguiendo cosas y personas que me hicieran sentir que importaba.

Eso me escuece y me provoca una herida en algún lugar profundo debajo del esternón. Intento apartarme de nuevo, casi sin fuerzas. Wyn me coloca una mano en la nuca, siempre tan rápido y atento.

—Y entonces te conocí y ya no me sentí tan perdido y sin rumbo. Porque, aunque la vida no tuviera mucho más que ofrecerme, sentía que estaba hecho para quererte. Me daba igual lo que los demás pensaran de mí. Me daba igual no tener grandes proyectos siempre que pudiera quererte.

—¿Así que eso fue lo que pasó? —pregunto con voz entrecortada—. Me llevé todo el oxígeno y no me lo dijiste hasta que te asfixié. Hasta que dejaste de quererme y yo ya no pude hacer nada.

—¡Siempre te querré! —me contradice con fiereza—. Ese es el meollo del asunto, Harriet. Es lo único que siempre me ha salido de forma natural. Lo único que no me supone el menor esfuerzo. Te quise desde la otra punta del puto país y en mis peores días, en ese pozo oscuro, y te sigo queriendo más que a ninguna otra persona. Pero no era feliz después de la muerte de mi padre y seguí esperando a sentirme un poco mejor, pero no. Parecía imposible. Y te estaba arrastrando también a ti.

Abro la boca para hablar, pero él me lo impide mientras me acaricia el pelo con las manos.

—Por favor, Harriet, no mientas. Me estaba ahogando y te estaba hundiendo a ti conmigo.

Intento tragar saliva, pero la emoción me ha provocado un nudo en la garganta.

Wyn baja la mirada y se le quiebra la voz.

—Cuando volví a Montana, sentí a mi padre.

—Wyn… —Le tomo la cara entre las manos y él apoya la frente en la mía.

Cierra los ojos y respira hondo, lo que nos acerca todavía más.

—Y me sentí muy tonto por haber huido de todo aquello. Por esforzarme tanto en no parecerme a él cuando era el mejor hombre que he conocido.

—Siempre has sido como él —le aseguro—, en todo lo importante.

Esboza una sonrisa torcida, pero es una expresión tensa, forzada. Está temblando, por el frío o por la adrenalina.

—Es que... —respira hondo— sentía que le estaba fallando a él, a mi madre y a ti. Quería que fueras feliz, Harriet, y lo de Martin... quizá fuera una excusa, pero estaba tan deprimido en aquel momento que me convencí de que ese era el tipo de hombre con el que querías estar. Y tú seguías aplazando la boda. Nunca querías hablar del tema. Nunca querías hablar de nada y, cuando te vi con todos tus nuevos amigos, pensé... Pensé que deberías estar con alguien tan inteligente como tú, que pudiera encajar en ese mundo por el que llevabas luchando toda la vida.

—¡Eso no es justo, Wyn! —grito.

—¿Qué quieres que pensara, Harriet? —me pregunta con la voz quebrada—. No te importaba que cancelara mis visitas. Te daba igual que no te llamara. Nunca te enfadabas conmigo. Nunca discutías. Parecía que ni siquiera me echabas de menos.

Vuelvo a sollozar cuando me doy cuenta de la realidad. Todo el tiempo y la energía que dediqué a intentar estar bien para él, a no derrumbarme bajo el peso de mi trabajo, a no exigirle lo que era incapaz de darme... lo único que conseguí con eso fue alejarlo más rápido de mí.

—Sabía que nunca me dejarías —sigue, con la voz como papel de lija—. Mucho menos cuando estaba hecho un puto desastre. Pero no quería obligarte a seguir a mi lado. No quería que un día te despertaras y te dieras cuenta de que estabas viviendo la vida equivocada porque yo te lo había permitido. Por eso la llamada fue tan breve. Porque no podía correr el riesgo de cambiar de opinión. ¡Por eso te devolví tus cosas tan rápido! Por eso no podía soportar ver algo que me recordara a ti. Porque siempre voy a quererte. Porque, por encima de cualquier otra cosa, quiero que seas feliz. Y ahora lo eres —añade—. Y yo también lo soy. No todo el tiempo, pero estoy mucho mejor que antes, y cuando Sabrina me llamó y me pidió que viniera, creí que podría soportarlo. De verdad creí que llegaría, te vería y comprobaría que eras más feliz. Y eso demostraría que hice lo correcto al dejarte marchar. Estos últimos cinco meses me he partido los cuernos para recuperarme y me va bien. Estoy con mi familia, hago un trabajo del que me siento orgulloso y estoy en tratamiento.

—¿En tratamiento?

—Antes me preguntaste qué me había hecho cambiar de opinión sobre el trabajo —contesta—. Lo conseguí gracias al tratamiento. A las pastillas. Para la depresión.

Se me hace un nudo en la garganta. Otra cosa enorme que no sabía de él.

—¿Por haber perdido a tu padre?

Niega con la cabeza.

—Creía que era solo eso. Pero, cuando empecé a tomarlas, me di cuenta de que eso solo empeoró las cosas. La depresión siempre ha estado ahí. Haciéndolo todo más difícil de lo que debería ser. Es como… —Se rasca la sien—. En el instituto, tenía un amigo en el equipo de fútbol que se cayó al suelo un día después de un partido. Le dolía el pecho y no podía quitarse la camiseta, pero quería hacerlo porque no podía respirar, y todos pensamos que le estaba dando un infarto. Resultó que era asma. Se había pasado como diecisiete años funcionando con un cincuenta y cinco por ciento de capacidad pulmonar sin darse cuenta de que respirar no debería ser tan difícil. Empezar con los antidepresivos fue así para mí. Me sentía como una mierda todo el tiempo, y de repente ya no. Y había un montón de cosas que me parecían posibles por primera vez. Mi mente estaba… más tranquila, quizá. Más ligera.

Siento el escozor de las lágrimas en los ojos, pero las contengo.

—No tenía ni idea —murmuro.

—Yo tampoco —me asegura—. Malgasté mucha energía intentando estar bien y… el caso es que por fin las cosas me van bien. Y creí que si venía y te veía, eso demostraría que ambos estábamos exactamente donde debíamos estar. En cambio, aparecí y te vi cabreada conmigo. ¿Y sabes lo que sentí?

—Sé que tú también estás cabreado conmigo, Wyn —me obligo a decir.

Niega bruscamente con la cabeza.

—Alivio. ¡Sentí alivio! Porque por fin veía que te importaba. Si estabas cabreada conmigo, significaba que tu corazón estaba hecho una puta mierda igual que el mío. Creía que, cuando encontrara la forma de ser feliz, pensaría menos en ti. Pero, en cambio, es como si... como si ahora que la pena no me está ahogando, tuviera un montón de espacio extra para quererte. Pero no podemos volver atrás, así que no sé qué hacer con todo esto. Ni siquiera sé si tú sientes lo mismo y a mí también me está matando. De repente, creo que te estoy haciendo daño solo por estar aquí, pero a los treinta segundos cambio de opinión y me digo que es imposible que me sigas queriendo después de todo este tiempo. Una parte de mí quiere fingir que sigues siendo mía, aunque no sea real, y otra parte piensa que voy a morirme si no me dices que me quieres, aunque eso no cambie nada. Aunque solo sea para poder oírlo una vez más. Todo es diferente y todo sigue igual al mismo tiempo, Harriet —sigue—. No sabes lo que me costó dejarte marchar, dejar que fueras feliz, y resulta que, cuando te veo, sigo sintiendo que eres mía. Que yo soy tuyo. Me deshice de todas las huellas que habías dejado en mi vida, como si eso fuera a cambiar las cosas, como si pudiera arrancarte de mí y, en cambio, solo veo los sitios donde se supone que debes estar.

Lo miro fijamente, con el corazón partiéndose por el peso de lo que siento.

—Por favor, di algo —susurra.

Se me llenan los ojos de lágrimas. Tengo un nudo en la garganta. Vuelvo a enterrar la cara entre las manos.

—Creí que no me querías —digo con voz ahogada—, así que lo intenté. Intenté amar a otro. Incluso intenté que me gustara otro. Besé a otro. Y me acosté con otro, pero no podía dejar de sentirme tuya. —Otra oleada de lágrimas me anega los ojos—. De sentir que tú eras mío.

—Harriet —me levanta la cara—, mírame.

Silencio.

—Por favor, Harriet.

Tardo unos segundos en abrir los ojos. Todavía tiene gotas de agua en las cejas. Le caen en riachuelos por el mentón y el cuello. Me roza un pómulo con el pulgar.

—Lo soy —dice—. Sigo siendo tuyo.

El clavo que durante toda la semana ha amenazado con hundirse en mi corazón, lo atraviesa en ese momento.

Me acaricia el labio inferior con las yemas de los dedos. Cada roce hace que desaparezca otra de las capas que me protegen el corazón.

Claro que ¿qué más da que nos sintamos el uno del otro cuando no podemos estar juntos? Nuestras vidas están separadas y eso es inamovible. Aunque las cosas parezcan haber cambiado en los últimos diez minutos, todo sigue igual. Es mío, pero no puedo tenerlo.

Le entierro las manos en el pelo mojado, como si eso pudiera retenerlo aquí conmigo. Él hace lo mismo.

—¿Qué es esto? —susurra.

Quiero que sea un «Lo siento» y un «Te perdono» y un «Prométeme que nunca me dejarás marchar» y un millón de palabras más que no puedo decir.

Wyn por fin es feliz. Tiene la vida que le estaba destinada. Tiene una profesión de la que está orgulloso; una profesión enraizada en Montana y, aunque no la tuviera, está Gloria, que lo necesita. El tiempo que necesita pasar con ella, el tiempo que no pasó con Hank. Y yo debo seguir en California unos cuantos años más, estoy en mitad del túnel, he avanzado demasiado como para retroceder, pero me falta mucho para ver la luz al otro lado.

Tal vez, en otra vida, las cosas podrían ser diferentes. En esta, son como son.

—Creo que es un último «Te quiero» —contesto.

Sus dedos se tensan sobre mí al tiempo que contiene la respiración. Y, después, como si respondiera a una pregunta, sus pulmones se expanden cuando inspiran y sus labios se apoderan de los míos.

Suelto un suspiro tembloroso y siento su lengua en mi boca. Su sabor me llega a lo más profundo y logra liberar algo que he pasado meses atando. El anhelo se expande en todas direcciones, despertando mi piel, mis nervios, mi sangre. Wyn me levanta la cara para besarme con más pasión, para explorar el interior de mi boca con la lengua, que acaricia la mía con ternura y deseo. Se me escapa un gemido.

Un mano explora mi abdomen en busca del bajo de la camiseta y arqueo la espalda hacia el contacto, como si mis músculos intentaran acercarse lo máximo posible a su cuerpo.

Me rodea con un brazo y retrocede. Se choca con un hombro contra la puerta de la ducha mientras me lleva al interior y después vuelve a cerrarla de un golpe.

Ya tengo la ropa mojada por su abrazo y se me pega a la piel en algunos sitios, pero él me protege del agua de todos modos mientras me quita la camiseta y la cuelga en la pared junto con su toalla. Me apoyo contra la pared, para recuperar el aliento, mientras él me desabrocha los botones de los pantalones cortos uno a uno. Se toma su tiempo para bajármelos por las piernas junto con la braga del bikini, y me quedo allí, con la carne de gallina, la respiración agitada y la mente en llamas. También cuelga esas prendas, sin dejar de mirarme.

—¿Esto es real? —le pregunto.

Me agarra por la cintura.

—¿Qué va a ser si no?

—Un sueño —contesto.

Me pega a él y siento su abdomen cálido y húmedo contra el mío.

—No puede ser —dice—. Siempre estás encima en mis sueños.

Se me escapa la risa cuando recorre con un pulgar la curva exterior de un pecho.

Le echo los brazos al cuello y él me levanta contra la pared con un movimiento suave. Le rodeo la cintura con las piernas.

La repentina sensación de tenerlo tan cerca me hace jadear contra su boca. Siento que sus abdominales se tensan y separo los labios bajo los suyos, en busca de más. Me desata la parte superior del biquini, me lo quita y el corazón me late con fuerza por la avidez de sus caricias.

Susurra mi nombre mientras me recorre el mentón con los labios, al llegar al lóbulo de la oreja. El agua le cae sobre los hombros y nos envuelve con su calor.

Gime y me acaricia trazando lentos círculos que me aceleran la respiración. Su boca desciende por mi cuello.

—¿Estás segura de esto? —murmura.

Lo abrazo con más fuerza. Se aparta un poco para volver a preguntar, pero tiro de él y le meto la lengua en la boca, descubriendo el sabor amargo de la cerveza Corona y la nota ácida de la lima.

Introduzco una mano entre nuestros cuerpos y me estremezco al acariciársela. Wyn me apoya la cabeza en un hombro y coloca una mano en la pared que tengo detrás.

—No he traído preservativos —dice sin que dejemos de movernos en busca de más fricción, de más placer. Tiene los músculos de la espalda, del abdomen, de los brazos y del culo rígidos por la tensión mientras nuestras caderas empiezan a moverse al mismo ritmo. De repente, me agarra por el culo para inclinarme más hacia él—. De todas formas, no deberíamos hacer esto mientras estás alterada —dice.

Se la acaricio de arriba abajo.

—Estaré menos alterada cuando me la metas.

Me detiene la mano cubriéndomela con una de las suyas y la inmoviliza un momento. Nuestros corazones laten a la par mientras el agua caliente cae sobre nosotros.

—No tenemos preservativo —repite.

Suelto una especie de gemido agudo patético a modo de protesta y él parece olvidar lo que estaba diciendo, porque me empuja de nuevo contra la pared y empezamos a mover las caderas de nuevo y a acariciarnos la piel húmeda con las uñas. Me levanta medio centímetro y lo noto a punto de penetrarme. No es suficiente. Apoya de nuevo una mano en la pared para mantener el equilibrio mientras nos movemos.

—Harriet —me dice al oído con voz ronca—, me encanta tu cuerpo, joder.

—Gracias —digo, sin aliento—, no hago ejercicio.

—No bromees ahora —me regaña—. Las bromas para luego. Ahora mismo quiero que me digas lo que quieres.

—Ya te lo he dicho —replica.

—No podemos hacerlo —insiste—. Intentaré conseguir algunos cuando salgamos a cenar.

Me río con los labios enterrados en su cuello y lamo un hilillo de agua.

—¿Vas a buscar en los callejones con un billete de veinte en la mano para llamar la atención de los camellos que venden condones?

—Pensaba ir a una farmacia —responde—, pero tu método me gusta más.

Se aparta de mí y me baja despacio al suelo hasta que mis pies rozan los húmedos tablones de cedro. Mi cuerpo entero se rebela hasta que me hace girar, me levanta las manos para que las apoye en la pared y empieza a acariciarme los brazos y los costados. Una de ellas se detiene al llegar a la cadera y avanza hacia mi abdomen, descendiendo hasta detenerse entre mis muslos al tiempo que se pega a mí por detrás.

Me quedo sin respiración durante un segundo. Todos mis órganos están demasiado ocupados deseando que haga algo; incluso la última onda cerebral está pendiente de la sensación que me provoca su mano. Me rodea con el otro brazo, apretándome contra él, con la boca pegada en ese punto entre el cuello y el hombro.

—¿Este era tu objetivo de la semana? —le pregunto.

Me da un mordisco en el cuello.

—En realidad, mi objetivo era pasar el resto de la semana como un perfecto caballero.

—Fracasar de vez en cuando es bueno —replico.

—¿Ah, sí? —se burla—. ¿A ti te gusta?

Vuelvo a pegarme a él, a modo de súplica.

—¡Por favor!

Suelta un taco al tiempo que me agarra de las caderas y me gira de nuevo, inmovilizándome contra la pared mientras se arrodilla delante de mí.

Mis articulaciones parecen licuarse cuando me besa la cara interna de un muslo y empieza a subir. Levanto las caderas para recibir sus besos donde más los deseo. Me roza el abdomen con la mano izquierda mientras me rodea las caderas con la derecha para acercarme más.

Intento obligarlo a levantarse, pero sigue arrodillado, acercándome poco a poco al borde del precipicio con la boca.

—Wyn —le suplico.

Se le pone la piel de gallina y murmura:

—Córrete para mí, Harriet.

Intento resistirme, pedirle más, pero mi cuerpo se rinde. Susurro su nombre casi sin aliento, como si le estuviera rogando una vez más. Una ola enorme de placer me arrastra y durante varios segundos el mundo desaparece y solo hay sensaciones. No hay bosques, ni ducha de cedro, ni nada que no sea su boca.

Una vez que se aparta, me desplomo contra la pared, con las rodillas débiles. Se incorpora y me pega a él para que apoye la barbilla en su hombro. El agua caliente se derrama sobre nosotros mientras me deja un reguero de besos en el cuello.

—Gracias —digo a través de la placentera neblina que me rodea.

Siento su sonrisa en el cuello.

—¡Qué educada! —replica mientras me mece con suavidad de un lado a otro bajo el agua—. Los demás están esperando.

—Ya no me siento tan educada. —Echo la cabeza hacia atrás para mirarlo a los ojos—. Que esperen.

—La sirena sonará en cualquier momento —me recuerda.

—Nadie se ha muerto nunca por esperar —digo.

—No sé qué decirte —replica—. Esta semana me he sentido muy cerca de la muerte.

—Ahí le has dado —digo—. Esperar puede ser peligroso. Seguramente no deberíamos hacerlo.

Su risa se funde en otro gemido.

—Después. Primero déjame que te invite a cenar.

—Soy una mujer moderna, Wyn —le digo—. Invito yo. Bueno, si es que puedo permitirme pagarte la cena ahora que tienes tanta pasta.

—Invítame a un perrito caliente de gasolinera, Harriet Kilpa-trick —me dice al tiempo que me besa en la comisura de los labios—, y te daré la mejor noche de tu vida.

Cierro los ojos e intento aferrarme al momento. Pero se me está escapando entre los dedos. «Solo nos queda un día».

30

La vida real

Viernes

Aunque la mayor parte de las actividades de la Fiesta de la Langosta se celebran en la otra punta del pueblo, el bullicio ha llegado hasta
donde estamos, en las mesas de pícnic que hay en el envejecido
Muelle de la Langosta, donde los pescadores de langostas con sus
monos impermeables zigzaguean entre los barcos anclados, el almacén y los puestos de comida para llevar.

Incluso después de haber pedido la comida, tenemos que esperar
un rato hasta que se queda una mesa libre cerca del grupo de música
que hay al fondo del muelle. Nos sentamos en los bancos y Wyn me
da un apretón en un muslo por debajo de la mesa. Coloco una mano
encima de la suya mientras intento memorizar la sensación.

Cestas de patatas fritas y crujientes bocadillos llenos a tope de
esponjosa langosta, aros de cebolla muy sazonados y abadejo frito
tan blando que los tenedores de plástico lo cortan como si fuera
mantequilla derretida. Mazorcas de maíz y tristes ensaladas como
guarnición, cargadas de cebolla roja y rodajas de rábano, y limonada
de arándanos en vasos de plástico rojos.

—Voy a ver cuánto me cobran en el bar por echarle vodka a esto
—dice Kimmy, que hace ademán de levantarse.

—Creo que igual te conviene esperar un poco para eso —dice
Sabrina con una sonrisilla enigmática.

Miro a Parth, que se encoge de hombros con cara de no soltar prenda.

Kimmy se deja caer de nuevo en el banco con un brillo entre guasón y suspicaz en los ojos.

Wyn me acerca la boca al lóbulo de la oreja. Tardo un segundo en interpretar sus palabras a través del asalto de los recuerdos de lo que pasó antes.

—¿Crees que va a pedir por una *app* que nos traigan setas alucinógenas a la mesa?

Me vuelvo para mirarlo y casi nos rozamos la punta de la nariz. Le brillan los ojos bajo la luz de las tiras de bombillas colgadas sobre nosotros.

—Eso o nos va a llevar directamente a una cámara de gravedad cero en un campamento espacial —respondo.

Sube más la mano cuando se inclina hacia mí. Vuelvo la cabeza para oír su respuesta susurrada, pero, en cambio, me roza con los labios la piel debajo de la oreja y me da un beso lento y dulce que me provoca un escalofrío y me atrae más hacia él.

Sabrina arruga la servilleta mientras se levanta.

—¿Quién está preparado para la siguiente fase de la noche?

—Campamento espacial, allá vamos —digo.

* * *

Seguimos por la calle residencial, en paralelo al agua. Incluso desde aquí oímos la música procedente de la feria en el otro extremo del puerto, junto con el grupo del muelle, como dos orillas en extremos opuestos en un enfrentamiento entre piano bares.

Sabrina nos conduce por el largo y delgado puente peatonal que cruza el agua, mientras «Long Ride Home» de Patty Griffin se va desvaneciendo hasta convertirse en «It's Still Rock and Roll to Me».

—¿Adónde vamos? —pregunta Cleo.

—A cumplir con un objetivo que llevamos mucho tiempo retrasando —contesta Sabrina por encima del hombro al tiempo que aprieta el paso. El aire está cargado, cualquier cosa parece posible.

A lo mejor la sensación procede de Wyn y de mí. A lo mejor cada vez que nos cogemos de las manos, o cada vez que me pega a su costado, o cuando me para y me pega contra la barandilla para besarme mientras los demás siguen andando, dejamos que el aire se cargue un poco más.

—¡No os quedéis atrás! —nos grita Parth.

Wyn me acaricia los labios con los suyos una vez más.

—Tendremos tiempo después —dice.

«No el suficiente», pienso con una dolorosa punzada. ¿Cómo voy a exorcizar todo este amor atrapado e inflamable en un solo día? ¿Cómo acumular las piezas que lo forman en las siguientes veinticuatro horas para después dejarlo marchar, que es lo que Wyn necesita? Lo que merece.

Me obligo a asentir con la cabeza y alcanzamos a los demás.

El puerto está en una hondonada, con la primera línea llena de restaurantes y paseos marítimos, mientras que el resto del pueblo se expande a lo largo de las ascendentes y serpenteantes calles que se cruzan, con jardines asilvestrados pegados a las aceras y pequeños helechos salpicando los *bed and breakfast* curtidos por el salitre.

Subimos por una de esas calles, dejando atrás los escaparates de La Fábrica de los Caramelos y de Las Palomitas de Skippy, con cientos de sabores distintos expuestos detrás de los cristales. Abrirán más adelante, el fin de semana, pero esta noche ya está todo cerrado.

Dejamos atrás La Taza Caliente y enfilamos una calle solitaria. Calle Tranquila. Tardo un segundo en acordarme de qué me suena: vi la calle mencionada en el itinerario. Mañana por la mañana, antes de la boda, Sabrina había organizado sorpresas personalizadas para cada uno y la dirección de la mía era el 123 de la calle Tranquila. Y me acuerdo porque pensé que llamar «calle Tranquila» a una calle que podría haberse llamado «paseo Tranquilo» era una oportunidad perdida.

Al final de la primera manzana de la calle Tranquila, Sabrina enfila otra calle. Solo hay dos edificios con luces encendidas: un espacioso hotel con *pub* llamado El Lebrel y el Cardo y un local con la fachada pintada de negro con letras blancas en tipología sans serif en el ventanal donde se podía leer: **TATUAJES TEMPEST.**

Sabrina se para y se da media vuelta para mirarnos mientras extiende los brazos a los costados.

—Bueno, ¿qué os parece? —pregunta.

—¡Sab! —exclama Kimmy, que se abalanza sobre ella—. ¿Vas a hacerte un tatuaje?

—Casi aciertas —dice—. Vamos a hacernos todos el mismo tatuaje a juego.

Nadie reacciona, salvo por la sonrisa tensa que esboza Parth y el tic nervioso de los dedos de Wyn contra los míos. Kimmy mira a Cleo, que parece estupefacta, y se le apaga un poco la sonrisa.

—Llevamos siglos hablando de hacerlo —sigue Sabrina— y es el momento perfecto. Para conmemorar nuestra última escapada a la casita y los diez años de amistad. Algo que siempre nos conectará.

Se me cae el estómago a los pies, aunque el corazón se me sube a la garganta como un pájaro enloquecido que bate las alas.

Una cosa es aceptar que tal vez siempre esté un poquito enamorada de Wyn Connor y otra distinta llevar un recordatorio permanente en el cuerpo. Antes de que se me ocurra una forma de escaquearme, Cleo dice:

—Va a ser que no, Sab.

Cualquiera diría que el sorprendido silencio la habría preparado para eso, pero Sabrina parece totalmente desconcertada.

—¿Qué quieres decir con «Va a ser que no»?

Cleo se encoge de hombros.

—No creo que debamos hacernos tatuajes a juego esta noche.

Kimmy le toca un brazo y se produce una comunicación silenciosa entre ambas.

Sabrina suelta una carcajada.

—¿Por qué no?

—Porque no quiero —contesta Cleo—. Y, viendo a los demás, tampoco tengo claro que alguien esté dispuesto.

Sabrina parpadea y nos mira.

—No es eso —digo—. Es que es… muy repentino.

—Llevamos hablando del tema una década —me recuerda ella.

—Y nunca llegamos a decidir qué tatuarnos —dice Wyn.

—¿Qué más da lo que sea? —replica Sabrina—. Es por el vínculo.

—Puede que la próxima vez —digo—. Podemos elegir un diseño hoy y después, cuando todos hayamos tenido tiempo de hacernos a la idea, nos...

—Ya he dado una señal —me interrumpe—. Está abierto a esta hora para nosotros.

Cleo se frota el entrecejo.

—Sab, deberías habernos preguntado antes de hacerlo. No puedes dar por sentado que todos vamos a acceder a lo que se te ocurra.

—¿Se puede saber qué significa eso, Cleo? —le pregunta Sabrina, con una expresión dolida en la cara.

—Solo que es una decisión permanente y muy importante —respondo—. Todos necesitamos un poco de tiempo para comprometernos a algo así.

—Eso no es lo que quiero decir —me corrige Cleo con tranquilidad—. Lo he dicho en serio. Sabrina no puede decidir cómo deben ser las cosas entre todos nosotros y después obligarnos a hacer lo que ella quiere.

—No está obligando a nadie —interviene Parth, que se acerca a Sabrina—. Está haciendo todo esto por vosotros. Todo este viaje ha sido por vosotros. Todo.

—Si es por nosotros —sigue Cleo—, respetarás mi decisión de no hacer algo que me incomoda.

—Tienes como diecinueve tatuajes distintos —protesta Sabrina—. ¿Cómo va a incomodarte uno más?

—¿Podemos dejar el tema? —pregunta Cleo al tiempo que aparta la mirada.

—Claro —contesta Sabrina—, lo dejo. Dejaré el tema de que una de mis mejores amigas no para de cancelar planes y de que la otra casi no me contesta los mensajes, y el de que mi padre va a vender el único sitio que he considerado mi hogar y que a nadie más parece importarle una mierda que nos estemos distanciando. —Se da media vuelta y echa a andar hacia donde hemos aparcado.

—Hablaré con ella —les digo a los demás antes de perseguirla. Cuando la alcanzo, extiendo una mano para cogerle la muñeca—.

Sabrina, espera. —Ella intenta seguir adelante y me obliga a correr para no soltarla—. A todos nos importa esta amistad —le aseguro—. Es que es...

Ella se da media vuelta, con los ojos brillantes por las lágrimas.

—¿Repentino?

El corazón se me cae a los pies. No entiendo por qué está tan dolida, pero salta a la vista que así es. Sabrina nunca llora.

Sin embargo, está llorando en este momento. Unos lagrimones que le caen por las mejillas, y tengo que arreglarlo, conseguir que entienda que no es por ella.

Y en este momento, el último en el que puedo tomar una decisión, no encuentro otra salida.

—No es por nuestra amistad —digo.

—Pues claro que sí —replica Sabrina—. Tú te has distanciado y Cleo no quiere pasar tiempo...

—Es por Wyn —la interrumpo antes de que la conversación coja otros derroteros.

Me mira fijamente, con los ojos oscuros muy brillantes y el pelo encrespado por la humedad.

—No puedo compartir tatuaje con él, Sabrina. Ni siquiera seguimos juntos.

—Pero parecía que estabais arreglando las cosas —dice con vocecilla trémula.

Meneo la cabeza mientras intento descifrar lo que acaba de decir.

—¿Qué?

—Esta semana —responde—. Parecía que habíais vuelto.

«¿Que habíamos vuelto?».

¿Cómo podía pensar que «habíamos vuelto» alguien... que no sabía que habíamos cortado?

A menos, claro, que sí lo supiera.

31

La vida real

Viernes

—¿Lo sabías? —le pregunto.

No me contesta.

—¡Sabrina! —insisto con sequedad.

Ella extiende los brazos a los costados.

—¡Pues claro que lo sabía! Aunque no me lo dijeras tú. Porque ninguna de mis mejores amigas me cuenta nada de un tiempo a esta parte.

Es como dar un traspiés en el último escalón y darte cuenta de que la escalera lleva directamente a un precipicio.

—¿¡Cómo!? —consigo preguntarle.

—Parth fue a ver a Wyn hace unas semanas.

El puerto empieza a dar vueltas a mi alrededor.

—¿Se... Se lo contó?

—No. —Cruza los brazos por delante del pecho—. Wyn fue al baño y Parth iba a mandarte una foto suya desde el móvil de Wyn o algo así. Pero cuando abrió tu hilo de mensajes, no encontró nada desde hacía meses. Y supongo que Wyn tenía un mensaje larguísimo en borradores, disculpándose por cómo terminó todo.

—Así que lo leyó —digo, y siento el regusto amargo de las palabras en la lengua.

—No lo hizo a propósito —me asegura Sabrina—. Y no lo leyó entero. Pero sí lo suficiente para saber qué había pasado.

—¿Por qué no me has dicho nada? —le pregunto.

—¿Yo? Eres tú quien lo ocultó, Harry. Llevas meses sin contarme casi nada de tu vida, y mientras tanto Cleo cancela todos los planes que hace, y Wyn ni siquiera iba a venir esta semana hasta que se lo supliqué, y...

—Espera. —Cierro los ojos y meneo la cabeza.

No puede ser.

Aunque tiene que serlo.

—¿De eso va todo esto? —Abro los ojos mientras se me cierran los pulmones—. ¿Todo este viaje?

Sabrina se cuadra de hombros y levanta la barbilla.

Pienso en todos los momentos que nos ha obligado a Wyn y a mí a estar juntos. Pienso en todas las veces que se ha escaqueado de pasar aunque fueran unos segundos a solas conmigo. Incluso en el trayecto desde el aeropuerto, llevó la música a todo volumen y las ventanillas bajadas para que, aunque quisiera contarle lo de Wyn, pudiera decir sin problemas que no me había oído.

Me inunda la rabia. Una rabia que no he sentido nunca.

—¿El viaje por los recuerdos? ¿El cuarto de baño sin una puta puerta? ¿Todo esto ha sido... ha sido un juego para ti?

—¿Un juego? —repite—. Harriet, intentábamos ayudarte. Wyn y tú estáis hechos el uno para el otro.

—¿Cómo has podido hacernos pasar por esto? —Me tiembla la voz por la rabia.

A Sabrina le relampaguean los ojos, pero cierra la boca con fuerza.

—Nos has obligado a hacer el pino con las orejas toda la semana. Nos has torturado —digo—. ¿Cómo has podido hacerlo?

—No lo sabíamos —oigo a mi espalda.

Cleo nos ha seguido, y El Lebrel y el Cardo la baña en una luz dorada y rojiza.

—No sabíamos que Wyn y tú habíais cortado —sigue—. No sabíamos que toda esta semana era una farsa.

—¡No es una farsa! —protesta Sabrina—. Los estábamos ayudando.

—¿A hacer qué? —pregunto con voz entrecortada.

—¡A volver a estar juntos! —contesta.

—Si quisiéramos estar juntos, ¡lo estaríamos! —exclamo.

—Por favor... —dice—. ¡No sabes ni lo que quieres, Harriet! Estás perdiendo al amor de tu vida porque eres incapaz de fijar una fecha y un sitio para celebrar tu boda.

Un dolor lacerante me abrasa el pecho.

—¡No estamos juntos porque no queremos estar juntos, Sabrina! Porque no podemos hacernos felices el uno al otro, por mucho que lo deseemos.

—¿En serio? —pregunta—. Porque Parth vio lo que Wyn escribió, y visto lo visto, parece que, otra vez, te quedas de brazos cruzados mientras dejas que la vida pase en vez de luchar por lo que quieres.

—No eres nadie para decir lo que es mejor para todo el mundo —suelta Cleo—. Da igual lo buenas que creas que son tus intenciones. Nos has manipulado. Sabías lo mucho que me estresaba esta semana y sabías el motivo de que Wyn no viniera, pero nos obligaste de todas maneras.

—Hice lo que tenía que hacer —replica Sabrina—. Como siempre hago, porque ya nadie se esfuerza ni un poquito. Si tengo que esperar a que hagáis algo, esta amistad ya se habría acabado, y lo sabéis. Yo mando el primer mensaje. Yo llamo por teléfono. Yo dejo los mensajes de voz. Yo organizo los viajes y, cuando los cancelas, busco otras fechas, y cuando eres incapaz de darme una respuesta inmediata, ¿adivina qué?, soy yo la que prueba de nuevo un par de días después.

—Tenemos otras prioridades en la vida —se defiende Cleo—. No siempre podemos dejarlo todo para revivir los días de gloria contigo.

La expresión de Sabrina me dice de inmediato que Cleo ha metido el dedo en una llaga bien profunda.

La virulenta rabia que siento se fragmenta y la niebla se dispersa lo suficiente para ver un precipicio más adelante. La rabia sigue ahí, pero el miedo pesa más, me recorre por dentro mientras grita: «¡Para, para, para esto antes de que empeore todavía más! Para esto antes de que alguien se vaya. Antes de que las pierdas».

—Vamos a calmarnos un momento —consigo decir.

Cleo me atraviesa con la mirada.

—No estoy enfadada —dice con voz tranquila.

Lo dice en serio. No hay fuego en su mirada, solo cansancio, solo decepción.

—Es que ya no voy a fingir más.

Da la sensación de que la acera se resquebraja debajo de mí, de que el mundo se parte. Como no haga algo, el abismo se ensanchará cada vez más, hasta que no pueda alcanzarlas. Hasta que me quede sola.

—¿Qué no vas a fingir? —pregunta Sabrina.

—Que estos son los días de gloria —contesta Cleo—. Que nuestra relación es tan estrecha como antes, cuando la verdad es muy diferente. Nosotras somos muy diferentes.

—Cleo… —suplico en voz baja.

—Nuestras vidas son totalmente distintas —sigue— y nuestros horarios también, y ya no nos gusta pasar el tiempo libre de la misma manera, y Wyn está en Montana, y Harriet prácticamente nos ha apartado de su vida, y Parth y tú todavía queréis que todo sea una gran fiesta, ¡pero no lo es! Pasan cosas reales en nuestras vidas y nunca hablamos del tema.

—No os he apartado de mi vida —protesto—. Os hemos ocultado algo tan doloroso que he sido incapaz de hablarlo con nadie. Casi no puedo pensar en eso, en él, sin sentir que… que el mundo está estallando en mil pedazos.

A Cleo le brillan los ojos.

—Somos las personas a las que se supone que tienes que acudir cuando te sientes así, pero en vez de hacerlo, dejas de hablar con nosotras y luego, cuando las cosas se… se tuercen para nosotras, ¿qué se supone que tenemos que hacer?

—¡Venga ya, Cleo! —dice Sabrina—. No empieces como si tú fueras mejor. Llevas meses retrasando hacer planes conmigo. Que yo sepa, soy la única que intenta mantener el grupo unido, mientras que los demás estáis encantados de no volver a ver a los demás.

—Llevamos toda la semana viéndonos —replica Cleo—, pero ahora es cuando nos cuentas que todo ha sido una especie de plan maquiavélico y Harriet ahora es cuando nos confiesa que Wyn y ella no están juntos, y hemos tenido un montón de días, y ha dado igual. ¡Porque tú prefieres pasarte cinco horas en una sala de cine, solo porque antes lo hacíamos, a ajustarte a la realidad de que todos preferiríamos hacer algo distinto! Ya no estamos en la misma situación. Hemos madurado. —Le tiembla la voz—. Hemos elegido caminos distintos. Y hay cosas de las que ya no podemos hablar entre nosotras, y tal vez todos hemos estado luchando contra eso, o fingiendo que no nos damos cuenta, cuando deberíamos aceptarlo. Ya no somos lo que éramos las unas para las otras. Y no pasa nada.

—¿Que no pasa nada? —repite Sabrina con voz inexpresiva.

—Las cosas están cambiando. Ya han cambiado. Y nunca he sido la clase de persona que hace cosas que no quiere hacer, pero tú me has obligado a hacerlo. Todo tiene que hacerse según tus normas.

—¡Nadie te obliga a quedarte! —exclama Sabrina—. Si quieres irte, ¡vete!

Cleo baja la mirada a los pies, allí donde crece un diminuto helecho entre las grietas de la acera, justo entre sus sandalias.

—Muy bien —dice—. Kimmy y yo nos buscaremos un hotel para pasar la noche.

Otra carcajada gélida de Sabrina.

—Y ¿qué? ¿Te vas a desacoplar de forma consciente de nuestra amistad? —pregunta con retintín.

—Voy a darme espacio —responde Cleo.

—Es ridículo —dice Sabrina—. No vas a encontrar un sitio para quedarte en toda la costa.

Cleo aprieta los labios.

—Pues dormiremos en la casa de invitados esta noche.

—Y luego ¿qué? —pregunta Sabrina.

—Todavía no lo sé —contesta Cleo—. Es posible que nos vayamos.

No sé cómo discutir con ella, o si quiero hacerlo. Me duele la cabeza. Todo está mal.

Al final, Sabrina dice:

—Iré a por el coche. —Se da media vuelta y echa a andar por la calle. Miro hacia el lugar desde el que hemos venido. Kimmy, Wyn y Parth parecen tensos, aunque solo distingo sus oscuras siluetas. Lo han oído todo.

En cierto sentido, me digo, es un alivio que todo se haya descubierto.

Sin embargo, la verdad es que, si pudiera borrarlo, lo haría. Haría cualquier cosa por volver a ese lugar feliz, fuera del tiempo, donde la vida real no puede afectarnos de ninguna manera.

32

La vida real

Viernes

Guardamos silencio durante el trayecto de vuelta a casa. Ahora que se sabe la verdad, Wyn y yo ni siquiera podemos mirarnos. Él también se niega a mirar a Parth y mantiene los ojos clavados al otro lado de la ventanilla del coche.

En cuanto entramos en la casa, todo el mundo se va a su dormitorio, y para no soportar más encuentros incómodos o dolorosos, me escondo en el aseo de la planta baja.

Sin embargo, cuando empiezo a subir la escalera, me cruzo con Kimmy y Cleo, que están bajando maleta en mano, rumbo a la casa de invitados.

Cleo no me mira.

Ninguna de las dos dice nada, pero Kimmy esboza una sonrisa tensa y me da un apretón en la mano al cruzarnos. Se me forma un nudo en la garganta al oír el chirrido de la puerta principal a mi espalda.

No voy al dormitorio que comparto con Wyn. La burbuja ha estallado, ese universo escondido ha explotado. En cambio, me voy a la habitación de los niños. Está ordenada y las camas individuales vuelven a estar cada una en un extremo y bien hechas. Cleo y Kimmy no han dejado rastro de su paso salvo por el olor a aceite de menta que usa Kimmy y que flota en el aire.

Me siento en el borde de una de las camas, mientras siento que la soledad crece, sin saber si me presiona desde fuera o si lo hace desde dentro.

Me quito la ropa y me meto en la cama. No lloro, pero tampoco duermo.

Repaso la discusión mentalmente, en un círculo vicioso febril, hasta que tengo la sensación de que las palabras se funden y se convierten en un galimatías sin sentido.

Me tumbo de espaldas y fulmino con la mirada el rayo de luz de luna que veo en el techo.

La verdad, no me daba miedo que se enfadaran conmigo por cómo terminaron las cosas con Wyn. Me daba miedo su tristeza. Me daba miedo arruinar ese viaje que significaba tanto para ellas. Me daba miedo arruinar este lugar donde siempre hemos sido tan felices. Me daba miedo que me guardaran rencor y nunca me lo dijeran, que ya no les cayera tan bien sin Wyn, porque yo no me caía tan bien sin él.

Me daba miedo que me preguntasen qué se había torcido y, sin importar la respuesta que lograra inventarme, se olieran la verdad.

Que supieran que era imperfecta.

Que no soy la brillante médica que mis padres querían que fuera, que no soy la persona que puede ofrecerle a Wyn la felicidad que se merece y que no soy la amiga que ellas necesitan.

Me he dejado los cuernos intentando serlo, merecer a las personas que me rodean, y aun así les he hecho daño a todas.

Las mantas me parecen demasiado pesadas; el colchón, demasiado blando. Cada vez que me doy media vuelta, me estampo contra la pared.

Si hubiera una tele en la habitación, pondría *Se ha escrito un crimen* y me quedaría dormida con su brillo azul y su alegre sintonía.

El silencio deja demasiado sitio para las preguntas, para los recuerdos que me envuelven, que me retienen.

No solo los recuerdos de la discusión, sino del «lugar oscuro», de las semanas anteriores y posteriores a la pérdida de Wyn. De llorar contra una almohada que olía a él y despertarme después de haber soñado con él, con una opresión en el pecho. De intentar sacármelo del cuerpo con una doble cita con Taye, su novio y un amigo de ambos.

De volver a casa, con el estómago revuelto, y limpiar el piso. Como si limpiar las juntas de las baldosas y las manchas de salsa de los armarios de la cocina pudiera cambiar por completo mi vida. Cambiarme a mí.

Recuerdo estar en la cocina, con el teléfono apretado en una mano, deseando que hubiera alguien a quien llamar.

Que si llamaba a mi madre, dijera: «Ven a casa, te cuidaré».

Que si llamaba a Wyn, su voz cariñosa me diría que todo había sido un error, un malentendido, que me querría para siempre, como me prometió.

Aunque me hubiera sentido capaz de contarles la verdad, Sabrina y Parth se habrían acabado de acostar; y Cleo y Kimmy tendrían que levantarse al cabo de pocas horas; y si llamaba a Eloise, supondría que alguien había muerto, porque nunca hablábamos por teléfono.

Me faltó tan poco para llamar a Wyn aquella noche que bloqueé su número.

Y, cuanto más pasaba sin llamarlos a ninguno, más imposible se me hacía, más me avergonzaba la verdad.

Me había pasado toda la vida intentando llegar ahí y ¿qué? No era como me lo imaginaba.

No, era peor que eso. Porque, la verdad, no estaba segura de haberme molestado en imaginar cómo sería.

Sí me imaginé dándoles buenas noticias a unos aliviados familiares en las salas de espera de los hospitales, y me imaginé la felicidad y el orgullo de mis padres, sus caras entre la multitud de la graduación, sus cariñosas notas al pie de una felicitación de Navidad. Me imaginé una casa con aire acondicionado que siempre funcionaba y puertas que se quedaban abiertas, y largas cenas en restaurantes buenos, donde todos reían con las mejillas sonrosadas. Me imaginé tiempo libre, regalos personales de mis padres, las vacaciones familiares que nunca habíamos tenido, la hipoteca pagada.

Me imaginé que por fin pagaba todo su esfuerzo, que sus sacrificios no solo eran compensados, sino recompensados.

Me los imaginé pensando que todo había merecido la pena. Diciéndome lo mucho que me querían.

Durante toda la vida, cuando pensaba en mi futuro, era eso lo que me imaginaba. No una profesión, sino las cosas que creía que me traería.

Felicidad, amor, seguridad.

Y ese sueño me había sustentado durante mucho tiempo. ¿Qué eran los estudios sino una oportunidad de merecerte lo que vales? De demostrar, una y otra vez, que eres buena, de una forma cuantificable.

Otro trato que hice con un universo desinteresado: «Si soy lo bastante buena, seré feliz».

«Me querrán».

«Estaré a salvo».

En cambio, había apartado de mí a todas las personas que quiero.

El corazón se me encoge en el pecho. Necesito dejar atrás estos sentimientos.

Me levanto y quito la sábana de la cama para echármela por encima de los hombros. La temperatura baja diez grados cuando salgo al pasillo, y unos cuantos más cuando bajo la escalera, pero sigo acalorada y sofocada.

La cocina está hecha un asco. Suelto la sábana y, en ropa interior, empiezo a recoger los platos, metiendo los sucios en el lavavajillas vacío. Limpio las encimeras. Barro. Me digo que servirá de algo. Que mañana, cuando todos bajen, el destrozo de esta noche no parecerá tan malo.

La ansiedad no me da tregua. Siento la piel demasiado tirante y acalorada, me pica. Recojo la sábana y salgo por la puerta trasera.

El viento no consigue aliviar la sensación febril. Bajo al acantilado y, en la oscuridad, el mar parece más ruidoso, poderoso, pero ambivalente. Me imagino lo que se sentiría si me arrastrase una ola, si me dejara llevar sobre la superficie. Me imagino que me aleja de esta vida, que abro los ojos en un lugar distinto.

Algo que Sabrina dijo irrumpe en la fantasía: «Estás perdiendo al amor de tu vida porque eres incapaz de fijar una fecha y un sitio para celebrar tu boda».

Sé que las cosas son más complicadas, pero no dejo de darle vueltas a esas palabras, encajándolas con lo que Wyn me dijo antes.

«Me convencí de que ese era el tipo de hombre con el que querías estar. Y tú seguías aplazando la boda. Nunca querías hablar del tema. Nunca querías hablar de nada y, cuando te vi con todos tus nuevos amigos, pensé... Pensé que deberías estar con alguien tan inteligente como tú, que pudiera encajar en ese mundo por el que llevabas luchando toda la vida... Nunca te enfadabas conmigo. Nunca discutías. Parecía que ni siquiera me echabas de menos».

Le oculté muchísimos de mis sentimientos, por la convicción de que el peso de mis emociones lo alejaría más de mí, lo dejaría al otro lado de una puerta que yo no podría abrir.

E incluso después de lo que me ha contado esta noche, me siento atrapada en mi interior, incapaz de pronunciar las palabras.

Ahora se retuercen en mis entrañas, escondiéndose todavía más, afianzándose.

En cuanto tomo una decisión, el tiempo se mueve como si fuera un acordeón. La empinada subida del acantilado, la extensión del patio, la desvencijada escalera, el pasillo..., lo dejo todo atrás en un abrir y cerrar de ojos y estoy delante de su puerta.

Llamando con tiento. A lo mejor hasta llevo ya un rato, porque la puerta ya se está abriendo, como si me hubiera estado esperando.

Eso explicaría por qué está vestido, pero no por qué parece tan sorprendido.

Ni tampoco su forma de entreabrir los labios y de fruncir el ceño mientras entro en el dormitorio como si estuviera flotando, inflada de una determinación tan ligera como el helio.

Y tampoco explicaría la maleta hecha junto a la puerta.

Al verla, siento que una ascua candente me baja por la garganta hasta caer en el estómago, donde chisporrotea.

—¿Te vas?

Esos ojos gris acero se desvían hacia la maleta.

—He pensado que sería lo más fácil.

—¿Lo más fácil? —repito, susurrando—. ¿En qué sentido? Porque salen tres vuelos mal contados del aeropuerto cada día, y ninguno en mitad de la noche.

Agarra el borde de la puerta y la cierra a mi espalda.

—No lo sé —reconoce.

—No —consigo decir por fin.

Levanta una ceja.

—No ¿qué?

—Que no hemos terminado de discutir —contesto.

—Creía que no estábamos discutiendo —dice.

Me acerco lo suficiente como para sentir el calor que irradia.

—Estamos metidos en una pelea con puños y todo.

Aparta la mirada y hace una mueca triste con los labios.

—¿Por qué?

—Para empezar, porque has hecho el equipaje en plena noche —contesto mientras me acerco más. Retrocede medio paso. Me tiembla la voz—. Y no quiero que te vayas.

Me coloca las manos en las caderas, sujetándome al mismo tiempo que me mantiene alejada.

—Es que no debería haber venido —dice—. Es todo culpa mía.

—No, no lo es —replico.

—Lo es —insiste.

Me acerco más. Nuestros torsos se rozan.

—Ahí lo tienes —digo.

—Ahí tengo ¿el qué?

—Algo por lo que discutir —contesto.

Esboza una sonrisilla casi imperceptible, renuente. No dura mucho. Aparta la mirada y frunce de nuevo el ceño.

—Joder, no sabes cómo lo siento, Harriet —dice—. Si hubiera mantenido las distancias esta semana como dije que haría…

Le pongo las manos en los hombros y clava los ojos en los míos, con un brillo feroz. Lo empujo con cuidado y se sienta en el borde de la cama, con la cabeza echada hacia atrás para observarme a la luz de la única lámpara que hay en la mesita de noche. Separa los muslos cuando hago ademán de colarme entre ellos y deslizo las manos por sus cálidos hombros hasta su barbilla. Parpadea hasta que cierra los ojos y después vuelve la cara contra mi mano, besándome la palma.

Me rodea la cintura con las manos y pego una rodilla a su cadera. Abre los ojos, oscuros como la noche, y acepta mi peso mientras repito la operación con la otra rodilla, sentándome sobre él.

—¿Esto es pelear? —murmura.

Asiento con la cabeza mientras me dejo caer sobre su regazo. Le baja y le sube la nuez al tragar saliva. Me aferra la parte inferior de los muslos con las manos. Todavía llevo la sábana a modo de capa sobre los hombros.

—¿Esto es lo que te pones para pelear? —me pregunta.

—Soy nueva en esto —respondo—. No sabía que había un uniforme. ¿Quieres que me cambie?

Me recorre con la mirada mientras se lo piensa.

—¿Has traído algo más pequeño?

Niego con la cabeza.

—No a menos que sepas una manera de ponerse un cepillo de dientes.

—Podemos apañárnoslas con esto —asegura—. Bueno, ¿por qué estamos peleándonos?

—Por todo —contesto.

Me pone una mano en la nuca mientras me atrae hacia su regazo con la otra, colocándomela en la espalda, hasta que encajamos.

—Normalmente es más sencillo empezar por algo insignificante y después dejar que poco a poco se convierta en todo. Al menos, así era como lo hacían siempre mis padres.

—Tus padres no se peleaban —protesto.

—Todo el mundo se pelea con sus seres queridos, Harriet —dice—. Lo importante es cómo lo haces.

—¿Hay reglas? —quiero saber.

—Sí.

—Como el uniforme —digo.

—Como no insultarse —replica.

—Pero ¿«cariño» sí vale? —le pregunto.

Desliza las manos hasta colocármelas en la parte superior de los muslos y empieza a acariciármelos, adelante y atrás, y la tosca textura de sus manos hace que se me ponga la carne de gallina.

—Tendría que comprobarlo con nuestros abogados, Parth y Sabrina, pero creo que «cariño» está permitido —responde—. Ningún jurado te declararía culpable en ese caso. Pero nada que sea más hiriente que eso.

—¿Qué más necesito saber?

—No pasa nada por irse —sigue—. Todo el mundo dice eso de «No te acuestes enfadado», pero a veces una persona necesita tiempo para pensar. Y si tú lo necesitas, no pasa nada, pero deberías decírmelo, porque de lo contrario... —Aprieta los dientes mientras traga saliva—. De lo contrario, la otra persona podría suponer que te vas para siempre.

Yo también trago saliva y me pego más a él, hasta que nuestros torsos se funden.

—¿Qué más?

—No tiene que haber un ganador y un perdedor. Lo importante es tener en cuenta los sentimientos de la otra persona. Tenerlos en cuenta es más importante que querer llevar la razón.

—Eso no parece que sea pelear —le digo.

—Esta información vino de Hank en persona —me asegura.

No puedo contener la sonrisa.

—En ese caso, supongo que mejor le hacemos caso.

—¿Quieres intentarlo? —pregunta.

—¿Algo insignificante? —digo.

Asiente con la cabeza.

—Cargas mal el lavavajillas —le suelto.

Se le escapa una sonrisa.

—¿Mal?

—Vale, mal no —me corrijo—, pero sí de una forma que me repatea.

Su sonrisa se transforma en una carcajada entrecortada.

—Sigue, no te cortes.

—Llenas demasiado la bandeja inferior y el agua no puede llegar a la superior. Y no enjuagas bien las cosas, así que aunque todo reciba detergente, siempre quedan restos, como trocitos de cereales pegados en los cuencos.

Se esfuerza en poner cara tristona de nuevo.

—Lo siento —se disculpa—. Tienes razón. Corro mucho cuando estoy recogiendo los platos y acabo provocando que haya que trabajar más. ¿Qué más?

—No me gusta cuando rebajas tu inteligencia.

—Eso me lo estoy currando —me asegura—. Y, la verdad, la medicación ayuda. Como sentirme bien en mi trabajo.

Tengo la sensación de que se me encoge la caja torácica, eso o que se me ensancha el corazón.

—Bien. Deberías sentir aunque fuera una mínima parte del orgullo que siento yo por ti.

—Así no se discute —me asegura.

—Eso es porque ahora te toca a ti —replico—. Tú también estás cabreado conmigo.

—¿Ah, sí? —me pregunta.

—Furioso —insisto.

Me estrecha contra él.

—Furioso —susurra—. Dime de nuevo por qué.

Las palabras de Sabrina se repiten en mi cabeza: «Estás perdiendo al amor de tu vida porque eres incapaz de fijar una fecha y un sitio para celebrar tu boda... Parth vio lo que Wyn escribió... Te quedas de brazos cruzados mientras dejas que la vida pase en vez de luchar por lo que quieres».

Se me encoge el estómago.

—Puede que por la boda.

—¿Qué boda? —me pregunta.

—La nuestra —contesto.

—No nos hemos casado —me recuerda.

—Y a lo mejor crees que a mí no me importaba —digo—. O que me daba miedo comprometerme contigo y que por eso no era capaz de tomar una decisión. A lo mejor crees que la estaba retrasando a propósito.

Traga saliva y murmura:

—¿No era así?

De repente, todo me da vueltas por la confirmación, porque por fin encaja la última pieza del rompecabezas, cinco meses demasiado tarde. Se me llenan los ojos de lágrimas.

Las cosas no se torcieron en un momento concreto, no le fallé en un momento concreto y como consecuencia nos perdimos el uno al otro. Fueron montones de momentos, por parte de los dos. Señales que no se vieron. Indirectas que se dejaron caer.

Darme cuenta me duele muchísimo. Comprender que le hice creer que no lo quería.

—Intentaba no darte problemas, Wyn —le aseguro con voz entrecortada—. Estabas muy triste. Y no quería meterte prisa mientras estabas pasando el duelo, así que fingí que yo estaba bien. Tenía miedo de que no me quisieras si te dabas cuenta de lo mal que yo lo estaba pasando, así que te aparté de mí.

El rictus de su boca se suaviza, pero tensa los dedos.

—Harriet —dice, con ruda ternura, esa contradicción que es Wyn Connor expuesta en una sola palabra—, siempre te quiero a mi lado.

Tardo un segundo en sacarlo todo.

—Otra cosa que me tiene cabreada: me repatea cuando te sientes dolido y no me lo dices, así que intento averiguar qué he hecho con la intención de arreglarlo. Como esta noche.

—¿Esta noche? —pregunta.

—Cuando volvimos al coche, ni siquiera me mirabas.

—¡Mierda, Harriet! —dice—. Estaba avergonzado. Por toda esta puta semana. Por arrastrarte a esta situación cuando resulta que no había motivo para hacerlo.

—Pero cuando no me cuentas lo que te pasa, me imagino cosas, Wyn —protesto—. Y lo único que pienso es que he metido la pata.

—Eso no es sano —dice.

—Lo sé, pero es la verdad.

—Pues a mí no me gusta eso —replica—. Deberías saber que estás a salvo conmigo. No deberías pasarte cada segundo intentando averiguar cómo me siento cuando llevo ocho años diciéndotelo sin tapujos.

—Y tú deberías haber sabido que yo no quería a nadie más. —Se me quiebra la voz, al igual que el corazón—. Deberías haber sabido que tú eras mi alma gemela, desde la noche que nos conocimos. Habría hecho cualquier cosa por arreglarlo, pero no luchaste por mí. Dijiste que lo harías y te creí, Wyn. Y entiendo que no pudieras hacerlo. Pero no te he perdonado por partirme el corazón.

Me entierra las manos en el pelo y me pega los labios al cuello.

—¡Dios! —dice—. No me perdones. Sigue cabreada conmigo. No me olvides.

—Y estoy cabreada contigo por no venir a buscarme esta noche —sigo.

Ladea la cabeza y me besa el otro lado del cuello.

—Habría acabado llegando hasta ti —susurra.

—Has hecho la maleta —le recuerdo.

Suelta una trémula carcajada contra mi piel y me coloca de nuevo las manos en los muslos, pegándome contra él.

—Ha sido una gilipollez —dice—. Intentaba convencerme de que lo mejor sería dejarte tranquila. Lo más triste es que lo creo de verdad, Harriet. Pero no iba a hacerlo. Estaba a punto de salir a buscarte cuando has aparecido. ¿Por qué crees que he abierto la puerta tan deprisa? ¿Por qué crees que ya la tenía dura, Harriet?

Siento un escalofrío muy agradable en los muslos.

—A lo mejor estabas haciendo un crucigrama —contesto.

Me besa la suave piel de debajo de la oreja.

—No podría alejarme de ti. Nunca he podido.

—Llevas cinco meses alejado de mí —le recuerdo.

—Bloqueaste mi número —dice mientras me aprieta con los dedos por encima de la delgada sábana—. De lo contrario, sabrías que eso también fue una gilipollez. Harriet, Parth no vio un solo mensaje sin enviar, también vio todos los que te había mandado. A los que no respondiste.

El corazón se me sube por el esófago, como un canario emocionado que capta la brisa fresca. Me levanta la cara hacia la suya con esos dedos callosos y me besa con pasión, sin restricciones.

Mis terminaciones nerviosas se encienden en círculos concéntricos que reverberan hacia el exterior. Fuegos artificiales celulares. Una noria neurológica que habla. Le entierro las manos en el pelo y él nos hace girar sobre el colchón, mientras la sábana que llevo nos cubre con suavidad, como la nieve. Se aparta el tiempo justo para quitarse la camiseta, pero después se tumba de nuevo sobre mí al tiempo que nuestras bocas salen al encuentro la una de la otra y me mete una rodilla entre los muslos. Me acaricia todo el cuerpo con las manos. Le araño la cálida espalda con las uñas.

Me deja un reguero de besos por el esternón y cuela la lengua por debajo de la tela antes de seguir con los dientes. Grito por el alivio y el deseo que me consumen al mismo tiempo. Arqueamos la espalda el uno hacia el otro. Me rodea con las manos en busca del cierre del sujetador y, tras un breve forcejeo, me lo desabrocha y lo tira a un lado; y por fin nuestros torsos quedan pegados, con mis pechos aplastados bajo él. Gime. Me desliza las palmas por los pechos, que me toma entre las manos para llevárselos a la boca.

La cama cruje con nuestros movimientos.

Apoya el peso del cuerpo en un codo mientras me desliza la mano libre por las costillas y la cintura hasta llegar a las bragas. Me las baja por las caderas, rozándome el muslo con la mano.

—Echo de menos oírte —me susurra al oído—. Esos soniditos que haces.

Le basta con decirlo para arrancarme unos cuantos más.

—Deberíamos pelear más a menudo —le digo.

—Desde luego. —Me baja las bragas por el otro muslo. Le busco los botones de los pantalones y deja caer la cabeza contra la mía mientras gime cuando le meto la mano por la cinturilla.

—¿Has encontrado condones? —susurro.

—Antes de la cena. —Se saca una tira de tres del bolsillo y los arroja a la cama, a nuestro lado—. Los he llevado encima toda la noche, como un puto adolescente que esperase hacerlo en el baño durante el baile de graduación.

—De haberlo sabido, nos podríamos haber saltado la pelea —replico.

Me agarra un muslo y lo pega a su cadera.

—Por favor, no te vayas —suplica con voz ronca—. Cuando esto termine, no te vayas a dormir a otra habitación. Pasa la noche conmigo.

—No me iré —le prometo mientras le bajo los pantalones por las caderas.

Me rodea la espalda con los brazos y rueda de nuevo por el colchón, de modo que yo quedo encima. Se levanta lo justo para bajarse los calzoncillos y después me siento sobre él, sin nada que se interponga entre nosotros. Nada ha sido nunca tan maravilloso como este simple contacto. Me agarra de las caderas y hace que me mueva sobre él mientras se nos acelera la respiración. Me levanta las manos por encima de su cabeza, estirándome sobre él, y me acaricia el pecho con los labios entreabiertos, con la lengua.

Tanteo la cama en busca de los condones, abro el primero y se lo pongo. Mientras me levanto, me sujeta de las caderas con el deseo pintado en la cara y me guía hacia él. Echa la cabeza hacia atrás y de su garganta brota un gemido ronco mientras me levanto y me dejo caer todavía más. Aunque me parece conocido, perfecto, después de tanto tiempo también siento algo distinto.

Nos movemos despacio, pero con urgencia, con tanta intensidad que se me olvida respirar más tiempo de la cuenta, como si nada fuera tan necesario para la supervivencia como esto. Me acaricia la barbilla con las manos con mucha delicadeza. Me besa con mucha ternura, metiéndome la lengua en la boca casi con indecisión, hasta que ya no soporto tanta suavidad tanto control. Estoy harta de que me oculte partes de sí mismo.

Cuando se lo digo, nos hace girar de nuevo y acabo con los brazos inmovilizados por encima de la cabeza. El sudor nos impregna la piel mientras nos dejamos llevar por el frenesí, por la locura. Me arqueo debajo de él y salgo a su encuentro en un intento por no estallar, todavía no. Pronuncio su nombre como si fuera un hechizo.

O un «Adiós» y un «Te quiero», una promesa.

Solo sé que mi corazón está de acuerdo: «Tú, tú, tú».

* * *

Nos quedamos tumbados, sudorosos, y Wyn empieza a juguetear con un mechón de mi pelo mientras sus pulmones se hinchan y se deshinchan, moviéndome como un barco en mitad del oleaje.

—¿Puedes perdonarlos? —susurro.

—La verdad, me estaba costando enfadarme —contesta—. Sé que no deberían haber mentido, pero... No sé. Daba la sensación de que merecía la pena. Estar aquí. Verte.

—Lo mismo digo —susurro mientras lo abrazo con más fuerza. Después, al cabo de otro minuto—: ¿Crees que ellos podrán perdonarnos?

—Sí —asegura.

—Lo has dicho sin pensar —protesto. Me incorporo para mirarlo a los ojos—. ¿Por qué estás tan seguro?

—Otra perla de sabiduría de Hank —contesta—. El amor significa disculparse a todas horas y después hacerlo mejor.

Sonrío mientras le acaricio el torso con los dedos.

—Lo hizo bien contigo, Wyn. Estaría orgulloso.

Me estrecha entre sus brazos.

—Me alegro de que pienses así.

En cuestión de minutos, me quedo dormida y sueño con un pinar iluminado por el sol, con la madera cálida de una mesa bajo mi cuerpo, con el olor a clavo por todas partes. Y conozco ese lugar, aunque no sepa ponerle nombre. Sé que estoy a salvo, sé que este es mi sitio.

33

La vida real

Sábado

Wyn dejó las cortinas descorridas y las ventanas abiertas por la noche, y ahora el dormitorio está frío y muy soleado, y se cuela la brisa salada, trayendo consigo el lejano graznido de las gaviotas. Tengo el cuerpo que parece un helado derretido, en el mejor de los sentidos. Por mi cabeza pasan recuerdos inconexos de la noche: manos aferradas a las sábanas, al pelo y a la piel; susurros entrecortados y súplicas.

Y luego todo lo que sucedió antes.

La pelea. El resto de la semana. Todo con Wyn.

Hoy es el último día de nuestra estancia.

El agradable cansancio desaparece. Ahora tengo la sensación de que me ha atropellado un autobús, que después ha dado marcha atrás para atropellarme desde otro ángulo. Wyn duerme como un tronco, con un brazo sobre mis costillas y una sonrisilla torcida en los labios. Siento una opresión en el pecho al verlo.

Normalmente, duerme de espaldas. Nos quedábamos dormidos así, acurrados, pero nunca podíamos descansar hasta que se tumbaba de espaldas. Si estábamos acurrucados el uno contra el otro, siempre empezaba a moverse, inquieto, mientras dormía, y acabábamos buscándonos con apasionado frenesí. Algo que era genial hasta que se hacía de día, cuando los dos teníamos que levantarnos para ir a trabajar o a clase.

Ha pasado toda la noche pegado a mí; aunque toda la noche, para nosotros, solo fueron un par de horas.

Ni se inmuta cuando salgo de debajo de él. Siempre parece más joven cuando duerme. Me pregunto si es una ventaja evolutiva. ¿Qué animal podría atacar a alguien que parece tan tranquilo e inocente?

Vale, yo podría, pero lo cortés sería dejarlo dormir.

Me pongo unos vaqueros y un jersey, y salgo del dormitorio sin hacer ruido para atravesar la silenciosa casa. Aunque estoy ansiosa por arreglar lo que pasó anoche, los demás están o dormidos o escondidos.

Después de pasar varios minutos dando vueltas por la cocina sin hacer nada, decido ir andando al pueblo y comprarles bebidas a todos en La Taza Caliente como ofrenda de paz.

He pensado muchas veces que el mundo reserva los días de mejor tiempo para cuando tienes la sensación de que todo se ha torcido, y hoy no es la excepción. Hace un sol estupendo, con una brisa refrescante. Cuando el sol llegue a lo más alto, no me cabe duda de que vamos a cocernos en Knott's Harbor. O lo que se entiende por cocerse en esta parte del país, lo que quiere decir que será una temperatura muy agradable comparada con los agobiantes veranos del sur de Indiana o del calor sofocante de julio en la ciudad de Nueva York.

Un día de verano aquí es justo lo que anhelas en mitad del invierno.

Aun así, después de pasar diez minutos andando por la serpenteante carretera, dejando atrás rododendros crecidos y hostales cuyos paneles de madera están rascando y repintando por enésima vez, me gustaría haberme puesto una camiseta de tirantes debajo del jersey.

Tendré que buscar un taxi, algo más fácil de decir que de hacer en un pueblo tan diminuto como este. Normalmente, Sabrina organiza nuestros medios de transporte, y no sé muy bien con cuánta antelación tiene que hacerlo.

«Si tengo que esperar a que hagáis algo, esta amistad ya se habría acabado», dijo ayer. No se equivoca mucho. La amistad con

Sabrina, con todo el grupo, siempre me ha parecido como una corriente a la que podría lanzarme en plancha. Y a eso es a lo que estoy acostumbrada. A dejarme llevar por los deseos y los sentimientos de los demás.

Nunca se me ha ocurrido que eso podría interpretarse como apatía. Que podrían creer que me daba igual. El sentimiento de culpa me abruma.

Después de doblar una esquina, la acera cuarteada me deja en el pueblo, delante de la cafetería. Bajo el descolorido toldo que cubre la ventanilla donde sirven los pedidos para llevar está Cleo, recogiendo una bandeja reciclada.

Se tensa al verme y levanta despacio una mano.

La imito.

Ninguna de las dos se mueve durante un segundo. Después la camarera grita: «¡Doug!» y el otro cliente que espera le da un codacito a Cleo para que se aparte y así recoger su pedido.

Se acerca a mí con la bandeja y salgo a su encuentro para reunirnos a mitad de camino, delante de un colorido banco que hay delante del restaurante italiano. Entre filas de caricaturas de langostas rojas muy monas, en un tipo de letra también muy mono, se leen las palabras: «¡¡¡SOLO PARA CLIENTES!!!».

—Hola —me saluda.

—Hola —digo.

Levanta la bandeja.

—¿Café?

—Así solo te quedarán tres —replico.

Esboza una sonrisilla cansada.

—El café con leche y caramelo salado es para ti.

Miro la bandeja. Hay tres bebidas de tamaño normal y una que es el equivalente cafetero de un cubo de palomitas.

—Ya veo que no les quedaban bebidas energéticas ni anfetaminas.

Sonríe con más ganas.

—No podría llevar cinco bebidas. Así que he pedido un café americano gigante para que Sabrina y Parth lo compartan, un café solo para Wyn y un té matcha para Kim.

Siento una opresión en el pecho.

—Te sabes de memoria lo que bebemos.

Se encoge de un hombro.

—Os conozco.

Otro silencio.

—¿Quieres dar un paseo? —me pregunta.

Asiento con la cabeza.

—Toma. —Deja la bandeja en el banco y saca mi vaso desechable.

—Ahora te paso el dinero —digo.

Hace una pequeña mueca.

—No, por favor.

Echamos a andar hacia el agua y el olor del salitre es cada vez más fuerte.

—Nunca he aprendido a discutir —le digo al cabo de un momento.

Me mira de reojo.

—Sobre todo con mis seres queridos —sigo—. A ver, con nadie en realidad. Pero sobre todo con las personas a las que quiero. De hecho, solo sé evitar discusiones. O es lo que suelo hacer.

Me mira con el ceño fruncido.

—No sé cómo se supone que deben acabar las discusiones cuando quieres a la persona con la que discutes —añado—. En mi familia todo el mundo se iba cuando las cosas se ponían feas. Eloise se marchaba enfadada, o mis padres la mandaban castigada a su dormitorio y después se encerraban en lados opuestos de la casa, y las cosas nunca mejoraban después de eso. Siempre iban un poco peor. Y supongo que pensé que… si evitaba cualquier discusión entre nosotros, todo el mundo se quedaría. Nunca fue mi intención alejar a nadie. Era justo lo contrario. Llevo mucho tiempo sin ser buena compañía, Cleo.

Frunce todavía más el ceño, con una expresión absolutamente estupefacta. Me pregunto si he dicho lo contrario a lo que quería decir por error.

—El asunto es que… lo siento —me disculpo—. Debería haberte contado lo de Wyn. Debería haber llamado más.

Al cabo de un momento, vuelve a mirar hacia el mar.

—No fui del todo justa anoche —dice—. Entiendo por qué no nos lo dijiste.

—¿De verdad? —pregunto.

Me mira y asiente una vez con la cabeza.

—¡Qué suerte! —replico—. ¿Me lo explicas como si tuviera cinco años?

No sonríe al oírme.

—Estabas en la fase de negación —dice—. Y contárnoslo habría hecho que todo pareciera real. Y, aunque fuera real, aunque fuera lo que elegiste, sabes que eso lo va a cambiar todo y da miedo. Porque nos necesitas. Somos tu familia.

La miro fijamente.

—Joder.

—¿He acertado? —me pregunta.

Suelto el vaso en uno de los postes que marcan la línea del agua, unidos por fuertes sogas.

—A ver, ¿eres adivina? —digo.

Suelta una carcajada entrecortada y mira de nuevo las olas que rompen en la orilla. Le brillan los ojos por las lágrimas.

—Estoy embarazada —dice.

Sé que hay ruido a mi alrededor: el de agua; el sonido grave de las sirenas de los barcos que zarpan del pueblo; los gritos de los pescadores de langosta del otro lado de la bahía, hablando y lanzándose pullas mientras cargan y descargan trampas.

Sin embargo, es como si alguien me hubiera cortado el canal auditivo.

Cuando todo vuelve de nuevo, oigo que empiezo a llorar, y eso hace que Cleo también llore.

Le quito la bandeja de las manos y la dejo en el siguiente poste. Después la abrazo con fuerza.

—¿Por qué lloras? —me pregunta con voz temblorosa al tiempo que me rodea con los brazos—. No eres tú quien va a tener que expulsar una calabaza de tu cuerpo.

—¡Lo sé! —exclamo—. Es que soy muy feliz.

Cleo se echa a reír.

—Ya somos dos. Pero también estoy acojonada. A ver, que lo he elegido yo. Sabía lo que implicaba, no entré por error en un banco de esperma. Nos pasamos meses eligiendo el donante adecuado. Pero... creo que esperaba que tardásemos más. Para así hacerme a la idea de ser madre. Pero las cosas no pasaron así. Y... tengo muchísimo miedo de que se me dé fatal.

Me aparto para mirarla a los ojos mientras se seca las lágrimas.

—¿Lo dices en serio? —pregunto—. Vas a ser la madre perfecta. Vas a ser tu madre, pero la versión 2.0, y... ¡espera! ¿De cuánto estás? ¿Desde cuándo sabías que lo ibas a hacer?

Agacha la cabeza.

—Como acabo de decirte —susurra—, no fui del todo justa anoche al cabrearme por tu secreto.

—Ya —replico.

—Y por eso no quería que Sabrina y Parth fueran a la granja —sigue—. Ya tenemos un montón de cosas para el bebé. El padre de Kimmy nos manda algo nuevo todos los días, y no me sentía preparada para explicar por qué tenemos cuatro cunas distintas.

—¿Porque el padre de Kimmy está obsesionado con cosas de bebés? —sugiero.

—Va a ser un abuelo increíble —dice con voz distraída—. Yo ni siquiera quería decírselo todavía, pero a Kimmy se le escapó sin querer. Solo estoy de dos meses. Todavía pueden salir mal muchas cosas.

La cojo de los hombros.

—Y también pueden salir bien.

Me mira con una sonrisa apagada.

—No sé lo que esto significa para nosotros.

—Significa que vais a ser madres —digo.

Menea la cabeza.

—Me refiero para todos nosotros, Harry. Si mis búsquedas en Google sirven de algo, voy a estar cansada a todas horas y me comerá la preocupación todo el día. Y ya no soy la «alegría de la huerta» en este grupo...

Le cojo las manos con fuerza.

—¡Cleo! ¡Qué tontería! Eres muy graciosa.

—Kimmy es la graciosa —replica con gesto escéptico—. A ver, que por eso me enamoré de ella. Pero a veces cuesta no sentir... que a todo el mundo le cae mejor mi novia que yo. Incluso a mis mejores amigos. Y cuanto más me encierro en mí misma, menos espacio habrá para mí.

—¿Cuánto tiempo llevas pensando eso?

—No lo sé —contesta—. Puede que desde que dejé de beber.

—Ojalá hubieras dicho algo.

—¡Me da vergüenza! —exclama—. ¿Tener celos de tu propia pareja? Ni siquiera se lo conté a Kimmy hasta hace unos meses.

—Quiero a Kimmy con locura y lo sabes —digo—. Tiene un montón de cualidades maravillosas y se ha convertido en una de mis mejores amigas. Pero ¿sabes lo que más me gusta de ella?

Cleo esboza una sonrisilla.

—¿Su cuerpo de infarto?

—Esa es la segunda cosa que más me gusta de ella. La primera es lo feliz que te hace. Cuando empezasteis a salir, fue como si por fin encajara la última pieza de... todo esto. De nuestra familia. Pero eso no te hace ser menos esencial. Sabrina y tú sois mis mejores amigas. Siempre. Y siento muchísimo haberte dado motivos para dudarlo.

Se le nublan los ojos y le tiembla la voz.

—Pero ¿y si tener un bebé me cambia? ¿Y si el abismo se ensancha cada vez más hasta que ya no tenemos nada en común?

—No necesito que sigas siendo la misma, Cleo —le aseguro—. Y no te quiero por «tener cosas en común». Somos muy distintas, Cleo. Todos lo somos. Y no cambiaría nada de ti. Como he dicho, eres una pieza que me faltaba en el corazón, y Sabrina también. Si tus horarios tienen que cambiar, o si empiezas a cantar canciones de Barney entre dientes, o si te conviertes en una de esas personas que publican en redes sociales los accidentes con los pañales de sus hijos...

—¿Me matarás para acabar con mi sufrimiento? —pregunta en voz baja.

—¡Dios, sí! Te quitaré el móvil y lo lanzaré al mar. Pero también seguiré queriéndote. Para mí eres de mi familia. Sab y tú lo sois.

Su sonrisa desaparece.

—Tampoco debería haber sido tan dura con ella.

—A lo mejor podrías haberlo dicho de otra manera —admito—, pero creo que tenías que sacártelo de dentro. Y seguramente nosotras teníamos que oírlo.

—Es posible. —Se muerde el labio—. Sabrina es muy leal, pero cuando se siente atacada...

—No voy a decirte que uses tu embarazo para ganártela —digo—, pero creo que si descubre con lo que has estado lidiando, lo entenderá. Y luego va a organizarte un fiestón por todo lo alto, con una tarta de un bebé fotorrealista y cigüeñas vivas dando vueltas por tu casa.

Cleo acaba riéndose a carcajadas al tiempo que deja caer la cabeza contra mi hombro.

—Me muero de ganas.

Entrelaza los dedos con los míos y nos quedamos un rato así, viendo los barcos ir y venir, oyendo las conversaciones mantenidas con megáfonos mientras la gente se cruza con otras personas en el mar.

Todo está cambiando. Tiene que hacerlo. No se puede detener el tiempo.

Solo puedes tomar una dirección y rezar para que el viento te permita llegar adonde quieres ir.

Otra metáfora marítima. Soy la peor pesadilla de los lugareños. Pero la verdad es esa. Los cambios son inevitables.

«Dos de mis mejores amigas van a tener un bebé».

Me atraviesa una alegría casi dolorosa.

—¡Por el amor de Dios!

Cleo levanta la cabeza.

—¿Mmm?

—Acabo de darme cuenta de que voy a ser tía —digo.

Se le escapa una carcajada.

—Harry, vas a ser una de sus madrinas —me corrige.

34

La vida real

Sábado

—Se va a enfadar porque te lo he dicho a ti primero —dice Cleo.

—Puedo fingir que no lo sé —propongo, y ella me mira—. O podemos ser sinceras al respecto y hablarlo.

Me da otro abrazo.

—¿Seguro que no quieres que te lleve de vuelta? —Mira la hora en el móvil. Hace un par de minutos llamó a Kimmy para que viniese a recogerla. Debe de estar a punto de llegar a La Taza Caliente.

—Nos vemos dentro de un rato —le contesto.

Antes tengo que encontrar algo para Sabrina. No acabaremos este viaje con tatuajes a juego (resulta que la mayoría de los tatuadores se niegan a tatuar a una embarazada, de ahí la resistencia de Cleo a la idea), pero eso no significa que no podamos encontrar algo que podamos llevarnos todos de recuerdo de este lugar.

Después de que Kimmy recoja a Cleo, me tomo un segundo café con leche y caramelo, helado en esta ocasión, y deambulo por las aceras mirando escaparates. No sé ni por dónde empezar. Espero reconocerlo cuando lo vea. De momento, la única opción parecen ser las camisetas a juego con el mensaje de «Llevo Langostas» o el de «Loco por Maine» estampado sobre una langosta con gafas de aviador.

Paso por delante de un escaparate lleno de lámparas y paños de cocina cuquis hasta la esquina, donde veo otro lleno de boyas de colores convertidas en todo tipo de adornos de jardín. Hago una pausa para dejar que un Subaru sucísimo atraviese la siguiente calle transversal saltándose una señal de stop y caigo en la cuenta de dónde estoy.

En la calle Tranquila. El telón de fondo de la discusión de anoche. Veo el estudio de tatuajes a la izquierda, más adelante. Mi primer impulso es alejarme de la escena del crimen. Pero luego me fijo en el reluciente número dorado que tiene sobre la puerta la tienda a mi derecha. El 125.

El número 125 de la calle Tranquila.

Tardo un segundo en comprender de qué me suena. Una vez que lo descubro, retrocedo y compruebo el número de la tienda de boyas. 127. No es ese.

Busco el 123.

Espero a que pase otro coche por el cruce y atravieso la calle a toda prisa.

Número 123 de la calle Tranquila. El lugar de mi «sorpresa personalizada».

En la puerta hay un letrero que reza «BARRO» junto con el horario de apertura, pero dado que el sol brilla tanto, no logro ver mucho a través de las ventanas.

Compruebo la hora en el móvil. Son las 9.16. Si no recuerdo mal, el itinerario decía que la «sorpresa personalizada» que Sabrina me tenía preparada empezaba a las nueve. Dudo un momento en entrar, pero me decido y empujo la puerta.

Me recibe una ráfaga de aire cálido.

—¿Harriet? —dice una voz de mujer.

Parpadeo mientras espero a que se me dilaten las pupilas por el repentino cambio de luz.

—¡Sí, hola!

Me vuelvo hacia la voz, preguntándome si se dará cuenta de que todavía no puedo verla, de que no veo absolutamente nada.

—Lo tienes todo preparado en la parte de atrás —anuncia.

—Genial. —No sé por qué tardo más de la cuenta en comprender que podría haberle dicho que no sé qué hago aquí. Ni dónde estoy.

Mis ojos se adaptan por fin cuando llego a la trastienda, donde veo estanterías flotantes de roble en todas las paredes, llenas de utensilios de cocina a la venta. Cuencos, platos, tazas, todo en colores alegres que resaltan contra las paredes blancas.

La dependienta de la tienda (una mujer con flequillo recto, pantalones de campana y pendientes de aro que parece salida de los años setenta) me conduce por un pasillo hasta una estancia el doble de grande que la primera.

Me paro en seco, no menos sorprendida que cuando entré en la casita y vi a Wyn.

—Puedes elegir el torno que quieras —me dice la mujer—. Nadie más ha reservado hasta las cuatro.

No he logrado decir ni mu cuando suena la campanilla de la puerta a nuestra espalda y la semidiosa de los setenta dice:

—Avísame si necesitas ayuda para encontrar algo. —Y se va para saludar al nuevo cliente.

Me quedo inmóvil mientras lo asimilo todo.

La pared consiste en una hilera de ventanales orientados a la calle de al lado. Las estanterías de madera, igual que las de la parte delantera de la tienda, cubren las paredes por completo, y están cargadas de cuencos, jarrones y tazas. A la derecha, veo una hilera de ganchos con delantales en tonos pastel manchados de arcilla y, en el centro del suelo de hormigón pulido, una larga mesa de madera con tornos de alfarero a intervalos regulares y taburetes delante de cada uno. En la pared izquierda hay una encimera alargada, con un fregadero y un montón de armarios y cajones. Del techo cuelgan potos y filodendros, que parecen serpentinas vivas que reflejan la luz cuando las macetas se agitan de un lado a otro.

Se me hace un nudo en la garganta.

Creo que no le he mencionado la clase de alfarería a Sabrina más de tres veces. Lo sé porque, en general, hablar del tema me da vergüenza.

Por temor a que la gente me tome demasiado en serio y luego se decepcione cuando descubra lo mediocre que soy. Y, en cierto modo, casi con el mismo temor a que no se lo tomen en serio, a que le resten importancia en plan «En fin, todo el mundo necesita un pasatiempo», cuando para mí es mucho más.

No es una profesión, no se me da bien. Es otra cosa. Es el lugar al que voy cuando me siento atrapada dentro de mí misma. Cuando me aterroriza que todos mis momentos más felices pertenezcan al pasado. Cuando mi cuerpo vibra con alguna emoción intensa o me duele porque no me emociona nada y veo que la vida se extiende delante mí como una amenaza.

Las pocas veces que he hablado por teléfono con Sabrina desde que empecé la clase me ha hecho un par de preguntas directas interesándose al respecto, pero yo siempre le he contestado con brevedad y he cambiado de tema enseguida. Era una parte más de mi vida que no me había sentido preparada para compartir antes de esta semana y, sin embargo, Sabrina lo entendió. Me entendió mejor de lo que yo creía.

Porque esta semana no se trataba de torturarnos a Wyn y a mí, ni tampoco de preservar el delicado equilibrio de nuestra familia elegida. Todo lo que Sabrina ha hecho, se equivocara o no, ha sido por amor. Porque nos conoce e intenta que seamos felices.

Me dirijo a la hilera de ganchos y elijo un delantal rosa claro, que me paso por la cabeza. Luego echo a andar hacia los cajones del otro extremo de la estancia y empiezo a sacar todo lo que necesito.

Lleno un cuenco de agua y lo pongo sobre la mesa junto con un par de herramientas, una esponja y un trozo de arcilla.

Si no tengo un plan definido antes de empezar un proyecto, es raro que algo me salga bien, pero ahora mismo no me importa. Da igual lo que haga, me voy a limitar a disfrutar del tiempo que emplee en hacerlo. Me sentiré bien hundiendo las manos en el barro, inclinándome sobre el torno hasta que me duela la espalda.

Cojo el taburete más cercano al ventanal y golpeo la arcilla hasta hacer una bola. Luego la dejo en el plato y la aplano con las palmas de las manos, haciendo presión.

En cuanto meto los dedos en el agua para empezar a darle forma de cono, me inunda la calma. Mis pensamientos se esfuman. Piso el pedal y muevo la arcilla hacia arriba mientras se centra en el plato. Me pierdo en el ritmo.

Impulso la arcilla hacia arriba. Empujo la arcilla hacia abajo.

No me dará tiempo a esmaltar la pieza antes de irme de Knott's Harbor y tampoco tengo espacio en la maleta para llevármela una vez cocida. Pero no pienso en nada de eso.

Darle forma a la arcilla hace que mi mente se parezca al mar en un día despejado. Todos mis pensamientos se difuminan de forma muy agradable bajo la luz y flotan sobre las olas, siempre en movimiento.

Mi *app* de meditación me dice a menudo que imagine mis pensamientos y sentimientos como si fueran nubes, y a mí misma como la montaña sobre la que pasan.

Cuando estoy en el torno no tengo ni que intentarlo. Me convierto en un cuerpo, en un conjunto de órganos, venas y músculos que trabajan en armonía.

Suelto el pedal y abro la arcilla. Pego los codos a los costados y hundo los pulgares en el centro, de manera que, cuando la arcilla gira, la boca se va ensanchando. Curvo los pulgares hacia abajo para reducir el grosor de las paredes por debajo del borde.

El olor a barro lo impregna todo. Siento el sudor que se me acumula en el cuello. Soy consciente de que me duele la parte superior de la columna vertebral, pero no le doy importancia, es un hecho que no requiere ninguna acción. No hay necesidad de solucionarlo, de cambiarlo.

Es solo otra nube que pasa a mi lado.

Entre mis manos aparece la forma de un cuenco. Cojo la esponja amarilla de la mesa y la presiono con suavidad contra el fondo del cuenco para alisar los surcos. Tengo la frente llena de gotas de sudor. El dolor de la columna vertebral me serpentea hasta los hombros.

Agarro el borde grueso del cuenco y voy ascendiendo para estirar la arcilla, obligándola a subir. Una vez estirada al máximo sin peligro de que se rompa, coloco de nuevo las manos en la base, ahuecando las palmas, para que la pieza suba.

Esta es mi parte favorita: una vez que he trabajado la arcilla hasta formar un cilindro estable, el momento en el que el roce más pequeño puede hacerlo cambiar de forma. Me encanta la facilidad con la que puede deshacerse y el éxtasis de encontrar un surco que sé que es estable, aunque no comprenda el principio físico, el porqué. La arcilla se convierte en una extensión de mí misma, como si ella y yo trabajáramos juntas.

Me recuerda a algo que Hank me contó hace mucho tiempo, sobre su infancia en un rancho, domando caballos jóvenes.

Al parecer, se le daba bien, y lo atribuía a su paciencia. Era capaz de esperar hasta que se pasaba el mal humor. La ira de un animal no lo cabreaba. «Te ayuda a comprenderlos mejor —me dijo—. Hay que impedir que esa ira se convierta en miedo. El objetivo es que se convierta en confianza».

Y aunque odiaba muchas cosas habituales de la vida en un rancho, le encantaba la sensación de llegar a un acuerdo con otro ser vivo, de comprender sus necesidades, de darle espacio cuando era el momento de hacerlo y de acercarse cuando era necesario.

«Wynnie también lo habría hecho bien —me dijo—. Siempre ha sabido escuchar».

Al principio, confundo el escozor con sudor atrapado en mis pestañas. Solo cuando siento la calidez de las lágrimas en las mejillas me doy cuenta de que estoy llorando.

Aunque es un tipo de llanto diferente del resto de los llantos de esta semana.

No sollozo. Ni lloro a mares. Más bien es un desbordamiento emocional, lento y tranquilo.

Suelto una carcajada, pero mantengo las manos donde están, dándole forma a este objeto hermoso y delicado sin otra razón que mi propia alegría.

Cuando levanto la mirada y lo veo de pie en la puerta, se me encoge el estómago y el corazón me dice: «Tú».

Como si lo hubiera invocado solo con sus latidos.

Me levanto del taburete, con las manos manchadas de arcilla húmeda.

—¿Qué haces aquí?

Wyn esboza una sonrisa torcida.

—He venido a recrear esa escena de *Ghost*. —Al ver que no lo pillo, añade—: Me desperté y te habías ido.

Me limpio las manos en el delantal.

—Fui a por café y me acordé de las sorpresas personalizadas que Sabrina había planeado. Me pareció una pena desperdiciarlas.

—Me lo imaginaba —dice—. Yo también he ido a la mía.

Miro el reloj de la puerta. Llevo aquí mucho más tiempo del que pensaba. Dos horas con la misma pieza.

—¿Cómo me has encontrado?

Inclina la cabeza.

—El número 123 de la calle Tranquila es difícil de olvidar.

—Por la oportunidad perdida —replico.

Su sonrisa se ensancha un poco.

—Debería haber sido paseo Tranquilo.

—Esta gente de Maine, siempre intentando que sus pueblos no sean demasiado monos —digo.

Se acerca sin apartar la mirada del torno.

—¿Qué estás haciendo?

—Si te soy sincera, casi no le he prestado atención —respondo.

—Parece un jarrón.

—A lo mejor necesitas gafas —le digo.

Levanta la mirada.

—¿Es difícil?

—Creo que lo difícil es que necesitas hacer menos de lo que crees —contesto—. Darle demasiadas vueltas e intentar controlarlo más de la cuenta acaba estropeándolo. Al menos, según mi experiencia.

Esboza una sonrisa torcida.

—La vida misma.

—¿Quieres probar? —le pregunto.

Casi se echa hacia atrás.

—No quiero estropearlo.

—¿Por qué vas a estropearlo? —le digo.

—Porque es muy bonito —contesta—. Has trabajado mucho.

Resoplo mientras atravieso la estancia en dirección a los ganchos de los delantales y elijo uno amarillo claro para él.

—Es arcilla húmeda —le recuerdo mientras le ofrezco el delantal—. No se puede romper.

—Pues parece que sí —insiste.

—A ver, puedes volcarlo o derrumbarlo, pero es imposible que se haga añicos. Y, de todos modos, no voy a tener tiempo para terminarlo, así que si volvemos a poner la arcilla en su sitio cuando acabemos, no pasa nada.

—¿No te parece triste? —Frunce el ceño—. ¿Trabajar en algo que no llegarás a terminar?

—Me lo he pasado muy bien.

Su sonrisa se ensancha.

—Sabrina ha acertado, entonces.

—Pues sí —reconozco—. ¿Cuál ha sido tu sorpresa?

—Salir en kayak —responde.

Me río.

—Me encanta que lo tuyo haya sido hacer ejercicio y lo mío quedarme muy quieta y jugar con el barro.

—¿Quieres adivinar qué han hecho Cleo y Kimmy? —me pregunta.

—¿Han ido a sus actividades? —replico mientras me pregunto si Cleo habrá podido hablar ya con Sabrina.

Asiente con la cabeza.

—Cleo ha ido a un museo agrícola —digo con voz pensativa—, y Kimmy a un intercambio de sustancias alucinógenas.

—Caliente, caliente. Se han dado un masaje en pareja. —Al ver la cara que pongo, añade—: Pareces sorprendida.

—Es que lo estoy —digo.

—¿Por qué?

—Supongo que, ahora que sé que los masajes en pareja eran una opción, me sorprende que no nos haya mandado a nosotros a darnos uno.

—A mí no me sorprende —dice—. Odias que te toque gente a la que no conoces.

Se me estremece el corazón. Otro pequeño recordatorio de lo bien que me conocen estas personas contra todo pronóstico. Todas las partes de mí que he llegado a ver como difíciles o desagradables, las partes que nunca comparto voluntariamente, pero que han asomado la cabecita alguna que otra vez a lo largo de los años.

Me trago la emoción acumulada y señalo el taburete con la cabeza.

—Siéntate.

Wyn se pasa el delantal por la cabeza y se sienta, con la cara demudada por la consternación.

—Relájate. —Le sacudo los hombros mientras voy a por el taburete más cercano y lo arrastro para sentarme a su lado—. Es como conducir. Humedécete un poco las manos.

—Nunca conduzco con las manos húmedas —dice.

—Pues ese es tu primer error —replico—. Es ilegal conducir con las manos secas.

—Creo que las leyes en Montana son diferentes —dice.

—No seas ridículo —le suelto—. En Montana no hay leyes. Si tienes un sombrero lo bastante grande, puedes quedarte con lo que te guste solo con decirlo.

—Cierto —dice—. Así fue como me apropié de un montón de tiendas de Walmart una vez.

—Hasta que apareció un tío con un sombrero más grande que el tuyo —añado—. No voy a obligarte a hacerlo, Wyn. Creía que te apetecía.

—Y me apetece —me asegura—. Me da reparo, porque tengo miedo de estropearlo.

—Ya te lo he dicho —insisto—. No puedes estropearlo. De eso se trata. Humedécete las manos. —Me inclino hacia delante para acercarle el cuenco de agua y él acaba sumergiendo las manos con una pequeña mueca—. Bien —le digo—. Ahora usa la mano izquierda para presionar ligeramente el lateral del jarrón. La derecha es más para mantener el equilibrio, para mantenerlo erguido.

Apoya las palmas de las manos en los laterales del objeto de arcilla.

—¿Y ahora qué?

—Pisa a fondo el pedal —contesto.

Lo hace y, siendo como es Wyn, le sale de maravilla. Pero en cuanto alcanza la velocidad máxima, presiona con demasiada fuerza, y yo me lanzo hacia delante para agarrarle la mano derecha y estabilizarla antes de que el jarrón se derrumbe.

—Te dije que iba a estropearlo.

—¡Qué exagerado! —me burlo al tiempo que le rozo el cuello con la nariz—. No lo has estropeado. Solo hemos cambiado su forma.

Me inclino sobre él para cubrirle también la mano izquierda a fin de que iguale la presión de la derecha, y el jarrón se estrecha y crece hacia arriba.

—Ahora sí que estamos haciendo lo de *Ghost* —dice.

—No del todo —replico—, porque no creo que mis brazos sean lo bastante largos como para poder sentarme detrás de ti y hacer esto.

—Desde luego que no —reconoce—. Pero eres bienvenida a sentarte en mi regazo.

—Perdona —digo—, aquí mando yo. Todo el mundo sabe que la persona que se sienta en el regazo es la aficionada.

—Así que quieres que me siente en tu regazo —replica.

—No me apetece morir —digo.

—Me alegra oírlo. —Devuelve la mirada a la arcilla. De algún modo, evitamos que se derrumbe o se vuelque. El jarrón se ensancha, se estrecha y vuelve a ensancharse, torcido, pero sin caerse.

Me sorprendo mirándolo fijamente, sin intención de hablar.

De repente, levanta la vista y me da un vuelco el corazón.

Esboza una sonrisa.

—¿Qué?

—Tengo que decirte una cosa —susurro.

Levanta el pie del pedal y la sonrisa desaparece.

—Vale.

Intento armarme de valor. Me siento como gelatina. Ojalá estuviéramos a oscuras, en lados opuestos de la habitación de los niños. Es mucho más difícil decir las cosas a la luz del día.

Cierro los ojos para no tener que ver su reacción, para no ver si el mundo se rompe de repente al oír mis siguientes palabras:

—Creo que odio mi trabajo.

Espero.

Nada.

No hay chillidos que destruyan los tímpanos cuando la tierra se parte en dos. Mis padres y compañeros de trabajo no entran en la habitación armados con horcas. Mi móvil no empieza a sonar con las llamadas de todos los profesores, tutores y orientadores que alguna vez me han escrito una carta de recomendación o me han dado un puesto en prácticas o me han mandado un mensaje de felicitación por correo electrónico.

Claro que todas esas cosas eran, seguramente, una posibilidad remota.

Lo único que importa en este momento, lo único que temo, es la reacción de Wyn.

En mi interior burbujean todas las sensaciones que suelen preceder a un ataque de pánico: me pica todo, siento una opresión en la garganta y se me encoge del estómago.

—Harriet —dice en voz baja—, ¿quieres mirarme?

Respiro hondo y abro los ojos.

Ha fruncido el ceño, pero su mirada y el rictus de sus labios son suaves. «Arenas movedizas», pienso.

—¿Ha pasado algo en el hospital? —me pregunta.

Se me encoge el estómago un poco más. Ojalá fuera así de sencillo, un momento concreto en el que todo salió mal. Niego con la cabeza.

Las manos de Wyn, cubiertas de arcilla, me rodean con cuidado las muñecas.

—Entonces, ¿qué?

—Es difícil de explicar.

—¿Puedes intentarlo? —me pregunta.

Trago saliva.

—Se supone que yo no importo. Se supone que debo ayudar a la gente.

—Tú eres importante —me contradice Wyn.

¿Cómo lo resumo? No cambiaría absolutamente nada. Pero no sé por qué motivo el noventa por ciento del tiempo soy tan desdichada que me resulta insoportable, y, cuanto más intento reprimirlo, más crece esa tristeza, más se hincha, más presiona contra mis costuras.

Porque, cuando no estoy aquí, me siento como un fantasma. Como si mi piel no fuera lo bastante sólida para retener la luz del sol y mi pelo no estuviera aquí para agitarse con la brisa.

—No se me da bien, Wyn —consigo decir.

Me mueve las manos.

—Se te da genial.

—Pero ¿y si no es así? —replico—. ¿Y si he apostado todo lo que tengo, todo mi tiempo, mi energía y mi dinero en esto? ¡Por Dios, el dinero! Cientos de miles de dólares en préstamos, algunos de los cuales han tenido que avalar mis padres porque mi riesgo es alto, y he construido una vida en la que lo único que hago es esperar. Esperar a que termine la operación. A que acabe el día. Esperar a estar aquí, donde me siento…

Wyn separa los labios y me mira con una expresión tan tierna en los ojos que me duele.

—Como yo misma. Como si estuviera en el lugar correcto —añado.

«En la rama correcta del multiverso —pienso—. Donde todavía estás tan cerca que puedo tocarte, saborearte y olerte».

—Me encantaba la universidad —sigo, en voz alta—. Pero odio estar en los hospitales. Odio el olor a antiséptico. La iluminación me da dolor de cabeza y me duelen los hombros porque no puedo relajarme, porque todo me parece espantoso. Y todos los días, cuando me voy a casa, ni siquiera siento alivio, porque sé que tengo que volver. Y… sigo esperando a que las cosas cambien, a que algo encaje y empiece a sentirme como pensaba que me iba a sentir, pero de momento, nada. Sí que mejoro en lo que hago, pero lo que siento al hacerlo no cambia.

Wyn tensa las manos y agacha la mirada.

—¿Por qué no me lo has dicho? —me pregunta con voz quebrada.

—Te lo estoy diciendo ahora.

—No —replica con brusquedad—. Cuando estaba allí. Cuando me necesitabas y me resultaba imposible que te desahogaras conmigo por más que lo intentara. ¿Por qué me mantuviste al margen de eso?

—¡Porque me daba vergüenza! —confieso—. Me seguiste hasta la otra punta del país y lo estábamos pasando mal, tú y los dos como pareja. Me aterrorizaba la idea de empeorar las cosas. Quería ser quien tú crees que soy, quien todo el mundo cree que soy, pero no puedo. No lo soy. No quería decepcionarte.

Me mira fijamente durante tres segundos y luego suelta una carcajada ronca y frustrada.

—A mí no me hace gracia, Wyn.

Se inclina hacia delante y mis rodillas se encajan entre las suyas. Sigo teniendo las muñecas entre sus manos llenas de barro. Me acaricia suavemente con los pulgares, que le tiemblan un poco.

—No me río de ti. Es que me siento como un imbécil.

—¿Tú? Soy yo la que ha dedicado los últimos diez años de su vida, y un montón de dinero prestado, a hacer algo que odia.

—Yo… —Clava la mirada en nuestras manos—. Estabas sufriendo y ni siquiera me di cuenta, Harriet. O sí me di cuenta, pero pensé que yo era el culpable. La cagué y te perdí.

Me apresuro a negar con la cabeza.

—Tenías cosas más importantes de las que ocuparte.

—Nada es más importante que tú —me contradice con la voz desgarrada—. Nada. Para mí, eso no cambiará nunca.

La sangre me sube a las mejillas, a la garganta, al pecho. Me duele al tragar.

—Quizá por eso fue tan difícil. Construiste toda tu vida en torno a mis planes. Dejaste a nuestros amigos y perdiste tiempo con tu familia (¡con tu padre!), y ahora no puedo soportarlo. Hiciste todo eso por mí, y ni siquiera soy la persona que creías que era.

—Harriet —dice, y la ternura de su voz y de sus manos desgarra todas las suturas con las que he intentado remendarme el corazón a la carrera—, sé exactamente quién eres.

Levanto la mirada y digo con un hilo de voz:

—¿De verdad? Porque yo no.

—Sabía quién eras incluso antes de que nos conociéramos —añade—. Porque todo lo que me dijeron nuestros amigos era cierto.

—Te refieres a que me viste desnuda en un dibujo —replico.

Sonríe y levanta las manos para acariciarme el mentón sin que a ninguno de los dos nos moleste la arcilla.

—Me refiero a que tienes la risa más rara del mundo, Harriet —dice con suavidad—. Y cada vez que la oigo es como si me tomara un chupito de tequila. Como si pudiera emborracharme con su sonido. O como si sufriera una resaca si paso demasiado tiempo sin ti. Ves lo mejor de las personas y consigues que tus seres queridos sientan que hasta sus defectos merecen aprecio. Te encanta aprender. Te encanta compartir lo que aprendes. Intentas ser justa, ver las cosas desde el punto de vista de los demás, y a veces eso hace que te cueste verlas desde el tuyo, pero lo tienes. Quiero estar cerca de ti hasta cuando te enfadas conmigo. Nada de eso (lo que más me gusta de ti, todo lo que te define) tiene que ver con una profesión concreta. No es por eso por lo que te quiero. No es por lo que te quieren los demás.

—Quizá no —consigo decir—, pero es de lo que se enorgullecen. Es lo que les hace ser felices cuando piensan en mí.

Me mira en silencio un instante.

—¿Te refieres a tus padres?

Agacho la barbilla.

—Ven aquí —me dice.

—¿Por qué? —le pregunto.

—Porque lo digo yo —responde.

—¿Dónde están tus buenos modales de Montana?

—Ven aquí, por favor —dice con retintín. Dejo que me arrastre hasta su regazo. Me rodea la espalda con un brazo y apoya la otra mano en una de mis rodillas, manchándome los vaqueros de arcilla—. Tus padres te quieren —me asegura—. Y todo lo que hacen, y lo que te empujan a hacer, es porque quieren que seas feliz. Pero eso no significa que tengan razón sin más sobre lo que es mejor para ti. Sobre todo si no les dices lo que sientes.

—Me siento egoísta solo de hablarlo —confieso—. Como si todo los sacrificios que hicieron por mí no importaran.

—Querer ser feliz no es ser egoísta, Harriet.

—¿En vez de ser neurocirujana? —replico—. Sí, Wyn, creo que podría ser egoísta.

—¡Venga ya! —exclama—. Una alfarera feliz es mejor para este mundo que una cirujana desgraciada.

Siento que el calor se me extiende por el puente de la nariz.

—Wyn, no soy alfarera. No gano dinero con esto.

—Vale. No tiene por qué ser así si no quieres —dice—. Pero esa es la cuestión. Tu trabajo no tiene por qué ser tu identidad. Puede ser solo un lugar al que vas, que ni te define ni te deprime. Mereces ser feliz, Harriet. —Me aparta un mechón de pelo del mentón—. Todo es mejor cuando eres feliz.

—Para mí —digo.

—Y para mí —replica con vehemencia—. Y para Cleo y Sabrina y Parth y Kimmy, y para tus padres. Todo es mejor para todos los que se preocupan por ti. El mundo siempre va a necesitar cirujanos, pero también va a necesitar cuencos. Olvídate de lo que crees que quieren los demás. ¿Qué quieres tú?

Intento reírme. Pero me escuece demasiado la parte posterior de la nariz y acabo soltando un resoplido.

—¿No puedes decirme lo que tengo que hacer?

Me estrecha entre sus brazos. Me acurruco contra su torso, inhalo su olor y siento que mi cuerpo se calma.

—¿Y si...? —Me armo de valor, reúno todo el coraje que me queda y que, la verdad, no es mucho. Me alejo lo justo para mirarlo a la cara y digo con un hilillo de voz—: ¿Y si me fuera a Montana?

Él agacha la mirada y la sombra de sus pestañas se extiende por sus mejillas.

—Harriet —dice con una voz muy ronca, como si le doliera pronunciar mi nombre, y siento que el corazón me da un doloroso vuelco en respuesta. Porque lo conozco.

Porque sé cómo suena la voz de Wyn Connor cuando se disculpa. Levanta la mirada y me enfrento a esos ojos verde musgo tan cálidos. La presión que me oprime el pecho amenaza con partirme las costillas y perforarme el corazón. Se me llenan los ojos de lágrimas; pero, sin saber cómo, encuentro fuerzas para susurrar:

—¿Por qué no?

—Porque no puedes seguir haciendo lo que quieren los demás —contesta con un deje muy serio—. No puedes seguirme como yo te seguí a ti. Yo no puedo dártelo todo.

—Pero te quiero —consigo decir.

—Yo también te quiero —replica con voz ronca mientras me acaricia con manos inquietas—. Te quiero mucho. —Me besa en una mejilla, húmeda por las lágrimas, y apoya su frente en la mía—. Pero no puedes seguirme. Yo te seguí a ti y eso nos destrozó, Harriet. No puedo dejar que construyas tu vida a mi alrededor. Eso nos rompería de nuevo y no seré capaz de soportarlo. Tienes que averiguar lo que quieres de verdad.

Siento como si me estiraran el corazón en un potro medieval, separándolo poco a poco.

—¿Y si lo único que quiero de verdad eres tú?

—Ahora mismo, sí —murmura—. ¿Y después? Cuando te despiertes y te des cuenta de que he permitido que renunciaras a todo por mí. No puedo hacerlo.

Vuelven a mi mente los meses que lo vi ahogarse y luchar contra una vida en la que no encajaba. Wyn construyó su vida en torno a mí y eso casi nos aplastó. Mató de hambre nuestro amor hasta volverlo irreconocible.

Le rodeo el cuello con los brazos y tomo una bocanada de aire para olerlo, un último sorbo que me sirva para los años venideros.

—No quiero seguir sintiéndome así.

—Todo mejorará —me promete con voz ronca mientras me pasa la mano por detrás de la oreja—. Algún día ni siquiera recordarás esto.

La idea me resulta desoladora. No quiero eso. Quiero cualquier universo menos ese. Cualquier otro donde estemos él y yo, separados por el tiempo y el espacio, pero buscando el camino que nos llevará el uno al otro una y otra vez, la única constante, lo único esencial.

Todavía no puedo soportar dejarlo marchar. Pero lo que dijo es cierto.

Se nos ha acabado el tiempo.

—Deberíamos volver —susurro.

Wyn señala el jarrón con la barbilla y pregunta con tristeza:

—¿Lo desechamos?

Niego con la cabeza.

—Quizá puedan enviarlo después de cocerlo.

—¿De verdad lo quieres? —me pregunta.

Observo su ondulado y torcido esplendor, y siento tal presión en la caja torácica que apenas si puedo respirar mientras el corazón me late con fuerza.

—No sabes cuánto.

35

La vida real

Sábado

En cuanto entramos en la casa, sé que algo va mal. Demasiado silencio, demasiada tranquilidad. Wyn y yo vamos hasta la cocina sin ver ni oír a nadie.

—¿Dónde crees que están? —me pregunta mientras mira la hora—. Ya deberían haber vuelto.

—Voy a ver si Kimmy y Cleo están en la casa de invitados —digo—. ¿Por qué no compruebas si Parth y Sabrina están arriba?

Asiente con la cabeza y salgo al patio en dirección a la verja lateral.

No hay señales de vida en la casa de invitados, pero de todos modos llamo a la puerta. «¿Dónde os habéis metido?», tecleo en el *chat* del grupo mientras vuelvo al patio. Sigo un impulso y me acerco a la escalera que baja hasta la playa.

Parth está sentado en las rocas de abajo. El sol le arranca destellos a su pelo oscuro y la chaqueta se le agita con el viento. Empiezo a bajar mientras lo llamo. Él vuelve la cabeza, pero luego sigue contemplando el mar.

—¿Dónde está Sabrina? —le pregunto.

Se encoge de hombros a modo de respuesta. El gesto hace que se me caiga el alma a los pies. Me siento en una roca al lado de la suya y estiro las piernas manchadas de arcilla hacia el agua.

—Si te sirve de algo —digo—, Wyn y yo sentimos mucho no habértelo dicho.

Levanta la mirada.

—Deberíais haberlo hecho. Pero yo también debería haber hablado contigo cuando vi el mensaje de Wyn.

Sigo su mirada hacia una embarcación blanca que surca las olas hacia una de las pequeñas islas de la costa.

—Espero que con el tiempo puedas perdonarnos.

Me mira y parpadea.

—¿Perdonaros? Harriet, ya estás perdonada. Eres como una hermana para mí, ¿lo sabes? Siempre te perdonaré. Eres de la familia.

Me da un vuelco el corazón.

—Creía que ser de la familia solo significaba tener tiempo ilimitado para guardar rencor.

Parth resopla y me pasa un brazo por encima de los hombros.

—Quizá para algunas personas. Para nosotros no.

—Si no estás aquí pensando en lo mal que nos hemos portado con vosotros —digo—, ¿qué haces tan triste mirando el mar?

Sonríe, pero la expresión desaparece pronto.

—Sabrina y yo hemos discutido. Se ha marchado.

—¡Ay, Dios, Parth! Lo siento mucho. Es culpa mía —replico—. La llamaré y…

Me quita el brazo de encima y se inclina hacia mí.

—Tú no tienes la culpa —me asegura—. La verdad, una parte de mí ha estado esperando que se eche atrás desde que nos comprometimos. Aceptó casarse porque su mundo se estaba desmoronando. En el fondo, sabía que necesitaba un ancla, aunque ella no lo dijera. Y una parte de mí siempre esperó que huyera. Anoche discutimos, y bajó para tranquilizarse. Cuando me desperté, ya se había ido. No me ha cogido el teléfono en todo el día.

—Está asustada, Parth —le digo.

Resopla.

—Estamos hablando de Sabrina. No le tiene miedo a nada.

Reflexiono durante un minuto sobre cómo explicarlo.

—¿Lo que acabas de decirme, eso de que somos familia?

Asiente con la cabeza.

—Bueno, para Cleo, Wyn, Kimmy y para ti eso significa una cosa —sigo—. Para Sabrina y para mí es distinto. En nuestras familias, una vez que se discutía no había vuelta atrás. Su padre prefería divorciarse antes que disculparse y, en mi casa, las discusiones siempre acababan con todos marchándose. Las cosas nunca se resolvían; se enquistaban.

—¿Qué quieres decir? —me pregunta.

—Que Sabrina se haya ido no significa que no te quiera —contesto—. Se ha ido porque tiene miedo de que, al final, descubras que no merece la pena luchar por ella.

Los ojos de Parth se clavan en los míos, su cara se relaja al asimilar mis palabras.

—¡Mierda! —Se pone en pie—. Tenemos que encontrarla.

—La encontraremos —le prometo.

* * *

Cleo y Kimmy acaban de volver de sus masajes cuando entro con Parth en la casa. Tampoco saben nada de Sabrina y, después de que nos turnemos para llamarla y mandarle mensajes sin resultado, aceptamos que tendremos que salir a buscarla.

—Se suponía que ibais a pasar la mañana juntos —dice Cleo—. ¿Qué ibais a hacer?

—No lo sé —confiesa Parth—. Ella fue quien lo planeó todo, y no había detalles en el itinerario.

—¿No hay ninguna dirección? —le pregunta Wyn.

Parth lo mira fijamente.

—Ah, sí. Había una dirección, pero ¿nos sirve de algo? —replica—. ¡No, no nos sirve para nada! Es posible que se fuera de madrugada. Es posible que esté en la cama de un hospital.

—La encontraremos —le asegura Wyn—. No te pongas en lo peor.

—Esto es culpa mía —dice Parth—. Estaba disgustado por lo que pasó anoche y le eché la culpa a ella. Como si yo no hubiera estado de acuerdo con el plan. Que lo estaba, al cien por cien, y cuando estalló, le di la vuelta a la tortilla como si no hubiera tenido nada que ver, y ahora ella se ha ido.

La mirada de Cleo se vuelve distante mientras piensa.

—Tenemos que ser lógicos.

—Esto no te va a gustar nada —dice Wyn, dirigiéndose a Parth—, pero ¿y si llamamos a su familia?

—Es imposible que Sabrina les haya pedido ayuda —contesta Parth—. No les cuenta casi nada. A ver, que mi familia ya está planeando una boda por todo lo alto y la suya ni siquiera sabe que estamos comprometidos.

—En ese caso, echaremos un vistazo por el pueblo —dice Cleo.

—La encontraremos —le promete Kimmy, frotándole el hombro.

—Deberíamos separarnos —sugiero.

Wyn y Parth se van en el Land Rover. Cleo y yo utilizamos su coche, una ranchera. Kimmy se queda atrás por si Sabrina aparece por casa.

Casi todos los lugares que frecuentamos en nuestros viajes están en el centro del pueblo, pero también hay algunas playas y parques a los que merece la pena echarles un vistazo, además de un par de pueblos cercanos a los que a veces hemos ido.

Sin embargo, cuando llegamos a Bernie's, que está repleto de gente porque hace un día muy soleado y es el fin de semana de la Fiesta de la Langosta, me doy cuenta de que una parte de mí esperaba encontrarla aquí, tomando café y viendo a las gaviotas pelearse por las patatas fritas en la terraza.

—Deberíamos preguntarle al jefe de sala —sugiere Cleo—, por si ha estado aquí.

No la han visto. Aunque, la verdad, las calles están tan llenas de turistas con la cara pintada y comiendo cucuruchos de helado que, sin que sirva de precedente, es muy posible que Sabrina no llame la atención entre la multitud.

Vamos al Roxy y le preguntamos al chico de la taquilla (que hoy lleva un sombrero estilo *porkpie*) si la ha visto, y como se limita a contestar encogiendo los hombros, compramos una entrada cada una y, una vez dentro, nos separamos para echar un vistazo en ambas salas. Tampoco está.

Vamos a Se ha Escrito un Crimen y a La Cabaña de la Langosta, donde miramos hasta en los cuartos de baño, llenos de pintadas. Hasta miramos en el estudio de tatuajes, por si acaso se estuviera rebelando y haciéndose uno único y personal. No la encontramos por ninguna parte y nuestra siguiente llamada va directa al buzón de voz.

—Se habrá quedado sin batería —deduce Cleo.

—Ella no es así —le digo.

—¿Crees que mentía al decir que los hoteles estaban llenos? —me pregunta.

—¿Y si ha pillado una habitación en alguno?

Hago una búsqueda de habitaciones disponibles en la zona. No hay ni un solo hotel, motel, *bed & breakfast* u hostal disponible.

Alguien envía un mensaje al *chat* del grupo y ambas nos sobresaltamos.

Es Wyn, cuyo número he vuelto a desbloquear.

«¿Ha habido suerte?», ha escrito.

«Nada. ¿Y tú?», le respondo.

«Parth está muy preocupado —sigue él—. Va a llamar a los hospitales. Solo para quedarse tranquilo».

Se me revuelve el estómago.

«Mantennos informadas».

«Lo mismo digo».

Cleo hace un mohín con la nariz mientras examina nuestra lista.

—Hemos estado en todos los sitios habituales. No habrá sido tan imprudente como para zarpar sola, ¿verdad?

La sangre abandona mi estómago.

—Maneja el timón con seguridad —le recuerdo—. Y creo que navegar es algo así como su lugar feliz. La hace pensar en su madre y en...

—¿Harry? —dice Cleo—. ¿Qué pasa?

—Su madre —repito.

—¿Qué pasa con ella?

—Puede que no sea nada —respondo—. Pero se me ha ocurrido otro lugar que debemos comprobar.

* * *

—¡Para el coche! —grito con tal vehemencia que Cleo me obedece al instante, justo en medio de la carretera.

Aunque «carretera» es mucho decir para el camino flanqueado de árboles al que nos ha llevado el GPS. Es de suponer que hay un aparcamiento un poco más adelante, pero aparcar ya no importa porque 1) la pequeña capilla al aire libre se ve entre los árboles a nuestra derecha y 2) hay un Jaguar rojo cereza aparcado en el arcén de tierra.

Cleo vuelve a pisar el acelerador y luego aparca. Primero comprobamos el coche, que está vacío, y después saltamos sobre la cerca baja de piedra y subimos la cuesta hasta la capilla.

El bosque verde y húmedo da paso a un cuidado jardín. En su centro se levanta una estructura de piedra gris, con la fachada izquierda cubierta de hiedra. Un sinfín de mariposas revolotean felices entre los arbustos en flor que rodean los escalones y solo se oye el lejano estruendo de las olas.

No me extraña que la boda de sus padres le causara tanta impresión. Este lugar es precioso. Da la sensación de que aquí nada puede salir mal, de que no puede suceder nada malo.

Empiezo a avanzar, pero Cleo se queda atrás. Abre y cierra la boca un par de veces.

—¿Y si quiere estar sola?

Tiene razón. Es posible.

Sin embargo, la gente no huye ni se esconde solo cuando quiere estar sola.

—¿Y si necesita saber que no lo está? —replico.

Cleo me coge de la mano. Subimos los escalones hasta la parte trasera de la capilla.

Unas cuantas bancas desgastadas por el tiempo, suelo de piedra y arcos de madera a ambos lados del pasillo central. Justo enfrente de la entrada, un arco de piedra enmarca el agua azul de Maine a lo lejos.

Sabrina está sentada en el suelo con las piernas cruzadas, delante del arco, mirando fijamente el exterior. La escena emana serenidad, hasta los suaves trinos de los pájaros. De repente, mira por encima del hombro al oír que nos acercamos.

Me había preparado para cierta incomodidad, pero en cuanto vemos su cara demacrada y sus ojos, hinchados y enrojecidos, la pelea de anoche deja de importarnos.

Tanto Cleo como yo corremos hacia ella, nos arrodillamos en el suelo y la abrazamos.

—Nos has asustado —dice Cleo.

—No era mi intención —susurra Sabrina.

Nos apartamos y nos sentamos formando un triángulo, igual que hicimos tantas noches aquel primer año en nuestro mohoso dormitorio de la residencia de estudiantes.

—Me quedé sin batería hace un par de horas —dice Sabrina al final—. Y… supongo que quería aplazar lo inevitable.

—¿Lo inevitable? —repite Cleo.

Sabrina aprieta las rodillas contra el pecho y se las rodea con sus largos brazos.

—¿El final de este viaje? ¿La despedida? Todo está cambiando y no estoy preparada.

Es como si alguien me hubiera arrancado un trozo del pecho con una cuchara de helado y me hubiera dejado un hueco.

—Quería aplazarlo, pero Cleo tiene razón —sigue—: Llevamos años distanciándonos.

—Sabrina —digo—, no sabes cuánto siento no haberte contado lo que pasaba.

—No es solo eso —replica ella, que levanta la barbilla—. Cuando me enteré de la ruptura, me sentí dolida, y después me enfadé, pero luego… no sé. Me di cuenta de que hemos sido seis durante mucho tiempo. Y cinco durante todavía más tiempo, y nosotras tres antes de eso. Y no es solo que nos ocultaras algo tan importante. Es que… daba la sensación de que si no estabas con

Wyn, tampoco nos querías a nosotros. Como si nos hubieras ido eliminando.

—¡Sabrina, no! —le aseguro—. Te prometo que no es así. ¡Qué va!

—Quizá no lo hayas hecho de forma consciente —insiste—. Pero no nos lo dijiste, por eso, ¿verdad? Porque también somos amigos de Wyn. Porque nuestra amistad está enredada con vuestra relación, y si os distanciáis...

—Wyn y yo no nos hemos distanciado —le aseguro con un hilo de voz—. Lo aparté de la misma forma que hice con los demás. Y la culpable siempre he sido yo, no tú ni nadie más.

—Pero no eres solo tú, Harriet —dice Sabrina con retintín.

Cleo le toca la mano.

—Las cosas se me han... complicado un poco, Sabrina. Nada más.

—¿Sabéis una cosa? —replica ella, mirando una mariposa que pasa revoloteando—. Yo era muy, muy feliz cuando era niña. Mis padres eran felices. Y luego ya no. Y cuando se separaron y pasaron página..., tardaron un tiempo, pero ambos volvieron a encontrar la felicidad. O, bueno, ya sabéis, sus versiones retorcidas de la felicidad. Con nuevas parejas y más hijos. Empezaron de cero. Pero yo no formaba parte de ninguno. Formaba parte de su relación. Y cuando acabó, iba y venía como una especie de recuerdo. Lo único que siempre me ha parecido permanente, como si fuera mío, es este lugar. —Sube la voz—. Hasta que os conocí a vosotras.

Sabrina siempre ha sido muy dura y la vulnerabilidad de su voz hace que se rompa algo en mi interior.

—Os conocí y por fin volví a sentir que había encontrado de nuevo mi lugar —sigue.

—Yo sentí lo mismo, Sab. —Me acerco un poco más.

—Yo también —dice Cleo—. El instituto fue un infierno para mí. A ver, que elegí Mattingly porque sabía que no habría ningún conocido, y la mejor situación social que podía soñar era el anonimato absoluto. Las primeras semanas con vosotras fueron como una extraña experiencia extracorpórea. Nunca había tenido amigas así, con las que haces y hablas de todo. La verdad, seguía esperando que encontraseis gente nueva y pasarais página. Hasta que un día, justo antes de las vacaciones de otoño, mientras nos despedíamos con un abrazo, me di cuenta de que había dejado de esperar. Sin enterarme siquiera. Y supe que erais mis «para toda la vida». Así se llaman mis padres entre sí. Porque, pase lo que pase, siempre serán familia. Y eso sois vosotras dos para mí. Nuestra relación puede cambiar de forma mil veces, pero siempre vais a estar en mi vida. O, al menos, eso es lo que quiero.

—Lo mismo digo —replico—. Pase lo que pase con Wyn, siempre voy a estar con vosotras. No me iré a ninguna parte. Te quiero, Sabrina, y siento mucho haberte hecho sentir que solo eras una parte de mi relación con Wyn. Eres una parte de mí. Estáis tan dentro de mi corazón que no podría sacaros aunque lo intentara, y no quiero hacerlo. Sé que soy muy afortunada por teneros. Por tener personas que me quieren lo suficiente como para aferrarse a mí incluso cuando tengo miedo de dejar que se acerquen.

Cleo y Sabrina me cogen cada una de una mano y entrelazan los dedos con los míos.

—¡Por Dios, esta semana no he parado de llorar! —dice Sabrina entre lágrimas.

—Yo igual —le aseguro—. La magia de la casita, supongo.

—Y yo —dice Cleo—. Aunque en mi caso creo que son las hormonas del embarazo o…

—¿¡QUÉ!? —Sabrina se vuelve de repente y nos suelta las manos para llevarse las suyas a la cara en una imitación perfecta del gran momento de Macaulay Culkin en *Solo en casa*.

—¡Mierda! —exclama Cleo—. ¡Había preparado un discurso para decírtelo!

—Joder, ¿¡lo dices en serio!? —grita Sabrina.

—Estamos en una capilla —le recuerda Cleo.

—¡Venga, ya! Dios lo ha oído todo. ¡Pero yo es la primera vez que oigo decir a una de mis mejores amigas que está embarazada, joder!

—Bueno —replica Cleo—, estoy embarazada, joder. ¡Sorpresa!

Sabrina se ríe a carcajadas y empieza a patalear sobre el suelo.

—Y antes de que preguntes —sigue Cleo—, sí, se lo dije a Harry primero, pero no a propósito. Esta mañana me tendió una emboscada y pasó algo parecido a esto.

—Bueno, si es porque te ha tendido una emboscada, vale —dice Sabrina entre más carcajadas estridentes y agudas—. La verdad, si necesitáis soltar algo más, ¡este es el momento! Creo que ahora mismo soy incapaz de enfadarme.

—Te rompí la plancha del pelo en la universidad —confieso.

—Una vez invité a dormir a una chica que usó tu cepillo de dientes pensando que era el mío —dice Cleo.

—Vale, qué asco —protesta Sabrina—. Podría haberme ido a la tumba sin saberlo.

—Fui yo quien perdió las Ray-Ban *vintage* que compartíamos —admito—. ¡Por Dios, menudo peso acabo de quitarme de encima!

—¡Oh! —chilla Cleo—. Le dije a aquel poeta de mierda con el que saliste un tiempo que era una bruja y que, si volvía a ponerse en contacto contigo, haría un hechizo para que se le cayera la polla.

Sabrina se lleva una mano al pecho, visiblemente emocionada.

—¿Ves? Por eso vas a ser una madre estupenda.

—No sabía que habías hecho eso —le digo a Cleo—. De lo contrario, no le habría dicho al tonto ese que mi padre era de la mafia.

Sabrina suelta una carcajada.

—Tengo las mejores amigas.

—¡La mejor familia! —la corrige Cleo.

El dolor que siento en el corazón es casi agradable. Se extiende por mis extremidades, hasta las manos y los pies. Una especie de pesadez, como si el amor tuviera su propia masa y peso.

—¿Sabes una cosa? —digo—. Parth tampoco va a irse a ninguna parte.

Sabrina aparta la mirada.

—Si Wyn y tú no habéis logrado que funcione…

Le agarro la cara con las manos.

—Vosotros no sois nosotros —le recuerdo—. Tú eres mucho, muchísimo más valiente que yo, Sabrina.

Ella pone los ojos en blanco.

—Lo digo en serio —insisto—. Si quieres, puedes hacerlo.

—Sí que quiero —confiesa con un hilo de voz—. Es el amor de mi vida. Quiero casarme con él.

—Entonces vámonos a casa —dice Cleo.

Sabrina se seca las lágrimas de debajo de los ojos.

—Vámonos a casa —dice con expresión aliviada. Como si, una vez tomada la decisión, no tuviera miedo.

De camino a los coches, Sabrina le echa una última mirada a la capilla, a los árboles, al agua que se extiende al frente.

Sonríe. Como si al mirar hacia atrás solo viera la felicidad de aquel día que pasó aquí con sus padres en vez del dolor de lo que sucedió después.

Como si el proceso de crear algo bonito fuera importante, aunque acabe rompiéndose.

36

Un lugar feliz

Knott's Harbor, Maine

Un sábado por la tarde. Una boda, aunque solo en el sentido más estricto. Hay ramos de girasoles para todas, que nos entregaron a domicilio, y una tarta que pone «Feliz cumpleaños, esto es la caña», rodeada de flores naturales comestibles. Al ver las caras de Sabrina y de Parth, me encojo de hombros.

—Hay muchos negocios que no hacen cosas relacionadas con bodas.

—Sí, ¿pero quién te ha permitido poner «esto es la caña» en este contexto? —pregunta.

—Es el mejor cumpleaños de toda mi vida —asegura Parth. Lleva un traje que le hace parecer James Bond de vacaciones. Sabrina se ha puesto su elegante conjunto marinero. Los demás llevamos la ropa que nos hemos puesto para ir a La Cabaña de la Langosta, arrugada de tanto ponérnosla y un poco estrecha de tanto comer.

El fotógrafo llega a las tres y media para hacer las fotos mientras nosotros nos dedicamos básicamente a sentarnos junto a la piscina con ropa normal y corriente y a sugerir nombres cada vez más ridículos para el bebé de Cleo y Kimmy.

Cuando les contaron a Parth y a Wyn lo del embarazo, Parth parpadeó, tan sorprendido que se quedó sin habla, y Wyn se puso en pie de un salto y empezó a reírse mientras nos miraba a todas como si esperase que le dijéramos que era una broma.

—¿De verdad? —preguntó Parth—. ¿Llevas un bebé dentro? ¿Ahora mismo?

Cleo se echó a reír.

—Sí, llevo un bebé dentro.

—Es… ¡Madre del amor hermoso! —dijo Wyn—. ¡Vas a tener un bebé!

—Que alguien acerque un sofá para los desmayos —sugirió Kimmy—. Wynnie se va a caer redondo.

Luego rodeó la cocina para abrazarlas a las dos y después me miró con una expresión brillante y serena, clara. Como si su primer impulso cuando siente alegría fuera comprobar que yo también la siento, compartirla.

Eso le dio alas a mi corazón, que palpitó y latió con esperanza.

Ahora estamos todos bebiendo champán y sidra sin alcohol al sol, intentando que nuestras amigas llamen a su bebé Kardashian Kimberly Cleopatra Carmichael-James mientras un fotógrafo profesional pagado nos hace fotos.

El oficiante de la boda llega a las cuatro.

A las cinco, Parth y Sabrina se colocan al borde del embarcadero, con el pelo reluciente a la luz y los ojos brillantes por las lágrimas, y prometen amarse para siempre. Cleo y yo nos abrazamos, con los ramos de girasoles aplastados entre las dos, e intentamos no sollozar.

A las cinco y media, nos lanzamos desde el final del embarcadero, chillando por la risa y fracasando estrepitosamente en lo de «NO GRITES, JODER», y después salimos del agua helada y corremos para recibir el cálido abrazo de la piscina.

Pedimos *pizza* —nadie quiere dejar la casa y Knott's Harbor no tiene muchas opciones de pedidos a domicilio— y nos la comemos con una botella de champán Veuve Clicquot. No hablamos de mañana, del momento de la despedida. Ni de los demás, ni de esta casa, ni de una etapa que desearíamos que pudiera durar para siempre.

Ahora mismo estamos aquí.

Cuando el sol empieza a ponerse en el cielo, nos abrigamos y bajamos por las rocas para ver anochecer. Hacemos una fogata y tostamos malvaviscos. Sabrina chamusca el suyo por completo y Parth lo dora con paciencia.

Cuando Wyn ve que me estremezco de frío, se quita su vieja sudadera de Mattingly (siempre tiene calor) y me la pasa por la cabeza, sonriendo mientras me hace un lazo debajo de la barbilla. Huele a humo, a agua salada y a él. No quiero quitármela en la vida.

Encendemos las bengalas que Parth ha encontrado en el garaje y escribimos nuestros nombres en la oscuridad, algo temporal, pero más brillante y ardiente precisamente por eso.

Así era como pensaba antes en el amor. Lo veía como algo tan delicado que no se podía agarrar sin sofocarlo. Ahora ya sé que no. Sé que, aunque la llama fluctúe y chisporrotee con el viento, siempre estará ahí.

Hablamos del cielo nocturno. Hablamos del fantasma de nuestra antigua residencia de estudiantes. De las preciosas flores moradas que siempre florecían en el largo camino hacia Mattingly y de la cornisa rota de nuestro piso en Nueva York que permitía que los carámbanos se convirtieran en puñales de casi un metro. Hablamos de las cosas que recordamos, de las cosas que echaremos de menos.

—Volveremos —dice Kimmy—. El bebé tiene que conocer la magia de Maine.

—No sé —replica Sabrina—, a lo mejor el año que viene nos vamos a otro sitio.

Wyn me da un apretón en la mano, como si la mera mención del año que viene pudiera convertirnos en humo.

E incluso este dolor es una especie de placer, esto de sentirse tan amada, de amar tanto.

Nos levantamos cuando Cleo empieza a dar cabezadas contra el hombro de Kimmy y Sabrina bosteza sin parar, y después nos damos las buenas noches, como cualquier otro día. Como si mañana nos fuésemos a despertar para empezar de nuevo la semana.

Una vez en el dormitorio para pasar la noche, Wyn y yo nos quedamos de pie en la oscuridad; le rodeo el cuello con las manos y él se apoya en mi hombro. Respiramos el uno contra el otro.

Mi cuerpo siempre lo ha amado sin reservas ni precaución. Lo sabía desde mucho antes que mi cerebro y sigue sabiéndolo.

Su cuello, sus hombros, su cintura, el suave vello que conduce a la cinturilla de sus pantalones, los huesos de sus caderas. Las tersas curvas de su espalda y los tensos músculos de su abdomen. Todas las partes de él en las que he pensado, con las que he soñado, que he anhelado.

—Tienes los dedos fríos —susurra al tiempo que se lleva una de mis manos a los labios.

—Tú tienes la piel muy caliente —replico, también susurrando.

Nos desnudamos despacio, buscándonos. No fingimos que el día de mañana no va a llegar, pero nos entregamos por completo a la noche.

Una maraña de piernas y sábanas. El roce de su piel contra la mía. Dedos que aferran la nuca del otro, la suave curva de las caderas, los duros músculos de los muslos.

—Te quiero —me dice contra la boca y deseo poder tragarme las palabras, como si así pudiera retener el sonido para siempre, este momento para siempre.

Me arde la nariz. Se me quiebra la voz.

—No digas eso.

—¿Por qué no? —susurra.

—Porque esas palabras ya no me pertenecen —respondo.

—Pues claro que sí —me corrige—. Te pertenecían incluso antes de conocerte. Te pertenecen en todos los universos en los que estemos, Harriet.

Cierro los ojos. Intento contener las palabras. Me queman en las palmas de las manos.

Si no lo hubiera conocido, me habría ido bien sin él. Ahora siempre siento su ausencia en cualquier lugar.

El «deseo» es como un ladrón. Es una puerta a tu corazón y, una vez que sabes que está ahí, te pasas la vida anhelando lo que hay detrás.

Entrelaza nuestras manos y me dice que me quiere de todas las formas de las que es capaz.

Solo cuando estoy medio dormida, con la sien pegada a su pecho, lo oigo susurrar de nuevo:

—Te quiero.

A través de la neblina del sueño, me oigo murmurar:

—Tú.

37

La vida real

Domingo

Me despierto antes de que me suene la alarma y la desactivo. Wyn está dormido como un tronco, desnudo y guapísimo en el azul oscuro de la madrugada.

A él le gustaría que lo despertase.

Sin embargo, no soporto que nuestro último momento juntos sea una despedida. Quiero recordarlo así, mientras sigue siendo mío y yo, suya.

Termino de guardar mis cosas en silencio y bajo la escalera de puntillas.

Cleo y Sabrina ya están bebiendo té y café, respectivamente, en la cocina.

—Te dije que podía ir al aeropuerto en taxi —susurro al reunirme con ellas mientras Sabrina me llena una taza de café.

—Ni de coña vas a pasar tus últimos minutos en Knott's Harbor con un extraño —dice.

—La verdad es que voy a pasar mis últimos minutos en Knott's Harbor con Ray —replico.

—Con más motivo te llevo. Es que podrían ser los últimos minutos de tu vida literalmente —dice Sabrina.

Cleo espurrea parte del té en su taza.

—Sabrina…

—¡Es broma! —exclama—. ¿Viene Wyn?

—Lo he dejado durmiendo —contesto.

Cleo y ella se miran.

—Lo sé —digo mientras hago un gesto—, pero es lo que necesito.

Sabrina me echa un brazo por encima de los hombros.

—Pues eso es lo que vas a tener, cariño.

Vamos al aeropuerto en el Land Rover y Sabrina y Cleo insisten en aparcar y acompañarme al interior. Nos quedamos un rato delante del control de seguridad (hemos llegado tempranísimo para un aeropuerto tan pequeño), pero no soporto las despedidas largas. Cada segundo que pasa se me hace más cuesta arriba.

Consigo aguantar el abrazo a tres sin llorar. Mantengo la compostura mientras nos prometemos que nos veremos pronto. Y mientras Sabrina me recuerda que tiene un sofá libre para mí en Nueva York en cualquier momento.

Todavía no sé qué voy a hacer al volver a San Francisco y, cuando me sinceré con ellas sobre cómo me había estado sintiendo en el trabajo, las dos insistieron en que tampoco podían decirme qué hacer. Necesito averiguar lo que quiero.

Como si me leyera la mente, Cleo me toca un codo y dice:

—No hay una respuesta incorrecta.

Nos damos un último abrazo y luego unimos nuestros índices, allí donde nos hicimos la quemadura durante nuestra primera escapada a la casita, a modo de silenciosa promesa. Sin decir nada más, me coloco en la fila de dos personas para pasar el control de seguridad.

Me digo que no voy a mirar hacia atrás. Pero lo hago.

Mis mejores amigas están llorando, y eso hace que yo me ponga a llorar, y eso hace que las tres empecemos a reír a carcajadas.

—Señora —dice el agente de seguridad, que me hace un gesto para que me acerque, y sigo llorando y riendo al pasar por el escáner y también al recorrer el pasillo que hay al otro lado, mirando hacia atrás cada pocos pasos para verlas despedirse con las manos desde el otro extremo del aeropuerto, hasta que el pasillo gira hacia la derecha y me obliga a despedirme por última vez.

Cuando llego a mi puerta de embarque, ya he recuperado la compostura. La zona de espera está vacía. Cualquier persona razonable habría llegado a este aeropuerto en concreto con veinte minutos de antelación, pero yo he llegado con las habituales dos horas, y ahora tengo que quedarme sentada todo ese tiempo con mis pensamientos.

Saco el libro que compré en Se ha Escrito un Crimen y me quedo mirando la primera página como veinte minutos sin entender nada después de las palabras «moldura de techo».

Meto el libro en el bolso y saco el móvil.

El corazón me da un vuelco al ver la imagen de la pantalla. La página web cuya dirección hice que Wyn escribiera anoche sigue en el navegador. Una mesa de roble en un campo verde y dorado, con flores silvestres alrededor de las patas y una escarpada cadena montañosa morada detrás.

Me deja sin aliento. No la imagen en sí, sino el anhelo que brota en lo más profundo de mí.

«Eso —pienso—. Eso es lo que quiero».

Un ramalazo de adrenalina me recorre la columna.

Se me acelera el pulso. Se me va poniendo la carne de gallina, con la rapidez de un incendio forestal.

Me pongo en pie y casi me echo a reír cuando la verdad me golpea con fuerza.

Es posible que Wyn haya sido más feliz y haya estado más sano que nunca en los últimos seis meses, y es posible que yo sea un poquito más honesta con mis sentimientos, pero lo conozco como la palma de mi mano. He memorizado el ritmo de su respiración cuando duerme y el olor de su piel cuando sale al sol, y sé cuándo tiene miedo.

Tal vez no lo vi de inmediato porque no estoy acostumbrada a confiar en mí misma. Me he pasado mucho tiempo siguiendo las indicaciones de los demás, imponiendo el criterio de los demás por encima del mío. Pero por fin lo veo.

Tiene miedo.

No acaba de confiar en que pueda amarlo para siempre. Una parte de él espera que yo elija otra cosa. Cree que si me ofrecieran todas las opciones posibles, no lo elegiría a él. Puede que crea que me está protegiendo, pero también se está protegiendo a sí mismo.

Aunque él tenía razón en una cosa: no puede decirme lo que yo quiero.

Me he pasado toda la vida dejando que se inmiscuyan las voces de los demás y han acabado ahogando la mía.

Ahora mi mente experimenta un extraño silencio. Por primera vez en muchísimo tiempo, me oigo con claridad.

Una palabra. Es lo único que hace falta para contestar la única pregunta que no puede esperar.

«Tú».

Cojo la maleta y regreso por donde he llegado. Pero no tengo la sensación de estar retrocediendo.

Tengo la sensación de que es el primer paso hacia un nuevo lugar.

38

La vida real

Domingo

No sé por qué estoy corriendo por el aeropuerto. No tengo que coger un avión, ni cumplir un plazo.

No es la última oportunidad que tengo para decirle a Wyn lo que siento.

Es el momento en el que puedo llegar a él lo antes posible. No quiero perder ni un minuto más. Así que corro por el pasillo y salgo por el control de seguridad, arrastrando la maleta. Casi me choco con las puertas correderas de cristal que se están abriendo y después me tropiezo al salir a la acera, donde parpadeo por el sol y me estremezco por el frío.

No hay un solo taxi esperando en la parada para la subida y la bajada de pasajeros. Saco el móvil y busco los servicios de transporte de Knott's Harbor. El primero al que llamo está comunicando.

No sabía que eso seguía existiendo. Suelto un gruñido furioso y corto la llamada mientras miro por el aparcamiento con desesperación, como si hacer autoestop fuera una opción posible.

Y entonces lo veo, un ramalazo rojo que me para el corazón.

Un coche que aparca. Un hombre que se baja de un salto mientras el viento le agita el pelo dorado por el sol.

Se me contraen los pulmones por la sorpresa de verlo y su presencia, como siempre, es más sólida que cualquier otra cosa a mi alrededor.

Cuando nuestras miradas se encuentran, se queda de piedra, con la puerta del coche todavía abierta a su espalda. Tengo la sensación de flotar mientras cruzo el carril hasta que un coche toca el claxon con fuerza para hacerme saber que le he cortado el paso.

Empiezo a correr. Wyn también se mueve hacia mí. Nos encontramos en un hueco en el estropeado aparcamiento.

—Estás aquí —dice sin aliento.

Sigo intentando recuperar la capacidad de habla.

—No te has despedido —sigue.

—No podía —digo, porque es lo único que me sale.

Frunce el ceño. El momento se alarga.

—¿Solo eso? —le pregunto.

—¿Qué?

—¿Has venido solo para despedirte? —quiero saber.

Se frota la nuca y desvía la mirada hacia los árboles que rodean el aparcamiento antes de mirarme de nuevo. Tuerce el gesto y mi corazón lo imita, estrujando cada gota de amor que siente para que me caiga en las venas.

—¿Por qué no te has subido al avión? —pregunta.

—Va en la dirección equivocada.

Se le tensa la cara mientras menea un poco la cabeza.

—Me dijiste que tenía que averiguar lo que quiero —le explico—. Que no puedo seguir haciendo lo que los demás creen que es mejor para mí.

—Lo dije en serio. —Le tiembla la voz.

—¿Eso te incluye a ti? —pregunto.

—¿Qué quieres decir? —replica.

—Quiero decir… —digo antes de acercarme lo suficiente para aspirar su aroma, y relajo los hombros por el alivio que supone su cercanía—. ¿Eso también te incluye a ti, lo de decirme lo que me hará feliz o no?

Frunce el ceño de nuevo.

—No intentaba hacerlo.

—Sí que lo hacías —replico—. Y entiendo el motivo. Podría ir a Montana y a lo mejor darme cuenta algún día que quiero…, no sé, meterme a payaso o algo.

Esboza una sonrisilla torcida.

—¿A payaso?

—O darle a la biología marina —sigo—. Que tengo que irme para estudiar las ballenas o los pulpos.

—Por ahí van los tiros —admite.

—Y todo podría estallar de nuevo —continúo—. Peor que la última vez. Podría ser tan desastroso que seríamos incapaces de volver a encontrarnos.

Asiente una sola vez con la cabeza.

—Podría pasar —dice con voz seca.

—Tienes razón al decir que no sé qué quiero hacer —admito—. Voy a tener que buscarme otro trabajo que deteste un poco menos e ir pagando los préstamos mientras me decido. Pero sí tengo claro lo que no quiero. No quiero estar cansada a todas horas. No quiero estar en un huso horario distinto a todos mis seres queridos, ni de guardia cuando salgo contigo. No quiero estar de pie ocho horas seguidas y que me sangren los nudillos en invierno por lavarme demasiado las manos. No quiero sentir que no tengo tiempo ni fuerzas para probar cosas nuevas porque todo lo que tengo lo vuelco en un trabajo que ni siquiera me gusta. No quiero vivir como si estuviera en un triatlón y lo único que importa es una meta imaginaria. Quiero que mi vida sea… que sea como crear piezas de barro. Quiero disfrutar durante el proceso, no por lo que pueda llegar a ser en el futuro. Y no quiero estar en la otra punta del país de donde estés tú. O tu familia. No quiero perderme una sola festividad con ellos. No quiero acostarme sin poder colocar las plantas de los pies en tus pantorrillas para calentármelas, y no quiero despedirme de tu camiseta de rodeo, y no quiero dejar que te vayas de aquí sin que entiendas que lo tengo clarísimo. Y puedes decirme ahora mismo que me vaya, y lo haré, pero ni se te ocurra pensar que es un gesto noble. Ni se te ocurra pensar que tienes razón.

Pone los ojos como platos.

—Razón ¿en qué?

—¡En todo! —exclamo—. ¡En que no te quiero! ¡En que no puedes hacerme feliz! En que si vuelvo a California ahora mismo, lo hago por algo relacionado con lo que quiero. En que tú eres el afortunado de esta relación cuando está clarísimo que siempre lo he sido yo. En que Gladiadores de las Compras es un juego de verdad y en que tiene sentido poner los vasos en la bandeja inferior del lavavajillas. Puedes decirme que no, Wyn, pero no puedes engañarte pensando que eso es lo que yo quiero. Si tienes demasiado miedo, si eres incapaz de confiar en mí, dime que me vaya, pero no te convenzas de que eso es lo que yo quería.

—Harriet... —dice con voz ronca.

El corazón se me estremece en el pecho, preparado para alzar el vuelo o caer a mis pies.

Wyn me toma la cara entre las manos.

—Sí que tengo miedo.

Un breve silencio. Solo se oyen nuestros alientos y el viento gélido que me lanza un mechón de pelo a la cara.

—Oh —susurro.

Su tímida sonrisa me desarma, vértebra a vértebra. Me entierra los dedos en el pelo. Aprieta los dientes mientras traga saliva.

—Cuando me he despertado esta mañana, la cama ya estaba fría donde se suponía que estabas tú. —Levanta la mirada, que tiene muy clara y despejada, sin rastro de dudas—. Habría hecho cualquier cosa con tal de tenerte a mi lado un último minuto —sigue—. Pero no podía, así que te he seguido. Y si tú no hubieras salido, habría comprado un billete. Y si hubiera entrado y ya hubieras embarcado, me habría subido al avión. Habría esperado hasta aterrizar en Boston para hablar contigo. Y si por algún motivo no te encontraba al desembarcar, te habría buscado en tu siguiente puerta de embarque para hablar. Y mientras conducía hasta aquí, viendo cómo se formulaba este estúpido plan para llegar hasta ti y despedirme en persona, me di cuenta de que podemos hacerlo.

El corazón se me acelera y se levanta hacia él, como atraído por un imán.

—¿Por qué?

Me mira con una sonrisa y es como si fuera un puño alrededor de mi corazón, un fuerte abrazo rayano en un infarto.

—Porque iría a cualquier sitio por ti. Y si vienes a Montana y te das cuenta de que quieres estar en otra parte, haré lo que sea para que funcione. Prefiero pasar cinco días al año contigo a pasar todo el tiempo con otra persona. Prefiero discutir contigo a no hablar y, estemos juntos o no, soy tuyo, así que vamos a estar juntos, Harriet. Todo lo que podamos. Mientras podamos. Lo antes que podamos. Ya solucionaremos todo lo demás más adelante.

—Wyn —susurro con voz temblorosa, mientras él tensa los dedos en mi pelo—, ¿estás diciendo que puedo volver a casa?

—Estoy diciendo que no es mi casa a menos que tú estés allí.

Lo rodeo con los brazos mientras el corazón se me desboca y el viento nos azota.

—Te quiero —le digo.

—En todos los universos. —Y me besa, con un mechón de pelo entre nuestros labios. Como si fuera un primer y un último beso. El final de una etapa y el comienzo de otra.

«Aquí —pienso— es justo donde quiero estar».

39

La vida real

Un lunes

El día que renuncio a la residencia, llamo a mis padres para darles la noticia.

Como es de esperar, se quedan de piedra. Quieren ir a San Francisco de inmediato.

—Vamos a hablar del tema —dice mi padre.

—Podemos ayudarte a entender lo que está pasando —añade mi madre.

—No tomes una decisión hasta que lleguemos —insiste mi padre.

No han venido a verme ni una sola vez.

En ese momento, veo la ironía de toda la situación: me he esforzado muchísimo para ganarme su amor y su satisfacción, pero no me ha servido para estar más cerca de ellos. En todo caso, creo que eso los ha mantenido a distancia.

—Ya he tomado la decisión —les digo—. He renunciado a mi puesto. Pero voy a pagar yo misma lo que me queda de los préstamos. No quiero que os preocupéis por eso.

Mi madre empieza a llorar.

—No entiendo de dónde sale todo esto.

—Sale de la nada, de ahí sale —dice mi padre.

—No —replico—. He tardado años en tomar esta decisión. Y ya he encontrado otro trabajo.

—¿Un trabajo? ¿Qué trabajo? —me pregunta mi madre.

—En un taller de alfarería —contesto.

—¿¡Alfarería!? —Mi padre lo dice como si hubiera montado una estafa piramidal vendiendo metanfetamina para perros.

—Ni siquiera te dedicas a eso —protesta mi madre.

—Sí que lo hago —le aseguro—. Pero no soy muy buena. Y sé que no impresiona tanto en una felicitación de Navidad, pero en eso voy a invertir el tiempo ahora mismo.

—Y si es así, ¿por qué vas a malgastar el tiempo haciéndolo? —pregunta mi padre.

—Porque me hace feliz —contesto—. Y creo que cualquier cosa que me haga feliz no es una pérdida de tiempo.

—A lo mejor necesitas tomarte un respiro, nada más —dice mi madre.

—Quiero una vida —le explico, recalcando la última palabra—. No me gusta tanto la cirugía como para convertirla en mi vida. Quiero dormir de vez en cuando. Quiero trasnochar e irme de vacaciones con mis amigos, y quiero tener la fuerza necesaria para decorar mi piso y probar cosas nuevas. No puedo hacer nada de eso estando tan agotada. Sé que os decepciona, pero así lo he decidido.

—Harriet, te estás equivocando —dice mi madre—. Y te arrepentirás de esto durante el resto de tu vida.

—Es posible —admito—, pero si es así, será culpa mía. Y juro que no dejaré que os afecte.

—Vamos a calmarnos un poco —dice mi padre—. Iremos a verte y veremos qué podemos hacer.

—No podéis venir —les digo.

—¡Somos tus padres! —exclama mi madre.

—Lo sé —replico— y, si queréis venir a verme dentro de un par de semanas, estaré encantada de veros. Pero no voy a cambiar de idea y no tiene sentido que vayáis a San Francisco ahora mismo, básicamente porque no estoy allí.

—¿Qué quieres decir con que no estás allí? ¿Dónde estás?

Suena un aviso por los altavoces. Me han cambiado la puerta de embarque.

—En el aeropuerto de Denver —contesto—. Tengo que colgar, pero os llamo cuando llegue.

—¿Cuando llegues adónde? —quiere saber mi madre, que levanta la voz como nunca lo ha hecho, por lo menos conmigo.

—A casa —digo antes de añadir—: A Montana.

Otro silencio.

—Os quiero a los dos. —No parece natural, pero eso no quiere decir que no sea verdad, solo que llevo mucho tiempo sin decirlo—. Esta noche os llamo.

Corto la llamada y llevo mis cosas a la nueva puerta de embarque, aunque hago una parada para comprar un bollito de canela en un Cinnabon y un café helado. Justo cuando me dejo caer en uno de los asientos cuarteados de polipiel, me vibra el móvil con la entrada de un mensaje, así que me preparo para un sermón apasionado o un mensaje persuasivo.

En cambio, veo un mensaje de Eloise. Nunca hemos sido de esas hermanas que tienen su propio chat de mensajes.

«Mamá me ha llamado, histérica», me dice.

Hago una mueca.

«Lo siento, espero que no fuera demasiado estresante», le contesto.

Veo que empieza a contestar, pero se para. Sigo desmantelando poco a poco el bollito de canela.

Después me llega su respuesta.

«No eres responsable d los sentimientos d mamá. Al menos eso es lo q dice mi terapeuta. Solo quería ver cómo estabas xq está convencida d q estás teniendo una crisis nerviosa o algo. ¿La tienes?».

Eloise es la única persona que conozco que escribe los mensajes perfectos, con los signos de puntuación y las tildes, pero que se niega a escribir «de», «que» y «porque» completas, entre otras preposiciones. Pero esa es la única parte del mensaje que no me sorprende.

No tenía ni idea de que Eloise estaba yendo a terapia. Claro que en realidad no sé mucho de ella. Nunca hablamos con tanta sinceridad y, la verdad, me emociona un poco.

«Puede que sea una crisis nerviosa. Pero la verdad es que no creo que quisiera ser cirujana. Solo me gustaba que la gente se sintiera orgullosa. Y la idea del dinero», le escribo.

«¡Mierda!», me contesta, y durante un minuto no aparece nada más. A lo mejor esto es todo, el final de nuestro tardío intento de estrechar lazos entre hermanas. Pasan diez minutos hasta que aparece su siguiente mensaje.

Debería decirte q te guardaba rencor, xq creía q eras como ellos, y q x eso siempre te quisieron más. Ahora me doy cuenta d toda la presión q debiste d sentir, y q si nos hubiéramos comportado como hermanas antes, tal vez las cosas habrían sido distintas. Así q a lo mejor esto no significa mucho, pero quiero q sepas q estoy orgullosa d ti. Y a mamá se le pasará seguro, con el tiempo. Se le pasó lo d mi *piercing* en el ombligo.

«En serio?», le pregunto.

«En fin, nunca habla directamente de él, pero SÍ q dejó d mirarme la barriga mientras suspiraba. Esto irá mucho mejor. Puedes contar conmigo», me contesta.

Me echo hacia atrás mientras asimilo esas palabras.

«Gracias. Siento que tú no pudieras contar más conmigo. Ojalá hubiera estado ahí para ti», le digo.

«No te preocupes x eso. Solo eras una niña. Ninguna d las dos tuvimos elección entonces, xo ahora sí. Estás haciendo lo correcto xa ti. Es lo único q puedes hacer», me contesta.

Nunca había llorado con un mensaje con tantas abreviaturas, pero me estoy pensando en imprimirlo y pegarlo para la posteridad en la puerta del frigorífico de la familia Connor. Puede que no tengamos fotos con disfraces a juego en Halloween, pero nos queremos. Hay esperanza. Si quiero tener una relación más estrecha, puedo esforzarme por conseguirla.

* * *

Mi padre es el primero en aceptarlo. Empieza a mandarme artículos sobre los beneficios psicológicos de la alfarería y mensajes sobre un nuevo concurso de televisión entre alfareros.

Mi madre es más dura de roer.

Cuando mis padres vienen por fin a vernos a Montana, ella guarda silencio prácticamente todo el primer día.

Los llevo a varios anticuarios y también a un paseo a caballo para principiantes. Vamos a la hora feliz de un bar que parece tener ambientación de pabellón de caza elegante, uno de esos nuevos locales pensados para que los veraneantes finjan que están adaptados al entorno.

—¡Hank odiaba este sitio! —exclama Gloria con jovialidad mientras el camarero se marcha con la comanda—. Se negaba a acompañarme, así que tenía que venir con nuestra vecina Beth Anne.

Mis padres me acompañan a las clases para novatos con las que estoy ayudando en Gallatin Clay Co. Mi padre se esfuerza en mostrar interés, pero mi madre solo intenta «no llorar».

Después les enseño los últimos proyectos que he hecho. Mi madre levanta un cuenco vidriado de todas las tonalidades de azul posibles y lo examina un buen rato antes de decir:

—Este es bonito.

—Gracias —digo—. Lo he hecho para Sabrina y Parth.

—¿Los amigos que se acaban de casar? —pregunta mi padre.

—Exacto, los abogados —le dice mi madre.

Vuelvo a preguntarme de nuevo si no solo alejé a mis amigos. Si cada vez que centraba la atención en lo único que sabía que a mis padres les encantaba de mí, perdí la oportunidad de enseñarles el resto.

Nos lo pasamos bien a ratos. Y otros momentos son muy incómodos. Después se acaba la visita y un taxi amarillo aparece en el camino de entrada de los Connor, y Wyn se disculpa para que mis padres y yo podamos despedirnos en privado.

Me lanzo a abrazarlos antes de que se me pase por la cabeza que en mi familia los abrazos son muy raros. Quedaría muy mal echarme atrás, de modo que mi padre y yo nos abrazamos un segundo con gesto tenso. Después mi madre y yo hacemos lo mismo.

Mi padre se mete en el taxi y mi madre hace ademán de seguirlo, pero después se da media vuelta, haciendo crujir la gravilla.

—Nunca ha sido por la felicitación de Navidad, Harriet —dice—. Quiero que lo entiendas.

Siento que me escuece la parte alta de la nariz. Una especie de instinto latente cree que esta repentina emoción supone peligro. Mi sistema nervioso le dice a mi glotis que permanezca abierta para permitir el paso de más oxígeno y así poder salir corriendo. Pero no lo hago.

—Renuncié a todo —sigue en voz baja.

—Lo sé —replico—. Renunciaste a todo por nosotras, y entiendo lo que te costó, y lo siento...

—Harriet, no. —Me coge del codo—. No me refería a eso. Renuncié a todo por tu padre. Él quiso seguir trabajando. Quiso mudarse a Indiana. Y yo creí que si él era feliz, sería suficiente. No se trata de que no esté orgullosa de ti. Es que estoy aterrada por ti, cariño. Por si un día te despiertas y te das cuenta de que has creado una vida alrededor de otra persona y ya no hay sitio para ti. Nunca fue por la felicitación de Navidad. Quiero que tú seas feliz.

—Y lo soy —le aseguro—. No vine aquí por Wyn. Vine por mí. Y no sé cómo acabará esto, pero sé lo que quiero.

Se le llenan los ojos de lágrimas. Se obliga a sonreír mientras me coloca un mechón de pelo detrás de la oreja.

—Nunca voy a dejar de preocuparme por ti.

—A lo mejor podrías limitarlo un poco —digo—. En plan veinte minutos al día preocupada. Porque estoy bien. Y si no lo estuviera, te lo diría.

Me toca el pelo.

—¿Lo harás?

—Si quieres que lo haga —contesto.

Asiente con la cabeza.

—Te quiero.

—Lo sé —digo—. Yo también te quiero.

Asiente otra vez con la cabeza y despúes se reúne con mi padre en el asiento trasero del taxi.

Mientras los despido con la mano, se abre la puerta mosquitera. El olor a pino de Wyn me envuelve antes que sus brazos y me dejo caer contra él. Se cortó el pelo y se afeitó la barba, y ahora siento la aspereza de su mentón en la sien, aunque después noto la suavidad de sus labios.

Nos quedamos así de pie, escuchando el ulular distante de un búho, mientras las luces traseras del coche se van alejando.

—¿Tienes hambre? —me pregunta al cabo de un rato.

—Muchísima —contesto.

40

El lugar feliz

La vida real

Nuestra casa. Una mesa de madera, un jarrón rebosante de flores silvestres, un campo verde y dorado. Largos paseos con Wyn y otros más cortos con Gloria.

Sentarme en el porche trasero, fumando un porro con el amor de mi vida y su madre. Ponerme contenta e hincharme de comer, y preparar *brownies* caseros en una cocina donde hace demasiado calor. Dormir en una habitación llena con los trofeos de fútbol de cuando Wyn estaba en el instituto para no tener que conducir de vuelta a nuestro nuevo piso sobre la carísima papelería que hay en el centro.

Nuestra nueva invitación de boda está pegada en un lugar de honor en el frigorífico de Gloria.

Memorizo todos los tablones que crujen o ceden, para poder bajar por las mañanas sin despertar a nadie, coger el Jeep para comprar un café con leche cargado de azúcar para mí y cafés solos para ellos, y bollitos de canela y naranja para todos. Aunque más bien Wyn le da un bocado y yo me zampo el resto.

Paseo un rato, disfrutando del olor agridulce de los pinos de corteza blanca, los pinos comunes y los álamos temblones.

Hay una tienda dedicada a salsas, aceites y siropes. La semana pasada, después de probar como veinte, Wyn y yo compramos un sirope de arce ahumado envejecido en barriles de *bourbon*. Para el cumpleaños de Gloria hicimos tortitas y, cuando probó el sirope, dijo:

—Sabe a una acampada. —Después se le quebró la voz, porque salir de acampada era algo que hacía con Hank—. Cuando empezamos a salir y no teníamos dinero —añadió. Después, tras soltar una carcajada trémula, dijo—: Y cuando llevábamos décadas casados y seguíamos sin tener dinero.

Wyn se levantó y le rodeó los hombros con los brazos, y ella le dio unas palmaditas mientras recuperaba la compostura. Querer tanto a alguien que saborear el sirope de arce te haga reír y llorar a la vez.

Y sé que, aunque solo sea eso, lo voy a tener. Sé que he elegido el universo correcto.

La idea hace que se me parta un poco el corazón por mis padres. Por mi padre, que trabajó casi todas las semanas de lunes a viernes en un puesto que le gustaba tan poco que ni hablaba de él, y comprendo que le quitaron algo y lo aceptó. Porque lo necesitábamos o porque él creía que lo hacíamos. Y por mi madre, que dejó atrás su hogar para seguirlo y nunca encontró otro.

Me meto en la tienda y compro cuatro botes de sirope de arce de acampadas.

Uno para Parth y Sabrina; uno para Cleo y Kimmy; uno para mi padre, y uno para mi madre. Quiero que los dos se beban hasta la última gota.

Quiero que tengan todo lo que siempre quisieron.

Todavía hay ocasiones en las que me come la ansiedad por la decisión que he tomado, por la preocupación de si mis padres lo entenderán alguna vez, si me entenderán a mí, o por si encontraré algo que sea lo mío.

Y cada vez que necesito un lugar feliz, pienso en la casita. O a lo mejor no tanto en la casita como en un hueco bajo una escalera que huele a Wyn, un embarcadero bañado por el sol y Cleo preguntándonos cómo nos va la vida, Sabrina y Parth refunfuñando por una partida de cartas al *gin rummy*, y Kimmy cantando canciones de Crash Test Dummies con una cuchara de madera a modo de micro.

Pienso en que estoy sentada con mis amigas en una larguísima cama individual en un dormitorio cargado de humedad a oscuras, mitigando la desagradable luz de los fluorescentes con pañuelos de seda mientras vemos *Fuera de onda*.

Me imagino una granja cada vez menos ruinosa en la zona más septentrional del estado de Nueva York, y la primera vez que tuve en brazos a mi ahijada, Zora, sin poder dejar de mirarle los deditos mientras los ojos castaños de su madre me devolvían la mirada y mi corazón coreaba: «Milagro, milagro, milagro».

Repaso el viaje desde San Francisco con mi madre, cuando por fin cargamos el resto de mis cosas en una furgoneta alquilada y las trajimos. Los mugrosos moteles en los que nos alojamos, los episodios de *Se ha escrito un crimen* que vimos mientras nos poníamos moradas de chucherías de las máquinas expendedoras. Gran parte del viaje fue incómodo o estresante, sin vueltas de hoja, pero en mi cabeza, esos no son los momentos más llamativos. Más bien recuerdo a mi madre contándome que su hermana y ella fingían ser brujas en los bosques de Kentucky, donde vivieron de pequeñas, aplastando arándanos en el barro y en bulbos de cebollino para frotárselos en la frente y fingir que las hacía invisibles. O cuando me pide que le cuente la historia de cómo conocí a Wyn y, después, cuando me dice entre lágrimas: «Solo quiero que seas feliz».

A lo que yo replico: «¿Y tú qué? ¿No quieres ser feliz?». Parece muy desconcertada, como si la idea ni se le hubiera pasado por la cabeza. Todo ese tiempo, todas esas noches despierta en mi dormitorio amarillo mientras hacía tratos con el universo, pedía deseos para que fuera feliz, y por fin lo entiendo.

«No puedes otorgarle la felicidad a nadie, mamá. Tienes que encontrarla tú misma», le digo.

Eloise y yo nos mensajeamos de vez en cuando, casi todo cosas insustanciales, pero lo estoy intentando de nuevo. Tengo esperanza.

A veces, mi mente avanza. Piensa en el rancho rústico convertido en un centro de eventos para el que Wyn y yo hemos dado una señal, y me imagino un día de primeros de otoño, con su aire fresco y el olor a heno y a hojas caídas en el ambiente. Me imagino a nuestros amigos y a nuestras familias delante de una de las mesas de Wyn, con un mantel antiguo de encaje, y con mantas en cada una de las sillas para que los invitados se abriguen cuando caiga el sol. (O la despedida de soltera en Las Vegas que Sabrina está organizando ya).

Sin embargo, más que ninguno de esos sitios, cuando necesito un lugar feliz y seguro, me voy a casa.

Y da igual el tiempo que haga —medio metro de nieve o un sol de justicia que seca los campos—, porque cuando subo los escalones y meto la llave en la cerradura, siento que se me hincha el pecho por la certeza.

Él me estará esperando al otro lado, cubierto de serrín y oliendo a pino. Incluso antes de verlo, el corazón entona su canción preferida:

«Tú, tú, tú».

Agradecimientos

Ante todo, tengo que dar las gracias al equipo que ha estado a mi lado en cada paso de este camino: Amanda Bergeron, Dache' Rogers, Danielle Keir, Jess Mangicaro, Sareer Khader y Taylor Haggerty. Este libro, como los tres anteriores, no habría sido posible sin todos vosotros, y todos los días doy gracias por contar con vosotros. Gracias, gracias, gracias.

Muchas gracias también a Alison Cnockaert, Anthony Ramondo y Sanny Chiu por la magnífica portada y el diseño interior; y a Angelina Krahn y Jamie Thaman, mis increíbles correctora y revisora, respectivamente.

Gracias también a Cindy Hwang, Christine Ball, Christine Legon, Claire Zion, Craig Burke, Ivan Held, Jeanne-Marie Hudson, Lindsey Tulloch y a todo el equipo de Berkley.

También tengo que dar las gracias a mi equipo del otro lado del charco, Viking, sobre todo a Vikki, Ellie, Lydia, Georgia, Rosie y a mi fantástica diseñadora de portadas, Holly Ovenden.

Muchas gracias también a Holly Root, Jasmine Brown, Stacy Jenson y al resto de Root Literary; y a mi agente de derechos internacionales, Heather Baror-Shapiro, y a su equipo de Baror International.

El mundillo editorial puede ser muy temporal, con personas que van y vienen a todas horas, pero alguien que siempre ha estado conmigo desde el principio es mi incomparable agente de derechos cinematográficos y defensora, Mary Pender, junto con su equipo de UTA. Estoy muy agradecida por haberla tenido a mi lado en todo esto.

Muchísimos amigos escritores me han ayudado con este (y otros) libros, pero tengo que dar las gracias especialmente a las personas con las que siempre, siempre, puedo contar para que se lean algo al vuelo y me ayuden a solventar problemillas en la trama y en la lógica emocional de mis personajes. Brittany Cavallaro, Isabel Ibáñez, Jeff Zentner y Parker Peevyhouse: nunca podré agradeceros lo suficiente el tiempo, la energía, la amabilidad y el amor que me brindáis como amigos y también colegas. Como le gusta decir a Jeff: «Sois de los míos».

Aquí es donde la cosa se complica, porque a lo largo de los años mucha gente me ha apoyado y ha apoyado mis libros, de muchas maneras, así que solo voy a decirle a cada periodista, creador de pódcast, crítico, club de lectura, programa de internet, revista, programa de radio, librero, bibliotecario, perfumista y amigo escritor que se ha interesado alguna vez por uno de mis libros: gracias. Me encanta mi trabajo y no tengo palabras para agradecérselo a todos los que han contribuido a que pueda seguir haciéndolo.

Y, desde un punto de vista más técnico, solo soy capaz de escribir libros sobre la amistad, la familia y el amor gracias a las personas a las que tengo la increíble suerte de llamar amigos, familia y pareja. Gracias por quererme y por ser como sois.

Por último, pero no por ello menos importante, gracias a mis lectores. Por todo. Por absolutamente todo. No sabéis lo agradecida que estoy de que nuestros caminos se hayan cruzado de esta forma tan extraña y maravillosa.

Gracias.

¿TE GUSTÓ ESTE LIBRO?

escríbenos y
cuéntanos tu opinión en

f /Sellotitania   🐦 /@Titania_ed

📷 /titania.ed

#SíSoyRomántica